北爱

老藤 著

湖南文艺出版社

图书在版编目（CIP）数据

北爱 / 老藤著. -- 长沙：湖南文艺出版社，
2023.2（2023.10重印）
ISBN 978-7-5726-0967-1

Ⅰ.①北… Ⅱ.①老… Ⅲ.①长篇小说－中国－当代
Ⅳ.①I247.5

中国版本图书馆CIP数据核字(2022)第233862号

北 爱
BEI AI

老 藤 著

出 版 人　陈新文
责任编辑　汤亚竹　张文爽
责任校对　彭　进　胡伟英　刘　波
书籍设计　谢　翔　钟灿霞

出版发行　湖南文艺出版社
　　　　　（长沙市雨花区东二环一段508号　邮编：410014）
网　　址　http://www.hnwy.net
印　　刷　长沙超峰印刷有限公司
经　　销　新华书店
开　　本　710 mm×1000 mm　1/16
印　　张　21
字　　数　290千字
版　　次　2023年2月第1版
印　　次　2023年10月第2次印刷
书　　号　ISBN 978-7-5726-0967-1
定　　价　58.00元

版权所有，未经准许，不得转载、摘编或复制一个人如果有了高飞的冲动,就决不甘于在地上爬。

——海伦·凯勒

目录 Contents

第一章：壬辰·逆行者　　　　　　001

第二章：癸巳·金蟾礁上的雅典娜　038

第三章：甲午·月桂树的冬天　　　072

第四章：乙未·放纸鸢的少女　　　106

第五章：丙申·海东青的复活　　　144

第六章：丁酉·天女木兰　　　　　184

第七章：戊戌·北地之子　　　　　223

第八章：己亥·猪卡索　　　　　　245

第九章：庚子·雁来红　　　　　　275

第十章：辛丑·海青击鹄　　　　　298

第一章：壬辰·逆行者

1

如果你爱一个女人，不要忘记送她礼物，因为礼物能起到宣示主权的作用。

这话出自高兰男友之口。高兰是苗青的闺蜜、同学兼室友。高兰的男友小高在北京某部委工作，尽管身材单薄，头发稀少，却有说一不二的派头。

小高和高兰相爱第三天，就将一新款手机连同办好的号码送给高兰，说这部手机专门用于两人联系。高兰不好意思接受这份厚礼，小高便说了上述那句话。高兰回来和苗青说起此事，苗青不免有些怅然，事情怕比，江峰怎么就没有这种觉悟呢？

让苗青感到意外的是，在毕业前夕她收到了一份来自陌生异性的礼物，尽管这礼物不是江峰所送，但她还是很喜欢。礼物是一幅色粉画，装帧精美，构图颇具现代主义风格。她站在画前对自己说，这画要是江峰送的该多好，那样的话她就可以向高兰好好炫耀一番。

江峰是苗青的男友，上海交大飞行器设计与制造专业的博士研究生，平时送她的都是零食、各种门票或图书之类的小礼物，当然，苗青不在意这些，对她而言，帅气的江峰本身就是一个大礼包。

可以这样说，苗青从来不缺礼物，她收到最多的礼物来自父亲。

从小学开始，每年生日当天她都会收到父亲的礼物——一个别致的飞机模型。这些模型有客机、战斗机、直升机和航天飞机等等，大都用合金材料制作，精致逼真，比例得当。家里那个博古架上已经摆了十九架飞机模型，最新的模型是某国一架五代机，魔幻的造型，铅灰色的涂层，让这架飞机充满了神秘感。

工程师出身的父亲是个飞机迷，他自嘲是个半途而废的诗人，当年因为考上了北京航空学院，写诗的兴趣便被设计飞行器的爱好所替代。苗青觉得父亲之所以经常语出惊人，与他作诗的天赋有关，父亲把许多生活感悟转化成诗句并记在日记本上，不时还会拿出来自我欣赏一番。父亲说正像一个缺乏想象力的诗人一定是蹩脚诗人一样，一个在地上爬行的国家一定难逃弱国命运。父亲的毕业论文是《大型飞行器设计的问题及对策》，他私下和要好的同学讲，这篇论文实际上是他"一个人的计划"，毕业后他要锚定这个计划，设计一款具有国际先进水平的大飞机。父亲毕业后被分配到东北鲲鹏机械厂搞飞机设计，那是坐落在沈阳的一个国营大厂。很可惜，计划终归是计划，想要变成现实不是那么容易。到鲲鹏机械厂工作后，别说大飞机，就是喷洒农药的螺旋桨小飞机的设计任务也没有。鲲鹏机械厂本来是造飞机的，因为计划调整，只能转型生产冰激凌机。父亲说他切实体会到了孔子为什么感慨"时也，命也"，人争不过命，没有风，再美丽的风筝也飞不上天。后来父亲选择了离开，从沈阳回到家乡武汉工作。虽然不再搞飞机，但父亲的飞机情结依然没有消解，心心念念的还是他"一个人的计划"。后来苗青听说，自己降生那天父亲对母亲说："看到没？孩子的两道眉毛有点像机翼。"长大后苗青觉得这一点不奇怪，看看父亲每年送的生日礼物就明白了。

父亲每次送她飞机模型都会附一首短诗，短诗富有哲理，颇有些泰戈尔的风格，这些诗句有形无形中也让苗青渐渐喜欢上了诗，偶尔也写几首自娱。苗青一直记着父亲第一次送飞机模型所附带的两句诗：

白山黑水间高高的索伦杆，

　　有谁，能挂起飘扬的旗帜？

　　当时她不懂这个疑问句的含义，问母亲，母亲说："你爸爸在东北有条尾巴呢。"苗青不明白，母亲解释说："孙猴子大闹天宫后，玉皇大帝派二郎神前去捉拿，孙猴子打不过二郎神，就发挥出七十二变的本事，原地变成一座土地庙。孙猴子眼变窗，嘴变门，身子变成了房屋，但尾巴不好处理，就变成旗杆在庙后竖着。二郎神一看，哪有旗杆竖在后面的庙？一下子就识破了。你爸爸无论怎么变，心里那根旗杆不会变，他升不成旗，就指望着你把旗升起来。"母亲虽是讲故事，但父亲一个人的计划却像庙后的旗杆一样，在她脑海里慢慢竖了起来。身为女孩，开始，苗青对父亲送的飞机模型并不感兴趣，收到后就放在博古架上，心里还埋怨父亲，哪有给女儿送男孩子礼物的？多希望父亲送个洋娃娃或者MP3之类的礼物，但父亲铁了心年年送飞机模型，让年少的苗青很是无语。

　　给苗青送画的是吴逸仙，小有名气的青年画家。吴逸仙是东北人，在大连艺术学院当教师，在上海交大做访问学者。吴逸仙穿一条做旧的牛仔裤，黑色半袖T恤，T恤前胸有个白色的烟斗图案。吴逸仙一般会在校园中部草坪边一棵香樟树下作画，主要画肖像，许多人都发现，凡见吴逸仙在香樟树下支起画架，对面的模特儿一定是女生。苗青路过香樟树时留意看了一下吴逸仙，觉得此人发型颇有意思，四周剃光，顶部头发向上直立，苗青觉得像点什么，却一时找不到答案。

　　小高送了高兰一个名牌手机后，高兰想回赠礼物，但不知送什么好，问苗青，苗青建议："既然小高说礼物可以宣示主权，你送他一幅自己的肖像好了，让他挂在住处，如同界碑一样，别的女生自然就会望而却步。"高兰说："这个礼物好，可谓一举两得。"便在一个阳光很足的下午，主动去找吴逸仙画了一幅色粉肖像。

高兰将画拿回寝室，左看右看不是很满意，画中的她眼里有三处亮点，两手拘谨地放在膝盖上，白底连衣裙上开满了矢车菊，身旁是一本没打开的书，封面上是一片红色枫叶。高兰说自己明明穿了湖蓝色连衣裙，吴逸仙却偏偏画成了白底黄花，再说连一丝笑容都没有，让小高怎么看。苗青却觉得这肖像很别致，说眼里的三处亮点简直是神来之笔，那本书也配得好，像一块 TNT 炸药，那片枫叶则是去点燃引信的火焰，在审美上极富张力。高兰说那就听她的，装好框送给小高。

苗青了解高兰，这位来自沂蒙山区的女生有一种与生俱来的踏实与奉献精神，人生的每一步都设计得实际而又饱满，入校时她英语不好，到校后便拼命背单词，飞行器设计与制造专业英文单词枯燥难记，她却背得津津有味。高兰男友小高是郑州人，两人本科同学，小高条件配不上她，但小高本科毕业考到国家机关工作，成了体面的公务员，职业上的优势弥补了身体上的不足，博士在读的高兰便接受了小高的求爱。她对苗青说自己不会去选择一个帅哥当丈夫，因为太帅的男人容易被围猎，而她希望实实在在过日子。

受高兰启发，苗青也想请吴逸仙画一张肖像送给江峰。

苗青来到那棵香樟树下，吴逸仙正在为一位女生画像。她悄悄站在身后观看，发现吴逸仙画像不追求形似，更多的是神似。眼前的女生并不漂亮，嘴唇瓷实，头发浓密，黄色连衣裙与草坪形成鲜明的色差。女生很投入地凝视着远方，有一种拍婚纱照的感觉。从女生的神情里可以看出某种被强化的憧憬和渴望。吴逸仙巧妙地将女生美化了，瓷实的嘴唇被削薄，皮肤的色彩也明亮了许多。苗青一直看到画完，感受到了吴逸仙画技的娴熟。被画的女生拿到画后，笑容像合欢花一样可爱，连声道谢后捧着画一路小跑走了。吴逸仙看着女生走远的背影，伸展双臂做起扩胸运动。苗青没有提画的事，悄无声息地转身离开了，她在想吴逸仙为什么会这样画，这样画等于蒙人。

临近毕业，择业去向成了一道必答的难题。苗青面前有两条路，一条是南下，随江峰去深圳搞房地产，江峰为此已经做了充分准备，用江峰的话说是路子已经铺好；另一条则是北上，到东北去从事自己的专业，这是导师吴教授的建议。

江峰是个各方面都拔尖的好学生，学校运动会三级跳远纪录保持者。江峰引起苗青的注意并成为恋人，与他在学校运动会上的潇洒一跳有关。当时是研究生学习第一年，苗青作为志愿者在跳远场地负责平整沙坑，在沙坑边，她恰好看到了江峰创造纪录的潇洒一跳。江峰的助跑手臂摆动幅度特别大，腾空第一跳就接近了踏板，第二跳稍稍有些收，待第三跳的时候，竟然在空中走出了三步！她看呆了，这是常人很难做到的动作。两人学一个专业，尽管导师不同，但彼此也知道一些。江峰在空中的高难度动作一下子让她想到了飞机，她觉得江峰在沙坑落下的一刹那，特像飞机俯冲。她朝沙坑中站起来的江峰竖起了拇指道："真棒！"这句话换来了江峰回头一笑。都说女人回眸一笑百媚生，其实活力四射的小伙子回头一笑也磁铁一样吸引人。苗青记住了这个微笑，心里生出一种甜丝丝的感觉。当天夜里，她在日记中写下了这样一首诗：

> 飞起来的
> 不仅仅是春天的身体
> 当双臂变成翅膀
> 能抵达枝繁叶茂的彼岸

两条路，如何选择取决于苗青。

这些日子，几位同学都明确了去向，唯有她还没最后下定决心。南下还是北上，她和江峰产生了分歧。她对江峰说："学了八年飞机设计，结果去做房地产，总有点文不对题的感觉。"江峰说："能有机会设计飞机当然好,但前面几届学长比我们厉害的有许多,哪一个成功了?飞机研发不仅是烧钱的行当,还是国家行为,需要大进大出,目前商用飞行器被西方大国垄断,想有所作为很难。"江峰认为合适的选择才是最好的选择,找一份得心应手、收入可观的工作更实际,也不必为专业纠结,那些顶尖的成功人士,几乎没有从事本专业的,人生之路与专业之路不一定重合。江峰对去深圳搞房地产可谓雄心勃勃,志在必得。

高兰也赞成苗青南下,她认为江峰的选择是脚踏实地的体现,凭江峰的素质实力,成功毫无悬念。

苗青心里很乱,擎着一把灰色遮阳伞来到那棵香樟树下,她想,肖像画画幅可以小一点,这样江峰携带也方便。下午两点的阳光充足,一只黑蝴蝶在树下飞来飞去。吴逸仙用棒球帽遮住脸,背靠香樟树在休息。她站在画架前想说什么,又觉得打扰人家睡觉似乎不太礼貌。正在犹豫间,吴逸仙开口了:"那天您在我身后站了那么久,一句话不说就走了,为什么?"苗青吓了一跳,左右看了看,周边并无他人,这是和她说话无疑。一个用棒球帽遮住脸的人,怎么会发现有人站在身边?难道他耳朵可以当眼睛用?

"您是和我说话吗?"出于礼貌,她还是问了一句。

"当然。"吴逸仙揭开棒球帽,"我知道您,您叫苗青,学飞行器设计的,是航空航天学院的院花。"

苗青有些腼腆:"哪里是什么院花,再说院里一共也没几个女生,这个院花含金量低了点。"

"您不同。"吴逸仙用棒球帽轻轻扇着风说。

"我有什么不同?"苗青觉得有点意思,一个从没打过交道的画家居然说了解她,还能总结出什么不同来,听上去难以置信。

吴逸仙一只手捏着下巴说:"这么说吧,如果说其他女生心里多是轻歌曼舞、小桥流水,那么您的内心却是金戈铁马、蓝天白云,这让您与众不同。"

吴逸仙的话引起了苗青的好奇，还从没有人这样说自己，包括江峰，而吴逸仙一语就说中了要害。

"此话从何而来？你我并不熟悉呀。"

吴逸仙笑了笑，露出洁白的牙齿。可以断定这是个不吸烟的男人，尽管他黑色的T恤上带有烟斗图案。"我刚才说了，您是院花，在一定程度上算是公众人物，公众人物没有秘密。"

苗青感到脸有些发热，她可不想成为什么公众人物。

"那天您来看我作画，我虽然没有回身，但我知道您在我身后，因为您投下的身影覆盖了我，让我有一种凉爽感。"

苗青恍然大悟，原来是影子出卖了自己，又一想，不对呀，吴逸仙难道有凭影子辨人的神通？

"我那天来是想请您画一张肖像，送给男朋友做礼物，您给我的室友高兰画的那张画我很喜欢。"

"您对那幅画的关注点在哪里？"

"是人物眼里的三个亮点，一般肖像人物的眼睛最多是两个亮点，而您画了三个，这个有难度，弄不好会有重瞳的错觉。"

吴逸仙将帽子戴在头上，用肯定的语气说："我给您画，不用您来做模特儿，画好后让人送给您，如果不介意的话，我们留一下联系方式。"

两人留了电话并加了微信。握别时，苗青觉得吴逸仙的手很绵软，像没有关节一样。

"画不要很大，有高兰那幅一半大就可以，便于携带。"苗青说。

回到宿舍，苗青发现自己的小拇指上竟然沾着一点橙色的油彩，这肯定是画家之手留下的。她想，不用自己去当模特儿，他能画得像吗？但又一想，像不像无所谓，关键是画出神韵来。

神韵是灵魂的外衣，这是神似比形似重要的原因。

2

三天后，一个女生抱着幅配了框的色粉画敲开了苗青宿舍的门："您是苗青吧？这画是吴老师让我送来的。"苗青接过画，谢了送画的同学，觉得吴逸仙人缘不错，在交大校园竟然有女生当跑腿。

这是一幅两尺见方的色粉画，西式柚木画框，画面是一个穿着红色风衣女子的背影，女子一只手背在后面，手里握着一卷图表纸，另一只手在向远方招手，前面是白雪覆盖的山峦，山峦上是白桦林，山下是刚刚融化的小溪，溪水呈黛色，像墨玉，几块露出水面的石头上还积着白雪。画的左下角有五个小字：壬辰·逆行者。画上没有署名。苗青无法判断画中的女子是不是自己，发型和自己相似，简单的马尾辫，红色风衣是那种束腰的紧身款，右下摆被风撩起，让画中人显得十分婀娜。自己有这样一款风衣，是一个风雪天从导师家穿回来的，风衣是新的，导师见她穿着合体就送她了。再看风衣下两条纤细的腿和脚上的高靿皮靴，不免又有些怀疑，自己从没有穿过靴子，从这一点判断，画中人也许就是一个虚拟人物。让她感到好奇的是，红衣女子朝向的天空有一云朵，而云朵中有两处浅灰色的虚笔涂抹，看上去像鼹鼠的两只眼睛。很显然这是作者埋伏的意象。

她给吴逸仙发了条微信：谢谢您的《逆行者》，虽然看不到画中人的脸，但红风衣却让我倍感亲切，还有云朵上那两只鼹鼠的眼睛。

吴逸仙很快回复道：笑容呈现给白山黑水，比呈献给人更有意义。

苗青又发了一条：云中那两只小眼睛该不是你无意中滴落的铅粉吧？

吴逸仙回复道：无意即是有意，滴落算是天成吧。

她又发微信：回避五官是因为难看吗？

吴逸仙几乎秒回：灵魂没有五官。

高兰看到画后笑了，说："我那张至少还露着脸，你模样比我俊，却连张正脸都没有，吴老师真是当代毛延寿啊！"

苗青让江峰来宿舍欣赏这幅画。江峰看了半天，也抿着嘴笑了。苗青问他为何发笑。江峰说："不画脸的肖像说明什么？说明你未入画家法眼，只好用一张背影来敷衍。"

苗青推了江峰一把："你这是嫉妒吧，人家还说我是院花呢！"

江峰不笑了，神色严肃起来，捏着下颌问："他为什么要给画命名'逆行者'呢？"

苗青摇了摇头。高兰快人快语："是不是寓意苗青去东北呀？"

三个人都沉默了。高兰佯装接电话出去了，也许她觉得自己说了不该说的话。

江峰和苗青这届飞行器设计与制造专业博士生一共六位，由两位导师来带，其中苗青的导师是吴教授，江峰、高兰和其他三位由一位长江学者带。当初六个同学都报名在吴教授门下，吴教授因年事已高，只选择了苗青一人。事实证明，吴教授没有选错弟子，苗青读博后辅助他完成了一项国家重点课题并获得了国家科技进步奖。颁奖时导师借口年龄大行动不便，让苗青去北京人民大会堂领的奖，一时间许多同行知道了吴教授有这样一位端庄秀丽的女博士。

五位同学，高兰已经赴北京面试过，去向是某部委。高兰公务员考试名列前茅，面试几乎没有悬念。其他三位同学一位留校，两位选择出国，江峰选择到深圳搞房地产，唯有苗青择业还没有落锤。苗青不想改变江峰的意愿，人各有志，何必强求。她知道江峰想在房地产业创造一个神话，不止一次，江峰在评价那些叱咤风云的房地产大亨时，很不屑地说："世无英雄，遂使竖子成名，给我十年，我会还你一个江版李嘉诚！"江峰希望苗青与他一同南下。苗青很为难，她爱江峰，江峰是一个让她心里放不下的男人，但她更放不下自己的专业。考上吴教授的博士后，在导师的影响下，她慢慢理解了父亲一个人计划的执念，假期回武汉，再看博古架上那十九个飞机模型，总觉得就是十九只叽叽喳喳的乳燕。

"一起去深圳吧,那是个创造奇迹的地方。"江峰说。

苗青看着那幅画出神。已经有些年头了,交大学子毕业去向除了出国深造,大都选择北上广深四个一线城市,到东北发展的寥若晨星。良禽择木而栖,交大学子追求更优渥的工作生活环境也在情理之中。苗青若有所思地问:"吴逸仙为什么要给我画一幅《逆行者》?是提醒我北上吗?"

"这个问题我刚才想了,"江峰道,"他也许是在提醒你不要做逆行者,逆行没前途,因为面前是冰天雪地,单薄的风衣和裸露的小腿无法跋涉,也不能走远。"

苗青摇了摇头,指着那两只鼹鼠的眼睛说:"我觉得红衣女子奔向的应该是它,只不过画家把这个目标虚化了。"

江峰靠前看了看,没有看出什么端倪,但聪明的他看出了苗青的心思:"你是说这两个灰点是飞机?我看不像,飞机怎么会像两只橘猫的眼。"在江峰眼里这两个灰点不是鼹鼠之眼,而是更大一些的橘猫。

苗青说:"看到这两个小灰点,第一时间我想到了飞机,我向吴逸仙求证,他却卖关子,不告诉我。"

江峰故意开玩笑说:"风流画家在和我作对,我要去找他决斗。"

苗青扑哧一声笑了,望着江峰说:"你是看人家没有你魁梧才想到决斗的吧,你三级跳远是冠军,打架也是拳王吗?"

江峰笑着说:"如果需要,我就打给你看。"

苗青嗔怪地望了江峰一眼:"说什么呢?因为一张没有五官的画去打架?师出无名。"

江峰说:"不要再犹豫了,跟我走吧,机遇稍纵即逝,现在房地产刚刚回暖,至少升温十年,我们可以甩开膀子大干一场。"

苗青没有回答,扭头望向窗外。

江峰拥抱了她,臂膀很有力,苗青有一种五脏六腑都受到挤压的感觉。江峰不仅学业好，球类、长跑都不错，典型的力量型帅哥，这是最吸引她的地方。苗青不反对江峰改行搞房地产，只是觉得丢掉心爱的专业可惜，江峰在飞机设计上极有天赋，尤其是无人机研究颇有造诣，他的毕业论文就是写无人机的，得到了导师的肯定，顺利通过答辩。

"你有没有考虑过到东北去搞房地产？"苗青问。

江峰睁大了眼睛，看了她足足有两秒钟："你说什么呢？一个人口外流的地区，建房子卖给谁？"

苗青点点头："我是胡思乱想，随便说说。"

江峰看看手表，说要回去做企业策划，就不在这里陪她了。临走时，江峰揽过她，轻轻吻了吻她的耳朵，小声说："听话，乖。"

江峰走了，苗青坐在床沿，目光一直泊在那张《逆行者》上。她想，吴逸仙在大连艺术学院工作，这是不是在以画的方式向她发出邀请呢？但很快她就否定了这一猜测，自己与这个艺术范儿十足的画家素昧平生，人家为什么要发出邀请？

3

如果说运动会上的一瞥在苗青心里埋下一粒爱情种子的话，那么，外文阅览室那杯拿铁咖啡就是合乎时宜的一种浇灌，是这次浇灌得以让种子生根发芽。

运动会后某一天傍晚，晚饭后苗青到外文阅览室查阅资料，她拿了一本《制导、控制和动力学》在翻阅，上面恰好有一篇她感兴趣的文章，便全神贯注在键盘上敲击摘录。忽然，她闻到了一股浓郁的咖啡香，一杯拿铁咖啡轻轻推到了她手边，杯子是骨瓷色，咖啡奶沫细而匀。抬头一看，她差点叫出声来，原来是江峰！

阅览室大都是外籍教师或外籍研究生，室内特别安静，江峰伸出右手食指在嘴唇上做了个"嘘"的动作，然后坐到她对面，把前一期《制导、控制和动力学》杂志推给她，翻开封面，指了指目录示意她看。苗青一看，脸上顿时有了热感，江峰指的是她的一篇论文，这是一篇探讨商用大飞机人工智能化的论文，用英文写成，作为在校生，能在国际权威期刊上发表论文是值得骄傲的事，导师对这篇文章也给予了充分肯定。江峰竖起大拇指并扮了个鬼脸。她微微笑了笑，算是致谢，然后继续摘录资料。其间，她在喝咖啡时不时用余光看一下对面的江峰，江峰头发油黑，白色T恤的领子纤尘不染，正在专心看一本无人机方面的外文杂志。她知道与自己本硕博连读不同，江峰是从长沙一所大学考来的，发表过一些无人机方面的文章，在学校也小有名气。

苗青平时不喝咖啡，只喜欢喝柠檬水，喝了杯拿铁回去两眼像充足了电般满格的亮。高兰睡得很香，睡梦中不时发出呢喃声。高兰正在热恋，男友小高发展势头极好，最近被部领导选为秘书，成了人人羡慕的才俊。高兰将自己和小高在天安门广场的合影摆在床头，和苗青聊天三句话离不开"我家小高"。小高对人生规划颇为用心，本科毕业先选择就业，然后在职读硕、读博。因为这杯拿铁，苗青和江峰的关系升温、发酵，不久便成了恋人。

江峰父亲在南方一个省会城市当规划局局长，家中座上宾大都是豪气冲天的各路房地产大亨，这些大亨发展历程充满传奇色彩。但在江峰看来，这些所谓的成功人士不过尔尔，他们能做，自己为什么就不能做？自信的江峰觉得自己一定会比这些人做得更好，这也是他选择做房地产的一个原因。

苗青曾动员江峰如果不搞飞机，可以投身汽车产业，因为江峰具有顶级汽车设计大师的潜质，观念前卫，敢于冒险，汽车设计从某种程度上说离不开冒险，任何一种有创意的设计都是一种冒险。但江峰考虑问题与众不同，他觉得高端汽车设计只能惠及少数人，而新理念的房地产项目却可以让成千上万的家庭受益，去做房地产，事业的价值会成倍放大。苗青并不反对江峰这一理念，为多数人做事，至少立场没错。

与江峰兴奋点的宏大相比，苗青的兴趣永远局限在飞行器上，她喜欢谈论空气动力、自动控制、材料强度和动力装置这些具体问题。苗青曾经想象这样一幅未来的图景：在某座摩天大楼，一个大平层被高高的书架隔成两间，一间是江峰的无人机设计工作室，一间是自己的商用大飞机设计工作室。茶歇之时，两人在公共区域坐下来，各端一杯冒着热气的拿铁，津津有味地聊大学往事，这该是多么幸福的一种工作状态！

苗青对江峰说了自己想去东北的意愿，说已经和沈阳的鲲鹏集团有过网上联系，对方很感兴趣，给出的条件也不低，她没有最后下决心，有点忐忑不安。

江峰说："我理解你，一个人的计划确实能提升人生价值，何况这又是伯父交给你的接力棒。"但江峰话题一转接着说，"你这是教科书里规划的人生路线，是标准程序，而现实往往没有程序可以遵循，就像伯父原本是搞飞机的，后来却阴差阳错成了汽车设计师。"

苗青说："我努力了，哪怕不成功也不会后悔，如果不去努力，会像父亲一样纠结一生。"

江峰看着她，苗青眼中的泪花让他语气变得柔和起来，他十指交叉，抵住下颌说："你知道，飞机这种东西不仅是集体智慧的成果，而且还受大环境影响，凭一己之力去做成百上千人共同努力还不一定完成的计划，成功概率太低了。虽然我相信你的才智，但我不敢过分恭维，理想很丰满，现实太骨感啊。"

这次谈话让苗青心情沉重了好几天，傍晚，她独自到校园散步，发现吴逸仙还在那棵香樟树下给女生画像，她心里像有只青蛙跳了一下，画家这个职业不错，画布之上，自己就是万能的上帝。

她缓步来到香樟树下。

灯光下，吴逸仙在给一个长着娃娃脸的女生画像。女生很配合，一条腿屈着，一条腿伸长，右手搭在屈着的膝盖上，左手撑着草坪，摆出的姿势雕塑一般，她注意到女生目光含情，流光溢彩。

此时，江峰正骑着单车从不远处经过，江峰发现了站在吴逸仙身后的苗青。他停下来观察了一会儿，便骑上车离开了。回去后他给苗青发来一条微信：一幅《逆行者》让你不安了？苗青手机的振铃让吴逸仙回过头来，点点头，又转过去专心作画。苗青四周看了看，没有看到江峰，她觉得江峰太了解自己了，一眼便看出了自己的不安。她回了江峰一个擦眼泪的微信表情。

趁着吴逸仙停笔的时候，她说："您应该把我的脸还我，逆行者也不能没有脸。"

吴逸仙头也不回地说："画中人把五官呈现给了诗和远方。"

苗青想了想，明白了吴逸仙的用意。

她不想打扰吴逸仙作画，悄悄转身离开了。

4

就业这件大事应该与父母商量一下，苗青风尘仆仆回到武汉。

父母正在客厅合看一张报纸，一副极认真的样子。她放下双肩包问在读什么好文章。母亲起身，仔细端详了她一番，问江峰怎么没一块回来。苗青说江峰正忙着去深圳办公司的事，没有空闲，她回来也就住一个晚上，明天便走。父亲将报纸递给她。报纸上是一个著名经济学家分析实施东北振兴战略的文章，大半个版，典型的长篇大论。父亲说这篇文章不错，国家2002年就提出东北振兴，十年过去发展情况却不尽如人意，文章分析了原因，重点讲了人才问题。

"你们都是退休的人了，还操这份心干吗？"

"还不是那个马歇尔计划。"母亲开玩笑说。

父亲道:"那叫一个人的计划,怎么成了马歇尔计划?"

苗青知道父亲有浓厚的东北情结,毕竟在那里工作过,对东北大事小事格外关注,去年父亲还和母亲一起去沈阳转了转。母亲说父亲在鲲鹏集团大门前徘徊了许久,那是他参加工作的地方,也是他带着遗憾离开的地方。父亲当时是心有不甘才离开的,因为企业转型生产冰激凌机,与飞机制造不搭界。鲲鹏机械厂在千禧年之后境况大变,国家注入资金,组建了飞机研发生产集团,新型飞机接二连三问世,鲲鹏的大名也重新响亮起来。

"振兴关键在人,这篇文章说到了点子上。"父亲重复了一句。

"是的,"苗青道,"事业是人干的。"

父亲说:"知道我最近在做什么?有家科研所请我参与研制水上飞机,我答应了,想不到在退休后会重返老本行。"

苗青很惊讶,父亲脱离这个行业几十年,在知识更新如此之快的今天,参与水上飞机研制能发挥多大作用呢?但她还是为父亲高兴。"水上飞机都是螺旋桨飞机,难度系数不大,您肯定能胜任,不过科技更新换代很快,现在不比上世纪八十年代,吃老本肯定不行。"她说。

父亲拉开抽屉,拿出三个厚厚的棕色笔记本往苗青面前一推:"你看看,爸爸这些年闲着了吗?"

苗青一本本翻看,不看则已,一看顿时愣住了,这是三本各种新型飞机技术特点的笔记。她注意到,父亲每一个笔记本扉页上都有一句诗。第一本是"路漫漫其修远兮,吾将上下而求索";第二本是"沉舟侧畔千帆过,病树前头万木春";第三本是"莫愁前路无知己,天下谁人不识君"。三句古诗很常见,但用在这里意味不同。

"看到有用的资料我都会及时记下来,我不习惯在电脑上写,抄写一遍会加深理解。"父亲说,"如果你不学飞机制造,我可能就断了这个念头儿,你考上交大那天,我心中冷冰冰的炉灶又死灰复燃。"

"看来都是我惹的祸。"苗青扮了个鬼脸,拉着父亲坐下,很认真地说,"我这次回来是为毕业去向的事,请二老帮我拿个主意,该南下还是北上。"

她介绍了江峰的打算,也说了自己想从事专业的想法,说江峰的选择很务实,也不是没道理,其他专业的毕业生几乎没有去东北就业的,包括家在东北的学生也不愿意回去,这让她有些困惑。

母亲说:"去深圳比去东北好,东北别的不说,单就冬天寒冷的气候就受不了,你从火炉到冰窖,生活成本会大幅度提高的。"母亲退休前一直在企业做会计,专注于成本计算。母亲话没有封口,说:"当然了,这事还是听你爸的,谁让你爸在东北有条尾巴呢。"

苗青看着父亲,父亲没急着表态。她给父亲茶杯里续上水,说不急,想一想再拿主意。

父亲突然问:"你若是去东北,是不是意味着与江峰分手?"

父亲就是父亲,可谓一语中的。这的确是苗青迟迟未下决心的原因所在,她知道,房地产老总面对的世界免不了灯红酒绿,自己不在身边,江峰这样的帅哥肯定会被商界靓女围猎,而人性是经不住考验的。

苗青说有这种可能,尽管江峰是个好男人,但不能保证会一成不变。

父亲陷入了思考,目光投向茶几上那张报纸。苗青知道父亲很难表态,爱情与事业,两件原本可以双赢的事却变成了一对矛盾。父亲起身走到窗前,窗前不远处有一片正在建设的楼宇。父亲说:"你从小就不喜欢我送你的生日礼物,考上大学后态度才有所缓和,做父亲的不能强人所难,你的事自己拿主意吧。"

母亲说:"江峰这孩子各方面条件都不错,难得对你那么上心。"

苗青到卫生间绞了条湿毛巾,回来将博古架上十九个飞机模型一一擦了一遍。这些飞机模型质量都非常好,没有一架破损。看着这些飞机模型,苗青不禁回想起以往生日的情景。有两次过生日印象深刻,脑海里一直留存着高清画面。那是上初三时,她鬼使神差地喜欢上了韩剧并沉湎其中,房间里挂满了各种偶像照片。生日那天,父亲拿着一个用五彩纸包好的精致礼盒走进她的房间。那是一个金属材质的 J-8 Ⅱ 模型,这款国产战机有"空中美男子"之称。父亲以飞机为例劝她说:"国外有 F-16,好比你追的韩星,但再好也是别人的;这架令人艳羡的'空中美男子',则是我们自己的星。与其羡慕别人的星,还不如自己去造星,那样别人就会来追你,这是分子和分母的区别。"尽管苗青当时处于叛逆期,但父亲的话还是听进去了,追剧的兴趣便渐渐淡化了,她明白了一个道理,不属于自己的星无论怎么追,到头来都是一场空。另一次是高三毕业那年生日,父亲送她一架国外最先进的武装直升机模型,父亲说蜻蜓哪个国家都有,为什么有的国家根据蜻蜓原理就能研制出直升机,而有的国家蜻蜓只能是蜻蜓,说到底是个想象力的问题,设计飞机的人,靠想象力可以与宇宙太空对话。

第二天一早,她说自己已经做出决定,去东北。

父亲站在那里凝视着她半天说不出话来。

"不论有多大的不适应,我都拿定主意,听从导师的建议,去东北!"苗青又重复了一句。

父亲和母亲相互看了一眼。母亲摇了摇头,父亲则一字一句地说:"从今年开始,你的生日我不送礼物了,我等着你送我一件大礼,你知道我想要什么。"

苗青笑着说:"我替您去做您当年想做的事。"

苗青看到父母眼里含满泪花,这泪花一定有多重解读。

5

在武汉回上海的火车上,苗青靠着车窗进入了梦乡。睡梦中,感觉自己像一片云随风飘到了校园,落在那块熟悉的草坪中央,江峰笑吟吟地以一种慢放姿势奔跑过来，将她扑倒在草地上，草地散发着芳香，几只白色的蝴蝶在飞舞。江峰像一头发情的雄狮，抱着她在草地上翻滚。这时，天忽然变阴了，豆粒大的雨滴砰砰砰落下来，两人急忙起身寻找避雨之所，江峰捂着头往近处一栋房屋跑去，她则选择相反方向跑向那棵香樟树。站在屋檐下的江峰大声喊："树下不能避雨，小心有雷！"她打了个寒战，猛然就听到一声炸雷轰响。惊醒过来，车窗外果然在下雨，雨丝让窗外的景色模糊一片。

她想，应当尽快把自己的决定告诉江峰。

回到校园，她放下行李便来找江峰。江峰所在宿舍的512房间只有他自己，室友早就离校。房间有些凌乱，要带走的物品已经装进纸箱。桌上电脑开着，屏保图案由过去的全球鹰无人机变成了迪拜那幢灯火辉煌的高楼。

江峰说："回来啦？我的企划方案已经写好，你提提意见。"

"我想告诉你，我不去深圳了。"她声音很小，但清晰。

江峰惊愕地问："怎么，你真的要做逆行者？"

"是的，家里那十九个飞机模型，真的变成了十九只乳燕，它们需要我的哺育。"

江峰叹了口气："我料到会是这样，你可要知道，越是坚硬和强大的东西，越有被粉碎的危险。"

"我并不坚硬和强大，事实上这些日子我一直很苦恼。"苗青的声音依然很小。

"我虽然不赞成你的选择，但我佩服你，一个为信念不懈努力的人不该被指责。"江锋说，"崇高，是需要付出代价的。记得我读本科时老师曾讲过一个真实的故事，七八级一个校友，毕业后响应学校号召选择去了大西南支边，那是一个非常优秀的学生会干部，师生普遍看好他的发展前景。十年后，在北京召开的一次表彰会上，这位在县城担任中学校长的校友上台领奖时，为他颁奖的竟然是同班一个学习成绩平平的同学，这个同学的身份已经是中字号某协会的副会长。可想而知，如果当时这位同学不去支边，在主席台上颁奖的可能就是他。选择，决定人生的前程。"

"我从来没有想过什么崇高，我只是放不下一个人的计划。"苗青说，"那位支边的同学值得敬佩，人生的价值与职务高低不成正比，关键看做什么，做成了什么，我相信那位支边的同学会影响并改变许多学生的命运，从这个角度看他是一个英雄。"

"英雄情结谁都有，包括我自己，"江峰注视着苗青的眼睛说，"一个人只要成功就是英雄，不分专业和非专业，有的物理系学生成了作家，有的数学系学生当了记者，你我虽然学飞行器设计制造，但保不齐就当了李嘉诚，设计房子与设计飞机相比，不过是小儿科。"

"我看重爱好和事业相统一，在权力、财富和快乐三个选项中我选择快乐，只有从事飞机设计，我周身的细胞才会活跃起来。"

"难道说我不能给你快乐？"江峰语气中多少有一丝抱怨。

"不能这么比，真的。"苗青眼含泪水。她没有与江峰对视，江峰这样优秀的男生，在学校并不缺少追求者，但江峰和她恋爱后没有丝毫绯闻，这说明江峰特别在意她。她低着头道："我让你为难了，在你需要我的时候，却不能与你同行。"

江峰站起来在屋子里踱步，胸脯一起一伏，能看出来他在努力压抑着自己。其实搞房地产公司有没有苗青的帮助并不重要，他真正担心的是苗青。在江峰看来，一个人的计划太不着边际，一旦北上落魄，自尊心极强的苗青就会像冰雕一样被毁掉。江峰欣赏苗青，认为苗青是个不可多得的女孩，形象无可挑剔，性格卓尔不群，在风摇柳摆、一片吴侬软语的周边，苗青是水杉般的存在。

"你有选择的权利，我不怪你。"江峰停下来很平静地说。

苗青站起身，礼貌地点点头："那我回去了，趁我还能找到回去的路。"

她走到门口，江峰跨前一步，从身后抱住了她，她感觉到江峰身体在颤抖，她努力保持着平静，和江峰相处两年，自信得有些过头的江峰从没有身体颤抖成这样。她闭上双眼，头微微向后仰了仰，江峰呼出的气体有些热，像液体在脖子上流淌，她明显感觉到江峰的身体有了进攻性。这一刻，她希望江峰能有进一步的动作，她已经想好，一旦江峰提出过分的要求，她不会拒绝，因为自己确实深爱着这个充满魅力的男人，在江峰怀抱里，没有哪个女人不会沦陷。

她耳边似乎响起一首缠绵的曲子，那是电影《人鬼情未了》的主题曲，她的身体随着优美的旋律开始摇晃。这时，江峰在她耳边说了一句让她不得不清醒的话："等你两年，两年之内，我卧室的另一杯拿铁属于你。"

她从嘶喊般的旋律中缓过神来，原来并没有音乐，一切都是虚幻的存在。她知道这是江峰给她的尊严。江峰不愧是绅士，任何时候都不会让人难堪。

回去的路需要穿过那片草坪。她走到香樟树下，发现今天画家缺席了，心里像少了点什么，如果吴逸仙在这里，她想坐下来当一回模特儿，让画家给自己画个正面肖像，也好纪念这个难忘的日子。她想，此时的肖像一定带有哈姆莱特的忧郁。站在香樟树下，树上有只不知名的鸟在叫，叫声很难听，像灰喜鹊。有两个女生走过来，小心地询问她是不是在等吴老师。她问哪个吴老师，女生说就是那位画家。她摇摇头。女生相互看了一眼，嘀咕道，说好了要来画，怎么就不来了呢。苗青明白了，两个女生是约好了来画像的，而吴逸仙却爽约了。

6

鲲鹏集团副总裁鲍辰和人力资源部部长何木来学校找苗青。

苗青没有想到集团领导会来，因为网上联络的只是一个普通工作人员。鲲鹏集团两位领导先是与校方做了沟通，拜见了苗青的导师吴教授，然后才到就业指导中心与苗青见面。鲍总穿着考究的薄西装，系一条黄黑相间的领带，看上去庄重而又严谨，要知道这个季节穿西装是很遭罪的。苗青事先在网上搜了一下，知道鲍总在东欧留过学，也是颇有名气的飞行器设计专家。人力资源部部长老何是军转干部，五十岁左右，面无表情，深深的法令纹像猎豹脸上的两道泪痕，让他看上去格外冷峻。

鲍总开门见山："我们有过一面之缘，去年在北京，你上台领奖，我在下面当观众。你在国外发表的论文我们也查阅过，校方将你的《商用大飞机人工智能应用问题及对策》博士论文推荐给了我们，我很惊讶，说实话这也是我在思考的问题，论文见解独到，逻辑严密，是篇难得的优秀论文。我想知道，依你的条件对你抛出橄榄枝的单位一定不会少，是什么原因让你选择去东北？"

鲍总没打官腔，苗青觉得这个问题能说出来也好，微微笑了笑道："原因很简单，如果说历史原因，是父亲的一种执念在影响我，我父亲是北航学飞机制造的，他的本科论文是《大型飞行器设计的问题及对策》，但父亲没有机会和条件设计飞机，他的想法只能尘封在那篇论文里。现实原因也很清楚，我是学飞机制造的，本硕博八年学习下来，总该学有所用吧，我的导师也对我寄予很大期望，父亲和导师是最不能辜负的人，就这样，我便决定去东北，做自己喜欢做的事。"

鲍总点点头："我在东欧是学空气动力学的，与你一样，我也在做自己喜欢做的事。"

"那以后要向您多请教。"苗青态度很诚恳，有一个内行做领导是好事。

鲍总说集团有人才引进政策，因为苗青获过国家级奖项，在国外《航空航天科学与技术》《制导、控制和动力学》杂志以及国内《电光与控制》等期刊上发表过多篇学术论文，符合集团人才引进政策，因此对她的招录按照人才引进程序办理。鲍总问她有什么要求。苗青知道按照人才引进的话相关待遇会比预想的要好，这让她心头感到了一股暖意。苗青说自己一心想搞飞行器设计，希望在实践锻炼一段时间后，能参与相关研制任务。鲍总说这没有问题，引进你就是为了飞行器设计，好钢肯定会用在刀刃上。因为苗青事先做足了鲲鹏集团的功课，这次见面就意味着最后拍板。简单交流后，老何说了一句多余的话，但苗青并不反感，先小人后君子，人力资源部部长这么做没问题。老何说有两件事要按程序办：一个是要签保密协议，一个是签约后三年不许跳槽。苗青笑了笑，觉得老何此时特像莎士比亚戏剧里某个人物，她为自己的发现心里暗暗发笑。她说没问题，程序性手续一切按规定办。

双方约定第二天正式签约。鲍总建议她回去再考虑一下，有什么要求可以在签约前提出来，工作地点可以在沈阳，也可以在大连、长春或哈尔滨，四个城市都有集团的研发机构。

苗青站在门口目送鲍总和老何走远。她对鲍总印象不错，觉得特有亲和力，自己无非一个普通博士，集团副总却穿着西装来见，这本身就是一种重视，会客穿正装还是便装是心理预期的体现，这一点她很清楚。

苗青回武汉这两天，高兰也去北京面试，三天后，高兰从北京归来，抱着一个很大的洋娃娃，一进屋就面若桃花地说："过了，过了！"

"祝贺你！"苗青热情地拥抱了她。

高兰是个追求实际的人，因为功夫都下在外语上，毕业论文费了很多周折，苗青帮了她不少忙，这让高兰很是感动。看着高兰放到床上的洋娃娃，苗青问："好可爱，小高送的？"

高兰脸上的笑容挂着蜜，佯作嗔怪道："都奔三的人了，还送芭比娃娃，没办法，女人哪怕读到博士，在男人眼里也是小孩子。"

"有男朋友送礼物真好,"苗青说,"尤其走心的礼物,不论轻重。"

"江峰条件好,他送的礼物肯定有品位,不会拿芭比娃娃来敷衍你。"高兰知道江峰的父亲是个很有权力的官员,如此优渥的家庭条件,出手一定很大方。

苗青笑了笑,没有应和,她在想,自同江峰交往以来,彼此真没有送过贵重礼物。应该说江峰基本不在俗事小事上花费精力,他有着强烈的精英意识,平时关注的也都是职场上的风云人物。但关注归关注,对于国内富豪榜上排名靠前的那些人他并不以为然,他说过如果换了他,会做得更好。这样一个心有猛虎的人,哪里有时间去细嗅蔷薇。

"择业主意拿了?是不是和你的白马王子去深圳?"高兰坐下来,用湿毛巾擦着脸说。

"不,我要去东北。"苗青说。

"江峰也去?"

"他去深圳。"

"你不怕他被别的美女抢走?"

"爱情不是相互监视,"苗青笑着说,"属于我的,丢不了;不是我的,留不住。"

"你真大气!"高兰用提醒的口吻说,"可是爱情需要小气。"

这话引起了苗青的深思,的确,爱情与设计飞机是两码事,飞机是集体智慧的结晶,而爱情具有强烈的排他性。

"我不担心,"她开玩笑说,"实在没人要,嫁给飞机就是。"

高兰被她逗笑了,指了指她说:"不过你也不用担心,东北什么都缺,就是不缺帅哥,应该担心的是江峰才对。"

晚上,苗青翻来覆去无法入眠,就像当初江峰请她喝拿铁一样,一闭上眼睛,江峰那个三级跳远的姿势就会出现在面前。她索性坐起来,穿上衣服到楼下乘凉。校园里很安静,可以在灯光下放心漫步,不知不觉,她竟然来到了江峰的宿舍楼下,江峰住在512房间,她注意到江峰宿舍灯还亮着,看来江峰也没有入睡。她折回去,又折了回来,往返走了三趟,然后回到宿舍。怕惊醒高兰,她蹑手蹑脚上床躺下,迷迷糊糊入睡了。

夜里,她又做了一个梦,梦里《逆行者》中的那个红衣女子忽然转过身来,冷冷地凝视她。她吃惊地问:"你是谁?为什么跑到我的画中来?"女孩表情木然地回答:"我是你呀,你怎么连自己都不认识了?"红衣女子走近自己,两人靠得很近,似乎要合二为一。她暗暗掐了自己虎口一把,没有痛感,知道这是虚幻中的自己,便说:"你还是转过身去吧,让我们把目光投向云朵中那两只鼹鼠的眼睛,那里有个全新的世界。"红衣女子听后优雅地转过身去,红色风衣的衣摆像舞蹈般画出一道圆弧,《逆行者》又恢复了原来的画面。

早晨醒来,她看着立在床头的画心里直犯嘀咕,整天相见晚上还能入梦,这画莫不是被放了蛊?

7

签约很顺利。

当她用签字笔写下"苗青"两个字时,忽然觉得自己变轻了,有一种要飘起来的感觉。这些日子她感觉自己体重有所增加,虽然腰围缩小了一厘米,但不知哪里多了些赘肉,晚饭只吃一点蔬菜。高兰说:"你身材这么好还减肥呀,想让我们嫉妒死吗?"她皱着眉说:"赘肉这东西像老鼠一样会偷着长,你能感觉它的存在,却又抓不到它,所以只能采取断粮断供的笨办法。"高兰说:"你这是就业综合征,许多毕业生都有,一旦签了就业协议就好了。"看来高兰的分析有道理,签了协议后,果然觉得身上那块东躲西藏的赘肉逃走了。

协议本来是老何签,老何已经坐好,刚刚拔下笔帽,站在一边的鲍总忽然拍拍老何的肩膀说这字由他来签。老何站起身，双手把笔递给鲍总。老何对苗青说，集团引进人才签署协议难以计数，由老总签字这是唯一一份。苗青点了点头，看着鲍总签字的样子，心里有些感动。鲍总签字非常认真，用楷书，一笔一画，写得十分周正。要知道，几乎所有老总签名都是龙飞凤舞的草书，是专门设计的花样体，极难辨识，而鲍总的签名却横平竖直，大气严谨。苗青心想，搞飞机的老总就该这样，丁是丁，卯是卯，来不得半点草书意识。签完字，鲍总和苗青热情地握了握手，鲍总说："知道我为什么要亲自签字吗？"苗青摇摇头说不知道。鲍总说："这次来上海，我们洽谈了五个急需人才，另外四个都吹了，理由各种各样，总的一条是对东北信心不足，对国产飞机能不能搞上去持怀疑态度，唯有你做出了与他们截然不同的选择，而且五人当中，你是唯一的女性，因此我很感动，作为集团领导不能辜负你的这番信任。"

苗青问："他们信心不足的理由是什么？"

老何插话道："没有理由，是印象问题。"

"还有文化问题，"鲍总说，"百闻不如一见，其实他们真的到鲲鹏集团考察一番，也许会改变看法，我们有国内一流的加工设备、制造能力和工匠团队，缺乏的是顶端设计，这些人才如果到鲲鹏工作会有很壮阔的前景。"

苗青记住了"壮阔"一词，这种描述很令人激动，是啊，东北本来就天辽地宁，是一片广阔的天地。作为大国重器生产基地，鲲鹏集团以及东北许多装备制造企业都处于国内领军地位，这一点毋庸置疑。

她向鲍总提出一个要求，如果两年后还没有设计任务，请给她一定选择的自由，这一点与何部长说的三年内不许跳槽或有冲突。鲍总很肯定地答复说如果集团没有设计项目，你可以不受三年时间限制，人才闲置是浪费。

分别时，老何写了一张纸条递给苗青，说有关资料、专业书籍和其他工作需要的东西可以邮寄到这里，开好收据，单位会给你报销邮寄费。这个举动令苗青很感动，也改变了对老何的看法，一个大集团的人力资源部部长考虑问题如此周到，实属难能可贵。

鲍总和老何高高兴兴地回去了，双方约定报到时间是8月16日。她之所以选定这个日子，是希望将来不会忘记这一天，因为这天是自己的生日。约定报到地点是鲲鹏集团位于大连的909所。她没有去过大连，但对那座海滨城市充满向往，她知道那里有个软件园，集中了国内许多年轻的软件工程师。记得与导师聊起东北时，导师对东北四大城市逐个做了评价：沈阳是空中堡垒，有点像苏联的安-225，体量巨大，运力十足；长春是麦道-82，身姿修长，高等教育发达；哈尔滨如同运-9，离开它，很多重要的事情玩不转；至于计划单列市大连，更像刚刚实现首飞的歼-10，是一个应该出奇迹的地方。导师用四种机型来比喻四座城市，给苗青留下了清晰的印象。相比较而言，苗青更喜欢歼-10，因为那种后三角翼和机身后部小型双垂直尾翼的设计理念契合她的审美观。

她要将签约的事向导师汇报，相信导师会很高兴，因为去东北最初就是导师的建议。

导师家位于专家楼首层，偌大的书房像个图书馆，四壁立满书柜，中间是一组沙发，沙发前的方形茶几上有三台笔记本电脑，分别有不同的用途，很多时候导师给博士生上课就在这里。这里是苗青熟悉的地方，两年来，有四分之一时间是在这里度过的，书柜哪个位置摆放着哪些书她都清楚。见苗青进来，导师从沙发上站起，主动和她握手。导师站起来身体很直，没有老态龙钟的样子。苗青有些受宠若惊，导师带了自己两年，还从来没有主动和她握过手，这一握，说明导师已经知道了她的选择。

果然，导师笑眯眯地说："就业处给我打电话了，说你已经和鲲鹏集团正式签约，能做出这样的选择，不容易啊。"

苗青说:"对我来说东北是个完全陌生的地方。"

"工作单位在哪座城市?"导师关心地问。

"大连,鲲鹏集团在沈阳、长春、哈尔滨和大连都有下属单位,大连的909所科研力量要强一些,每年都有总部和集团下达的飞行器设计任务。"

"哦,大连不错,我在那里生活过。若说大东北三个省会是三居室的话,大连无疑是东北的阳台,站在阳台南可望大海,北可顾腹地,有地利之便。"

苗青觉得导师很会比喻,先前把东北四座城市比喻成四种机型,现在又把东北四大城市比喻成三居室和阳台,听起来特别形象。导师去了厨房,苗青再次打量了一遍这间熟悉的书房,知道以后来的机会不会太多,她想把记忆再强化一些。比如写字台对面墙上那幅北大荒麦收情景的油画,画面极具田园气,金色的田野上一台红色康拜因正向一辆解放牌卡车车厢倾倒收获;近处一个短发白裙的劳动妇女正手搭凉棚望着这一幕,一把弯镰和一只军用水壶放在地头,远处的天空是一片令人喜悦的麦穗黄。还有书架上那一柜英文书,她每次来都要翻阅那些珍贵的图书,有的书在图书馆查不到。最让苗青喜欢的是墙角的一个博古架,上面没有古董,摆放着几样导师最看重的纪念品,有俄罗斯套娃,有老式拧帽黑色英雄牌钢笔,有各式各项的奖牌。博古架最上层是一件岫玉雕成的山子,上面有苞米、豆荚、麦穗、高粱、松塔、孢子和灵芝等。

每次走进这间书房,苗青都有一种回家的感觉,导师像慈祥的祖父,总是用循循善诱的口吻与她说话。作为国内空气动力学方面的泰斗级院士,导师没有架子,讲述问题就像一个耐心敬业的小学老师,从不对学生发火。但是,在苗青毕业去向问题上,导师的态度却没有任何回旋余地,立场坚定不移,导师说:"你不造飞机,当初为什么要考我的博士?"苗青明白,坚定的立场从来不会在某种沙龙中形成,立场如同地基，需要有人去夯实，父亲、导师都是自己立场的夯实者。

导师从厨房回来，端着一个保鲜盒，里面是小粒葡萄般的水果。"尝尝吧，估计你没吃过。"

"这是什么水果？"苗青吃了几粒，凉哇哇的，口感酸甜，有一种独特的香味。

"都柿，"导师说，"在大小兴安岭林区与湿地过渡带生长的一种浆果。"

苗青想，大上海什么水果没有，导师却偏爱这种东北野生浆果，看来还是感情在起作用。

"东北不比上海，"导师意味深长地说，"你都准备好了？"

苗青说："我有思想准备，不过，别看我一副无所谓的样子，其实心里有一种挥之不去的恐惧感，东北的人、环境、生活习惯都是全新的，我甚至不知道有没有热干面吃。"说到这里，她摆摆手笑着说，"当然，这种忐忑我没有告诉别人，分享忐忑只会增加别人的负担，自己的问题自己解决，但在导师面前我必须实话实说。"

导师道："是啊，人生地不熟，对你来说是个挑战，不过，吃点苦无所谓，凡事总是先苦后甜。"

"现在不是您在东北的那个年代了，除了气候，南北方并无多大差别。"

导师点点头说："不过，东北社会总体上说还是个人情社会，这是地域文化影响所致，你去了后少不了有些工作之外的事情要处理，我给你介绍一个人，他会帮你处理一些杂事、琐事，有难事，找大仙。"

"有难事，找大仙？"苗青第一次听说大仙这个名字。

"哦，大仙是我的侄孙，你见过的，是个画家，在大连艺术学院工作，在我们学校做访问学者，我向他介绍过你。"

"老师是说吴逸仙？"

导师点点头："是的，他来我们学校，实际是想借访问学者之便照顾我。"

"天哪!"苗青心里惊叫了一声,难怪吴逸仙知道自己,还知道那件红风衣,原来根子在导师这里。她觉得奇怪,这么长时间,怎么一次也没有在导师家中与吴逸仙相遇。

"吴逸仙送给我一件礼物,是幅色粉画,画名叫《壬辰·逆行者》。"

导师笑了:"他告诉我要为你画一幅画,但没说画什么。"

"吴逸仙怪怪的,整天给女生画像。"苗青觉得应该把吴逸仙给女生画画的事告诉导师,既然是导师亲属,一旦出了什么差池,会影响导师形象。

导师没有惊奇,微笑着说:"大仙这个孩子懂事早,有个性,不过人品没问题。"他向苗青介绍了吴逸仙的情况。

吴逸仙乳名大仙,是名副其实的"荒三代"。他的祖父是吴教授的哥哥,抗美援朝时是十六军一个团长,归国后在建三江一个农场当场长。大仙的父母是"荒二代",恢复高考后双双考入八一农垦大学,毕业后分配在农垦系统工作。大仙从小喜欢美术,上小学时喜欢《笠翁对韵》和《弟子规》,初中时能全文背诵《道德经》。高中毕业大仙考上了鲁美,毕业后出国留学三年,两种截然不同的教育观念,造就了大仙这个古典头脑、现代情怀的复合型画家,他无论画古典主义还是画现代主义的作品,落款一直用中国农历。大仙主攻色粉画,作品多次参加国展并获大奖,已经跻身著名画家行列,父母为此引以为傲。但大仙也有让父母不省心的地方,那就是他迟迟不恋爱、不结婚。父母知道大仙骨子里有一种哲学家的清高,再说爱情这种事情讲究缘分,也不过多强求他。

导师说,他向大仙介绍了苗青有意去东北工作的情况后,大仙开始不相信,说现在的女生都很现实,落寞的东北与北上广深的差距明摆着,很难想象一个学业优异的女博士会选择北上。导师告诉他苗青与众不同，苗青心里有一个人的计划，是苗家父女两代人的心愿。大仙说果真如此，此人必是另类。导师说你就给她画张画吧，作为毕业礼物送她。就这样，大仙画了那幅画，并让人送到了苗青宿舍。

苗青说："原来这是您的安排。"

导师说："大仙给女生画像是为了观察，他曾说过，想了解一个时代，就必须了解这个时代的女人，如果说男人是舞台上的演员，那么女人就是后台的化妆师，女人是男人的镜子，大仙想通过不同女生的眼神来勘察时代地理，这是他喜欢给女生画肖像的原因。"吴教授还解释说别看大仙发型古怪，其实那个发型有象征意义，是东北湿地里一种叫"塔头"的草墩，大仙选择这个发型是一种故乡情结所系。导师用肯定的语气说："大仙熟知社会规则，朋友遍布三教九流，从来没听说他有逾矩之事，与他交往应该放心。"

的确，尽管女生们常常议论他的画，但真还没听说吴逸仙有什么绯闻。

导师表示，遇到技术难题随时可以回校，师生一道来攻关。告别时，站在书房门口的导师又嘱咐了一句："什么时候都不要忘因何而北上，北上要做什么。"

苗青深深点了点头。离开时，导师破例将她送到了门外。

回到宿舍，翻开绿色的日记本，她随手写下了这样一首短诗：

> 裙裾飘起的一角
> 是红色巨著的扉页
> 书写，该用冰雪的融水
> 还是七色的粉笔
> 我，尚不知答案

8

江峰打来电话告别，苗青特意前去送他。江峰穿了一件黑色T恤，行李很简单，两个纸箱，一个黑色的拉杆箱，看来那些专业书留在了宿舍。一辆咖啡色商务车来接他，开车的人戴着墨镜，手臂上有文身，很社会的样子。苗青想，有这么一台宽敞的商务车，想带走那些书很容易。

车门已经打开，江峰没有急着上车，抬头望了望512的窗子，喉结抽动了几下，能看出他对这间宿舍有些留恋。江峰转过身问苗青："你明天走？"苗青点点头，说还没有订票，一会儿就准备去买票。江峰问："行李多不多？我找朋友安排车送你吧？"苗青摇摇头，说也是一个拉杆箱，其他物品直接邮寄到工作单位。江峰哦了一声，伸出手拍了拍她的肩膀道："记住，走不通的路别硬走，企者不立，跨者不行。"苗青点了点头说："房地产行业不那么纯粹，暴利之下也是福祸相倚，你也多保重。"江峰用一种自信的语气道："你放心，用设计飞机的智慧去对付房子，只能说是小菜一碟。"江峰上车前最后一句话让苗青心里涌上一股暖流："有需要我出力的地方你尽管说，你我之间，不要在意什么自尊。"此刻，苗青多么希望江峰能拥抱一下自己，但江峰只是和她握了握手便上了车，车门自动关上，江峰降下贴了不透明遮阳膜的车窗，默默地望着她，她看到江峰眼圈已经发红，眼里泪光闪闪。

商务车缓缓地拐进一条林荫道不见了。苗青没有走，抬头望着512那扇窗子，她忽然想上去看看，记得江峰有一本英文版无人机设计方面的书，他们一起写论文时做过参考，如果在宿舍，会被那位胖胖的男管理员当废品收走。她走进楼内，找到管理员说男友落下一本书，让她来拿。因为苗青常来，管理员认识她，便将钥匙给她让她自己去512。苗青来到512，在地上堆放的物品中果然找到了那本书。她闭上眼睛，双手抱住这本已经有些毛边的英文书忍不住流下了眼泪。泪水很凉，像刚涌出的山泉，与盛夏的炎热形成明显反差。

宿舍床上被褥还在，被褥很干净，江峰是个爱整洁的人，即使离校，也把被子叠得很整齐。书桌上除了一个翻了一半的台历再无他物。苗青将地上的书一本本捡起来，整齐地码放在书桌上，这些书都翻阅过，有的还留有江峰的眉批。摆好书后，地面变得干净起来。她有些疲惫，坐在床上看着这些书，像个自语症患者一样机械地读着那些书名，书脊上的字很小，但她都能看得清，因为这些书她大都读过。在512寝室呆坐了足足有一个小时，直到管理员来拿钥匙才将她从幻觉中叫醒。她和管理员商量，能不能帮忙把这些书邮寄到东北，邮资、包装费她来付。管理员说："这个简单，我给邮寄代办打个电话，让他们来办好了，你把邮资直接转给他们。"她将邮寄地址写给管理员，留了电话。管理员接过纸条问："你去东北工作？"她点点头。管理员说："小江不是去深圳吗？"她笑了笑，道："不是有句话叫分久必合嘛，暂时不在一起也许更好。"管理员点点道："也对，天天在一块大眼瞪小眼，不吵架才怪呢。"

苗青本来签约后就可以回武汉，多留两天目的就是想送送江峰。两人关系走到这一步责任不在江峰，这一点她很清楚，江峰对她没有任何指责，甚至连一句过头的话都没说。江峰的表现让她想到了胡适先生说过的一句话：容忍比自由更重要。

送江峰前，她想给江峰一件礼物，想了许久也没想好送什么，那幅《逆行者》肯定不合适。礼物，往往代表许多礼物之外的含义，不是一件简单事，宣示主权的说法让她打消了这个念头。她很佩服吴逸仙，一幅《逆行者》让她琢磨了好几天，这礼物与宣示主权无关，却直接影响了她南下抑或北上的决定。她想，与江峰相恋这么久，江峰为什么不送个礼物给自己呢？哪怕一个钥匙扣也好呀。再看淡利益的女人，也希望得到男友的礼物。

第二天，她拖着拉杆箱走出宿舍，走到草坪时看到香樟树下吴逸仙正给女生画画。做模特儿的女生头发染成了栗色，一身咖啡色运动服，看上去是个喜欢运动的女生。她不想过去打扰，正要离开，吴逸仙却停下画画，与那位女生说了几句便站起身迎过来。吴逸仙问："就一个拉杆箱，您不会把那幅《逆行者》送人了吧？"

苗青笑了，看来画家很在意自己送出去的画。她注意到吴逸仙竖立的头发上落着一片干树叶，想给他摘下来，却没有动手，便微笑着说："本来我想送给男友，可是真要送他，怕他会来找你约架，他可是运动冠军，您打不过他的，我只好邮寄到大连，放心，那么珍贵的礼物我怎么会丢弃呢？"

"我猜到您的男友不会喜欢，"吴逸仙说，"不过没关系，什么事情都有个过程，时间会证明一切。另外，明天我也要结束访问学者生活返回大连，我们将在同一座城市工作和生活。"

"这么说，今天这位女生太幸运了，她这幅肖像将是您在交大的收官之作。"

"收官之作很少有得意之作，我在交大画得最满意的一张就是送您的《逆行者》。"吴逸仙说完，摆摆手回去画画了。苗青却在原地站着未动，看到吴逸仙坐下去和那位女生又说起什么，才转身离开。

吴逸仙会和那位女生说什么呢？她想。

9

2012年8月16日，苗青乘坐的航班降落在大连周水子国际机场。

在飞机上透过舷窗可以看到，位于城市东北方的周水子国际机场和城市连为一体。一般来说出于安全考虑，机场都会布局在郊外，像周水子国际机场这样紧贴城市而建的并不多。飞机从蓝色的大海上空缓缓下降，飞过泊满船只的大连港上空，在幢幢楼宇上方掠过，然后稳稳地降落在机场跑道上。

一下飞机，苗青就嗅到了一股湿润的海风味儿。因为有武汉和上海做比较，夏季大连的凉爽令她感到十分惬意。难怪很多人会选择来大连消夏，这里夏季适宜的温度和徐徐拂过的海风，称其为凉都并不为过。

走出机场后苗青打了的士，不到半个钟头就到了909所。

909所属于保密单位，的士进不去，苗青下车请门卫给接洽的工作人员打了电话。很快，一个身材修长、戴着宽边眼镜的年轻女士快步走出来，笑着问："您是苗青同志吧？怎么不事先打个电话，我们会派车接您。"苗青与对方握了手道："我百度过地图，看到路不远，又很好找，就自己打车来了。"年轻女士说："集团何部长特别交代，说您今天来报到，让我们悉心安排好，您看看，第一步我们就掉链子了。对了，我姓宋，909所办公室主任兼人事处处长。"

小宋是本地人，长了一副模特儿身材，两条仙鹤般的长腿很吸睛。都说大连出美女，看来此言不虚。小宋说话有一种俗称的海蛎子味，听起来特别赶劲儿。来之前，苗青向朋友咨询过大连，也在网上做了搜索，"海蛎子味"这个对大连话的描述引起了她的兴趣，什么是海蛎子味呢？她给本科时期一个来自东北的同学打电话，同学说海蛎子味是胶东方言与东北方言杂糅形成的大连话，缺点是表达夸张，描述人和事有渲染之嫌，优点是幽默，很严肃的话题用这种方言一说，就成了令人忍俊不禁的调侃。同学发来一段用大连话配音的电影对白，是《追捕》中杜丘跳楼的那一段，她听了差点喷饭。

小宋把苗青领到宿舍。宿舍如同普通宾馆的标准间，浅色调，配有单人床、书柜和书桌。也许是考虑到她的女性身份，屋内还有个崭新的三开门衣柜。小宋心直口快，说所里住宿舍的单身女性都搭了趟便车，前几天，集团鲍总来视察，说女生宿舍怎么不给配衣柜呢？就这样，所里给每位住宿舍的女同志都买了三开门衣柜。小宋说衣柜是她亲自到家具城挑的，环保漆，低甲醛，可放心使用。

安顿好住处后，小宋领她来见所领导。路上小宋介绍，所里现在是两正一副，一位所长、一位书记，一位副所长，实行扁平化领导。所长下面实行项目制，每个项目都是独立单位，直接对所长负责。所长姓郑，书记姓柳，副所长姓袁，像909所这样的科研单位，因为工作连续性强，干部很少交流，交流对推进项目不利。

909所五层办公楼很旧，一看就是二十世纪六七十年代老建筑，但打理得很干净。从外面看，许多窗子被爬山虎包裹起来，有了些童话的味道。进到楼内，水磨石地面纤尘不染，橡木楼梯扶手上有很厚的包浆。所长办公室在三楼，房间不大，陈设也简单，满头白发的郑所长正在伏案看材料，见到苗青后不紧不慢地将材料装入档案盒扣上，然后起身和苗青握手。

"你的情况我做了些了解，909所需要你。"所长说话不拐弯抹角，和小宋一样直来直去，他接着说，"你在国内外学术期刊上发表的论文我们也查到了，研究的课题是我们这个行业的前沿问题，看来名师出高徒啊，你这么年轻，难得。"

苗青说自己刚毕业，没有工作经验，需要认真向前辈学习，尽快进入角色。

郑所长说："是需要尽快进入角色，鲍总要求我们起跑即冲刺，尤其要尽快让你进入设计环节。"

苗青顿时有了种皮肤绷紧的感觉，这种节奏正是自己所需要的，她不喜欢四平八稳式的松散状态，尤其是科研，基本上是和时间赛跑，居里夫人做了上万次实验才发现了镭，上万次实验，最需要的就是时间，三年时间里安排上万次实验，不争分夺秒是不行的。这种绷紧的工作节奏是导师潜移默化的影响所致，她每次走进导师那间书房，总是看到年逾古稀的导师在用放大镜伏案查阅资料。那种惜时如金的敬业精神让她感慨颇深，也无形中影响了她的一些行为。有次周末，她和江峰到校外游玩，原计划是放松一天，中午在豫园吃饭时，见邻桌一位老者正在看一份外文报纸，神情专注，旁若无人。老者独自一人，戴白色礼帽，穿咖啡色长袖衫，戴着窄框花镜，桌前放着一杯咖啡，模样和导师相像。她悄声问江峰那位老者像不像导师，江峰也说像，能阅读外文报纸，不简单。吃完饭，她对结账回来的江峰说："外滩不去了，我们回学校吧。"江峰问为什么，她说："看到这位老者不知怎么忽然就想起了导师，此时此刻导师一定在伏案工作，这么一想，心里就觉得玩不下去了。"江峰是个通情达理的人，两个人只玩了半天便返回学校。

郑所长没有给苗青分配具体任务，让她先熟悉所里情况和当前国内飞行器研发最新成果，也可以了解一下909所以往完成的项目情况。

小宋领苗青来见柳书记。柳书记是个五官和四肢都条块成形的政工干部，烟瘾很大，和集团何部长一样都是部队转业，裤子、腰带、皮鞋还是制式军用品。第一次见面，他就对苗青提出了"三不"要求：不要在社会上谈909所的事，不要和来路不明的人交往，不要不请示擅自处理业务。柳书记表情严肃，言谈刻板，但给苗青的印象并不坏，苗青觉得书记就该这样，这叫人岗相适。

离开柳书记办公室，小宋说："听柳书记讲话你别紧张，书记虽然严厉，但人很好，从不整人，是属于把丑话说到前面的人。他之所以给你提出三条要求，是因为所里出过事，柳书记被集团诫勉谈话，这事等以后我再讲给你听。"

向两位主官报到后，小宋没有把苗青往袁副所长那里领，说袁副所长经常不在，去了也是吃闭门羹。两人来到五楼苗青工作的技术处，技术处有八个单人办公室，一个带投影的小型会议室。平时每个人都在自己办公室工作，有需要商讨的问题，处长会把大家召集到会议室商量。办公室大约十九平方米，设施都是标配，苗青给那幅《逆行者》找好了位置，心里觉得有块石头落了地。她准备把画挂在办公桌对面的墙上，办公时只要抬头就能看到这幅《逆行者》。站在办公室窗前，可以看到主楼右边一座四层辅楼，那是幢新建筑，墙面贴着玻璃，四四方方十分规矩。小宋说这个看上去像小型水立方的楼是项目组工作的地方，四层楼现在驻有三个项目组，还空着一层。苗青看了看，小楼很安静，门口太阳伞下站着一个披挂完备的保安，小楼玻璃贴面像巨幅镜子，将对面的风景映成一幅画，让里面显得神秘莫测。小宋说909所有没有钱，就看水立方里有没有工程师，那里人越多，所里的日子越好过，钱随项目走，有几年水立方空荡荡的，他们几百号人就差沿街乞讨了。小宋说的话虽然有玩笑成分，却道出了一个规则，科研单位的生命来自项目，而像909所这样的单位，项目就代表着新机型的设计任务。

"试用期的人可以参加项目组吗？"苗青问。

小宋道："您是引进人才，没有试用期。"

苗青点点头，她之所以这么问，是想知道鲍总说的话是不是真的，看来自己属于引进人才这件事，集团已经和所里做了交代。

第二章：癸巳·金蟾礁上的雅典娜

1

周末一早，大仙给苗青打来电话，说晚上请她和几个朋友聚聚。

苗青说该不会都是画家吧，她可不懂画，坐在一起会尴尬。大仙说画家只有他一个，另外三个朋友一个院士，两个企业家，都算成功人士吧。苗青吐了下舌头，心想，有院士参加，聚会档次够高的，大仙还真有神通。

苗青报到后一边熟悉工作，一边继续自己的设计。父亲告诉她，无论遇到什么情况，一个人的计划不能停，搞设计如同写诗，一停，灵感就会短路。

之前，大仙曾驾车拉她到城市四处转了转，她感觉不错，大连不愧是避暑胜地，这里的夏风如同带有爽身粉，吹在皮肤上有一种顺滑感，不像大上海的伏天，如同汗淋淋的油腻男一般难缠，让你浑身烦躁却又无处可躲。

苗青本来想穿套裙，站在镜子前怎么看都不舒服，就干脆换上一身白色运动服、白色旅游鞋，这样一来就感到自然多了。苗青发现自己与白色衣服特搭，不用别人说，自己看着也提神。她打车赶到约好的太原街巨无霸海鲜酒店，大仙和三位朋友先到了，苗青进来时，四人礼貌地起身相迎。大仙介绍说："这就是苗老师，我二爷爷带的博士，和我二爷爷做的课题获过大奖。"

"不要叫我老师，叫小苗吧。"

"称呼问题很重要，我看就叫苗老师，不管您将来身份地位怎么变化，在这个圈子里称呼不变。"

苗青笑了笑，不再坚持。

大仙竖起的头发新理过，鬓角泛着铁青色，黑色T恤紧绷绷地箍到身上，勒出了肱二头肌和胸肌。大仙从白院士开始介绍：白院士是国内著名航电专家，在中直一家研究所工作，是著名的学科带头人。白院士平易近人，脸色红润，下颌上有颗红痣。面色清癯的那位叫宋理，毕业于哈工大，是金普机床集团董事长。年轻的一位叫文剑，与白院士一样都毕业于清华大学，文剑剃着平头，双目带电，衣着不凡，给人一种老成持重的感觉。大仙特意说文剑比苗青大一岁，单身，从事绿色环保产业。

几位朋友最让苗青感兴趣的是白院士，航电专业对一个人的计划太重要了。大仙特别介绍说白院士著作等身，是个有艺术家气质的科学家，这让她马上联想到了父亲，父亲是个有诗人气质的工程师，她觉得科学家也好，工程师也罢，一旦有了艺术加持，就会变得生动可爱。白院士很谦虚，说自己哪里有艺术家气质，不过从小喜欢画画而已。

大仙说科学家喜欢艺术是一种解压方式，乏味的科研需要有味道的艺术，在白院士身上，科研与绘画做到了完美的结合。白院士说充其量是个绘画收藏家，收藏多了，便积攒了一点知识，自己一动笔马上就露怯。白院士对色粉画情有独钟，收藏了许多名家的色粉画。

宋理也是个收藏家，他的收藏不分种类，但以绘画居多。大仙说他出手大方，只要看上眼的艺术品，在拍卖场上会举牌不断。宋理说自己的收藏属于公司行为，是金普机床对艺术品的一种投资，他坚信未来有一天，这些艺术品会比机床赚钱。

文剑的环保公司与政府合作，专门处理城市生活污水。因为有政府买单，企业效益比较稳定。但文剑不是个小富即安的人，他的理想是建立一个大型托拉斯，营造一个属于自己的产业王国。大仙说文剑正招兵买马筹建飞鹰公司，准备进军无人机产业。飞鹰公司已经注册，招聘来的十几位工程师和管理人员业已到位，正在紧锣密鼓地工作。这个项目引起了当地政府关注，被列为高新技术企业给予扶持，这让文剑更是信心满满。苗青问他为什么要选择无人机产业。文剑说未来的世界必将是无人机的天下，谁拥有先进无人机，谁就能全方位察打天下。苗青觉得文剑胆识过人，眼光独到，尽管察打天下的话听起来有些大，但道理讲得通，无人机行业方兴未艾，市场前景确实远大，文剑选择这个领域是明智的。苗青一直觉得搞科研也好，做生意也罢，能摸到阿里巴巴的门闩至关重要，只要能叩响门闩，就不愁没有开门的时候。

  饭桌上的话题极宽泛，从最新科技前沿的互联网，到人类可持续发展；从美国的F-22，到国内正在研制的某舰载机；从绘画上古典主义的复兴，到现代主义的种种流变，大家兴致勃勃。苗青则离开专业，谈了自己对海胆的偏爱，说来大连之前从没吃过海胆，海鲜若要排座次的话，海胆应列首位。她的观点得到众人肯定，宋理说所谓生猛海鲜，这个猛字就与海胆的形状有关，看海胆的样子多像长满触角的水雷。几位朋友都不劝酒，更不像某些酒局上那样荤段子成串，这样的场合让苗青感到很舒服。

  文剑说："苗老师，据我所知909所人才济济，科研项目不得不论资排辈，您若是哪天觉得英雄无用武之地，飞鹰公司可作为一个选项，待遇不用考虑，大仙在这里，我不敢亏待您。"

  苗青微微一笑，柳书记的提示就在耳边，关于单位的事情她不会多言，跳槽到飞鹰公司更是不可能的事情，尽管文剑出于好心，但谈论这类问题似乎不合时宜。不过，她还是很有礼貌地举杯和文剑轻轻碰了一下，算是致谢。杯中的红酒摇动起来，像溶化的红玛瑙。语言不好表达的时候，一个动作往往更加意味深长。

白院士讲了航电和光学，尤其讲了光的无限可能，比如激光武器。他推断未来科技竞争，很大程度会胶着在激光的开发使用上，就如同火药重新规定了十九世纪世界秩序一样，激光很可能改变新世纪的世界格局。

苗青赞同白院士的观点，飞行器设计再好，没有高科技航电技术和激光应用，设计理念也难以实现。她很恭敬地向白院士表达了未来希望合作的意愿。白院士当即表态："没问题，如果苗老师承担了研发项目，我可以带领团队做航电配套。"

大仙插话道："白院士团队可不是轻易出手的，项目排得很满，这种合作909所求之不得。"

文剑说："在909所想获得设计项目并非易事，资历深的工程师一大堆，狼多肉少，年轻科研人员机会不多。"

苗青表示暂时有没有设计项目无所谓，毕竟自己初来乍到。

大仙说："我二爷爷提到过您有一个人的计划，说这个计划需要静和清。"

苗青没想到大仙轻易就暴露了她的秘密，又一想，一个人的计划没有密级，纯属个人计划，暴露就暴露吧。她点了点头："静和清就是静默，导师曾经用'子规夜半犹啼血，不信东风唤不回'来激励我，我懂导师的用意，春风有信，静待花开。"

大家又聊到了色粉画。大仙对苗青说："白院士、宋总和文总都因为喜欢色粉画才和我成了同道，其实他们都是成功人士，每个人都了不起。"

文剑说："我们三人家中挂的大幅色粉画均为大仙所赠，大仙是个有共享理念的艺术家，视金钱如粪土，当年我和白院士、宋总通过一位熟人找大仙求画，熟人说要给润笔，说这三位都不差钱。谁想到大仙在了解到我们三人情况后表示：文总做环保，造福于民；宋总发展文化，造福于企业；白院士科研有成，造福于国家；三幅画他免费赠送！就这样我们三人成了大仙好友。"

白院士说自己退休后要跟大仙学画，主要画山水风景，自己研究的都是微观世界，粒子、中子、量子，这些东西肉眼看不见，所以退休后他就通过描摹景观来直抒胸臆，把自己的另一面展示给社会，做个院士画家。文剑说他未来的跨国托拉斯肯定会有文化板块，届时聘请大仙做顾问兼指导，经纪全世界当代名家画作。宋理则说他将来准备建一个东方卢浮宫，定期举办画展、艺术品展，让高雅艺术给轰鸣的大机床伴奏，打造一种独特的机床文化。

大仙说："二爷爷告诉我，天下万物莫不循道而行，今天这种闲聊虽然天上地下漫无边际，其实大家的说法都归于道，上了道才能行得通，比如说艺术和科技是相通的，两者都是对世界的再发现，艺术可以为科技提供灵感，科技可以为艺术丰富手段，这一点已经被现实所证实。"

大仙讲到这里，苗青忽然就想到了那幅《逆行者》，问大仙是不是在用艺术的方式向她传递某种理念。大仙笑了笑，未置可否。

巨无霸酒店老板本身是个厨师，在央视一档节目中获得过厨艺总决赛冠军。他知道大仙在这里吃饭，专门过来敬酒。老板很儒雅，丝毫没有暴发户的膨胀与自大，敬酒后他轻声在大仙耳边说，酒店最大的包房挂了一幅吴先生的画，是他花大价钱从别人手里买的，想请吴先生过去瞅瞅，鉴定一下真伪。大仙问："署我名字了吗？"老板说署名是大仙。大仙笑了："不用看，你既然买了，就当真画挂吧。"

老板走后，白院士说："你应该鉴定一下，若不是真的，就别挂了。"

大仙笑了笑道："从科学的角度看是应该鉴定真伪，但是，从我的角度看还是糊涂一点好，若鉴定结果是赝品，岂不是会催生一系列问题？说不定会闹出官司来，他们也许从此反目为仇。书画家有人模仿不是坏事，模仿的越多越说明你受欢迎嘛。"

苗青觉得大仙够大度，在许多艺术家对制假售假恨得咬牙切齿的当下，大仙却是一副无所谓的样子，这种态度和胸怀格外另类。

这顿晚餐苗青吃得很开心，尤其最后上桌的海麻线包子，是一种近海藻类加猪肉丁拌馅包成的特色包子，吃起来简直妙不可言。

临走时，文剑提出用自己的车送一下苗青。大仙嘱咐，909所那里比较偏僻，一定要将苗青送到大门口。苗青心里暖暖的，的确，从909所大门出来，有百米左右的林荫道，路灯昏暗，行人不多，大仙担心的是安全。车上，文剑不再侃侃而谈，司机用车载音响播放着《斯卡布罗集市》，音乐舒缓、流畅，英文版的演唱轻松惬意。两人都在静静地倾听，谁也不想打断这天籁般的声音。到了门口，文剑先下车给苗青打开车门，目送她走进大门才上车离开。

苗青没回宿舍，看看时间尚早，便想在院子里散散步。主楼和辅楼前的花坛有连片的月季花在开放，高大的杨树上一只不知名的鸟在叫。北方的鸟儿格外豪放，树上这只鸟简直像尖嗓子女人在喊。她抬头看了一会儿，没有发现鸟的踪影，说来奇怪，她抬头的时候鸟儿保持沉默，当她低头散步时，这鸟儿便会突兀地喊上几声，像是故意戏弄她。

不知为何，由这鸟儿的叫声，她联想到了小宋。

小宋的办公室是909所各种消息的集散处。精力旺盛的小宋喜欢活在各种不同的小道消息里，如果连续几天没有什么奇闻逸事，小宋就会变得无精打采，这个时候，若是哪个职工告诉她某某有某某事，她顿时就会神采奕奕起来。苗青对909所的认知大都来自小宋，比如柳书记去年被集团诫勉谈话的事，小宋就进行了全过程描述。去年，所里开通勤车的老司机退休，办公室从社会上招聘一个年轻人来顶班。柳书记特认真，对司机驾驶技术好一番考核，感觉这个人蛮机灵，就签字聘用了。谁知这个司机是个社会油子，见人说人话，见鬼说鬼话。

酒后和狐朋狗友吹嘘所里的项目，结果闹出了泄密大事，司机被开除，柳书记因此被集团诫勉谈话。其实，这个司机啥也不知道，就是开通勤车时听了些项目代号，就添油加醋在酒桌上胡吹乱嗙，很快外网上就有了报道，弄得集团领导批示严查。

围着花坛走了几圈，树上那只鸟大概叫累了，不再发声，她也没了继续散步的兴致，便扭头往宿舍走，这时手机上跳出一条微信：晚安，洁白的运动者！是文剑发来的，她愣了一下，看看自己一身白衣，不由得笑了起来。回到宿舍，刚刚洗漱完毕，电脑还没有开，大仙的微信也进来了，微信很短，但内容不简单：每年我都会为你画一幅画，作为画家，我只能用画笔为一个人的计划助力，让夜晚的静默多一分色彩。读完微信她迟迟没有回复，想着那幅挂在办公室的《逆行者》，感觉画中那个女孩子忽然又转过身来，冲着自己微笑。她眨了一下眼睛，知道是幻觉，兀自笑了笑，然后给大仙回了一个握拳的表情。

2

五一小长假过后，郑所长找她谈话，问她是否愿意到直-15项目组见习，直-15是总部下达的轻型直升机设计项目，项目组长是资历较老的周正。郑所长说鲍总有过交代，要多给她锻炼机会。

苗青当然愿意去项目组，但郑所长没有办成这件事，原因是直-15项目经理周正不同意。

周正给出的理由冷硬如冰块：直-15项目组一个萝卜一个坑，没有闲板凳。周正不要，郑所长又找C-20项目组的胡工。胡工说苗青是集团领导招来的人，按理说他应该接收，但C-20是中外技术集成式项目，而且接近尾声，苗青技术优势不在此，到这里也没啥可锻炼的。胡工也不愿意要。郑所长不能硬压，但表现出明显的不悦，说："你们应该把目光放得远一些，多培养一个年轻人，等于给自己多铺一条路。"但不悦归不悦，郑所长也没办法。909所实行项目制，项目经理在立项通过后，人财物三权集于一身，没结项之前是保持稳定的，所里不会干预。当小宋将胡工的回话告诉苗青后，苗青特意留心了一下这个在小水立方每天早来晚走的胡工。胡工唇上留有横髭，硕大的眼袋注满了泪水，走路总是急匆匆的，不管穿什么鞋子都似乎大一号，给人一种头轻脚重的感觉。小水立方里还有一个项目组是研制多功能运输机的，项目经理叫王野，是个海归。王野团队由清一色海归构成，而且大都是海外名校毕业，这一点让王野充满优越感。郑所长找到王野，王野以苗青没有留过学为由拒绝了。王野说了一句不该说的话："科研是有血统的，只有纯正的科学基因才能出一流的科研成果。"如果说前两个项目组拒绝有误解成分，那么第三个项目组显然就是歧视了。

苗青呆坐在办公室，盯着墙上的《逆行者》默默无语。桌面摊开的笔记本上写有一首短诗：

逆行者的路标
是雪地上的冰凌花
春天降临的时候
前方一片泥泞

她想再写几句，却没了词。想给江峰打个电话，想了想没有打。江峰这段时间很忙，办公司不是件简单事，江峰一直把黑夜当白天用，他自己说已经变成了一个黑白颠倒的人。江峰每天早晨会用微信发来一个早上好，从离校那天起一直保持着，每天不落。还是别打扰他了吧，她想，要是把苦恼倾诉给江峰，江峰说不定会偷着乐呢。

她想起导师的嘱咐：有难事，找大仙。便试着拨通了大仙的手机，说晚饭后可否见见面，有点工作上的事想聊聊。大仙说下班后开车来接她，然后一起到星海公园海边散步。

星海公园是一个美丽的滨海公园，沙洁海碧，树木葱茏，是谈情说爱的好去处。苗青第一次来到这里，却对公园的风景提不起精神来。心事是审美的障碍，最美的景致是心情，没有心情，哪怕置身人间仙境也会麻木不觉。两人在海边沙滩漫步。星海公园的沙滩沙粒很大，不是柔软的细沙，踩上去有些在戈壁行走的感觉。大仙边走边介绍这个公园的来历，说日本人侵占大连时，这里叫星海浦，是当时大连最火的公园，但老百姓却无法来这里游玩，就像上海外滩公园一样，国人颇受歧视。苗青说歧视这个东西是人类之癌，需要根治。大仙听出苗青话里有话，就说找个地方坐下来慢慢聊。

两人又走了一段，抬头恰好看到不远处有一块突兀的礁石，大仙指着礁石说："看，那块礁石像不像只金蟾？"苗青抬头看了看，礁石果然像一只探头望海的金蟾。大仙说："我们到金蟾背上坐一会儿怎样？"苗青笑了，坐在金蟾背上就等于坐在了月亮上。大仙走过去爬上礁石，摸了摸还算平整，便伸手将苗青拉上来坐下。大仙力气很大，只一提，苗青便觉得自己飞了起来。礁石白天日晒的温度还在，坐上去暖暖的。

两人面朝大海屈膝而坐，极目望去，海面深处黑魆魆的，没有星光，也没有驶过的轮船，更没有渔火灯塔，海天一色的黑，仿佛会吸空一切。苗青收回目光，近处的水面尚有灯光映照，潮汐涌来，将灯光扑碎，很快又重新聚拢到一起，水中的光影执拗而倔强，好像在与潮水角力。苗青说："所里有人说我是坐闲板凳的，有人说我是集团鲍总的人，还有的嫌弃我不是海归，本来我不在乎这些，但是听了还是有点闹心，心里想不理，可是这些东西像嚼过的口香糖一样，黏在心头丢不掉。"

"这些话是普遍议论吗？"大仙问。

"不是，是三个项目经理，周正、胡工、王野三人，都是909所里有影响的大咖。"

"有种站在圈外的感觉吧？"

"看来圈子无处不在，我就像一个站在礁石上的渔夫，既没有船，也没有钓具，看到装备精良的渔船从身边一艘艘驶过出海，对了，那句形容这种心境的古诗叫什么来着？"

大仙说："徒有羡鱼情。"

"我就想，我是909所的正式员工啊，为什么要这样冷落我。"

"论资排辈是没有办法的事，换了你我当所长，也不会打破这种自动排队的惯例，当人们已经适应了某种机制，打破了反倒会出问题。"

情况确实如此，苗青想，惯例就像成形的坛坛罐罐，生活中无处不在，打破了哪一个，都会一片狼藉。

"您是集团领导招来的，大家肯定会猜测您上面有关系，议论就议论吧，有关系又不是坏事，心态好，闲话就成了耳旁风。"大仙虽然是个艺术家，但对世事认识蛮透彻。

"心像气球，有时很大，有时也很小。"苗青望着海面自言自语。她不想被这些琐事困扰，但有些情绪像讨厌的烟雾，会形影不离裹挟着你。

大仙说："一个心里能容得下大飞机的人，难道还容不下几句闲言碎语吗？"

苗青怔了一下，转过头问："我该如何应对？"

"红黄蓝是作画的基础色，这三种颜色和其他颜料相调和，会变化出更多丰富的颜色，如果三色不能与他色相融，画出的作品就只能有单调的三色。"

接着，大仙讲了自己一段切身经历。他刚到艺术学院工作时，院里很多人不了解他，认为他的作品过于俗艳，缺乏艺术价值，尽管当时他的作品有不错的市场需求，但因大家对色粉画缺少了解，便给他扣了个传统与现实错搭的帽子。对此他毫不在意，认为自己的创作原本也不是为了取悦同事。但他觉得有责任来普及色粉画，让大家知道自己的艺术追求。于是，他做通院长工作，在学院搞了个色粉画系列讲座，没想到一周下来，色粉画成了校园热议，上门求画者排起了长队。

"您这是主动出击。"苗青很佩服大仙这种迎难而上的勇气。

"舞台，属于每一个人，关键看你有没有登台演出的自信。"

苗青明白了，大仙是建议她创造机遇展示自己，让909所上下认可自己。

大仙继续说："这是一个推销决定市场的时代，酒好不怕巷子深的理念已经落伍。"

苗青点了点头。她看到不远处一只盘旋的海鸥忽然俯冲到海面上，没有碰到水又飞走了，尽管没有抓到食物，但海鸥毕竟俯冲了一回。

"有事可以找找文剑，他路子野，朋友多，和你们所很多人都熟。"大仙说，"文剑很有韬略，他新办了个猎头公司，开始用人力资源赚钱，他说拜读过您发表的论文，夸您是才女中的才女。"

苗青对文剑的印象说不上好，但也不坏，只觉得他和宋理都是有野心的人。当然，男人有野心不是坏事。

海水开始退潮，像是要遗弃这只金蟾一样，带着叹息一步步后退，金蟾在夜色里显得孤单起来。

大海是灵感之缘，夜色下的潮起潮落会洗去许多杂念。

3

征得柳书记同意，苗青在所里做了一场无人机现状与未来的学术报告会。

909所在无人机研制方面是短板，大家普遍认为这东西登不了台面，属于学生搞航模比赛的小把戏。苗青向柳书记做了汇报，这类培训和学习活动归柳书记管。柳书记很支持，说："你好好讲，到时候我把周正、胡工和王野三头犟驴薅来，让他们见识一下你的业务水平，别狗眼看人低。"

讲座如期进行。让柳书记惊讶的是，能容纳200人的小报告厅几乎坐满了听众，而且以年轻职工居多。柳书记嘀咕道："好家伙，这是冲着无人机来的还是冲着苗青来的。"信息灵通的柳书记知道，身材高挑、容貌脱俗的苗青已经被不少未婚男职工私下封神。

周正、胡工和王野果然被柳书记叫来了，自带水杯坐在前排，三人相互也不交流，个个神情严肃，像来听领导报告一样。其实不用"薅"，后来郑所长说他们仨会不请自来，这三个人学习意识极强，无人机对于他们来说是个新领域，他们肯定想了解国际上无人机产业最新发展态势。

柳书记在开场白中介绍了苗青的学术成就，苗青听到下面惊讶的啧啧声。在柳书记开场白后，她谦虚地做了个引子：

"各位前辈、各位老师，首先感谢所领导给我一个向大家汇报的机会，大家时间都极其宝贵，尤其是周老师、胡老师和王老师，作为项目负责人，你们都在争分夺秒地工作，你们能来，让我看到了前辈的虚怀若谷和奖掖后学。我是飞机设计队伍里的新兵，所学知识是从书本到书本，缺少实践磨砺，如果今天讲的内容有不妥之处，还望大家不吝赐教。"

引子自然得体，姿态放得很低，台下十分安静。

报告先从总体上介绍了发达国家无人机发展状况，以美国的"捕食者""全球鹰"等无人机为例讲了行业发展趋势，接着切入正题，着重分析了无人机的控制、续航和抗干扰问题。她对这三个问题提出了自己的设计思路，这些思路完全属于她的见解，具有很强的前瞻性。再接下来，她以国内的彩虹和大疆为例，讲了国内无人机现状和前景。

报告厅里无人说话，也无人接听手机，大家被苗青充满磁性的南方普通话吸引住了，苗青描述了一个奇妙而又充满万般可能的无人机世界。大家听出来了，未来人人都会与这种飞行器发生关系，生活和工作离不开它的辅助。尤其当苗青描绘出一种大型无人机可以靠太阳能实现环球持续飞行时，很多人都张大了嘴巴，过去这种飞行器只存在于理论，现在却变成了现实，可见无人机的发展有多么快！

在谈到国内无人机行业时，她这样说：

"在大飞机制造方面想一蹴而就的确很难，瓶颈多得几乎数不过来。但在无人机方面，我们应该有信心能够实现弯道超车，因为世界各国无人机起步时间相差无几，几乎没有代差。现在的问题是能不能引起社会足够重视，尽快出台扶持政策，激发生产主体的积极性。让我感到惊讶的是，我们大连新成立了一个专门研发无人机的飞鹰公司，与原有的大远、鹿鸣等无人机公司相比，飞鹰起点高、定位准，未来可期。不得不说公司投资人有战略眼光，他看到了高科技领域真正的诗与远方，真心祝愿飞鹰公司能早日投产。最后我想说：你关注无人机，无人机一定不会辜负你！"

报告做得行云流水。苗青说出结束语后，周正、胡工和王野带头起立鼓掌。这一刻，苗青重新认识了三位项目负责人，或许他们并不排斥自己，所谓的排斥只是一种信息不对称的误解。因为光线的问题，苗青没有注意到最后一排中间坐着文剑。文剑是通过关系进来的，这是内部报告，虽然不涉密，但外人很难进入报告厅。文剑不仅听了，还用手机全程录像。文剑没有上前打招呼，柳书记在总结讲话时他悄悄离开了报告厅。

苗青后来几乎回忆不起报告过程中的一些细节，很多语言是临场发挥，她也完全沉浸在自己的报告里。站在台上，因为有射灯照向自己，她很难看清台下，加之台下听讲者大都戴着眼镜，眼镜片的反光如同激光束一样，让她有了灼热感。当然她很清楚这只是错觉，眼镜片折射的光再多也不会产生多少热量，她当时就想，光是能够变成能量的，这些折射过来的光是对自己的一份加持。值得一提的是她的PPT，许多图片突出了时尚元素，有的像色粉画一般唯美，看上去极富冲击力。

展示达到了预期效果，苗青觉得从三位项目经理起立鼓掌的动作上可以做出这个判断。鼓掌是有学问的，有的是敷衍，有的是表演，发自内心的鼓掌会掌、肘、肩联动，自然并富有节奏。苗青给大仙打电话，说讲座效果还不错，感谢上次金蟾礁上的启蒙。大仙说："金蟾礁上的启蒙这话有艺术感，今年给你作画有素材了，就画海边的金蟾礁。"大仙这么一说，苗青脑海里立马就浮现出那块金蟾礁的样貌，向海中探头的金蟾要做什么呢？是向往无垠的波涛吗？须知大海深处是极为恐怖的，据远洋船员介绍，十几万吨的商船在经过北大西洋百慕大三角时，像片落叶般渺小。大海才是如来之手，任何庞然大物只要被这只手轻轻一捏，就会片甲不存。大仙要以金蟾礁为素材作画，是想表达他的哲学思考吗？

郑所长将苗青叫到办公室，严肃地问："你做报告时为什么提到飞鹰公司，你熟悉文剑吗？"

苗青说："我是通过一个画家认识的文剑，此人清华毕业，做环保产业，怎么，有问题吗？"

郑所长的脸有点板结，眉头蹙成一个大写的M，缓缓地摇了摇头道："我担心你被他俘虏了去。"

苗青笑了："又不是打仗，哪里来的俘虏之说。"

"商场即是战场啊！此人是我们不可小觑的对手，他已经在我们所挖走了三个人，都是我的心头肉。他是民企，体制活、待遇高，三个人每人一套房、一辆车，再加上挣年薪，橄榄枝一摇，三个臭小子就乖乖举手投降当了俘虏。"郑所长板结的脸渐渐松弛下来，变成了一个苦瓜。

"被挖走的三个人在所里做什么？"苗青关心的是这个问题，如果在单位得到重用，一般人不会选择跳槽，跳槽不是一件容易事，像一棵树要连根拔起，然后栽到一个陌生的地方，这个过程不会那么轻松。

"三个人都是工程师，所里很重视他们，还送他们到国外进修过，但所里项目有限，他们想主持项目还需要等，他们是等不及才走的。"郑所长叹了口气，"怎么说呢，年轻人一定要沉得住气，什么事都不要急，做到物来顺应，水到渠成。"

苗青笑了笑："不瞒您说，文剑还真向我抛出了橄榄枝，我只是回赠他一杯酒。"

"那就好，那就好，真正做事业的人，不能过于看重利益，利益这东西没有不行，多了就会成为负担。文剑不会死心的，今天的讲座他不请自来，说明他在打你的主意，他本身有猎头公司，在挖人上很有一套办法。不过这个人能力确实不一般，人也义气敞亮，年纪轻轻就当上了市人大代表，与许多政府部门领导关系密切，办什么事都一路绿灯，我们所要是有这样一个副所长就好了，争取项目就不用我这个老朽再出头露面。"

从郑所长话中可以听出来，他对分管业务的袁副所长不是很满意。苗青刚来时去拜见过袁副所长，这是个不苟言笑、四平八稳、什么事都慢半拍的人，唯一的爱好是下围棋，他办公室里挂着棋圣聂卫平下棋的照片。袁副所长是少白头，白发恣肆格外醒目，其实他并不老，才五十出头。小宋偷偷告诉苗青，说袁副所长的白发是染的，别人染头发都是往黑了染，可是袁副所长故意往白了染，目的是给集团领导施加压力，人都白发苍苍了还不尽快提拔？

苗青说："我不想离开的时候，谁也挖不走我。"

"适合你的项目会有的，是金子总会有发光的时候。"郑所长也做了表态。

从郑所长办公室出来，恰好在走廊里遇到王野。王野很客气地说："小苗有时间到我那里坐坐，我周五下午有时间。"

苗青谢了王野,心想,这个王总还真有意思,约别人还限制时间,你周五有空,别人周五有没有空你想过吗?难道就因为你是项目经理,别人就一定要围着你转?但她也清楚,能发出邀请,说明这场报告产生了化学反应。

当夜,苗青睡得很踏实,做了一个奇怪的梦,梦到自己坐在海边那块金蟾礁上仰望天空,天上银河横亘,星光璀璨,她一直在数星星,怎么数也数不完,早晨醒来后还没忘梦中数出来的数字:99。

周五,苗青去小水立方见了王野。

王野的办公室堆满了书刊,茶几上有不少各类包装的茶叶,还有个电动煮茶器,里面黑色的茶汤正咕嘟嘟冒着热气,茶大概陈藏过久,屋子里弥漫着一股霉味儿。王野给苗青倒了一杯茶,白色纸杯里的茶像酱油,苗青不敢下口。王野在沙发上坐下来,注视着苗青说:"上次讲座不错,很多新观点、新思想,大鹏一日同风起,燕雀飞翔也冲天,你是只雏燕,很快就会羽翼丰满起来,我有个预感,将来的909所必定是你们的天下。"

苗青感谢王野的夸奖,说自己缺少实践经验,所讲都是书本知识,需要老老实实当学生。

王野问了苗青导师吴教授的一些情况,说自己读过吴教授的许多专著,吴教授在国内气动专业的地位无法撼动。王野还问了集团领导当初去学校招人的情况,听说集团去上海各高校谈了五个,不知怎么只签约一人。苗青说那四个人的情况她不知情,自己选择鲲鹏集团是在网上联系的,集团领导去学校签约她也没料到,觉得集团有诚意,便痛痛快快签了约。苗青问了些项目上的问题,王野说909所承接的项目应用范围太小,完成度虽好,但和国家大战略联系不紧密,高科技含量不足,很难拿国家科技进步奖,所里已经多年没有问鼎科技大奖了。所里这批老将都有种焦虑感,没获大奖,说明没在科技高峰之上。王野的语气里充满了不甘,说自己连张飞都不如,张飞至少是屠狗的英雄，自己一把牛刀却用来杀鸡，只能设计点小儿科的项目。苗青听出来王野是感慨英雄无用武之地，便问他将来有什么计划。王野说："搞科研的人就像登山运动员，每个人都会仰望山巅，只要有高山让我去征服，就是肝脑涂地我也在所不辞。"

苗青记住了王野的话，这话的口气有东北人的气势。

这次谈话很投缘，交流无障碍。离开小水立方后苗青在日记本上写下了这样四句诗：

　　牛刀，旗帜一样与人并立
　　大耳狐在远处张望
　　雀鹰掠过的天空
　　没有丝毫声响

4

苗青将无人机报告会情况用微信发给江峰，过了足足一个小时，江峰回复了两个字：祝贺！

江峰的房地产公司处于大发展时期，除了每天早晨发来的早上好外，他与苗青联系日渐减少。刚报到那段时间，两人每周都会通话一两次，每次通话苗青都能感觉到江峰周围很嘈杂，通话往往被插话打断。怕影响江峰工作，苗青尽量不打扰他，有时就发个问候微信。不久，江峰的公司在商业氛围浓厚的东莞拿到一块地，土地摘牌后，江峰给苗青打电话，电话是夜里十点打来的，江峰舌头比平时胖了不少。他说："苗青啊，你现在来深圳还不晚，明年我要在深圳郊区拿地，你来主持这个项目，利润将是天文数字。"苗青对房地产了解不多，没法深谈，就建议他少喝酒，说应酬多可以理解，但喝多少自己一定要控制。她特意说:"你在学校研究过无人机,无人机一旦控制不好会怎样你清楚。"江峰说:"没办法,对于生意人来说,喝酒也是生产力。"

她没奢望得到江峰的夸赞,但她觉得应该将这次小小的成功与江峰分享,因为报告中许多内容是江峰的心血。她又发微信说了报告的大致内容,说当初两人探讨的动力、控制等技术问题,这次都给出了初步的解决路径。又隔了半个小时,江峰才回复说:对不起,从一头扎进房地产那天开始,我就不得不和无人机说再见,毕竟一心不可二用。

苗青猜到了这字词的画外之音,她明白,江峰要再见的不仅仅是无人机。

苗青记得一次在512寝室和江峰聊天,她说人心房里一定要有盏灯,她心头的灯是一个人的计划,具体就是喷气式商用大飞机,目标是让国内干线、支线商飞国产化。江峰说他心中的那盏灯是一款以太阳能为动力,可以无限续航的多用途无人机。江峰说无人机的名字他都想好了,就叫青峰号。

往事不远,像空中不肯散去的云。苗青在伤感中忽然生出一个想法:无人机研制不像商飞那么复杂,自己可以抽空为飞鹰公司设计一款无人机,权当王野说的牛刀小试。如果真能生产出来,可以赠送江峰公司一架,用高兰的话讲,这算是一种主权宣示。

她被自己这种想法逗笑了,坐下来打开电脑关掉手机,进入静默模式。

夜里七点半到十点半是属于一个人计划的时间,苗青会保持静默,父母、导师、大仙和江峰都知道她这一作息习惯,所以不会在这个时间段联系她。她感到巧合的是大仙也有静默的习惯,大仙作画时会切断对外联系,全身心地投入色彩世界里。

从国庆长假后上班开始,苗青对一个人的计划做了细化,将需要协作部分暂时搁置,重点放在概念创新和高科技融合上。她的想法得到了导师的支持。导师说，有些协作将来由机构去做，一个人单打独斗肯定不行。导师预测机会不会遥远，因为东北老工业基地振兴上升为国家战略已经有些时日，拥有大国重器成为人们的共识，一个人的计划可以考虑分步实施，不同阶段确定不同目标。

"把一个大蛋糕切成几个小块，然后一块块吃掉。"苗青理解导师的建议。导师表态说，只要他活着，就是一个人计划的技术后盾。苗青深知这话的分量，导师在，自己底气就足。

尽管苗青在电脑前能做到心无旁骛，但是，当关掉电源，电脑屏幕被黑夜笼罩的时候，她便会生出一种莫名的迷茫。她搞不清这迷茫来自江峰，还是来自哪里，最后归结于三个项目组对她的拒绝上。人怕闲，闲生烦心，如果自己不自加压力专注于一个人的计划，这种烦躁会无限蔓延。苗青从心底感谢大仙，如果没有大仙，她在这座城市连个可以倾诉的人都没有，这座城市虽然以浪漫著称，其实骨子里更倾向古典，什么事都循规蹈矩，所谓的浪漫只存在于作家的文章、画家的作品和摄影师的摆拍上。

与大仙一样，她也忘不了那块金蟾礁。

周六清晨，她早早起床去星海公园海边晨练，想看看那块大仙心头上的金蟾礁在清晨会长成什么样。金蟾礁位于公园沿海西侧，因没有沙滩，晨练的人并不多。她戴着耳机，一路听着音乐沿着林荫道往金蟾礁方向慢跑。修长的身材、洒脱的马尾辫和白色的运动服让她赢得了很高的回头率。在一处高坡上她停下来驻足远望，想俯瞰一下晨曦中的金蟾礁。她停下的地方视角绝佳，远远看过去，金蟾的头部仿佛已经探进海中，朝阳耀眼，不仅给金蟾涂上了一身金衣，也让波澜不惊的大海变成了无边的熔金池。她用手机拍了几张照片，直接发给了大仙。发走后才想起这是清晨，大仙这只夜猫子肯定不会起床。

她在手机中翻出《斯卡布罗集市》开始播放，从文剑那天送她回宿舍开始，她就喜欢上了这支曲子，尤其是英文原唱，听起来别有一番滋味，好像能把人带向那个鲜花盛开的集市。离金蟾礁还有十几米的时候，她忽然发现了一个熟悉的身影。嗯，那不是周正吗？她刚想迎上去打招呼，却发现周正身边还有一个人。不对，她急忙躲到一棵松树后面。金蟾礁下周正与一位年轻的女生在散步，两人勾肩搭背很亲热，那个女生她从没见过，看样子比自己还小，应该不是所里的职工。

担心尴尬的一幕发生，她扭头回返。回去的路上没有播放音乐，一直在想周正和那位女生会是什么关系，凭女人的直觉她判断，这个女生绝对不是周夫人。

上午十时许，大仙发来微信说：感谢你发来的照片，这么早去看金蟾礁？

她回微信说：早晨有风景，但并不是所有的风景都宜人。

5

像所有机关事业单位一样，进入十二月，909所也要按惯例总结部署工作。

今年全所总结大会不同往年，因为三个项目组都按计划完成了各自任务。坐在主席台上的所领导们很自豪，连满头银发的袁副所长也露出了难得一见的笑容。

总结会由柳书记主持，第一项内容是袁副所长总结工作，这本来是郑所长的活儿，但郑所长最后要讲话，就让袁副所长来做。袁副所长显然领导经验丰富，报告做得很有范儿，不时抬起头与台下互动，领导做报告最忌讳头不抬、眼不睁一个劲儿地念稿子，偶尔抬一下头至少给记者一个拍照的机会。第二项是三个项目经理依次上台发言。三人表现都很出色，周正讲了项目组的时间观念，说他们把工作任务细化到了小时，以日当月，以月当年，快马加鞭，终于提前结项。胡工讲了团队团结的重要性，说正因为所有团队成员拧成一股绳，才焕发出无穷的创造力。王野讲了借鉴的重要性，说要学会站在老外肩膀上摘桃子，不能关起门来搞研发。

最后，郑所长发表讲话，他表扬了三个项目组，尤其表扬了三个项目经理，说909所已经走出了一条研发新路，省报记者近期要来所里采访，宣传部指定要重点报道，说明这条经验已经立住了。接着，他宣布了明年集团下达的项目计划，至少会有四个重点项目花落909所。大家热烈鼓掌，一年安排四个重点项目在909所历史上从没有过。据老职工回忆，计划经济时代所里设计项目干不过来，但没什么含金量，以仿制居多。改革开放后项目变得精尖起来，每项都有含金量，因不再大水漫灌，项目不会多，有时两年接不到一个，导致所里科技人员闲着没事做。职工都知道项目背后是资金，有了项目，大家的绩效奖才会上去。郑所长说，集团下面可不只有909所，沈阳、长春、哈尔滨还有三个所，他们会不会来抢项目不好说，所以还不能掉以轻心，一定要把内功练好。

苗青也知道，一般来说老项目不结，新项目不下，909所之所以被加餐，三个项目经理功不可没。

郑所长说项目不是说给就给，需要走一道程序。元旦前，所里新组成的项目组要到集团逐个做汇报，专家组评审通过后才会正式确定下达。在此之前，每个组要提交方案送审。

柳书记在总结时发话：四个项目组要八仙过海，各显其能，拿来项目，所里当香饽饽待，哪个项目组丢了项目，要向所党委写出书面说明。台下的人心里都清楚，所谓说明就是检查，正所谓士可杀不可辱，知识分子一向视写检查为耻辱，一份薄薄的检查往往能压垮所有的自尊。

会后，所里很快确定了四个项目经理，周正、胡工、王野作为功臣自然各带原班人马各领一个项目组。技术处的副处长、高级工程师雷恒受命组建了一个新组，雷恒成了所里一匹黑马。雷恒在909所资历不浅，但从没当过项目经理，这次项目下来，他找郑所长、柳书记主动请缨，希望能给他一次机会。雷恒的博士生导师是郑所长大学同学，也给郑所长打来电话说情，希望能给雷恒一次机会，作为技术处副处长，不带项目组让职工瞧不起。退休多年的前任老所长也写了张条子让小宋带到所里，条子是手写的，有很多繁体字，说好肥不能只往一块田里施，言外之意是要照顾那些闲置的工程师，这条子明显是给雷恒说情。还有市里几个有头有脸的人物也打来电话，夸雷恒有能力、懂科研等等。郑所长本来想培养个年轻项目组长，还没有拿定主意，求情的电话就一窝蜂打进来，他就找柳书记商量怎么办。柳书记翻开花名册看了看，说他也接到不少电话，都来为雷恒求情，说论资历雷恒做项目经理没问题，不过科研上的事所长负责，所长怎么定他都支持。郑所长说："咱不能因为一个项目，弄得里外没法做人，就让雷恒做吧。"就这样，雷恒爆了个大冷门。

四个项目组招兵买马很快结束，不知因为什么，每个项目组都定了这样一条原则：进组须有两年以上工作经验。这样，苗青等几个去年和今年进所的硕士、博士都在名单之外。

名单公示后小宋来找苗青，把一纸公示通知往桌上一拍，愤愤地说："四个老东西太不像话，明显排挤年轻人！"

苗青说门槛这么定的，估计也是惯例。小宋呸了一声："谁规定的两年？党委和人事处都没定，他们凭啥自设门槛？"

小宋说："郑所长跟王野和雷恒都打了招呼，让他们考虑一下你，这样对集团也有个交代，可是他们仗着有用人上的自主权，愣是没听郑所长的话，我看郑所长脸都绿了，一个劲儿在办公室转圈儿。"

小宋讲了多年前一个例子，那时集团刚实行项目负责制，所里接了一个研制农用螺旋桨飞机的任务。项目经理是个资历很深的工程师，姓张，在招兵买马时，老所长希望他能把所里培养的一个后备干部吸纳进去，让这个干部全面了解一下项目制运作情况，谁知张经理死活不同意，说培养干部是党委的事，与他的项目组不挨着。老所长是个眼里揉不得沙子的人，当时就通知开会，生生把这个项目组解散，由一位副所长担纲重新组建项目组。张经理没想到会有这么一个结果，去找老所长检讨，老所长根本不接见，张经理一气之下生病住院，后来早早办了病退。这件事老所长显示了自己应有的权威，以后很长一段时间，没人敢不听话。郑所长上来后一直强调要尊重专家，发挥专家作用，行政手段能不用就不用，结果有些人的尾巴越翘越高，有点蹬鼻子上脸，所长说话都不管用。袁副所长有句话算是说到了位：牛马不戴嚼子就会尥蹶子。

苗青说郑所长没做错，项目制重要一条是目标管理，所里只看进度和结果，至于人财物这些问题该由项目经理决定，经理负责制嘛，事权人权物权三权要统一，掣肘太多的话不利于推进项目。

"你甭替他们说话，知道他们拧麻花一样的人际关系吗？"小宋撇了撇嘴说，"别看一个个溜光水滑，其实屁股底下都有一摊屎。王野本来放出口风想要你，后来又不了了之，估计是你没找他吧，他放口风目的是让你去求他，满足一点他可怜的自尊。没想到你没接这个茬儿，王野说了，小苗这孩子一心在无人机上，须知这个社会大机器最终还是靠人来操作的。你不谈也好，光谈也不会起啥作用，要有实质性的表示才行。还有胡工，平时总夸你，说你是飞机研发方面的后起之秀，未来不可限量，关键时候却哑巴了，正常吗？明明知道是人才，为啥不用？那个周正更邪门儿，说他们组不用女的，因为夜里加班是常态，女同志加夜班不方便，这是啥鬼话？身正不怕影子歪，怎么组里有女的就往那方面想啊？"

小宋心直口快，说话并不给这些大咖留情面。

"苗青呀，别把他们净往好了想，他们肚子里几根花花肠子我一清二楚。有个人——我不说谁了，为了评二级，偷偷给我送礼，在办公室往我包里塞了一个小盒子。我看是个彩纸包好的小盒子，以为就是香水、口红之类的小玩意，就没太在意。回家打开一看，吓得心脏差点跳出来，你猜是啥？是枚钻戒！这东西我能收吗？收了那不成了受贿？再说你一个大男人送我钻戒，我爱人知道了会不会往歪处想。第二天我把东西退给他，告诉他有事谈事，别整这些害人害己的事。他一点羞涩感都没有，说他到香港出差看到了这枚戒指，很喜欢，就想买下来送我。还有一个，我也不说谁了，有一次出去喝酒，总是一杯接一杯灌我，我看他平时一副正人君子模样，怎么喝了酒就变得色胆包天，那眼神简直能剥光我的衣服。你别看我平时大大咧咧的，这方面我警惕性老高了，再说他那点小酒量根本不在话下，结果我没事，他先喝多了，醉酒吐了一身，是司机把他背上车的，糟蹋了一套新买的阿玛尼。"

苗青端详了一下小宋，说实话，小宋确实有点性感，性格也泼辣，许多男士因为自身阳刚不足，格外喜欢这类女性，这也符合差异性互补的道理。但小宋只是个嘴上开放的人，在异性交往上很有分寸，她说的那个醉酒者，后来对小宋敬佩得五体投地。

苗青问："那么后来送钻戒的人评上了？"

"说归说，做归做，官不打送礼的，在评二级上我还是给他出了力，想办法让他过了关，可他评上后却一副心安理得的样子，走廊里见到我竟然鼻孔朝天，一副牛哄哄的居高临下模样，这副用人靠前、不用人向后的嘴脸令人恶心，当初真不该把钻戒还给他，应该当着他的面丢进下水道里。"

小宋走后，苗青开始有些纠结，本来心里没太在意这件事，但小宋一番话让她觉得事情不是那么简单。她想给江峰打个电话，想了想又放下了。江峰未必愿意听这些，最近她和江峰似乎有了默契一般，从不在工作时间联系。但话不能憋在肚子里，总该有个人倾诉，她便给大仙打了个电话，说："我想再到海边走走，想去祈祷一下，让面朝大海，春暖花开的日子早些到来。"大仙答应得很痛快，说："我这就开车接你去，正好我也想去看看金蟾礁。"

车缓缓地行驶在滨海路上，大仙开车很稳，神态悠闲。大仙问她今天怎么有空，是不是有好消息要分享。她勉强笑了笑，说想看看冬天的金蟾礁是什么样子，不知金蟾会不会冷。大仙说那幅关于金蟾的画快完工了，新年之前会送过来。

苗青说："您在大学里的同事都是高级知识分子，有没有感觉到有的知识分子缺少那么一点魏晋风骨，喜欢打俗气的小九九？"

"俗气的小九九？"大仙不明白这话指什么。

"所里明年承接了四个重点项目，组成了四个项目组，项目经理都是颇有名气的工程师，但这四位项目经理在用人上非议不少，知情者说有明显的关系倾向，连所领导的建议都不听。"

"您没有入选？"大仙问。

"是的，我没有入选在意料之中，不感到意外。"苗青向大仙说这个问题，并不是为自己抱屈，只是排遣一下郁闷。在此之前，尽管小宋对这些人有些牢骚，但她对四位项目经理依然充满敬意，毕竟这些人在技术上并非浪得虚名，他们今天的位置也是历史推上来的，是日积月累的结果。

大仙目视着前方说："不要觉得高级知识分子就不食人间烟火，他们也是人，对人，期望值永远不要太高，人性是有缺陷的。"停顿了一下，大仙拍了拍方向盘说，"我说过，谁担任项目经理都会选自己信得过的人，这样团队才有力量，选不好出现内耗容易产生反作用力，会耽误项目。"看到苗青没有接话，大仙又补充了一句，"如果你来做项目负责人，你会选择自己不了解的人吗？"

苗青摇摇头，大仙说得对，有些问题换个角度想，结论会截然不同，但问题是这些人并非不了解自己啊，尤其王野，算是了解比较深入的。

车开到星海公园门口,两人停车步行走进园内,沿着林荫道直接去往海边的金蟾礁。周末,公园人多,戴墨镜的大仙颇有点拉风,有人跟着偷拍。苗青心中忐忑,若是有人把两人散步逛公园的照片发到网上,熟悉的人看到会怎么想。她后悔没有戴遮阳帽和墨镜,便竖起白色运动服衣领,让自己变得隐蔽一些。

金蟾礁周围没有游客。大仙望着这块已经入画的礁石,摘下墨镜说:"白天的金蟾礁比晚上看更有味道,有种带刺的饱满,现实中蟾刺里的物质叫蟾酥,是一种中药。"

苗青道:"金蟾年复一年蹲在这里纹丝不动,在看什么呢?"

"不是看,它是在等,"大仙说,"据史书记载,蟾蜍长到一万岁就会头上长角,也许它在等待出头那一天。"

"等上一万年?需要什么样的毅力啊!"

"所以说世界上最难做的事就是等。等,看似简单,实际是身心的煎熬。"

苗青说:"对呀,孙悟空等了五百年才等来了唐僧。"

大仙说:"走,我俩上去为它当一回角儿,帮它圆一回要等的梦。助人为乐是开心事,助金蟾圆梦则是一份功德了。"

大仙很矫健,几步就登了上去,然后将苗青拉上去。两人坐在那天晚上坐的地方,默默地望着大海出神。过了好一会儿,苗青说:"我想对您说一个真实的感受,您不要笑我。刚来909所,我内心原本有很多漂亮的瓷瓶,是青花梅瓶,古朴而高雅,我特别看重它们,把它们摆在很重要的位置,但经历了几次事情后,感觉这些瓷瓶先是有了裂痕,后来就成了一地碎片,想修补很难很难。"

大仙没有打断她,身子朝她倾斜了一些,以便在涛声中听得更真切,苗青的声音很轻,像是在耳语。

"具体说吧,我们所有个叫王野的项目经理,他听了我的报告后对我很赏识,当然这是我的感觉,但应该不会错,他请我到他办公室聊过一次,那是我头一次进小水立方。他问了我许多问题,我都一一做了回答,我也问了他一些项目上的事情,他的回答也不是敷衍。他还告诉我他的同学在沈阳的总装厂当领导,将来飞机设计、协作、总装、试飞可以一条龙运作,设计者可以全过程深度介入。我觉得王野有系统思维,是难得的技术加管理复合型人才,他就是我心目中的一尊瓷瓶。我觉得他是909所对我了解最多的人,因为那天我们聊了一个下午,还聊到了导师,他还夸吴教授是德高望重的老前辈。我认为按正常的逻辑我进他的项目组应该没问题,因为在用人上项目经理有自主权,但不知为什么他没有考虑。小宋分析是因为我没去找他,小宋说如果我去找他谈,提出申请,说不定他会同意我加盟。我就想,假如真的是这样,我不去也没什么遗憾,我没有精力去处理这些所谓人际关系,我每天晚上还要静默,自拟的设计计划排满了电脑桌面。我找您来说这些,是觉得这些瓷瓶碎片需要倾倒,抱歉,请原谅我把您这位艺术家当成了坏情绪回收站。"

几只海鸥飞过来,在两人头顶盘旋,大概是埋怨他俩占了自己停落的地方。海鸥不时叫着,苗青觉得海鸥今天的鸣叫很难听,像掐着脖子唱皮影戏发出的怪声。

苗青接着说:"再比如吧,我们所的周正,那可是二级教授,看上去文质彬彬、极有涵养,谈吐充满哲理,形象也十分帅气,有点香港影星周润发的派头。那天我发神经,独自来看金蟾礁,不想却碰见了不该碰见的场景,他和一个年轻女孩在亲昵地散步。"

"您确定没有看错?"大仙皱起眉头问。

"不会,"苗青肯定地说,"我们在一个单位见面机会不少,我相信自己的眼睛。"

"不谈无聊之事了,"大仙说,"今晚我请您去巨无霸吃海鲜,没有什么烦恼不是一顿海鲜解决不了的。"

"好呀,我真的想吃海胆了。"苗青喜笑颜开。

"我给文剑打电话，他多次说要请您吃饭，今天就给他个机会吧。"

6

还是在上次那个包房，大仙和苗青坐下不到一刻钟，文剑提着一个棕色的旅行包急匆匆赶来。文剑穿米色风衣，衬衣领口和袖口雪一样白，一套考究的藏蓝色西装，好像要参加重要会议似的。

大仙问他吃顿便饭为何如此隆重。文剑说："这事要怪你，约饭至少要给我一天时间吧，哪有现吃现提人的，我正准备去机场，你来电话了，只好改签了机票，直接从周水子机场赶过来。"

"哎呀，你说出差不就完了，我不会怪你。"大仙觉得因一顿饭改签机票的做法有些过分，吃饭又不是谈业务，轻重应该分得清才对。

大仙不知道，这顿饭对于文剑来说非同小可，他一直在寻找一个与苗青深度接触的机会，他懂得欲擒故纵的道理，欲速则不达，因此没主动与苗青联系。他像一个颇有耐心的农家孩子，天天望着院子里的柿子树发呆，期待枝头的柿子慢慢变红，因为他知道，过早摘下的柿子是不能吃的。

三人坐定，点好的海鲜也很快端上了桌，大仙以茶代酒："周末愉快！"

每个人都喝了一口茶，文剑说："大仙开车不能碰酒，苗老师可不可以喝一点，我车上有'活灵魂'。"

大仙道："你不是几次想请苗老师吃饭吗？今天机会难得，你们喝一点酒吧。"

苗青说只能喝一点点，如果酒不上头的话。文剑打电话让司机送了一瓶酒上来，开启后亲自给苗青的高脚杯里倒了少许，给自己则多倒了一些。

文剑举起酒杯道："我应该敬苗老师酒。"他看着苗青说："我们虽然是同龄人，但我已经在心里将您视为老师了。"

"这可不敢当，"苗青感到很突然，"我一个参加工作不到两年的新员工，担不起老师的称呼。"

"我不是无原则的恭维，"文剑说，"也没有必要恭维您，我之所以这么说，是您上次那场报告征服了我，您可能不知道，我就在最后一排，我用手机将全过程进行了录像，回去后我看了至少三遍，那次讲座太精彩了，每一个问题都是飞鹰公司命门上的大事。在此之前，我听过许多国内外专家关于无人机行业的讲座，都讲得不错，但和您的报告比起来，差距还是不小，他们习惯从概念到概念，不是从实际问题去切入，让投资者听起来云山雾罩，摸不着头绪，您的讲座可操作性强，实用、解渴。"

苗青被感动了，没想到在909所之外，还有一个这么优秀的粉丝。

"您在讲座中提到了我，我感到特别意外，我们只在大仙安排的聚会中见过一面，您就记住了我并在报告中来举例，这是一种高度认可，就凭这份信任，我的飞鹰公司必须办好，并做强做大。我真诚地敬您一杯，您随意，我要一饮而尽。"说完，文剑与苗青碰了碰杯，将杯中红酒一饮而尽。

苗青抿了一口，这是一款相当不错的红酒，但她没有干，笑着道了声谢。

大仙瞪大了眼睛说："文总啊，你说出差是不是撒谎？穿得这么正式，话说得这么情真意切，好像是来求婚的，快如实招来，是不是在打苗老师的主意。"

大仙本来是玩笑话，却一下子把文剑的脸说红了，文剑一边给自己斟酒一边说："大仙你可不能这么开玩笑，苗老师是名花有主的人，听说男友在深圳搞房地产开发，属于高富帅级别的。"

苗青微微笑着，并不插话。

大仙道："好事成双，你再敬苗老师一杯。"

文剑满口应允，起身又敬了一杯。苗青觉得过意不去，把杯中的红酒也喝了，然后说："文总你适量，别喝多。"大仙道："你不知道他酒量有多大，去年他们公司搞年会，会后他和政府机关一群朋友去吃海鲜烧烤，九个人喝了两箱红酒，就他一个清醒的，还知道打电话跟我说要几张画，说他酒桌上答应了朋友。你看，他喝酒，却知道拿我的画送人情，这脑子有多清醒。"

苗青道："古代文章太守一饮千钟，现代文剑老总豪饮无双，佩服！"

男人的酒量取决于女人的颜值，更取决于女人的欣赏，苗青这番鼓励，让文剑顿时豪情万丈起来，他拿起酒瓶咕咚咚给自己倒了个满杯，然后给苗青斟上少许，坐下来似乎在运气储备。此时的文剑，面色如同盘中赤甲红，因为脱下了西服外套，洁白的衬衣将胸肌凸显无遗。苗青喜欢男人穿白衬衣，白色是属于雄性的色彩，男人若是穿得花里胡哨，只会徒增女性反感。大仙不明白文剑为什么又要多敬一杯，筷子夹着一片海蜇停在那里，好奇地看着这位春风得意的青年企业家。

文剑说："这杯是拜师酒，希望您能在无人机专业上接纳我这个学生，如果您同意，我就喝了这一杯，那是喜悦甜蜜之酒；如果您不同意，我也喝了这杯，那是遗憾苦涩之酒。"

苗青没想到文剑会提出这个问题，她看了大仙一眼，这事需要大仙给拿主意，文剑毕竟是大仙的好友。大仙把夹起的海蜇放进碟子，点点头说："不知道自己的无知是双倍的无知，为了弥补无知，拜师是值得赞美的行动。"

大仙这样说苗青就不能拒绝了，何况文剑的话很诚恳，而且特指无人机专业。她与文剑碰过杯后，徐徐喝干了杯中的红酒。

一顿便餐，捡了一个学生。苗青觉得好笑，心里感到甜丝丝的。

接下来，文剑讲了909所四个项目经理的事，说四个经理有三个是他的朋友，他侧面问过项目组选人的事，三个好友都对苗青给予高度评价，但都不想用，什么原因却不说。其实，这几个项目经理都是兢兢业业搞设计的好人。

文剑道："他们毕竟是体制内的人，体制就像一台高效运转的机器，一块毛坯输进去，出来是盘圆、卷钢，还是锻制件，都是设置好的程序使然。我特别理解他们，他们也苦恼，但又无力改变这种状况。好的机制应该是一种生态，飞鹰公司就是一方经过优化的生态，每一粒精选出的种子都可以在这里自由生长。"

在文剑说话的时候，苗青有点走神，她发现文剑的嘴角和江峰很相似，江峰和她说话时，嘴角也是微微上翘，让不经意的微笑变得生动起来。

7

新年放假前一天，大仙打来电话，问苗青是否已回武汉。在确认苗青在单位后，大仙很快驱车赶来，亲自抱着一幅画来到909所大门。苗青出来接他，这幅画要比《逆行者》大出一尺多。苗青心里很是感激，他从文剑那里知道，大仙的色粉画很抢手，在收藏者那里以平方尺计价。

大仙直接将画送上宿舍，打开包装，将画立起来展示给苗青。苗青看到画面的瞬间被震撼了："天哪，这是我吗？我怎么会成了女神？"

这是一幅取材于希腊神话的作品，金蟾礁上站立着美丽的雅典娜女神，女神双臂向上张开，左手托着一只鹰鹞，右手托着一架灰色的战机，海面上波涛汹涌，整个画面极富视觉冲击力。画面的右下角写着：癸巳·金蟾礁上的雅典娜。苗青注意到了雅典娜女神的五官，完全是按照她的五官所画，饱满的胸部则保持了雅典娜原有的风姿。她知道，这幅画是自己和女神的综合体，看得出大仙的用心。"您把我美化了，"苗青说，"谢谢您，尽管我一时还不能理解画面的所有含义，但我知道雅典娜女神在古希腊代表智慧、艺术和公平，我想这应该是您对我的期望吧。"

大仙说："这幅画是一种灵感再现，代表您一年来在我脑海中的映照，除此之外，就留给欣赏者去诠释了。"

"我喜欢这幅画，我马上拍张照片分享给导师。"

苗青想，大仙能为她作画，这是导师的情面，没有导师，傲气凌人的大仙怎么会理她。从这段时间接触来看，大仙这个人确实对女性不感冒，与褒扬男性朋友从来不吝啬语言不同，苗青从没听过大仙对哪位女性有好评，这与他在交大乐此不疲给女生画像的举动形成极大反差，也许，这座城市里没有他需要用心观察和描摹的异性吧。

大仙说："我研究过鸮，尽管这种鸟有个通俗的名字猫头鹰，但鸮值得学习，我们看到金蟾在安心等待，其实鸮也是一种善于等待的大鸟，鸮在森林草原上绝大部分时间都在等待，猎物不现身，它不会展翅，敌不动，它不动，动则必取胜，我觉得搞飞机也应该这样，要有定力，像鸮那样不见兔子不展翅。你可能注意到了画中的海面，风高浪急，天空晦暗，说明前方讳莫如深，但雅典娜手里有鹰鸮和飞机，这两样应该是武器和梦想，武器与梦想掌握在自己手里，实现一个人的计划就有了保障。"

望着侃侃而谈的大仙，苗青忽然想，导师年轻时就应该是这个样子，潇洒、博学、帅气。她在影集里看过导师和他哥哥年轻时的合影，感觉两人都那么挺拔，是标准的帅哥，现在，一身牛仔装的大仙就带有那张合影的神韵。

"这幅画的寓意我需要慢慢体会。"苗青说，"您可否指点一二？"

"任何一个艺术家，都不会把全部的创作意图说出来，不是刻意隐瞒，而是要给别人留下足够的再度创作空间。"大仙说。

苗青脸涨红了，有些不好意思："那我就信马由缰地去想了。"

"说实话，我的艺术理念从来不模糊，就是想用画来托起那些坠落的灵魂，让它们不至于沾染灰尘。我说的是坠落，不是堕落，坠落的灵魂可以牵引，堕落的灵魂则无可救药。"

苗青道："我注意到了，画中海面没有航标，也没有船，暗示了灵魂迷失的可能。"

"当然，女神并不是赤手空拳，她手中有武器。"

苗青到写字台边给大仙沏了一杯绿茶，很客气地说："感谢您对我的关照，苗青何德何能，让一位著名画家如此费心。"

"费心谈不上，我是在做一件提升自我境界的事，柏拉图说过，观念比美人更可爱，我在用画表达一种对高贵灵魂的崇敬。"

"导师说您崇拜拉斐尔，也崇拜柏拉图，是这样吗？"

"对拉斐尔谈不上崇拜，"大仙回答很明确，"我只是以这位古典主义大师为参照，至于柏拉图，说崇拜并不为过，确切地说我是孔子和老子的粉丝，我深深地爱着这些先哲，他们的思想是我画作的光源。"

苗青明白了，大仙是个入世的理想主义者，他的社交圈子形形色色，说明他既是一个历史与当下的衔接者，又是一个东方与西方的融合者，难怪导师形容他是穿汉服戴礼帽的人。

苗青说："洞悉灵魂的人是真正的高人，朋友们都称您为大仙，有大仙护体，我在东北可以无忧无虑了。"

大仙哈哈大笑，然后伸出一根手指指着自己的鼻子说："我这发型还能成仙？仙人都是长发飘飘，再说想成仙的话，要先把万年蟾吃了，《抱朴子》里有吃万年蟾寿千年的说法，那么大一块礁石，我哪里有利齿和胃口。"

苗青问起大仙名字的由来，大仙说当初父母给他起名，不知怎么就用了逸仙二字，没有避孙中山名讳，这不好，但为了尊重父母，他没有产生过改名念头。

苗青说:"正因为伯父伯母敬佩伟人,才以他的字给您命名。"

大仙看了看表说:"好了,我该回去了,接下来要考虑明年画什么。"

"那我就像鹰鸮一样等待,不,应该像金蟾一样等待。"苗青说。

大仙起身告辞,走到门口问她新年放假为什么不回武汉。她说有篇论文被国外一家航空期刊选中了,想利用这个假期再修改一下。

大仙走了,苗青站在冷风里迟迟没有回宿舍,整栋宿舍只有她的房间还亮着灯,柠檬色的灯光照到灰色的混凝土地面上,将窗影幻灯一般拉长变形。她抬头看了看,横亘夜空的银河比平日更加醒目,大大小小的星辰一律透着冷光。其实,她一直在等待来自深圳的邀请,机票也预订了,但直到今晚,江峰也没有打电话或发短信,她只好选择退票。

第三章：甲午·月桂树的冬天

1

高兰来大连开会，打电话约苗青见面。

毕业后苗青与高兰彼此只是电话联系，没有见面机会。高兰与小高结婚后小日子过得有滋有味，按计划生了一个可爱的女儿。苗青接到电话说："你怎么学会搞突然袭击了！好吧，晚上请你吃海鲜。"高兰说："来大连就是冲着你和海鲜来的，你当然要请客。"高兰说她不喜欢会议安排的自助餐，所有菜品都一个味道。高兰是山东人，喜爱海鲜和面食。

高兰参加的会议在棒棰岛宾馆，那是市里接待要客的地方，出租车未经通报进不去。苗青想请文剑帮忙派车接送一下。她给文剑打电话，文剑满口应允，问了同学的名字性别，还问是否需要他亲自当司机。苗青说怎么敢劳驾清华才子，派个司机即可。很快，文剑就发来微信：车和巨无霸海鲜房间已经安排妥当，司机先去909所接您，然后去棒棰岛接客人，饭后司机会把你们安全送回。看着微信，苗青心里晴空一般爽朗，文剑办事总是细致入微。

苗青特意换上一身白色休闲装，拎了个布艺托特包，包里是给高兰孩子准备的一个芭比娃娃。

一袭白衣的苗青提着布艺托特包站在909所大门前，铁艺栅栏上的凌霄花开得如火如荼，这火红与墨绿相间的深色背景，与苗青的白衣形成了鲜明色差，看上去就是一幅美景衬美人的图画。苗青来到909所后喜欢上了凌霄花，凌霄花的颜色与《逆行者》中的风衣相同。下班回家的小宋停下轿车，按下车窗问她要去哪里，用不用捎她一程。苗青说一会儿有朋友来接，去棒棰岛见大学同学。小宋说："你今天真漂亮，对啦，你站着别动，我下车给你拍张照片。"说完，下车用手机给苗青拍了几张站姿照片。小宋回看着照片说："其他没说的，就是这个手提布袋不搭，要是一个LV包就有名媛范儿了。"苗青笑了笑："布袋子属于贼不偷之类的包包，实用。"

文剑的新款黑色奔驰驶过来。文剑用这辆车送过苗青，苗青记得车号尾数是816，这个数字对她来说有特殊意义。年轻的司机很有礼貌，下车给苗青打开车门，接上她沿着胜利路向棒棰岛驶去。去棒棰岛一路都是美景，行驶在这条景观路上，仿佛行走在画廊里，苗青第一次来棒棰岛宾馆，对沿途的景色充满新鲜感。

文剑的车有棒棰岛宾馆园区通行证，进入大门的时候，制服上缀有黄绶带的保安还敬礼致意。

高兰变化很大，发型、服饰和神情都有了成熟的韵味，不到三年，这个喜欢背英语单词的山东大妮已经成了稳重干练的大机关干部。两人热烈拥抱，眼角都有些湿润，能看出来高兰婚后生活的滋润，皮肤比上学时还光滑了许多。

从棒棰岛去海鲜巨无霸酒店，司机走的是滨海路，大连美景在这条路上来了个串烧。大海、沙滩、森林动物园、似乎总也走不到尽头的木栈道，高兰一边欣赏风景一边说："你来对了，大连气候多好呀，北京太干燥，皮肤不补水容易起皮。"

苗青道："没见你脸上起皮，倒觉得比上学时细腻了。"

"不瞒你说我每周都要去趟美容院，"高兰说，"是小高给我办的卡，他最担心我脸起皮。"

两人都笑起来。

巨无霸海鲜酒店服务员事先得到了通知，恭恭敬敬地将二人引到文剑所订的包房。进到房间，见餐桌上摆着一个硕大的花篮，花篮里全是各色百合花，让房间充满了花香。高兰忍不住低头嗅了嗅，发现花篮里有一个心形的黄色纸牌，上面写着："欢迎高兰同学！"落款是苗青。高兰转过身，再次拥抱了苗青："老同学太用心了，这是国宾待遇，我好感动！"

苗青这才明白文剑为什么要问高兰的名字和性别，笑了笑说："三年了，时间过得真快。"

苗青很喜欢这个朴实的室友，在校期间两人相处融洽，彼此无话不谈。高兰喜欢外语，业余时间都用来背单词，掌握的单词量不亚于专业翻译，但对飞行器设计兴趣一般。苗青一些设计思路说给高兰，问高兰是否可行，高兰没有更多建议，反而说苗青想问题太超前，人还没毕业，就在思考当总工的活儿。

苗青叫服务员点菜，服务员说文总已经点好了，您过一下目，需要调整的请吩咐。苗青接过菜单一看，都是时令海鲜，她喜欢的海胆也在其中，便让服务员按菜单走菜。高兰问文总是谁，苗青说是飞鹰公司董事长，清华毕业的高才生。高兰睁大了眼睛说："啊呀，我说苗青，你怎么突然冒出个董事长朋友来。"

苗青笑了笑："文总是大仙的朋友，大仙你还记得吧，那个给你画像的画家。"

"我当然记得，不过你说怪不怪，当时看那张画不像我，现在越看越像了，这个画家把我的未来给画出来了。"

"到了大连我才知道，他的色粉画很值钱，你好好收藏吧。"苗青想了想又说，"说来你想象不到，一个喜欢给女生画像的画家，对女孩子却没什么感觉，他至今还是单身。"

"不追女孩子，只能说还没有遇见心仪之人而已，有些优秀男士在婚姻问题上永不妥协。"高兰变得敢下结论了，在学校时她可不是这样，说话总是一副探讨的口吻。

"大仙好像对恋爱不感兴趣，他也从不谈论异性。"苗青又缀了一句，"他一门心思在画画上。"

高兰说："名人多怪癖，这是普通人难以理解的生活状态。"

苗青不想私下谈论大仙，就把话题引到东北上："到了东北才知道，东北有东北的好处，不像北上广深在竞争上那么剑拔弩张，在东北生活，怎么说呢，有一种裹皮里穿丝袜的惬意。"

"那就是生存压力小呗。"高兰很聪明。

"其实竞争压力无处不在，但东北有东北的竞争方式。"

"东北的竞争如同大象迁徙，每一步都沉甸甸的。"高兰说，"不得不说，你一个人的计划搭上了顺风车，如果说新中国成立之初是东北发展第一春，那么，现在就是东北发展的第二春了。来开会前我数了一下，从你来东北那年算起，国家层面出台的关于东北振兴的文件有三四个，而且含金量非常高。"

"顺风车？"苗青问。

"东北振兴是国家战略，这不是最大的顺风车吗？"高兰说。

苗青心里清楚，高兰没说错，909所承接项目在逐年增加就很说明问题。

苗青问了高兰的情况。高兰说自己不想做大官，只想稳定、安逸地工作和生活，将来再生个二胎，三口变四口，自己做个合格的女主人就是。不过，高兰也有些小伤感，说想想自己辛辛苦苦学的专业工作后一点用不上，心里常有歉疚感，早知道这样还不如当初学外语专业了，部里经常有出国任务，外语用途大。

高兰问苗青在909所工作是不是满意，想另择高枝的话千万别犹豫，三十岁之前一定要找准人生定位。苗青说："工作上没有压力，大部分时间在静默中搞一个人的计划。"高兰说："飞机设计要符合国家战略，你的设计若能与国家发展计划相吻合，中签概率才会大。"苗青说导师给了她一个新课题，让她先放放商用大飞机设计，专心攻一攻隐形飞机，她已经着手设计。

"导师这是在暗示你，隐形飞机是列入时间表的国之重器。"

"我懂，强国必先强军嘛。"

突然，高兰话题一转，很严肃地问："你和江峰关系怎么样？"

苗青摇了摇头："不怎么样，联系越来越少。"

"前些日子我到深圳开会，向当地住建局的人打听江峰，他们说江峰事业的成功很大程度上要归功于他的大款女友。我就纳闷儿，你在东北搞飞机，怎么能帮上他？就深问了一下，我问这个没有恶意，主要是为你担心，我太知道这个纸醉金迷的行业了。他们告诉我，江峰女友是个香港籍的合伙人，家族颇有实力。我一听就蒙了，想尽快找你核实一下消息的真假，你们这对儿金童玉女是不是出了什么状况，听你的口气还真是令人担心。"

听高兰说这些的时候，苗青努力控制着自己的呼吸，尽管她想到了会有这么一天，因为江峰条件太好了，遭遇美女围猎很正常，当这个消息真的出现时，她眼中泪水还是出现了自动驾驶的现象。

高兰抽出一张湿巾递给她，劝她道："不行的话就去深圳吧，你在他身边总会好一些，男人最怕闲，闲生是非，对于女人来说丈夫比飞机更重要，飞机你不设计自然会有人设计，江峰你不嫁就成了别人的老公。"

苗青苦笑了一下，用湿巾拭了拭眼角道："我若去深圳，他就会断了与那位女金主的联系吗？到那时我岂不既丢了飞机又失了老公，落个鸡飞蛋打。"

高兰愣了一下，苗青这话不是没道理，便嗔怪道："谁让你选个超级帅哥做男友了，无数女生的教训告诉人们，选帅哥当男友风险极大，要知道，你喜欢，别人也会惦记。"

苗青道:"其实,我爱上江峰与飞机有关,他运动场上那凌空一跳,像极了展翅滑翔的飞机,现在他远离了飞机,我们的关系便少了共振点。"

"别让事业耽误爱情,何况事业和爱情并不对立,作为过来人我想提醒你,在选老公上要当机立断,速战速决!"

不愧是山东大妮!苗青想,做事从不拖泥带水。高兰婚姻成功的经验归纳起来就一条:速战速决。苗青想,其实自己与江峰的恋爱就有太长的慢板过渡,在享受春夏的小情调中错失了秋的收获。

"你应该和江峰把话挑明,不能这么不冷不热地拖下去。"高兰继续建议。高兰是真心为苗青着想,她曾批评苗青在感情问题上像中学生一样单纯。

苗青说:"一切交给时间吧。"

"等下去,损耗的可是你有限的青春。"

"我理解江峰的选择,何况我们关系走到今天,不怪江峰,是追求不同所致。"

两人开始吃饭,但话题总是离不开江峰。高兰看得出来,江峰在苗青心目中的形象像九寨沟流水中的钙化树,已经定格定型,因为直至吃完晚饭,她也没有从苗青口中听到江峰的半个不字。

饭后,苗青送高兰回棒棰岛,分别时高兰说:"记住,人生最怕遇事犹豫不决。"

2

鲍总要来909所调研,集团通知下来,小宋来到苗青办公室,神神秘秘地说:"集团鲍总要来咱们所调研你知道吧?明明是检查,非要说是调研,我一看到调研这个词头就大。"

苗青摇摇头："集团领导来调研我怎么会知道？"

"通知上写了要找你谈话呢。"小宋把椅子拖到苗青眼前坐下来，眼神放光地说，"郑所长有点紧张，你想想啊，你是鲍总招来的，结果在909所坐了这么长时间冷板凳，这事鲍总肯定不满意呀。"

"这又不是郑所长的事，项目经理不接纳我，他们也无能为力。"

小宋道："你这是官话，对我说这个就外道了，我可是一直拿你当妹妹看。"

"我这是真话，"苗青解释道，"鲍总来问我也会这么说，事情本来就是如此。"

小宋叹了口气说："我看到郑所长在办公室直转圈儿，郑所长只要一转圈儿，就是遇到了难心事。他去和柳书记谈了，商议该怎么向鲍总汇报你的事，柳书记说小宋和苗青关系不错，让小宋去做做工作。就这样，郑所长让我来找你。说实话我不想当说客，因为所里对你太不重视了，上级领导有交代他们还这样对你，要是没交代，还不让你到阅览室管报刊呀。"

小宋说的管报刊是有例子的。所里曾经分来一个学西班牙语的女大学生，是搞科技情报的，但所里没有这项业务，如何安排这个女大学生就成了难题，最后把人家分到了阅览室。其实按人岗相适原则应该把她分到情报处。后来集团人力资源部老何来调研，找这个女大学生谈话，女大学生哭了足足半个钟头。老何就问所领导，为什么不让她去情报处。所领导说情报处四个编全满，集团要求不许超编配人。老何说："你们不会调整吗？你们情报处干部结构啥情况我还不知道？处长有严重抑郁症，三个干事两个搞行政，一个是摄影师，好不容易给你们招来个会外语的，你们却安排到了阅览室，阅览室的活儿一个退休老大妈就能做，你们咋想的？"老何回去不久，这个女大学生就被调到了长春的907所，在长春工作很出色，多次受奖，现在已经是907所的情报处处长了。

苗青说："请你转告所长、书记，如果集团领导找我谈话，我不但不会哭，而且会好好表扬咱们所，我觉得所里对我不薄，毕竟没有让我到阅览室管报刊。再说了，真让我去管报刊也没什么，我本来就是那里的常客。"

小宋撇了撇嘴："啥不薄了？我兼着人事处处长，所里为你都做了啥我最清楚。"

"所里给了我时间和自由呀，这是最难得的，要是给我分一堆打杂的活儿，我不也得硬着头皮干吗？"苗青笑着对小宋说，"不打扰就是照顾，不捆绑就是解放，我感受到了这份照顾与解放，所以我不会闹情绪。"

小宋忽然皱起眉头道："听说当年鲍总和老何与你签约时有个口头协议，如果三年之内没有设计任务，你可以选择跳槽，这是老何亲口告诉所长的，所以所长有压力，鲍总招来的人才被所里挤走，这无论如何说不过去。"

"不存在挤走的问题，"苗青说，"事实上设计任务也有，只是我没有被选中而已。"

小宋从包里拿出一张配了小木框的照片递给苗青："瞧，909所的女神！好好留着，将来婚礼上可以用大屏幕展示。"

苗青接过一看，是那天在大门口凌霄花前小宋用手机拍的，照片确实很美，热烈而绵密的红色凌霄花前，身穿白衣白鞋的自己微笑着，眼中含蜜，那个硕大的布艺托特包竟然成了点缀。"好照片！"苗青笑着说，"难得你还配了框，我会好好珍藏的。"

小宋道："我是用心拍的，因为你让我感到特舒服，知道吗，女人对女人，容易产生嫉妒心理，但你我没有，你安安静静，整天在办公室盯着电脑屏幕、看外文资料，几乎不在意设计之外的事情，太有定力了。"

"我没你说的那么古板，作为一个姑娘我也有朋友，有交际。"

小宋仍然按照自己的思路说下去:"还有一点,所里很多人觉得我学历不高,打字员出身,看我时眼光怪怪的,好像我是靠姿色上来的,但你不是,你对我从来都是尊重有加,尊重是装不出来的,人要是瞧不起谁,总会在眼神、眉头、语气中有所流露,我觉得你看我时的目光真诚而不敷衍,将心比心,你对我好一尺,我必须对你好一丈,做人要讲究,不能当貔貅。"

小宋说的是心里话,这一点苗青有准确的判断。小宋身上有东北女人的豪爽与义气,苗青曾想,如果像二十世纪七十年代组建"铁姑娘"班那样的话,小宋一定是班长的不二人选,小宋能抓住人的心理,像熨斗一样把人心熨得服服帖帖。

苗青起身道:"你就把心放到肚子里吧,换句话说,我就是对所里真有想法,也只会和所领导讲,对上级领导讲那就成了告黑状,告黑状之人不管从哪个角度讲都是悲剧性人物。"

小宋高高兴兴回去了。

当天下午,柳书记打来电话,让她到办公室去一下。

柳书记吸烟,办公室弥漫着一股焦煳味儿。苗青坐在沙发里轻轻咳嗽了几声,柳书记起身打开窗子,说早就想戒烟,但戒了几次没戒成,主要是没毅力。

苗青道:"能戒还是戒了好,吸烟对健康无益。"

"知道我为什么戒不掉吗?说得直白一点,就是两个字:干闲。"

"您当书记那么忙,周周开会,月月组织学习,怎么会干闲呢?"苗青不解。

"你知道我在部队是做什么的吗?我是业务干部,是海军部队观通站的站长,天天与雷达打交道,雷达屏幕上任何一个光点都休想逃过我的眼睛。可是转业后我成了政工干部,与雷达无缘了,你知道这种离开专业的闲是一种什么滋味吗?那就是干闲,干闲的感觉就是心里有许多事,手上却没一个活儿。你说我不抽烟怎么办?你不会知道,我吸烟时会故意吐出一个大大的烟圈儿，然后盯着这个烟圈儿看，那一刻，我把烟圈儿当成了圆圆的雷达屏幕，烟圈儿散去，紧接着又会猛吸一口再吐出来。我是专职党务干部，业务上与大家隔着一层，我觉得自己成了个局外人，唯一能带来慰藉的就是这包红塔山。"

苗青被书记的话感染了，这是一种专业情结，搞了大半生雷达，忽然改成抓思想政治工作，这个弯儿确实难扭。但是，柳书记找她来说这些有什么用呢？自己又不是政工干部。

"小苗，找你来是想和你说一下，有些时候人闲着是不以主观意志为转移的，就像我转业到909所一样，什么事都有个契机。没有契机时不要急，要相信日无私照，地无私载，风水轮流转，明年到我家，我转业第四年，所党委换届，我成了909所党委书记。"

"您的机遇真好。"苗青说，"转业干部很多，并不是每个人都有这样的运气，当然您在部队就是正团级，素质能力在那摆着呢。"

柳书记摆摆手："哪里，在业务上你们都是我的老师。今天我找你就是随便聊聊，你来了这么长时间，我还没有和你谈谈话，工作中遇到什么事可以随时找我，每一个青年人才都是所里的宝贝。"

3

上次高兰来大连，文剑细心的安排让苗青很过意不去，高兰走后，她给文剑打电话表示感谢。文剑说："谢什么，大仙的朋友就是我的朋友，能为您做点事心里高兴。"

苗青又给大仙打电话，说怎样才能感谢一下文剑，人家不仅出车，吃饭还买了单。大仙想了想道："这样吧，我问问他公司有没有你能帮上忙的，如果有，你为他做点事不就扯平了吗？"苗青说："我能做什么呀，人家是搞企业的。"大仙说："他不是有个飞鹰公司吗？搞无人机研发，肯定需要技术支持呀。"苗青马上警觉起来："飞机研发是商业秘密，与909所业务所有相关联的技术都是禁区。"大仙笑了："这个我懂，打个比方吧，你们909所是搞国画的，飞鹰公司是搞油画的，油画与国画门类不同嘛。"苗青想也是，909所没有无人机设计任务，不存在这方面涉密问题，否则自己讲座那天文剑也不可能进来录像。苗青说："那您就问问他吧，有需要我做的事，我会无偿支持。"

第二天，大仙打来电话说飞鹰公司需要做总体概念、确定相关参数和技术标准，这些事刚刚有个雏形，想请她帮忙不知是否可以。苗青想了想，说她请示一下所里再回复，估计问题不大。

苗青来找郑所长，说了飞鹰公司希望帮忙的事，请示他是不是可以。郑所长想了想说："要是别的公司你可以做，无人机与我们所设计项目不冲突，不涉及商业秘密，但飞鹰公司不一样，它是我们的隐形竞争对手，它研发、设计、生产、总装一条龙，做大后会挤压我们的。你也知道，他们挖走了我们三个工程师，我觉得飞鹰不是在天上飞，而是像鼹鼠在地下挖墙脚。"

苗青说："飞鹰就是一个民营企业，在航空领域再怎么发展也是有限的，民航局相关管理要求决定了他们只能在有限的空间里做事情，所以我觉得没必要担心，作为大所这点自信还是要有的。"郑所长摇摇头："不能小瞧这些小公司，它们是寄生在国企上的藤壶，对了，你知道藤壶吧，它们的寄生会让上百吨的鲸鱼痛不欲生。"苗青觉得这个比喻虽然形象，但有贬低别人之嫌，便没有再说什么。郑所长见苗青不再说话，可能也觉得自己格局有些小，就转过头问："你帮忙是尽义务？"苗青点点头，说文剑是导师侄孙的好友，对她多有帮助，此事算是还个人情。郑所长说："那你就帮吧，记住，不要收取报酬，钱一收，性质就变了。"苗青笑了笑："放心所长，我还没混到靠挣外快养家糊口的地步，真有那一天，我就找个大款把自己嫁了。"

苗青答应了，很快，文剑派车将她接至飞鹰公司洽谈具体细节。

飞鹰公司位于著名的星海广场南侧，是一幢起脊坡顶欧式五层建筑，一楼正中是两扇带有铜铺首的大红门，门宽且高，如同京城某些明清建筑的殿门。大红门与海水运河隔着一条六步宽的甬道，河面上有成群的海鸥在盘旋，海鸥不恋穷水，看来运河中应不乏鱼虾。苗青想，一个现代化公司却安有两扇古典朱门，这会不会是大仙的设计？带着这个疑问苗青走进楼内，文剑从电梯里出来迎接。文剑深色的西装十分挺括，系一条黑黄相间的领带，与洁白的衬衣形成鲜明对比。苗青略微回想了一下，与文剑有限的几次见面，总是看他穿深色西装，穿白衬衣，变化的似乎只有领带。

来到四楼，文剑将她领到一间可以俯瞰运河的办公室。室内陈设简洁大气，一张白漆写字台，上面有台白色的立式苹果电脑和一盏台灯，北墙是两个白色实木书架，书架还没有摆放书籍，面对写字台的是一组白色真皮沙发，茶几也是白色，唯一与白色相异的靠窗的两盆绿植，一盆是红掌，另一盆苗青叫不上名字。凸显艺术性的是写字台对面墙上的那幅画，那是一幅六尺色粉画，配有褐色实木框，画面是一条正在融化的冰河，河水幽深，透出一种极致的深蓝，河两岸是厚厚的积雪，积雪保持着原生态，连鸟兽的足印都没有，有几株黄叶芦苇在雪中挺立，未凋的芦花像武士的冠缨。

"请坐。"文剑做了个舒展的手势。苗青坐下来，沙发软硬适度，有股淡淡的空气清新剂的味道。她好奇地感慨："文总办公室好干净。"

文剑笑了笑："我办公室在五楼，这是您的办公室。"说完，将两把亮晶晶的钥匙从茶几上推到苗青眼前。

"我的？"苗青愣了一下，巡视了办公室一周，不得不说，文剑对自己的观察很到位，把办公室按白色调来布置正合她心意。她喜欢白色，白色给人的感觉是纯洁、安静、没有杂念，在白色氛围中搞飞机设计，能进入一种忘我的境界。苗青说："我帮您做的事情在宿舍就能做，没必要占这么大一间办公室，您还是另做他用好了。"苗青不想接受这个条件，有无功受禄的感觉。

"飞鹰公司对所有的专兼职工程师都一个待遇，我不能厚此薄彼，您的这间唯一区别是在色彩上，别的办公室都是酸枝木家具，是深色调的。"

"那我也觉得不合适。"苗青坚持不受。

"其实，您的待遇够少了，别人有车，有薪水，而您这些都没有，按劳取酬是我们国家的分配原则，我已经违背了这个原则，再说，办公室就是一个工作环境，提供这个环境受益最大的还是飞鹰公司，您说不是吗？"

文剑态度诚恳。的确，飞鹰公司为工程师所做的一切，都会在工程师的劳动中得到成倍的回报，这是企业家的精明所在，智力投入，积攒的是企业的后发优势，聪明的文剑很清楚这个逻辑。

"可是给我这样一间办公室有些浪费，我只有周六、周日才会过来。"苗青开始妥协。

"有没有办公室决定着归属感，有您一间办公室，您每次走过星海广场时，会有路过家门的亲切，否则，再熟悉的大红门也会觉得陌生。"

听到文剑提到大红门，苗青问："您这办公楼的装修是大仙设计的吧？"

文剑眼睛一亮："是啊，大仙告诉您的？"

"没有，"苗青暗暗佩服自己的判断，"我只是一种感觉。"

文剑指着墙上色粉画说："这是大仙给我画的，我想挂到这里比较合适。"

"大仙的色粉画游走于古典主义和现代主义两者之间，就像一个人有两副面孔一样，这张自然主义风格的作品确实是精品，但就飞鹰的企业性质来说，画一幅现代主义作品似乎更贴切。"

"这是飞鹰公司创办之前大仙赠我的，当时我的主业是环保产业，所以他给我画了一幅冰雪消融的画，大仙画大自然的画大都取材东北地域风物，以白山黑水森林居多，这是一种家乡情结的体现。"

苗青忽然就想到了那幅《金蟾礁上的雅典娜》，看来大仙以海为题材的作品不会多，能给自己画一幅，也算是题材上的突破。大仙一画难求，而且不求者不赠，这样一个有性格的艺术家主动承诺每年为她画一幅画，无疑是一份厚爱。

她指着窗前那盆不知名的绿植问："那是一盆什么花？好像很少见呢。"

"那是月桂树，大仙送来的。"文剑道。

"大仙知道您给我安排了办公室？"

"我当然要告诉他，您是他的朋友嘛。"文剑说，"任何时候都不能忘记桥梁和纽带，我是通过大仙认识您的。"

文剑不愧是仗义之人，苗青想，难怪会有那么多好朋友。

"我办公室还有一幅大仙的新作，想不想欣赏一下？"文剑问。

苗青点点头，跟文剑来到五楼。文剑办公室很大，摆了许多展柜，苗青惊讶的是，展柜里全是各种飞机模型，大大小小数十种，有的模型苗青还是第一次看到。苗青有种穿越之感，仿佛回到了武汉家中。她忘了看画，仔细欣赏着一件件模型，心里像有只兔子在蹦跳。

她看完了所有的飞机模型，心里在计数，一共是三十九只，她转身望着跟在身后的文剑问："您是什么时候开始收藏飞机模型的？"

"就是听您那次报告后开始的。"文剑没有撒谎，这些飞机模型都是短时间内搜集来的，有很多来自国外。

"我也收藏了一些，我上小学开始，爸爸每年送的生日礼物就是飞机模型，我家中博古架上一共摆了十九只，比你少二十只。"苗青把目光转向展柜，很羡慕地说，"我到909所工作后，爸爸就不送我模型了，爸爸说我工作了，等我给他礼物，送爸爸的礼物是对我的大考，需要几年，甚至十几年来制作。"

"有志者，事竟成，我们一起加油。"文剑反应极快。

苗青抬起头，这才看到墙上有一幅尺寸很大的色粉画，画面很简洁，近处是一道麦黄色的山岗，中景是辽阔的草原，远景是隐隐约约的天际线，草原上站立着一棵孤独的树，看不出是什么树，像松像榆又像白桦，树的姿态有点倾斜。文剑在身后说："画的名字叫'风'，写在后面。"

4

鲍总是在中午来到909所的，小宋接站后按计划去宾馆吃午饭，鲍总说在车上吃了快餐，要直接到所里，而且点名要见苗青。

小宋悄悄给郑所长发了微信，郑所长有点毛，直接来找苗青，说："鲍总要找你谈话，不知道谈什么。"苗青也有点云山雾罩，说："领导应该先听所里汇报呀，怎么会先找我？"

郑所长捏着下巴，在苗青办公室踱步，来回走了好几趟，才停下脚步说："小苗呀，我明年就退休了，希望能平安着陆，如果有什么对不住你的事情，希望你谅解，有些事我也爱莫能助。"

苗青明白了所长的意思，用平缓的语调说："我和宋主任表过态，您不必多虑。"

郑所长松开捏着下巴的手，却皱着眉头道："我们到贵宾室等候吧，鲍总很快就会到了。"

鲍总在小宋陪同下走进贵宾室，和郑所长、柳书记分别握了手，寒暄了几句，对所长和书记道："我有事要和苗青同志谈谈，下午上班后再听所里工作情况介绍，你们先休息一下吧。"

所长和书记走后，鲍总寒暄几句，便切入主题："快满三年了，我没有忘记签约时的约定，三年没有设计任务你可以离开，这件事你怎么想？"

苗青睁大了眼睛说："我暂时还没有离开的想法。"

"那好，我这次来要的就是这句话。"鲍总站起身，走到会客室的窗前望着外面说，"闲置三年，是人才的浪费，集团人力资源部要出台一个文件，鼓励手上暂时没有项目的青年人才到企业挂职锻炼。对于你，我个人有两个想法，一是到集团战略发展部，从更宏观的角度来编制飞机研发计划；二是到沈阳或哈尔滨的飞机制造企业挂职。我想听听你的意见。"

苗青脑子里忽然间像有鸟阵飞舞，不时变换着阵形，耳边似有风在刮，好一会儿才恢复了常态，对鲍总说："我听组织安排，但这事您是不是听听所里的意见，他们很关心我，对我照顾颇多。"

鲍总摆摆手："他们怎么做的集团都清楚，我想听听你的想法。"

"我不想离开909所，一旦我调走，所领导的信誉恐怕就会破产。"苗青很清楚，如果自己调到集团战略发展部工作，就等于909所又重现一次小语种大学生管阅览室的案例，这种事好说不好听，一旦形成热议，郑所长、柳书记会百口莫辩。她以试探的口吻说："如果让我选择的话，我想到企业去锻炼。"

"可以，你还有什么要求？"鲍总言语简洁，不像下围棋那么瞻前顾后。

苗青想了想："如果去挂职，我想自己选择一家企业，比如外企、民企。"

鲍总没有想过这个问题，沉吟片刻道："这不是问题，只要真能得到锻炼，到波音去锻炼也没问题，关键是人家能不能接收你。国外飞行器制造企业对我们搞技术壁垒，集团没有渠道联系，有渠道也联系不成。"

"那就去民企，不过我这是一厢情愿，需要征得人家同意。"

"你可以自己联系。"鲍总说，"但不要大张旗鼓，这事最快也要年底启动，你联系好了集团就做安排。我想提醒你的是，这次实践锻炼在专业提高的同时，还要学习组织管理和协同能力，项目经理制的制度设计规定，你若主持某个大项目，就要对项目的一切负责，不全面丰富提升自己，将来做不了项目经理。"

苗青记住了鲍总的话，她已经看出来了，项目负责人实际上就相当于一个企业法人，任期从立项开始，到结项结束。

谈话时间不长，两人从贵宾室出来的时候，所长、书记和小宋在走廊一端等候。郑所长一脸狐疑，他没想到谈话会这么快。

小宋迎上来说："领导就在贵宾室休息吧，离下午汇报还有点时间。"

鲍总说："休息时间，可以下盘棋，你们老袁在吗？听说他下棋谁也不服。"

小宋马上打电话叫老袁带着围棋到贵宾室来，鲍总就和老袁在贵宾室厮杀起来。苗青和小宋在一旁观战，鲍总一边下棋，一边借棋语说话，等于在工作上开导了老袁一番。苗青看出来了，这哪里是下棋，这分明在做老袁的思想工作。

下午，鲍总的调研按规定动作进行，听汇报，做讲话，一切都很自然。至于他和苗青谈了些什么，则没流露半字。傍晚，鲍总在食堂吃了便饭，乘晚车返回沈阳。一干人簇拥着鲍总走到停车处时，一只棕红色的松鼠从车前方跑过，爬到一棵高大的雪松上不见了。鲍总对送他的郑所长和柳书记说："骏马要有辔头，放权不等于放手，让松鼠够吃、吃好没错，但不加约束，松鼠就会胖得爬不动树。"鲍总站在车旁讲了一个故事，说集团院子里有不少百年古松，古松上栖息着一些松鼠。集团老干部办的熊主任是个动物保护主义者，他经常买松仁、榛仁给松鼠投食。为了观赏和拍照，他把食物放进一个透明的大玻璃瓶里。有一天，大家看到瓶子里有三只松鼠困在了里面出不来，急得在瓶子里翻来滚去，原因是投食过量，三只松鼠撑大了肚皮，圆滚滚的出不来了。忽然，鲍总话题一转："你们对待项目经理可不能这样，投食要科学，吃大了肚皮会很麻烦。"

鲍总上车走了，小宋送站回来后直接来到苗青办公室，悄悄告诉苗青，说有些话苗青不好说，她已经替苗青说了。在接到鲍总后，她把四个项目经理目无领导、搞独立王国的事都告诉了鲍总，鲍总很生气，说这样不好，所领导不能当甩手掌柜的。

苗青却暗暗叫苦，估计两位领导以为是她告的状。她一脸哭相说："姐呀，你放炮，我中枪呀，郑所长会恨我的。"

小宋缓过腔来："是啊，说不定领导会怀疑你，咋整？"

苗青说："还能咋整，听天由命吧。"

5

刚进八月，909所院子里的槐树就开始落叶。这座城市有个槐花节，可惜节日有点虎头蛇尾，多年前还轰轰烈烈，现在越办越萎缩，只剩下在劳动公园里象征性地跳一次广场舞了。槐树难以成才，却适合入画，也容易产生传说，但它有个明显的弱点——春天发芽慢、秋天落叶早。办公室窗外东南方，大约五十米的草坪上有棵老槐树，主干嶙峋，枝叶茂盛，树龄应在百年以上。三年来苗青几乎是在观察这棵老槐树中度过的，也许是日久生情，她喜欢上了槐树，尤其槐花绽放的季节，一树香满园，那种独特的槐花香醒脑提神，令人陶醉。

午饭后，苗青靠在沙发上想休息一下，这段时间给飞鹰公司干活她着实下了一番功夫，她知道自己制定的标准直接决定飞鹰公司下步的研发生产，所以容不得丝毫马虎。她刚刚眯上眼，手机响了一声，她打开一看，立马从椅子上弹起来。

微信是江峰发来的：

三个年头了，我们彼此都给了对方机会，青春的一幕该落下了，生活有时也需要回车键，重启是处理死机的最好方式。一切该结束了，让我们储存起过去美好的回忆，各自重新开始，没有抱怨，更没有伤害，有的只能是美好的祝愿。祝愿你一个人的计划早日实现，我在南国为你祈祷。

江峰即日

她预感会有这样一天，当这一天真的来临时，又觉得太突然，茫然不知所措。她对自己说："挺住，苗青，你可是心里有飞机跑道的人！"她坐回到办公桌前，又读了一遍微信，觉得江峰编写这条信息下了很大功夫，信息中没有提香港女合伙人的事，应该是考虑到了她的感受。

她想回一条微信，但大脑像短路一样，不知该怎样写，合上手机，再打开，重复了三次，才打了短短六个字：放下，才能提升。发走后，才发现把这条微信错发给了大仙。想撤回，已经无法操作了，她额头沁出汗珠来，不知如何是好。不一会儿，大仙回复了一个高举拇指的表情。她回复江峰两个字：收到。然后起身换上运动鞋到院子里去遛弯。

她鬼使神差地来到了老槐树下，低着头一片一片数着落到地上的黄叶。数了多少片她没有记住，嘴上一直在机械地念着数。落叶中有一朵小小的蒲公英，不小心被她踩了一脚，小花被踩碎了，蒲公英怎么在初秋还会开？开得不合时宜呀，捡起这朵踩碎的小黄花，耳边仿佛响起了那首《葬花吟》：质本洁来还洁去，强于污淖陷渠沟……她掐了自己耳垂一下，哪里有渠沟？矫情！她走到草坪边缘，看到石阶上有几只黑蚂蚁正齐心合力拖着一片树叶往前搬运，想必前面有它们的蚁后在等待。她离开老槐树，来到宿舍楼西侧，这里的法桐树下有两条长椅，经常会有年轻员工在此读书。今天这里空无一人，她在长椅上坐下，望着前面鹅卵石铺就的甬道发呆。交大校园里也有这样一条甬道，但甬道上总是人满为患。甬道的好处在于曲径通幽，本来可以在花园中直铺过去，但园艺师特意设计了几个弯，效果就出来了。这条甬道很长，一直通到大院西门，西门外面是家属区，家属区再往前，便是一家三甲医院。

苗青发呆的时候，目光会黏在某处不动，似乎在看某样东西，实际上这样东西是什么，一点概念都没有。

"妹呀，你在这儿发什么呆？"

是小宋的声音，很脆，也很响。小宋说话带有十足的海蛎子味，一句话蹦出来，有时会吓你一激灵。

小宋脸上带着汗珠站在面前，没等苗青回答，就走过来一屁股坐在苗青身旁，用纸巾沾着额头的汗说："累死我了，累死我了。"

"你怎么从西门过来？"苗青问。

西门除了上下班开放之外，其他时间会上锁，那里有个年过五旬的保安把门，职工从西门进出他总会盘问几句，据说是柳书记给保卫处下了命令，为了防止工作时间职工回家属区，西门限时开放。

"周正夫人出事了，在医院呢。"小宋擦过汗，将纸巾放到手包里，呼吸有些急促。

小宋曾对她说过周正的事。周正夫人叫楚春，是一所大学的教师，讲授现代文学，曾经是小有名气的诗人，经常有诗作见诸报刊。据说楚春还是个戏迷，尤其喜欢古装戏，很多经典唱段都会唱。

"周夫人出了什么事？"苗青不解。

"还不是怪周正。"小宋说，"楚春有感情洁癖，周正一举一动都在她的监视之中。这次周正犯错一般人还真看不出来，楚春心细从中发现了端倪。国内一家刊物发表了一篇论文，论文署名第一作者是个女生，第二作者才是周正。楚春觉得有问题，因为第一作者不是909所的人，也不是周正带的硕士、博士，周正写的论文为什么要把女生署名第一作者？她做了些功课，然后问周正是怎么回事。周正不该撒谎，谎这个东西一撒就容易圆不上，他说这论文是朋友推荐来的，自己只是润了润色，自然不会把名字署在前面。楚春显然不好对付，她看过论文，从行文风格到研究领域，是周正执笔无疑，她顺藤摸瓜，开始刨根问底。两人吵了一个月，积怨越来越大，无法解开就产生了离婚的想法。"

听了小宋介绍苗青陷入了深思，假若自己与江峰结合会不会也出现这种局面？毕竟房地产和飞机是两码事。她不敢做假设，何况这种假设已经毫无意义。

"能劝还是要劝，婚姻问题劝和不劝散。"小宋双手撑住长椅仰起下颌说，"这世上有不花心的男人吗？"

"当然有。"苗青马上就想到了大仙，她也用双手撑着长椅，将两条腿交叉起来，像荡秋千一样前后摇晃着说，"我认识一位画家，他只看重女性的灵魂或者精神，不看重姿色，这种人属于珍稀保护动物级别。"

"我不相信有这种男人，连孔圣人都知道私会美女，难道还有比孔圣人更有定力的人？"小宋也前后悠着双腿说，"你说的画家我知道是谁，帅哥一枚，估计是阅人太多的缘故吧，就像男妇科医生对女性身体没有兴趣一样，这是一种职业性麻木，一旦麻木被激活，心里那炉火就会被点燃。"

"这真是奇谈怪论。"苗青双腿停止了摇晃。

"有句话叫越怕越有鬼，同样道理，越不想接触女生，说明心里越在意女生。"

苗青心里咯噔了一下，大仙会是这样的人吗？

小宋站起身："晚上我再去医院和楚春谈谈，你有什么好建议？"

苗青想了想，看着面前的甬道说："缘来则聚，缘尽则散，分则宜早，一别两宽。"

小宋吃惊地看着苗青："哎呀，你今天怎么成了女诗人？"

"你别糟蹋我，"苗青说，"我和女诗人不搭界。"

当天晚上，苗青将这十六个字用微信发给了江峰，然后打车去了飞鹰公司。楼内已空无一人，她告诉门卫要加一夜班，别让人打扰。

6

8月16日清早，尚未吃早餐，苗青听到有人敲门，开门一看是大门口的年轻保安，保安说："有个穿西装的小伙子开车送来这箱东西，嘱咐要马上转交您，说东西很重要，与您工作有关。"

送来的大纸箱很重，苗青谢过保安，关上门打开箱子，再打开防震包装，一架漂亮的无人机模型展现在眼前。

模型是铜质的，相当精致，一看就是专业公司严格按比例加工的。她小心翼翼地把无人机抱出来，摆在写字台上仔细端详着，这才发现模型上还挂着一个金色的心形标签，上面用英文写着：Happy Birthday！落款是文剑。

这一刻，她没有抑制住眼泪，双手捂着脸哭泣起来。眼里的泪水储存日久，她总觉得在某一个瞬间会泪流满面，但每一次都强咽了下去。哭什么？为什么要浪费眼泪？泪是肺腑酿出的诗句，不能轻易发表。但今天她没有止住泪水，任凭自己哭了个痛快。三个生日没有礼物了，爸爸不再送飞机模型之后，她觉得生日有些失落，今天这件礼物太及时了，最能安抚她此刻心情，此时此刻，她觉得文剑是这个世界上最疼她的人，如果文剑站在面前，她真想张开双臂拥抱文剑。

平静了一会儿，她将无人机模型摆放在衣柜顶端，这是一个绝佳的位置，也是宿舍的制高点，在床上只要抬头，就会看到它翼展长长的英姿。

文剑是有心人，上次在办公室无意中说到父亲每到生日这天送飞机模型的事，文剑竟然记在了心上。这是文剑在催我呢，她想。给飞鹰公司做的总体概念和相关标准已经完成，原计划今天就要交稿，就差一个PPT演示，一个上午就能制作成。这个时间太巧了，文剑送来生日礼物，她以厚礼相还，这不正是古人说的"投我以木桃，报之以琼瑶"吗？

她高高兴兴去食堂吃早餐，今天食堂的早餐似乎格外丰盛，小菜加了好几个品种。吃饭时，厨师大姐端着一小碗热汤手擀面过来说："宋主任嘱咐给您煮了碗面，说今天是您生日。"苗青起身道谢。小宋这个人真是细心，也十分尽责，在她的努力下，周正几乎破裂的婚姻暂时维持住了。据说小宋找楚春谈话时用了激将法，一句话戳在对方软肋上。小宋说："女人不能活在过去，要是十年前，你离，尚有资本，现在离，你就没考虑折旧问题？没听说有句俗话？说中年男人三大幸事：升官发财甩老婆。离婚后周正再找不难，有那么一帮女硕士女博士在追他，你选择离等于成全他。可是你呢？你离了之后只能找个比你大很多的老男人，这样的搭配让人情何以堪？"她这样一说楚春明白了，离婚等于便宜了周正，便收拾收拾东西出院回家了。一场婚姻拉锯战就此休战。

PPT制作很容易，原计划一个上午时间，苗青只用了两个小时就做完了。她觉得这个上午工作效率特高，闲下来想起应该给爸爸打个电话。电话接通，她颇有些炫耀地告诉爸爸，自己收到了一件生日礼物，让爸爸猜猜是什么。爸爸未加犹豫就说："一定是飞机模型，没错，就是飞模。"她颇为惊讶，爸爸简直神了，问爸爸怎么会一下子猜中。爸爸说："什么礼物能让你这么高兴我心里明白。"

爸爸问她是谁送的礼物，她介绍了文剑的情况，声情并茂对文剑夸赞了一番，也说了自己为飞鹰公司做概念和标准设计的事。爸爸知道女儿和江峰的关系已经结束，从女儿话里自然能做出判断。但爸爸没有表态，只是提醒她无论如何都不要放弃心里的计划。这时，妈妈接过电话说:"青儿呀,别总听你爸的,搞飞机没错,但不能耽误终身大事,遇到好的千万别错过,过了这个村可就没有这个店啦。"妈妈说话实在,和女儿从不绕弯子。

放下电话苗青笑了,对爱情她还是有些自信的,自己哪一样都不差,总不会成为剩女。

下午,她想给文剑打电话,告诉他下午将设计结果送过去。说来奇怪,她刚有打电话的念头,文剑电话便打过来,文剑说:"苗老师,大仙让我问问您晚上有没有时间,若是可以,想请您到巨无霸吃饭。"文剑说之所以通知这么晚,责任全在他身上,大仙提前两天就做了吩咐,他到沈阳谈项目给耽误了。文剑说:"晚上吃饭还是大仙、白院士、宋理和你我五人,外人一个没有。"

苗青感谢文剑赠送的生日礼物,说:"您下达的任务都已完成,有些拿不准的还请导师给把了关,任务正式完成,那间办公室也该退还了,晚上将钥匙还您。"

文剑在电话里有些急:"别价呀,那间办公室已经姓苗了,哪有送人东西还往回收的道理。"

"给我也用不上,"苗青说,"闲置也是浪费。"

"您用一次就能证明这间办公室的价值,"文剑说,"半个月前您不是来办公室加班一个晚上吗?您可能不知道,半夜我接到保安电话后无法入睡,就开车来到公司,也在五楼办公室过了一夜。我知道您是为了飞鹰公司在加班,那份感动就别提了,一直到天明眼睛还射灯一般亮。"

"那天晚上您也来了?"苗青对此一点也不知情,早上文剑也没打招呼。

"是的,怕打扰您我没说。"

"不好意思,那天我遇到点烦心事,想换个环境住一晚。不过您买的沙发很好,比我宿舍的床还舒服,躺在沙发上能听到运河隐隐的涛声,哗哗哗,像催眠曲一般,但说实话,那天晚上我也一夜未眠。"

"都怪我,"文剑说,"应该给您办公室安一张单人床就好了。"

"那不好,"苗青说,"办公室不要放床,也不要太女性化,有两盆绿植就可以了。对了,我在办公室里闻到了一股神秘的气味,红掌没有味道,肯定是那盆月桂树发出来的。具体怎么形容呢?说得严重一些,那是一种鬼魅的气息,让人思绪纷乱,无法安静。"

"月桂树是一种神秘的树。"文剑说。

苗青同意晚上去赴宴,她知道这一切都是大仙的安排。

文剑来接苗青,路上说让酒店老板早上去渔人码头买了些新鲜海胆,晚上一定要多吃一点。苗青心头一热,无意中发现轿车驾驶台上安放着一个双尾翼战斗机模型,她坐过这辆车,这个吉祥物显然是新安放的。

两人走进包间的时候,大仙、白院士和宋理已经提前赶到了。大仙说:"今天聚会是有主题的——这个主题先保密,大家可以回归一下自我。"

白院士问:"回归自我是敞开量痛饮吗?"

"酒是无形的画笔,唯有酒能画出灵魂的形态。"大仙从手提袋里拎出两支细瓶葡萄酒放到桌上,指着酒瓶说,"苗老师呀,以往我不劝您饮酒,但今天您要破例喝一点,这是我从北美带回来的冰酒,味道绝佳。"

"为什么今天让我破例?"苗青笑着问。

大仙道:"前两天我和二爷爷通电话,二爷爷说了一件关于您的私事,我觉得是好事,做逆行者的好处就是能干净利索地摆脱羁绊,用大连话说,不会破裤子缠腿,可以轻装前行。"

苗青知道大仙指什么,她不想在这个场合谈个人私事,她也不允许任何人贬低或批评江峰,江峰在她心里是一棵钙化树。所以她马上转换话题问:"冰酒有什么说法吗?为什么不是红酒或白兰地什么的?"

聪明的大仙明白了苗青的意图，马上接过话说："冰酒是意外之酒，为什么是意外呢？这里还有个传说，两百多年前欧洲一个葡萄园突遇霜冻，酿酒的葡萄上冻结冰无法正常酿酒，酿酒师本着死马当作活马医的念头，对冰冻葡萄进行压榨酿制，没想到却意外酿出了味道绝妙的冰酒。今天我带冰酒来，也是希望能有一个冰酒般的意外惊喜出现。"

苗青笑了，把一个带铝盒包装的U盘从包里掏出来，郑重地双手递给大仙，笑着说："吴老师，您给我的作业完成了，请您交给文总吧，这个算不算意外？"

大仙接过U盘，扭头对着文剑道："这不仅是个意外，还是一个奇迹！一个团队需要几个月才能完成的事，苗老师凭一己之力在短期内就妥妥拿下，绝无仅有，你应该庆幸啊文总！"

文剑双手接过U盘，紧紧贴在胸口，闭上眼睛默念着什么。

"您在说什么呢，文总？"苗青觉得这个动作有点夸张，与文剑一向的沉稳不符。

文剑朝大仙努努嘴："这是大仙告诉我的咒语，遇到特别兴奋的事，不要手舞足蹈、喜形于色，要捂着心脏默念一句话：小心，小心，再小心。"

"为什么要小心？"苗青不解。

大仙接过话说："世上所有的差错，根子都在大意上，有时一个小小的差错会影响到历史的走向，所以困厄时要小心，兴奋时更要小心，这句话是二爷爷告诉我的，我把这句话分享给了朋友们，白院士、文总和宋总都以这句话为座右铭。"

白院士点点头："没错，谨慎能捕千秋蝉，小心驶得万年船。"

宋理说："说来容易做来难，好在小心和胆大并不矛盾，无非是强调细节，细节决定成败。"

海鲜一盘盘端上桌，晚餐自然由大仙主持，尽管白院士比大仙年长，但白院士对大仙一向敬重，朋友聚会总是突出大仙。除了苗青喝冰酒外，四位男士都喝白酒。大仙的理论无处不在，在喝酒上也有一套，说吃生海鲜一定要喝白酒，担心近海海水有污染，白酒可以杀菌。

第一杯酒敬白院士。大仙介绍了白院士最新研发的一套航电系统集成，介绍十分内行，专业术语用词精准，说白院士新设计这套航电系统达到了国际领先水平，已经应用到西南一家飞机制造企业。苗青对此特感兴趣，问了白院士两个具体问题，白院士一一做了解释。

第二杯酒敬宋理。大仙说机床是工业之母，宋总的金普机床销售进入世界领先行列，是东北响当当的领军企业，值得骄傲。此外宋总正在研发五轴机床，这样升级换代下去，金普机床一定会独领风骚，创造奇迹。大仙没有提宋理将要涉足的填海地产项目。

第三杯酒敬文剑。大仙说文剑的飞鹰公司已经万事俱备，只欠东风，这个东风是求是借，还是三顾茅庐找道行高深的大师来作法，就看大仙的了。但不管谁做，飞鹰的思想和灵魂属于苗老师，因为概念和标准是苗老师做的。

第四杯轮到了敬苗青，大仙道出了这次聚会的主题：生日快乐！

因为庆祝生日，酒桌气氛达到了高潮，每个人都喝了一个满杯。

四杯酒敬过。大仙对苗青说："苗老师是不是觉得我一个画家有点不务正业，什么事都一知半解，按东北人的话说叫样样通，样样松。"

"哪里，我正羡慕您哪来的这么多知识呢，连五轴机床都明白。"

"画画不怕知识杂嘛。"大仙谦虚地一笑。

白院士补充道："大仙不是我等俗人，他追求一种与众不同的境界。"

大仙请白院士提酒，白院士也不推辞，举起酒杯说："我建议大家敬苗老师一杯酒，东北正在爬坡过坎，发展遇到了些结构性困难，人才纷纷外流，这个时候苗老师还能安心在东北创业，这需要勇气和胆识，至少给了我们这些人一些信心。"

"可惜英雄无用武之地啊！"大仙颇有感慨地说，"不过，据我所知，鲲鹏集团正在制定年轻人才实践锻炼的举措，很快要出台文件。"苗青听后颇为惊讶，大仙消息果然灵通，集团挂职锻炼这样保密的事都知道。

宋理提酒干净利索，说金普机床的鸡蛋不会放在一个篮子里，除了五轴机床，他还准备跳出机床跨界发展。正所谓苟富贵，无相忘，待将来他谋划的填海项目落成，首先要惠及在座每一位。大家知道这是酒话，没人往心里去。

轮到文剑敬酒，他没有急着端杯，而是拿起手机发了一条信息。不一会儿，一阵悠扬的小提琴声响起，接着，包间大门缓缓向两侧敞开，服务员推着一辆餐车在音乐声中慢步走进来。大家看到餐车上是一只硕大的花篮，花篮里全是红玫瑰，看样子不下百朵。餐车后面，跟着两个穿白色连衣裙拉着小提琴的姑娘，拉出的音乐是《斯卡布罗集市》。

苗青莫名其妙，不知文剑这是演的哪一出。

这时，文剑起身走到餐车旁，在花篮旁拿起一个精致红缎面证书，慢步走到苗青面前，深深鞠了一躬，然后双手将证书举过头顶，对苗青说："在这个难忘的日子里，我正式向您颁发聘书，聘请苗青女士担任飞鹰公司总经理！"

太突然了，苗青本能地站起身，两手交叉在小腹前不停地搓着，一副手足无措的样子。

两个小提琴手忽然将琴声加大，第三个白衣少女从门外现身，在清扬的琴声里动情地用中文唱起来：

> 你是否要去斯卡布罗集市
> 我的花儿百里香
> 别忘记代我告诉他
> 他曾是我最爱的人
> …………

歌声中大仙、白院士和宋理都站起身，以舞步的姿态来到文剑身后站好，向苗青行注目礼。这一定是彩排过的，苗青心想，多么用心的一场演出。她大脑在飞转，在鲍总说出可以到民营企业挂职时，她首先就想到了飞鹰公司，但这是自己的心理活动呀，文剑难道会像孙悟空一样钻到自己的肚子里？太奇怪了，奇怪得有些不可思议。

苗青第一次喝冰酒，不知道冰酒喝下后会在体内变成一团火，她觉得面前四个人的目光像火焰，不，整个房间都在燃烧，餐桌上的海胆、赤甲红，还有那个刺生拼盘，都是一片红色，她觉得有一种蒸土耳其浴的感觉，大脑里云蒸霞蔚，雾气中她看到导师、父母、高兰都在朝自己微笑，笑容里像含着蜜，甜甜的，如同粉色的冰激凌。这哪里是颁发证书，这像是一场精心导演好的求婚。

苗青接过证书，却不知说什么好。歌曲唱完了，服务员用托盘端来五杯红酒，大仙先端起一杯，示意大家都端起杯，然后一手擎杯，一手背在身后说："如果大家认为这是今晚又一个意外的惊喜，那么让我们共同为惊喜干杯！"

五个人都一饮而尽。大仙嗅了嗅空杯说："这是纯正的活灵魂！"

晚宴进入了高潮，每个人说话的声音都被美丽的心情所放大。

次日在宿舍醒来，苗青看到床头放着那个红色缎面证书。昨晚有些失忆，记得文剑送她回来时，在车上她一直轻轻哼唱那首《斯卡布罗集市》。

7

聘书虽然颁发，但正式去挂职要等到明年初，鲍总说了，年底集团才能正式研究。新年前夕大仙打来电话，邀请苗青和文剑到他画室喝咖啡，白院士和宋理因为出差，错过了这次茶叙。大仙在老虎滩有画室，学校没课时就在画室作画。

大仙画室很大，足有一百多平方米，墙壁上挂满大大小小的色粉画。进到画室，迎面便是一幅人物肖像，苗青眼睛一亮："这不是导师吗！"

"是的，我五年前的作品，参加过全国美展。"大仙说。

这是一幅精品，画出了导师的精神气质。苗青看着墙上的画，仿佛站在导师面前聆听教诲，心里热流涌动。画中导师侧身而立，颈和后背保持一条直线，灰白色衬衣，花白头发，右手拿着花镜，目光投向远方，远方是一片草绿色，像草原，像湿地，又像夏季的农田，因为作者做了虚化处理，远方变得神秘莫测。这是一幅有拉斐尔风格的肖像画，将导师画得形神兼备，尤其导师凝视远方的眼神，刚毅明亮，而画中边缘处的几棵白桦树，则很策略地交代了画中人所处的环境。

"我昨天还和导师通电话，汇报了我要到飞鹰公司挂职的事。"苗青说，"导师声音还是那么洪亮，底气特足。"

"神有道场，人有气场，二爷爷的强大气场似乎能辐射到东北，这里的白山黑水也时刻给他以力量。"大仙说，"我们每次通电话，他老人家都会问一些东北的生活小事。"

"导师心系东北，"苗青说，"我能感受到这种强大气场的辐射力。"

大仙指了指画案前一张四尺见方的色粉画对苗青说："这是今年送您的，希望您能喜欢。"苗青走到画前仔细端详了一番，然后退后两步再看。画中是一棵长满圆圆小果实的月桂树，背景是飘满雪花的铅灰色天空，在左上角有个带有月晕的发光体若隐若现，看不出是什么，右下角竖写着一行字：甲午·月桂树的冬天。

"这幅画的背景好沉重。"苗青不想说假话，三年了，她觉得自己的心态正在发生变化，有一天在老槐树下她看到了一根新枝，新枝是从地砖缝里长出来的，她颇有些感慨，老槐树每年飘落的槐花成千上万，唯有这粒种子发出了树芽，有谁知道这粒种子经历了什么呢？

"月桂树是有故事的树，是女神达芙妮的化身。"大仙说。

"大仙是在用月桂树祝福您，"文剑看着色粉画说，"月桂树是月桂女神，大仙希望月桂树能照亮您的生活。"

大仙说："坐下吧，喝杯正宗的拿铁。"

苗青怔了一下，看看咖啡杯里稠稠的奶沫，心里却嗅出了一种难忘的苦香。

苗青和文剑坐下来。苗青注意到这间画室的布局与导师的书房很相似，也是在正中间围着大茶几摆了一圈布艺沙发，茶几上有茶具和许多外文的画册。大仙端着咖啡杯说："知道吗？那天吃饭时我没有提宋总的地产项目，我有种预感，填海这种事将来会有人管的。"

"金普机床那么大的集团，不会违法填海吧。"文剑说。

"手续全也不行，上面政策一收紧，下面的审批就废了，你们想想，都去向大海要地，那不是欺负大海吗？人类对自然界的每一次侵犯，都会招致自然界的无情报复，大海发怒的时候，人类小如蝼蚁。"

苗青有些担心地说："我们应该提醒一下宋总，鸡蛋往篮子里装没问题，往海礁上砸会出问题的。"

"这件事我想了许久，不知道怎么劝宋总，宋总是个气吞山河的人，怕是也劝不动他。有一天我和父母通电话，我说了宋理的计划，父亲说这个项目还是不做为好，北大荒贵有绿色牧场，大连贵有蓝色牧场，牧场上盖房子不管谁批的，都值得检讨。"

"您有事还经常请教父母？"苗青觉得新奇，在她眼里大仙已经无所不能。

"父母经常和我通电话，谈什么？自然不是谈画画，父母虽然是小人物，却天天想着大问题，他们知道我朋友多，喜欢问一些新问题，为了能回答父母的提问，我必须了解朋友们的成就，比如文总的宏伟设想，白院士的重大发明，宋总的五轴机床，还有其他朋友在事业上的进步，等等，当然也包括您一个人的计划。我和父母说起您大学毕业不去北上广深而选择到东北工作时，父母比我还激动，说东北就需要有大志气的人。父母很留心我介绍的情况，把我提到的朋友一个个记在本子上，他们给我打电话往往是在夜间七点半，老两口看完《新闻联播》，受到某一条新闻启发，或想起什么事情，会马上打电话给我。他们每次都会问一个问题，今天是财税问题，明天是高铁问题，后天又是飞机问题，有时还问中东国际问题。父母询，说实情，听意见，修正行，我不能敷衍父母，就生生被父母的提问逼成了杂学家。"

"我见过伯父伯母，"文剑说，"两位老人特好学，在景区休息时还不忘翻开书来看。"

"我父母是恢复高考后第一届大学生，毕业后就留在北大荒，把一生都奉献给了黑土地。"

苗青马上就联想到了自己的父亲，父亲也是恢复高考后第一届大学生，那代人确实都有浓厚的家国情怀，突出的表现是关心国家大事，喜欢操不该操的心。

"爱也是一种家传，"苗青说，"比如您对黑土地的爱源头就是家传。"

"家传是基础，综合起来因素有很多，比如风物、民俗，比如饮食，对我而言，淮扬菜也好，潮州菜也罢，川菜、湘菜、鲁菜八大菜系，感觉都不如东北的酸菜白肉好吃。味道是有记忆的，小时候留下的记忆，像幼儿园背诵的古诗一样，一生无法忘记。"

文剑插话："是这样，我也觉得大连的咸鱼饼子比法式鹅肝好吃。"

"相比父辈，祖辈二爷爷兄弟俩对东北的感情更深，他们在东北的经历本身就是一个传奇。"大仙接着说。

苗青睁大了眼，请大仙详细讲讲。

"我留学回国选择在大连工作，受到二爷爷和祖父的一致夸赞。祖父对二爷爷说，这是孩子做得最正确的一件事，要是去了别地，不管是巴黎、纽约还是伦敦，他的画我一张不看。开始我不懂，祖父为什么要这样说，到大连就那么重要？后来，从父亲口中我知道了事情的原委。当年还是半大小子的祖父兄弟俩，搭渔船过海到大连谋生。本来太爷家在胶东生活还凑合，太爷是个银匠，给有钱人家打手镯、戒指、银锁什么的，靠手艺养家糊口。太爷让大儿子跟他学艺，让二儿子上私塾念书，说将来一文一武有个照应。那时胶东土匪多，附近一伙土匪盯上了太爷，就心生歹念将太爷绑了票。因土匪要价太高，家里凑不出那么多银子，太爷被土匪撕票。太奶是个遇事过脑子的人，一般来说绑票是为了钱财，交不上钱顶多割个耳朵、剁根手指，极少撕票，毕竟绑票是为了钱而不是杀人，撕票说明作案者要么是熟人，要么是仇家，是为了灭口。为了躲避暗中歹人，太奶花钱让两个儿子搭渔船去大连讨生路，自己则回了淄博娘家，一个好端端的家就这么散了。

"那时候从山东到大连谋生的人被称为'海南丢儿'，一个丢字道出了命运的艰辛。兄弟俩搭渔船经过一天一夜，被丢在了小平岛。在蓬莱登船前船老大就说过，'海南丢儿'如果被警察抓到，不分老幼都会送到寺沟红房子做苦力，所以船一靠岸人群就四散而逃、各奔东西。小哥俩因为晕船加饥饿，一下船就瘫倒在沙滩上。好在是夏天，要是冬天也就没命了。也是小哥俩命不该绝，一个大清早到海滩挖蚬子的大嫂发现了他俩。大嫂心善，一看俩孩子是饿昏的，正好她土篮子里带有咸鱼饼子，是自备的午饭，这点咸鱼饼子救了小哥俩。大嫂问明情况后，觉得这俩孩子要是被抓进红房子肯定活不成，红房子苦力是在码头上扛大包，这么瘦弱的身子骨根本吃不了那口饭。大嫂把小哥俩领回家里，与丈夫商量后决定收留了他俩。大嫂夫妇无儿无女，对小哥俩视同己出，小哥俩对大嫂夫妇以二娘二爹相称。祖父在小平岛跟二爹打鱼，也是运气好，祖父在渔船上碰到了胶东军区北海军分区海上工作队，由此加入了组织，后来胶东解放军抢占东北时，祖父随部队北上，一路征战，在部队升任团长，1958年转业到北大荒农场当了场长。二爷爷更幸运，因为在老家读过私塾，有文化底子，大嫂夫妇觉得一个识文断字的人当海碰子可惜，就供二爷爷上学。二爷爷也长脸，考上了旅顺太阳沟一所工科学校，后来去了哈尔滨，东北解放后被组织选派去莫斯科深造，成了飞机设计专家。祖父和二爷爷一直不忘有着救命之恩的大嫂夫妇，祖父说世上最好吃的就是咸鱼饼子，小平岛海滩上吃的那块咸鱼饼子一辈子都忘不了。二爷爷后来说，他们昏死的海滩上有不少被海浪冲上岸的尸体，尸体上面爬满了鬼蟹，看着让人头皮发麻，如果不遇到大嫂，兄弟俩也就喂了鬼蟹。大嫂夫妇不仅救了他的命，还倾其所有供他读书，这是一辈子也还不起的恩德。"

苗青和文剑听得入迷，没想到大仙的祖辈经历如此传奇。苗青也明白了为什么导师在她来东北一事上态度那样坚决，原来这片土地给了他第二次生命。

大仙说："大嫂夫妇的善举告诉我们，能帮助别人的时候一定要帮，不要吝啬。"

"所以您想提醒宋总，别让他选错项目。"苗青马上跟了一句。

"但愿我是杞人忧天。"大仙若有所思。

晚上，苗青翻开日记本，写了一首短诗：

  爱你，不需要理由
  只因为家在这里
  尽管寒冷、空旷和村庄在消失
  做一只留鸟吧
  鸿雁归来时，总要有欢迎的柳笛

第四章：乙未·放纸鸢的少女

1

苗青正式到飞鹰公司上任是在2016年的1月3日。

郑所长和小宋将苗青送到大红门，文剑和公司管理层在门口迎接。郑所长与文剑握了握手道："飞鹰公司好像是生产磁铁的，吸引力太大了，集团领导让苗青在国有企业挑选，她却选择了飞鹰公司，不过，让一个挂职的做正职，说明你们是真重视。"文剑一再感谢郑所长的支持，说909所是航母，飞鹰公司撑死也就是一条舢板，跟在大船后面才能抗风避浪。郑所长和小宋将苗青送上楼，短暂坐了一会儿，让小宋留下对接具体事宜，自己有事先告辞了。苗青到飞鹰公司挂职任总经理一事，像手雷在909所一潭静水中炸开，人们议论纷纷，既然知道苗青是无人机专家，所里为什么不搞个无人机设计室？此处不留爷，自有留爷处嘛！苗青另择高枝是被逼无奈。有人说苗青不会回来了，就像某些大学的出国研修者，争取公费指标时信誓旦旦，可真正学成回来的却寥寥无几。受舆论影响，即将退休的郑所长心情不佳，他觉得自己这所长当得窝囊，里外不够人。

欢迎的人群散去，办公室就小宋和苗青两人。小宋神秘地问："苗青啊，刚才在楼下我仔细端详了一下那个文总，好帅呀！说实话你是不是冲着他来的？"

苗青摇摇头："我是冲着无人机来的，飞鹰公司的概念和相关技术参数都出自我手，到这里来实践锻炼更有针对性。"

"挂职哪有挂一把手的？这事儿姐懂。"

"真的不是你想象的那回事，我们只是好友而已。"苗青解释道。

小宋抓住苗青的手说："好妹妹听姐一句话，事业恋爱两不误，我看这个文总不错，器宇不凡，条件又好，你们是天造地设的一对儿。"

苗青脸被说红了，抽出手道："爱情是讲缘分的，有缘看朱成碧，无缘对面不遇。我情寄一个人的计划，暂时不考虑这件事。"

小宋使劲儿摇了摇头："别幼稚，人生是有季节的，错过了会后悔莫及。"

苗青没有反驳，小宋这话没错，人生是不该错过季节，错过了只能靠反季弥补，而反季的果实往往不甜。她也握住小宋的手说："姐放心，四季也有轮回嘛。"

小宋看到书架上摆着一张照片，正是她在909所大门前给苗青拍的那张，啧啧了两声道："这张照片太美了，我要是个男生，豁上命也要追你。"苗青笑了笑："我也很喜欢这张照片，凌霄花是托举之花，它让我对一个人的计划充满自信。"

小宋回去了，文剑安排自己的车送她。小宋上车前对苗青说："有事随时吱声，姐给你撑腰。"一句话把身旁的文剑逗笑了。车开走后文剑对苗青说："这个办公室主任够实在的，她是怕你在我这儿受欺负。"

苗青看着开走的轿车，心里有点淡淡的失落。在大学时有高兰说知心话，在909所有小宋可以交流，今后在飞鹰公司有话和谁说呢？她下意识地摇了摇头，和文剑一同上楼。在电梯里文剑建议，头几天可以和公司领导层聊聊，熟悉一下情况。她点了点头，其实半个月前她就对如何工作做了设计，有些不懂的事她还很冒昧地给鲍总发了邮件，请鲍总指点，鲍总一一做了回复。鲍总从管理学的视角给了她三步走的建议：第一步摸清底数，第二步集中心智，第三步立题破题。三步走的建议简单明了，实用管用，让她领略了鲍总的智慧，难怪人家能在万人大集团当领导，水平就是不一样。鲍总说有需要探讨的问题可随时发微信，他乐意解答。苗青注意到鲍总用了"探讨"一词，其实哪里是探讨，明明就是请教。

文剑将飞鹰公司交给苗青就不过问具体事务，当起了甩手掌柜。他对大仙和朋友们说，用人不疑，疑人不用，既然选择了苗老师，就把飞鹰像孩子一样完全托付给她，哪怕亏了也认账。朋友中宋理最赞成他的做法，宋理的观点很雄阔，说："无人机也就是小打小闹，你文剑还是要做大事，宁做冷水中的鲸鲨，不做温水里的鱼虾，办企业格局要大。"

苗青按照公司花名册排了个顺序，逐个找人谈话。对于谈话她还是有点忐忑，利用一天时间备了课。在名单上她看到了一个从郑所长口中听过的名字：何英。何英是文剑从909所挖来的设计师，属于她的同事。苗青给小宋打电话了解何英的情况，小宋说何英是上海人，从上海徐汇考到吉林大学，毕业分到909所，人精明，会算计，前些年一直想调回上海，但因为住房、家庭负担等一摊子后续问题，工作没调成。何英家庭负担重，有两个上小学的孩子，夫人又是全职太太，经济压力比较大，他去飞鹰公司与事业理想无关，目的是赚钱，等钱赚足了就会回上海。小宋说文剑从909所挖了三个人，另外两个是郭云山和杜小明，两人都在污水处理厂负责设备和技术管理工作，这两人也是飞行器设计师，在污水厂专业并不对口，有点屈才。

文剑是个情商很高的人，为了给苗青树立权威，飞鹰公司管理层干部他没有任命，只是明确了五个管理岗，确定了管理岗的年薪和工作待遇，具体怎样任命留给苗青来决定，所以苗青谈话还有个很重要的目的是选定副总。她计划选择四个副总，一个分管研发设计，一个负责生产，一个负责营销，一个负责行政管理。这些事情苗青从来没触碰过，为此她又请教鲍总，鲍总在推荐了几本企业管理的书后，提了一个建议：在用人上向孔圣人学习，举直错诸枉，举枉错诸直。她给大仙打电话请教这句古语的含义，大仙说："直和枉简单的理解就是好与差，这句话你最好自己翻翻《论语》，记住后一生不会再忘。"鲍总让她上任后抓好三件事，即成本控制、协作管理和市场营销。

鲍总的建议让她不再怯场，尽管面对的是个崭新的舞台，她已经有了出场的自信。在确定来挂职之前，她还是有些紧张的，心中没底。要是和江峰的关系不结束，会有一个免费咨询的老师，现在能请教的只有鲍总，但鲍总身居高位，不能总是麻烦人家。好在还有大仙，可是大仙毕竟是画家，对企业管理具体问题不会那么专业。

第一个谈的是何英。何英年近不惑，进来后彬彬有礼地点头示意，坐在沙发上一直在看书柜上那个无人机模型，这是她从宿舍里拿来的，摆到了办公室的书柜上。两人的谈话一问一答，不枝不蔓。

苗青说："我俩都是909所出来的，算是同事了。"

"我和您不一样，您读博时就获过大奖，我是909所的逃兵。"

"获奖要归功导师，现代社会，人才流动很正常，怎么能说是逃兵呢？"

"逃兵这个帽子是柳书记给戴的，我和老郭、老杜离开909所时，觉得不该不辞而别，对909所我们还是有些留恋，就一起去所长、书记那里告别。所长表情冷淡，但没说什么。柳书记则表现出强烈不满，说要是在部队，你们这么做就叫背叛，是逃兵，该枪毙的。我们没敢说什么，我们也理解书记，因为不管怎么说，我们是为了待遇离开的。"

"柳书记是舍不得你们走，你们毕竟是所里的骨干。"

"骨干？"何英苦笑了一下，"就像夸一个大力士，而这个大力士连杠铃都没举过，您可能不晓得，我们三人从来没当过项目经理，充其量在项目组打打杂。"

"是这样？"苗青很惊讶。

何英想说什么，话到嘴边又咽了回去。何英很瘦，两颊塌陷，背有些驼,一副营养不良的样子。

"飞鹰公司刚起步,您有何建议?"苗青换了话题。

"我看了您的概念设计和技术标准,都赞同,但在企业发展举措上似乎缺了一个方面。"

"哪个方面?"苗青马上警觉起来,她认为自己的方案已经近乎完美,不存在缺陷问题。

何英回答说:"飞鹰公司应该走军民融合发展之路。"

苗青愣了一下,军民融合发展是国家的要求,是军民装备相互转换,她在备课阶段研读了发改委关于军民融合发展的公开文件,也思考过这个问题,但考虑到问题的敏感性,她没有在概念中体现,没想到何英一语中的。应该说这个建议很好,她想听听接下来何英会怎么说。

"具体说说好吗?"

何英点点头:"军用无人机未来的市场份额一定会超过民用,无论国际还是国内,对军人生命的尊重在日益提高,无人化、智能化、协同化是必然趋势,无人机作为'三化'标志的飞行器,市场需求将是巨量的。"

"有道理!"苗青点了点头,"这方面的业务您可以牵头考虑一下。"

何英点点头,表情平淡,没有丝毫兴奋。

苗青问:"对公司其他四位高管您能介绍一下吗?"

苗青能看出来何英不情愿谈这个问题,但又不好不回答。何英眉头微微蹙了一下,略做思考后,用简短的语言做了概括,苗青注意到他对四位高管都以老总相称。

赵总来自一家飞机总装厂,长项是流程管理,实践经验丰富,毕竟在国有大企业当过领导,文总挖他来是为了公司生产环节规范化。赵总弱点是知识结构老化一些。

余总原来在一家大型飞机企业搞营销,关系多,路子广,北上广深像走平道,中东、非洲、南美洲都有朋友,据说外联、促销有一套,缺点是存在口惠而实不至的问题，这个毛病在大连叫"能泡"。

苗青觉得何英语言组织很有分寸，拿捏到位，明明是言过其实的不足，他却用了一个典故一带而过，这样说，既真实地反映了情况，又不至于形成说同事坏话的印象。

贾总作为女性在行政管理和公共关系处理上是长项，来公司前是某传媒集团的中层干部，经常在各种晚会上主持节目，认识许多市领导，在公司形象打造，协调工商、税务、发改委的关系方面没有任何问题。苗青注意到何英对贾总没提缺点。

最后一个是顾单，来自江苏的年轻人。顾单在大学是学热能与动力工程专业的，长项是研制发动机。他思维敏捷，好突发奇想，脑子里不时就会蹦出一串新概念来。他在南京就搞过无人机，只是那个企业缺乏实力，创新能力不足，他觉得无法施展才华就跳槽来了大连。顾单的缺点是容易激动，看起来微不足道一个小问题都会让他脸红脖子粗。顾单是主动来应聘的，文总亲自面试后决定让他进入管理层。

四个高管逐一介绍后，何英抬头看了看苗青。这是一种征询告辞的目光，意思是：还有事吗？没事我要走了。在与人交往中苗青从不怀疑自己的观察力，许多事都是在相关迹象出现的同时随即做出反应，这是从事飞行器设计必备的一种能力，因为飞行器的特殊性，不允许事故发生后再做反应，一定要有预见性，防患于未然。何英无意中瞟出的一个眼神，她意识到了其中端倪，便起身送客说："谢谢您，以后请多支持。"

何英做了个拱手的动作，后退两步后转身走了，走到门口，又扭头看了一眼书柜顶端的那架无人机模型，或许是这架无人机独特的造型引起了他的注意。

苗青找了其他四人，赵总是厚道人，一看就是业务型管理干部，从谈话中可以感受到一种执行力的强大惯性。赵总建议公司应该尽快到高新园区建设工厂，调试好生产线，正式接受企业订单。苗青认可这个建议。苗青给自己设定的目标是第一年投产见利，第二年利润稳步提升，要实现这个目标，当务之急是生产，没有生产就没有收入。赵总喜欢穿蓝色衣服，面容清癯，戴一副廉价花镜般的近视镜，说话时表情严肃，随意谈话像正式汇报一样。苗青被赵总的严肃弄得有些不适，一再强调随便聊，别这么郑重其事。但赵总放松不下来，这与他按章办事的性格有关。

与赵总的拘谨不同，余总则放松得有些过头，谈话间一直跷着二郎腿，几次掏出烟来，因为茶几上没有烟灰缸便没有吸。苗青已经看出他在投石问路，意思是让自己主动说可以抽，但苗青讨厌烟味，尤其自己的办公室，这种白色的氛围里如果充满刺鼻的烟味那会是什么状况？她便始终没有松口，余总只好把烟又揣回兜里。余总说无人机销售是小菜一碟，公司生产多少他销售多少，他会统筹国内国际两个市场，让飞鹰公司销售收入每年呈几何倍数增长。苗青问他哪里来的这般豪气。余总说靠关系，他的关系遍天下，别说小小的无人机，就是载人飞机他也卖得出去。苗青不怀疑余总的关系，但对无人机销售呈几何倍数增长的承诺有点怀疑。但不管怎么说，文剑聘这样一个人来搞销售，至少带来了一部分市场。余总很胖，身上长满赘肉，耳垂和下颌都像灌了铅，将军肚几乎要撑破T恤。苗青想，一个经常在世界各地跑来跑去的人居然会这么胖，看来吃胖跑瘦这句俗话值得商榷。

贾总气质不凡，合体的职业套裙装，空姐一样绾起的发髻，一副干练精明的职场丽人形象。贾总进来就问苗总好，说："多次听文总提到您，您是文总的偶像，我们学习的榜样。"贾总这样说既表扬了苗青，又表示自己和文总关系密切。两人聊了聊公司的情况，苗青自然提起在高新园区建厂的事。贾总说园区她有些关系，那里一个管城建的赵主任她熟悉，需要的话可以找他帮助协调。贾总这句话让苗青有些感动，看来贾总是个直爽之人。贾总是本地人，父亲曾当过市领导，算是出身名门。苗青说建厂一事刻不容缓，请她出面推进一下，有什么困难再商议。在谈话之前苗青就隐隐地觉得贾总似乎不简单,这是一种第六感,谈话之后她似乎改变了这种印象,贾总不过是个职业经理人罢了。她对贾总的发髻印象深刻,现在的年轻女性很少绾发髻了,有人说女人之美在发髻,她还有些怀疑,看了贾总的发髻她才明白,发髻是女性神秘的盲盒,最能吸引人的目光。

最后谈的是顾单。顾单是个比苗青小一岁的大男孩儿,长着一张娃娃脸,皮肤白皙,男人女相,说话一快脸就红,脸红的时候鼻孔会变大,鼻翼翕动不止。与顾单谈话苗青比较放松,她没有问工作,而是问了些生活上的事。顾单说自己在高新园区买了套商品房,房子里什么都不缺,就缺一个可心的女主人。自己在南京谈了两段恋爱,没成,原因是女方说他太娘,他心里不服,因为长得像女人就下这样不负责任的结论吗?有没有男子汉气概要在事上见。第二个女朋友吹掉的次日,他做出了到东北应聘的决定,并成功成为飞鹰公司高管。他说到大连工作为了无人机是一方面,另一方面也想找个高人靓的大连姑娘做媳妇,给家乡那些不开眼的女友们看看。苗青被他的坦诚逗笑了,就问他找没找到,他摇摇头说还没有。苗青说909所宋主任是个出名的红娘,所里许多大龄男女都是她帮忙脱的单,需要的话可以找她帮忙。顾总马上掏出手机,记下了小宋的电话。从交谈中苗青觉得顾单没什么城府,内存单一,正常来说当着新领导的面,样子还是要装一装的,但顾单对个人的事毫不掩饰,甚至有所发挥,这是一般人很难做到的。苗青问他对公司发展有什么看法,顾单立马亢奋起来,说无人机产业不能四平八稳齐步走,必须连续冲刺、出奇制胜。苗青让他具体说说,他脸色绯红,伸出三根细细的手指说:第一,立足走出去,紧盯国际市场;第二,不做低端,低端做了将来转型费时费力费钱,直接上手中高端;第三,组织科研力量攻关,在控制系统上搞研发。苗青问为什么只在控制系统上研发,而不是其他。顾单说动力、材料、外挂等都可以协作,唯有控制系统很难协作,国内外所有公司为了竞争都会进行技术封锁，买不来、学不来、求不来，不研发怎么办？苗青点了点头，这个观点是她在909所报告会上讲过的，没想到在这里听到了回响。

2

大仙是第一个来看望苗青的人。

大仙行事喜欢搞突然袭击，如同他画作上出其不意的构思。没有提前打招呼，他直接开车到了星海广场运河边，在大红门门前给苗青发了条微信：在吗？可否上楼看看您？

苗青没回微信，直接下楼来迎接。上任伊始，她多么希望听听大仙的建议，大仙对社会问题的思考是形而上的维度，有许多真知灼见，尤其是他的建议特接地气，不像有些所谓的大师，通篇都玄而又玄。给苗青的感觉是，大仙不论把风筝放得多高多远，最后都能拉回来，而她说出的每一句话，大仙总能自然地接起来，不至于落到地上。导师说的"有难事，找大仙"的建议她一直未忘，她觉得连导师都这么看重大仙，自己更应该多向这位艺术家请教。开始她还心存疑问，觉得大仙鼓励她做逆行者是不是随机而生的灵感，上次在画室听了大仙对家族的介绍后，她明白了就里，大仙对东北的热爱不是无源之水，是基因的一种赓续。她觉得吴家三代人能坚守一种回报东北的信念太难能可贵，这是一个懂得知恩感恩的家族。

穿米色风衣、戴宽边墨镜的大仙从车上下来，如果不是标志性的发型，苗青差点没认出来。大仙今天的打扮够酷，把时尚艺术家的范儿体现得淋漓尽致。握过手后大仙道："您已经下楼，我就不上去了，我们在河边走走怎样？"

苗青意识到大仙在为她考虑。大仙毕竟是名人，飞鹰公司重要房间都挂有他的作品，他若是上楼，说不定会引来员工围观。苗青说："好呀，我也想在河边透透气。"

"当老总，由书本到实践，这是一大跨越，"大仙说，"相信您一定做好了准备。"大仙从认识苗青开始，对苗青一直以"您"相称，哪怕在海边漫步，在金蟾礁闲坐，这个"您"也没有改成"你"。

"集团的鲍总传授了我许多经验，"苗青说，"这几个月我不得不打破夜晚静默的习惯，学习了些企业管理知识，现在只能算是入门，需要历练才行。"

大仙点点头："入门就好，就怕在门外徘徊。"

"您肯定有话对我说，我也想多听听您的建议，毕业时导师告诉我：有难事，找大仙。"

"二爷爷高看我了，他大概觉得我喜欢中外哲学，能在方法论上为您出出主意，其实我也没有企业管理方面的经验，好在大道相通，艺术经验在企业管理上也会有借鉴意义。"

一阵海风吹来，凉飕飕的，运河上的海鸥发出凄厉的叫声。大仙双手插在风衣兜里，步子迈得很慢。他忽然想起了什么，看了看苗青穿的西装套裙问："您穿得少了一些，天有些凉。"说完，大仙解开风衣扣子，脱下风衣不由分说给苗青披在身上，很严肃地说："您不能刚上任就感冒，那不是好兆头，也成了我的罪过。"

一股暖意裹满周身，苗青索性将两臂伸进袖子里，风衣太大，无法系扣子，她大幅度拢起，用风衣后面的腰带系起来，然后转了个圈儿展示给大仙。脱下风衣的大仙一身牛仔装带着野性，欧式皮鞋的尖头微微上翘，迈出的步子愈发矫健。大仙拿出手机道："保持姿势别动，我拍张照片。"苗青照做了，两人沿着河边继续漫步。

"吴老师，您知道我没有领导经验，可否明示一二？"

大仙说："油画的经验似乎可以与企业管理联系起来，油画讲究焦点透视，也就是一定要把焦点区域处理好。我觉得作为公司老总的焦点区域就是树威立信，权无威不行，人无信不立，处理好了焦点区域，等于抓住了牛鼻子，你的经营意图才能得到贯彻，否则，容易画成一幅散点透视的山水画。"

这是一个新提法，苗青想，此时公司上下一定都在看着自己，大仙显然意识到了这一点。她觉得大仙很了不起，目光像锥子一样犀利。

"威信有权力因素，还有非权力因素，非权力因素更重要，是能力的体现，建议您遇到问题自己想办法解决，不要动辄就找文剑，文剑出面固然能帮您，但那是一种附着性威信，像法官戴的假发、穿的法官袍一样，脱下假发和法官袍，这种威严就会大打折扣。"

苗青马上想到了狐假虎威这个词，她觉得大仙很会讲话，没有用难听的词来刺激她，但刚才表达的就是这个意思，附着性权威，这是文雅的说法，其实这种权威随时会像法官袍一样脱去。苗青说："我懂了，这幅油画我必须自己画。"

"这将是个很艰难的过程，尤其对于从未处理过复杂问题的您，不过这是好事，集团领导让您挂职锻炼目的恐怕就在于此，管理科学就是方法论，掌握了方法就如同中医掌握了针灸之术，什么穴位都可以走针。您成功管理了飞鹰公司，将来给您整个鲲鹏集团也不会打怵，因为大同小异，诸道相通。"大仙是有备而来，这些话一听就是经过了精心组织。

"我来找您之前和二爷爷通了电话，二爷爷让我代问你好。他老人家说大仙你当年学画，你爷爷和你父母并不支持，他们当年希望你做个飞行员，驾驶我设计的飞机飞上蓝天。你爷爷说他们农管局喷洒农药的飞机载重太小，总是不停地起起落落，要是有个大家伙让大仙开着满建三江农场飞，那才叫展耀。我当时就劝你爷爷不要强加于人，孩子做自己喜欢的事最重要。你一心学画，后来成了画家，说明成功在于坚持，在追求上做机会主义是侥幸心理，要不得。"

"谢谢吴老师，导师这番话好像也是对我说的，不做追求上的机会主义。"苗青用感激的目光注视着大仙,总是在自己最需要的时候,大仙就会来叩击她的灵魂之窗,送上一道灵光,她觉得这是上苍对自己的恩赐,一个对异性常常忽略的艺术家却能用心用情来呵护她,这份感情显得格外珍贵。苗青说:"我不知道怎样感谢您,我想说的是,您让我感受到了被精心呵护的温暖。"

"谁让我鼓励您做逆行者了,那幅画让我背上了无形的包袱,背上就放不下。责任这个东西像手铐,你越是想挣脱,它就会铐得越紧,我没得选择。"

"没有那么严重吧。"苗青笑着说。

大仙停下脚步说:"换句话说,东北现状如此堪忧,最着急上火的是我们这些东北人,与别人消费东北、调侃东北、抹黑东北不同,我和白院士、文剑和宋理都想为亲爱的东北做些什么,您的加盟让我们看到了一线曙光。"

"为亲爱的东北做些什么,"苗青复述了一遍这句话,觉得这一刻大仙似乎变成了一个思政教师,"说得真好,遗忘东北是缺少感恩心的体现,假如没有东北的无私奉献,新中国建设的苦难辉煌恐怕会更加曲折。"

大仙弯腰捡起一块小石子,用一个很夸张的动作将石子抛到运河中央,石子溅起一个小小的水花,很快就消失了。他站在护栏边望着碧波荡漾的运河说:"人生复杂又简单,关键要做一个明白人。"

"这是个哲学问题。"苗青笑着说,"简单问题其实并不简单,许多大人物都没想明白。"

两人沿着河边走了很长一段路,在西面一座大桥处折返,回到大红门,大仙说自己要回画室。苗青将风衣脱下还给他道:"我听小宋说,大连人管明白人叫大仙儿,你是一个标准的明白人呢。"

大仙被逗笑了:"我这是乳名,与民间说的大仙儿不是一回事。"

3

任命干部绝不是三下五除二那么简单。

苗青知道，各种台面上和台面下的可能都要考虑，重要的是通过用好干部把团队凝聚起来。五个人只能用四个，一正四副是苗青做企业概念时确定的，不能自己当了老总就突破这个设计。

赵总全名叫赵匡迪。苗青在拿到赵总简历的时候马上就联想到了陈桥兵变黄袍加身的赵匡胤。赵总是要用的，生产管理需要这样的行家里手，无人机各种原件到位后，总装、调试、出厂、售后，需要一整套规范操作，分管这方面工作非赵总莫属。

何英专业是研发设计，属于主宰公司"脑室"的人物。研发设计有何英和顾单两人，但副总只有一个，苗青选择了何英。何英在909所就是骨干，是文总挖来的人才，飞鹰公司应该赋予其相应职位，其中不仅是工作需要，还有个面子问题。至于娃娃脸的顾单，苗青只能忍痛割爱，降维安置。

苗青对余总的印象不是很好，总觉得此人有些大言不惭。余总叫余一，名字很简洁，也容易记，余一喜欢戈培尔那句臭名昭著的名言：谎言重复一百次就会成为真理。他主张产品宣传重于产品研发，在宣传上花一块钱，等于在生产上花五块钱。苗青听到余总说这话时觉得有些耳熟，又记不起来谁说的，回去仔细查找才搞清楚，余一是改造了艾森豪威尔的名言，在宣传上花一美元，相当于在国防上花五美元。尽管有些不满意，但分管销售副总的职位只能给余一。

贾总叫贾琼。苗青心想，这名字一看就是骗人的，出身官员之家，怎么可能"穷"？应该是真富才对，这当然是玩笑。苗青本意不想用贾琼管行政，因为行政分管财务、人力资源、企业公关和对外联络，很多时候难免和自己共同出场，两个惹眼的女士同框，不能说是个好的搭配。但她不能不考虑贾琼的背景，文总招她进来，看重的是她丰富的人脉和在这座城市深耕的积累。犹豫再三她还是决定让贾琼做分管行政的副总。

人事安排基本遵循了文剑招人时的初衷：赵匡迪任常务副总经理，分管生产和售后；何英任副总经理，分管技术、研发；余一任副总经理，分管营销；贾琼任副总经理，分管行政和对外协作。顾单任总经理助理。这个名单递给文剑，文剑站起身说："飞鹰公司交给了您，怎么任命是您的事。"苗青望着文剑问："为什么这么信任我？"文剑微笑着说："信任是不需要理由的，就像您喜爱东北，能列出一二三四吗？这是一种感觉。"苗青心里像温泉水在流淌。文剑是个无微不至的人，交往这么久，还没发现任何瑕疵，哪怕一句话、一个动作。太完美并非好事，她对自己说，话虽这么说，但谁不追求完美呢？自己也不能例外。

管理层任命后，四个副总各司其职开始投入工作。

公司面临的当务之急是生产区厂房建设，没有厂房赵总纵有浑身解数也使不上，只能租了个闲置学校搞员工培训。因为贾琼认识高新园区的赵主任，苗青便让贾琼抓这件事，请贾琼务必在三个月内把建厂相关手续办下来。贾琼说会尽全力来办，有些重要的饭局，还请苗总撑个场面。

厂房建设不难，都是钢骨架集成块结构的简易车间，但手续办理就不那么容易了。几天后贾琼来到苗青办公室，说她晚上约了几个重要部门的头头在一起吃个饭，希望苗总出一下场。苗青犹豫片刻还是同意了。到大连后除了与大仙等几个朋友相聚，她还没参加过这样的场合，实际上这样的场合也不多，因为中央出台了"八项规定"，吃喝风给生生刹住了，即或有吃喝的也不敢大张旗鼓，只能在隐蔽处战战兢兢地小聚。赴宴前，她给大仙打电话，说了晚上贾琼安排吃饭的事。大仙认为在企业当老总，饭局是一门必修课，关键是学会虚与委蛇，及时脱身。大仙说："你去吧，想脱身时给我发个微信，我会编个理由把你叫出来。"苗青这才放心去应酬。

贾琼把饭局安排在一个专营澳洲红酒的酒坊，一楼售酒，二楼设有餐台，装潢、餐具倒也雅致。就餐者有一个高个子，姓高，是高新区城建部门的领导；一个矮个，小平头，是高新区城管部门领导；来自消防的一位姓包，穿一件商标很大的T恤，目光像带着倒钩一样，让人不寒而栗；还有一位女士来自媒体，姓薛，眼如黑漆，眉似燕尾，一看就是个办事麻利的女性。四个人在打牌，一种当地叫"打滚子"的玩法。苗青一一打过招呼，贾琼说是不是现在开席，薛女士说再玩最后一把，老规矩，大令全扣，谁输了罚酒。贾琼在一旁对苗青解释，所谓大令就是大王，三个大令全扣就是一场定输赢，输的两个自然要罚酒。最后一把没想到薛女士这组输了，薛女士一直埋怨对家，说对方不记牌导致被抠底。被批评的对家小平头也不恼，一直做检讨，说一会儿罚酒他全包了。酒局是贾琼组织的，自然应该由她来主持，没想到贾琼介绍了苗青一番后，就直接宣布由苗总来提酒，说苗总是她领导，今天桌长由苗总来当。苗青没有经历过这种场合，也没想到贾琼会一下子把她闪出来，就端起酒杯说："感谢大家赏光，飞鹰公司刚刚起步，还望诸位多多关照，我敬大家一杯。"满桌客人都举杯表示了一下，大家开始就餐。

因为与大家不熟，又没有共同话题，酒桌场面有些冷场。苗青对贾琼说："贾总提一杯吧，在座都是你的好朋友。"贾琼端起一杯红酒，站起来对大家说："苗总发话了，我想请各位都多倒一点，我们一起敬苗总。"说完，下去亲自给每人倒了半杯红酒，给苗青也倒了半杯，然后回到座位上站着说："苗总到飞鹰公司挂职，是为国家储备的科技干部，将来是要做大事的，和苗总一起就餐大家都会沾点福气。来，为了欢迎苗总，干杯！"贾琼说话很有号召力，几个人都喝了杯中酒，苗青有些为难，喝吧，酒量不行，不喝吧，大家都干了，她心一横也把半杯红酒干了。澳洲红酒劲儿足，喝下后她很快感到脸颊有些发热，胃里也有些感觉，想吃几口菜压一压，桌上却没点自己最喜欢的海胆，只好夹了块海蜇下口。

这时，高新园区姓高的干部起身敬酒。贾琼介绍他是城建口的实权派。高领导是部队转业干部，起立时保持笔直的身姿。他端着半杯酒对苗青说："很高兴认识苗总，我们这些人都是贾琼的朋友，是多年的莫逆之交，毫不夸张地说，为了贾琼的事，我们赴汤蹈火在所不辞。有一次贾琼的车在路上发生剐蹭，对方是个小混混，非要讹一笔钱，您猜怎么样？贾琼给平头哥打了个电话，平头哥过来话还没说，小混混就成了瘪茄子，不但没要赔偿，还请平头哥去吃了顿海鲜烧烤。"一旁的平头哥插话道："该咋说咋说，那次剐蹭责任不在小混混。"高领导继续说："贾琼的话对于我们来说就是指示，贾琼的领导自然也就是我们的领导，拜托苗总多多关照。"说完，以军人的豪迈干了杯中的红酒。苗青在琢磨高领导刚才的敬酒词，这话说得很有水平，简单听没问题，仔细分析就觉得话里有话，言外之意就是贾琼惹不得，惹了朋友们会不让。她笑了笑，说自己不胜酒力，就不干杯了，站起身喝了一口便坐下了。这位高领导颧骨很高，喉结突出，眉头几乎连在一起。高领导见苗青没喝完，又给自己倒了半杯，说他再陪半杯，望苗总给个面子。苗青为难，但碍于情面，还是举杯和他碰了杯，徐徐喝了杯中酒。好在刚才服务员倒酒时她及时阻止了一下，只倒了三分之一。

苗青已经意识到另一位剃着平头的领导和那位来自消防的大哥在跃跃欲试，从他俩相互探寻的目光里，苗青清晰地察觉到了这一点，她明白了，今天这个酒局自己成了被进攻的对象。

作为桌长，她很清楚自己必须适时转移方向，否则局面将无法控制。没等小平头敬酒，她笑着对大家说："哎，刚才打牌赌酒还算数吗？"众人都说算，输家必须喝，不能破了规矩。就着这个话题，输的一方先喝了一杯，强势的薛女士自然心有不甘，非逼着奖励赢牌的一方一杯，就在众人嚷嚷的时候，苗青给大仙发了条微信："矫诏救场，斟酌好用语，我要明接，快！"

小平头刚要敬酒,苗青电话响了,她故意将话筒声音调大了一些,让其他人也能听得到:"是苗总吗?我是吴老师呀,鲲鹏集团的领导来我画室取画,听说我认识您,想请您马上过来一下,一起吃个便饭。"苗青装出一副很着急的样子问怎么事先不说一下,她这里正在参加一个重要活动呢。电话里大仙说:"您抓紧来吧,领导等着您呢。"说完电话便挂了。放下电话苗青说:"各位实在对不起,我有事先告辞一下,不能陪大家了,这里由贾总代劳了。"在座都是机关中人,这种情况无法再强留,只好让苗青提前离席。出了红酒坊,大仙的商务车几乎无声地开过来停在身边,她上车坐在副驾驶位置上问:"这么快就来了?"

大仙一边开车一边道:"说实话,你们吃饭前我就到了,一直在车上等您。"苗青深情地看了大仙一眼说:"谢谢您,再坐下去我会被灌醉的。"

随着车子开动,她觉得胃里的红酒好像活了一般在横冲直撞,心想,这个必修课太难了,尤其对于一个女生来说简直就是折磨。

大仙开车将苗青送回宿舍,苗青仍住在909所,文剑要为她买一套住房,她以集团有纪律为由拒绝了,文剑为她租了一套公寓也被她退租,她说还是住909所宿舍好,每天回来有种回家的感觉。文剑没再强求,说您要是在政府机关当领导,一定是个清廉干部。送到909所门口,苗青正要刷卡进门,大仙突然叫住了她:"苗老师!"

她转过身来,大仙从车窗探出头说:"记住,不要改变夜晚静默的好习惯。"

4

贾琼敲门进来,把一份材料从写字台上推过来道:"苗总,事情有点出乎意料,我几乎动用了所有的人脉,但工作推进不是很顺利,厂房开工建设需要八十九个公章,办下来最快要大半年。"

苗青拿起材料看了看,这是一份简短报告,列举了八十九个审批部门明细。她盯着贾琼说:"你和园区赵主任不是很熟吗?有没有可能在政策允许的情况下开个绿灯,加快一下工作进度呢?"贾总摇摇头:"铁打衙门流水官,园区的主要领导换人了,赵主任只是个副职。赵主任说行政审批中心已经给了面子,要是按程序办一年也下不来。"苗青听说过建设项目审批难的问题,走正常流程也会扒一层皮,看来此言不虚。她估算了一下,如果办手续一年,建厂房半年,想出产品最快要等到明年下半年。她让贾琼坐下来,自己也坐到沙发上,身体往前探了探说:"你是本地通,我相信你有办法把这件事拿下来。"贾琼下意识地将身体往沙发背上靠了靠,沉吟片刻道:"要想特事特办,只能请文总出面找市长,神能压鬼,上面大领导的话就是效率。苗总肯定听说过这样一句话:老大难、老大难,老大出面就不难。"

这是一个坑!苗青马上就意识到这个建议的后果,上任后第一件事就把球踢给董事长,自己这个总经理岂不成了二传手。

她让贾琼回去了,贾琼站起身时体态轻盈,步伐很讲究。

苗青觉得总经理真不是那么好当的。原本大脑里只有一根琴弦在按乐谱弹奏,有张有弛,快慢皆由自己掌握,当了总经理后,脑子猛然多出八根弦,不知道哪一根就会跑调儿。她情绪有些低落,决定找小宋聊聊,原本也该感谢一下小宋,几年来小宋对她颇多照顾,自己当了老总,总要有所表示才对。她还想,小宋作为消息灵通人士,是这座城市当之无愧的包打听,清楚上层很多私事,也许在建厂一事上能帮着出出主意。她打电话约小宋喝茶,就在大红门边一个叫梦之角的咖啡屋。为了表达心意,她给小宋上小学的儿子买了个微型"辽宁号"舰模,应该是小孩子喜欢的礼物。

小宋兴冲冲地开车来到梦之角,一进包间就说:"妹妹,我没猜错的话,姐是909所你请的第一人对吧?你请别人吃饭喝茶瞒不过我,我情报灵着呢。"

小宋说得没错，苗青笑着说："你还应该兼个情报处处长的职务。"

小宋说："我可不稀罕，与技术问题相关联的工作我不沾，我是保密办主任，知道哪里有风险点。王野动员我读他的研究生我都没同意，跟着王野容易接触所里涉密技术，我这大咧咧的性格不适合，不像你嘴那么严，万一间谍使了美男计我就崩溃了，所以我要有点自知之明。"

苗青被她逗笑了，和小宋在一起总是那么愉快。她觉得小宋不在学历问题上贪慕虚荣这一点很明智，909所是事业单位，专业技术人员可以评职称，有资格的研究员可以带硕士、博士，很多年轻职工干脆像大学里一样称导师为教授。所内很多青年职工搭了读研的便车，解决了学位问题，唯有小宋不读，小宋觉得读研后更会有人说闲话，索性就固定在本科学历上安心工作。

一壶小青柑普洱，四碟干果，一炉熏香，两人在榻榻米上促膝而坐，尽情消受周末休闲时光。小宋说："妹呀，你离开之后，四个项目经理都说你好，王野还去找所长，问你能不能中断挂职回所里，他们组要你，听着都笑人，早干吗去了！"小宋还说周正老婆又开始闹了，集团纪委已经函询周正，让他自己说清楚和那个女生是啥关系。本来风平浪静了，谁知那个女生脑子犯浑，给周正发微信用了一个"亲爱的"，不巧这条微信恰好被楚春看到了，休眠的火山再度喷发，估计周正这回要吃不了兜着走了。小宋在说这些的时候，苗青脑海却在想另一件事，909所地处高新园区边缘，对高新园区的情况应该比较熟悉，在小宋说完周正的情况后，苗青问："高新园区的领导们你认识吗？"

小宋眨了眨眼问："有事？"

苗青说了建工厂审批周期太长的事，希望能找条捷径来推进，如果上半年厂房能建成，下半年整机就可以接单生产。

小宋想了想，说："这事好办呀，你们公司不是有个姓贾的吗？市审批中心的大领导是她同学,你找她办,肯定能办成。那天送你我看到了贾总,挺高傲的,装作不认识我,其实我们一起参加过朋友安排的饭局,在饭局上她和行政审批中心的领导交谈热烈,告诉大家他们是发小,都姓贾,一个大院长大的,是好兄妹。"

小宋这么一说,苗青心里马上就明白了,贾总这是有所保留,只微微露出冰山一角。贾总为什么要这样做呢?也许是观望,也许是试探,也许还有其他意思,她不愿意多想,女人对女人总有种莫名的敏感,这大概是物理学上的同性相斥吧。但苗青不想承认这一点,自己和贾总不存在这种排斥,尽管自己是总经理,但终归要离开,毕竟是挂职,企业做大做强后真正受益的还是贾总这些人。

苗青道:"姐,你有没有关系可以帮帮我,我不想再麻烦下属。"

小宋拍了拍脑门道:"咱们办公室会计的老公是税务局领导,我马上问问她。"小宋抄起电话就打,会计老公刚好在家,在电话里和小宋聊了好一会儿。小宋放下电话说:"领导出了个主意,让你们工厂在高新区单独注册并进行财务结算,产生的税收归高新园区,这样园区就会以招商引资、增加税收的名义给你们开绿色通道,但这个通道也不是随便开的,需要他亲自出面去和高新区主要领导沟通,但问题不大,税务局说话还没有人敢当耳旁风。"

这是一个好主意!苗青想,此事一旦办成了,贾总冰山下的资源在建厂一事上就闲置了,她要让对方知道,这个地球离开谁都照样转。

小宋说:"这事我亲自给你联系,换了人联系容易松套,我和会计一起督办,我知道那个领导是有名的妻管严,老婆的话对他就是圣旨,估计这事能办得麻利。"

苗青说:"太谢谢你了姐,回头我把成套资料送给你,我让顾单助理直接听你指挥。"

屋内香气缭绕,苗青感到一种从来没有的轻松,柔软的榻榻米让她很想躺下小睡。贾总说了建厂受阻后,她一直处于焦虑之中,按正常逻辑，这种已经摘牌的工业用地建设项目在实施中不该有问题，因为环保、规划等几条红线都碰不上，水电暖等公用设施接入也容易，按规定交钱就可以，没想到在办理手续上会止步不前。她也知道文剑出手的话一定能摆平此事，但她有自己的尊严，上任第一件事就办不成，员工怎么看？公司怎么带？大仙在运河边说的话一直回响在耳边：树威立信，权无威不行，人无信不立！现在，这个问题终于露出曙光，几天来的疲惫感顿时一齐涌了上来。

"你累了吧？"小宋说，"我告诉你一个消除疲惫的好办法。"

苗青马上来了精神："好呀，快说什么好办法。"

小宋抿着嘴道："恋爱！恋爱会让你精神倍增。"

苗青摇摇头，这确实是个好办法，可是恋爱是需要缘分的，缘分未到，和谁恋呢？不过小宋这话却提醒了她，顾助理还没有脱单，应该让小宋帮助介绍一下。她说了顾单的情况，小宋满口应允，说这事不难，包在她身上。

两人聊了一个上午，才恋恋不舍地分手。小宋看到微型舰模特高兴，说儿子一定会喜欢的。把舰模放到车里，小宋转过身说："我相信，我是909所第一个收到你礼物的人。"

苗青点了点头。

小宋兴奋地哇了一声："我是双第一，太幸运了！"

5

贾琼无疑是职场丽人中的翘楚，一颦一笑都是制式的，让人无可挑剔。贾琼不是那种当面表露醋意的女人，她会把醋意储存起来慢慢发酵，在某一道关键菜肴上淋个彻底。高新园区建厂就是她要做文章的一道菜，而且是一道苗青必吃的菜，因为没有这道菜，飞鹰公司这桌酒席摆不成。

文剑在准备聘苗青担任总经理时，特意征求过贾琼意见，贾琼凭女性的敏感发现了文剑对苗青的欣赏，为此，她打听过苗青的消息，各方面反馈回来的信息都是正面的，认为苗青是个业务型人才，专心致志搞飞行器设计，她这才放心，觉得文剑是为了公司发展才这么用人，因为文剑说过，苗总成了飞鹰公司的老总后，专利技术这块就有了保证。苗青来报到那天，贾琼意识到自己原来的看法过于简单，苗青的形象气质具有一种女神般的魅力，不必怀疑，文剑对苗青的欣赏肯定超出了专利技术的范畴。但她不会表露，尽管每天上班都如鲠在喉，但她在员工中的微笑总是那么儒雅，举止总是那么得体。

苗青打电话给贾琼，请她到办公室谈谈厂房建设的事。

很快贾琼就带着一个红皮本子来了，站在桌旁等苗青吩咐。贾琼很自谦，苗青不让坐她不会在沙发落座，随身带的红皮本子也是一种装饰，苗青还没见她在本子上记过什么。

"请坐。"苗青从写字台后面走过来，在沙发上坐下。

贾琼坐下后抬手轻轻拢了拢耳边的一丝头发，贾琼梳着精致的发髻，从肩部以上看去，像极了陈丹青笔下的民国淑女。

"关于高新园区建厂的事，有什么新进展吗？"苗青直截了当，她没有必要兜圈子。

"这几天我又找了些人，都说与新来的领导没什么联系，说不上话。"贾琼说，"看来只能再往上找了。"

"按正常途径走有没有绿色通道？这件事可以直接跑跑市政府行政审批中心，现在是一站式办公，政府审批许可一律进大厅，暗箱操作的现象很大程度上有所遏制。"

"苗总说得没错，不过那是媒体上的宣传而已，真正有实权的不会进大厅，哪些进大厅哪些不进，都由审批单位自己提出来，哪个部门领导也不会拱手把可以寻租的实权交出去，真交出去了，谁还拿你当回事？再说，有的部门大厅确实有人，但就是个稻草人一样的摆设，啥事也定不了，需要回头请示由领导拍板。"

苗青觉得贾琼这话有些水分，行政审批是廉政建设督查的要害环节，那么多双眼睛盯着，谁还敢明目张胆地吃拿卡要？这话要是在过去她信，现在来说未免夸大其词。她问："你找过审批中心负责同志？"

"没有，"贾琼说，"和审批中心领导不熟，不过，发改委和市建委的几个领导我找了，也请他们坐了坐，他们回复说现在纪委监督厉害，什么事都要按章办，可办可不办的事最好不办，否则容易出问题，轻则丧失政治前途，重则老账新账一起算，人就会进去。"

这是什么逻辑？苗青眉头轻轻蹙了一下，贾琼的话有托词的成分，监督部门怎么会放任审批机构不作为呢。

贾琼道："实际比这个还严重，过去送点礼、吃个饭，可办可不办的事就办了，至少不误事，现在可好，饭不吃、礼不收，可办的事也不办，项目只能这么撂着，真急人。"

苗青觉得贾琼的话已经露出了水分，审批中心负责人明明是她发小，两人在一个大院长大，怎么能说不熟悉呢。因为有这个前提在，贾琼说的话就在苗青心里打了折扣，需要辩证地听，当然，她也听说过类似的传言，但任何时候都不要被传言所左右。她问："除了找大领导外，一点别的办法没有吗？比如说有没有可以利用的绿色通道，你知道，乘飞机时要客还有一条通道，我们这个项目是高税收高科技项目，政府应该有政策支持。"

"这个我想到了，全市搞无人机的企业还有几家，大一点的有两家，一家是大远公司，干了多年，不死不活；另一家是鹿鸣公司，几个年轻人搞的，注册资金很少，规模很小，搞低空无人机，产值效益都可忽略不计，所以有关部门并不看好，认为这东西就是做概念，无非想包装好了去新三板圈钱而已。"

"这说明我们宣传还不到位，有必要和政府机关联系一下，请何总给有关部门搞个讲座，普及一下无人机应用和发展前景，然后再利用媒体宣传一下，也许会有些成效。这事可以让余总联系，以余总的关系安排这样的讲座应该不难，现在政府建学习型机关，无人机属于高科技范畴，可以作为学习选修课。"

"这是好主意，需要我去落实吗？"贾琼问。

"我直接和何总、余总说吧，我们还是谈建厂的事，如果找不到绿色通道，我们怎么办？"

"还有一招棋，就是边干边审批，"贾琼说，"您还记得上次吃饭那个小平头吧？他负责城市管理执法，我们开工建设时给他打个招呼，让执法的睁一只眼闭一只眼，有很多项目为了赶进度都这么干的。小平头讲义气，只要我开口他会给面子的，等闲下来的时候请他喝酒就是了。"

苗青大脑在飞转，边审批边开工，这是明显违规的做法，尽管有很多企业这么做，只能说是民不举官不究，一旦有人举报，一查一个准，那时别说小平头，就是大背头出面也不好收场，此类举报大都在网上，一夜之间就会舆情汹涌，呈覆舟之势，各级批示、指示会雪片似的飞来。苗青觉得贾琼作为政商场面上的活跃人物，不可能不知道这样做的几种后果，出此下策也许是某种试探。她坚定地摇了摇头："触碰红线的事飞鹰公司不会做，文总是市人大常委会委员，出了这类问题等于给文总脸上抹黑。"

贾琼哦了一声，眼睛眨了眨，点了点头道："那是，文总一直强调企业要有社会责任，我们不能自降身份，混同于那些打擦边球的企业，是我考虑不周，这样操作不妥。"

"这样吧，你回去组织好工程招投标、工程监理、相关合同文本等材料，与赵总共同审定厂房设计图纸，然后等我消息。"苗青站起身，走到写字台后面又补充了一句，"有关土地招拍挂手续、项目立项等所有要办的手续资料尽快送我一套。"

贾琼睁大眼睛站在那里，迟迟没能说话。

"还有什么问题吗？"苗青问。

"哦，没有、没有，苗总要亲自跑这个项目？"

苗青笑了笑，在椅子上坐下来，翻开案头一份文件夹边看边说："我还有别的选择吗？"

6

如果说厂房建设是上任后第一个难题的话，那么顾单的离职就是第二个难题，这个难题比第一个处理起来更难，因为顾单的离职变成了事实。

在高新园区建厂房一事，苗青让顾单和小宋联系，顾单工作出色，配合小宋在很短时间内拿下了审批手续。苗青为此在大会上表扬顾单，说他为公司今年实现工作目标立下了首功。顾单也格外高兴，觉得自己虽然是助理，却做了副总没有做成的事。但接下来麻烦出现了。麻烦出在小宋身上。苗青委托小宋帮顾单解决个人问题，小宋自然十分上心，给顾单介绍了刘丽。刘丽毕业于东北财经大学，身高、形象、气质、专业各方面条件都是顾单所渴望的，顾单一见面就被迷住了，当天就信誓旦旦地表示，为了刘丽不惜肝脑涂地。两人升温比季节更替还要快，似乎没经历夏天，直接进入了收获的秋季。小宋向苗青邀功，说："你布置的任务完成了，你要好好谢我。"苗青也特高兴，觉得这样会让顾单这个大男孩更加安心工作。就在公司员工商量该怎样给顾单的婚礼随份子的时候，传出了顾单要跳槽的消息。

刘丽在大远公司做财务总监，她和董事长说了顾单的事后，董事长开始动了歪脑筋。大远公司董事长姓杨，是个年过六旬的老企业家，此人胆子大，出手阔绰，竞争上敢下死手，在大连商圈颇有名气。杨总空有称霸之心，手下却无可用之人，他的宏伟计划无法落实，无人机产业一直没能做起来。刘丽向他汇报了和顾单的婚事后，杨总喜出望外，让刘丽一定想办法把顾单挖过来。刘丽当然不愿意，一把年纪的杨总竟然给这个孩子辈的下属鞠了一躬，说大远的命运就在她刘丽身上，顾单来，大远兴；顾单不来，大家一块儿散伙。一番话差点把刘丽吓哭，这个和自己父亲年纪相仿的人，竟然为了企业前途给自己鞠躬，这还了得！再说杨总对刘丽一向不薄，一个刚出校门不几年的女生当财务总监，这是多大的信任！

　　刘丽和顾单说了董事长的请求，边说边哭，一副梨花带雨的模样。她说自己好难，实在不行两人就别处了，不处，就不会落杨总埋怨。刘丽这么一说，意外激发了顾单的男人天性，他对刘丽说："我是男子汉，男子汉怎么能让女朋友委屈？有啥事我担着就是！"刘丽说："你怎么担呀，这事没商量的余地，杨总是个咬钢嚼铁的人，还没给谁鞠过躬呢，那可是大连街面上有头有脸的人物。"顾单想了想道："我辞职，到大远工作。"就这样，苗青特别看好的一个青年才俊，被小宋介绍的对象拐走了。

　　苗青心里很乱，她舍不得顾单，顾单的创新思维十分难得，公司明年准备研发大型多功能无人机，她原本想让顾单来担纲，谁知忽然杀出杨总这个程咬金。飞鹰公司没有任何亏待顾单的地方，包括顾单找到这个心仪的女朋友都是她帮的忙，她预料顾单会来找她做个交代。

　　顾单果然来了，一脸的愧疚，喃喃地说："苗总，别怪我没出息，我想证明自己是个男人，我想了，为了刘丽我要做出牺牲，我不娘！"苗青说："我理解你的心情，但我不赞成你的做法，爱情不是转换阵营的理由，凡是借口爱情这样做的，都走向了历史的反面。"

　　"可我不能失去刘丽，这是我第三次爱情，我有点输不起。"

　　话说到这个程度，苗青也不好再多说，她叹了口气说："好吧，什么时候想回头，飞鹰不会拒绝你。"

这件事让苗青情绪低落了好几天，员工们都骂顾单忘恩负义。顾单与刘丽婚礼那天，飞鹰公司没有一个同事参加，几十张请柬都被丢进了废纸篓里。但苗青去了，苗青随了一份厚礼，在留言簿上一笔一画写下了"飞鹰公司苗青"六个大字。苗青在顾单婚礼上见到了杨总。杨总很胖，脖子和脑袋周长相差无几，导致衬衣领口无法系扣，一条红色的领带系成了小学生的红领巾。杨总很礼貌地与苗青握手，上下打量了苗青一番说："对不住了，苗总，这不是美人计，刘丽与顾单恋爱，我毫不知情，他们是自由恋爱。"苗青笑着说："你说错了杨总，他俩恋爱是我托人介绍的。"苗青一句话，让杨总的嘴好久未合上，啊啊啊了半天，也没说出什么。顾单挽着刘丽过来与苗青见面，刘丽有些难为情，说："苗总能赏光我俩都没想到，您是有心胸的人。"顾单则说："我知道飞鹰同事对我有想法，大家在气头上，来了也不会有好脸色。"顾单嗫嚅了片刻又说："换了我我也想不通，所以我理解同事们，更不敢怪他们。"苗青道："没事的，时间会消弭所有的误解，过段时间大家还是好朋友。"苗青仔细端详了一下刘丽，盛装的刘丽确实很出色，不仅五官清秀，模特儿般的身材也相当傲人，她甚至比新郎高出一头，难怪顾单会如此不顾一切。苗青很纳闷儿，小宋用了什么伎俩把这么好的姑娘说给了顾单，说实话，顾单真配不上这姑娘。

从婚礼现场出来，苗青给大仙打电话，说想去画室看看。大仙正好在，问她是不是来催画。她说是想看看作画过程。

走进画室，苗青也不看画，在沙发上坐下，靠在沙发上一副倦容。大仙问："您这是怎么了？遇到难心事了？"苗青说了顾单跳槽的事，觉得辜负了文总的信任，顾单是文总招聘来的，却在自己手上飞走了，要是到别的城市还好说，他竟然去了竞争对手的公司。顾单提出跳槽和结婚这段时间，文剑在东欧研学，苗青没有打电话说这件事，出国是件开心事，她担心这消息会破坏文总在国外的心情。

"这不是问题，"大仙说，"顾单仅仅是跳槽，要知道，男人为了心爱的女人什么事都能做出来，吴三桂不就是冲冠一怒为红颜，结果改写了中国的历史，古希腊那场打了十年的战争，不也是因为一个叫海伦的美女？只要顾单没带走专利，没泄露商业机密，没对飞鹰公司形成致命伤害，这就不算个问题。"

大仙的话虽然在为顾单开脱，苗青却听出了另一种内容，她坐直了身体问："吴老师认为女人是祸水？"

"我怎么会那样看女性？虽然柏拉图认为女人天生劣于男人，那是时代的局限，相信柏拉图若是生活在当下，不会持这种观点。"大仙端着两杯现磨的咖啡过来坐到苗青对面。

苗青想解开心中的结儿，继续追问："听导师说您奉行某种主义，是这样吗？"

大仙知道某种主义代表什么，他没有正面回答，指了指画架上没完成的画说："我和您一样，晚上时间大都是静默状态，而女人是需要陪伴的，我没有陪伴女人的时间。"

好奇怪的逻辑，大部分时间都用来作画与奉行某种主义有什么关系，一个是客观影响，一个是主观故意。苗青说："也许我不该问，这是您的隐私，我是因您刚才提到陈圆圆和海伦而产生了点联想而已，您不会怪我唐突吧？"

"哪里，"大仙笑了笑，"您不是第一个提出这个问题的人，二爷爷，我父母，我的朋友、同学，包括白院士、文剑和宋理，都提出过类似问题，甚至让柏拉图、凡·高来背锅，我回答极为简单，就两个字——不想。对您，今天我则做了解释，其实这个问题您能拖这么久来问已经不易，估计会多次想，但始终没有问，这也是我认为您与众不同的一个因素吧。"大仙喝了一口咖啡，笑眯眯地看着苗青说："放心，我对您的关心没有任何企图。"

苗青后悔极了，怪自己为什么要问这么愚蠢的问题，这下可好，自己的形象在大仙心里添了个污点，原本一个鲜藕般纯净的女生，竟带了些俗气。她低头喝了口咖啡，头也不抬地说："我错了吴老师，我是让顾单这件事把脑子搞乱了，才问了这个不该问的问题，对不起，实在对不起。"

"没关系，您不问我还没有机会解释，今天这样一问一答不是很好的聊天吗？"大仙表现出师者应有的大度，起身端起咖啡壶给苗青加了些咖啡，画室内顿时飘起一股浓香。大仙关心地问："飞鹰公司工作怎么样？"

"还可以，总体上按着年初的计划在走，但未知数太多，你永远不知道明天会发生什么，这种焦虑甚至影响到了我夜晚的静默，我很佩服文总，那么年轻，事业做得那么好，还活得轻松潇洒快乐。"

"这正是文剑的高明之处，把人用好，让专业的人做专业的事，自己就会轻松。文武之道，一张一弛。孔子将死于非命的人分为三类，第一类就是那些寝处不时、饮食不节、逸劳过度的人，一个领导，自认为什么都懂，事必躬亲，其实是迷恋权力，对别人缺乏信任，这样不仅容易把企业搞乱，自己也会积劳成疾，文剑这家伙显然明白这个道理，所以才下功夫挖您来，让您给他扛活。"

"这对我是个锻炼，我觉得在飞鹰一载胜三年，为他扛活也心甘情愿。"

"不愧是高情商，"大仙夸奖道，"二爷爷应该为有您这样的弟子感到高兴。要知道并不是所有人都会这样想问题，视角和立场本来就是不断变化的。"大仙停顿了一下问，"顾单跳槽，会引发什么新问题吗？"

"不敢确定，但我有预感，女人的预感往往很准。"苗青看着画架上那幅未完成的色粉画发了一会儿呆，"今年还有一个季度，看看我担心的事会不会发生吧，当然，发生了也没什么，有雷排雷，有弹拆弹，只要有您这棵大树在，我不怕！"

"我没那么大的能量，我只是一个画家。"

苗青望着大仙说："心理学老师说，一个人的成长最好有个忘年交，看来我是幸运的，因为我遇到了您。"

"我有那么老吗？怎么成了忘年交？"大仙瞪大了两眼问。

苗青扑哧一声笑了，她忘了大仙是自己的同龄人，笑得眼角流出了泪珠儿。

7

墨菲定律真的很可怕，苗青深深感受到了这一点。

她最担心发生的事还是发生了，好像故意冲着她来的一样，想躲也躲不过。

问题出在余一身上，余一负责销售，苗青也确实给了他充分的权力，苗青觉得自己在销售上是外行，放手放权有利于余一作用的发挥。四季度第一个月，余一实现了开门红，飞鹰公司出产的小型低空航拍无人机销售火爆，订单几乎爆棚。赵总来找苗青，说："不能萝卜快了不洗泥，咱们还是稳中求进为好，让何总他们在技术上多下些功夫，这么山洪暴发式的出场，总觉得有风险。"苗青也意识到了这一点，便找何英商量，是不是控制一下节奏，毕竟是第一年投产，很多东西还是未知数。何英说："图纸给了工厂我就不管了，怎么生产、怎么销售这是您和余总的事，我只负责研发设计。"苗青又找余一，问他这样销售会不会有风险，很多时候，并非出货越多越好，资本家宁可炸掉房子也不低价出售，目的就是控制市场。余一说："没问题，航拍无人机更新换代时间短，这是个难得的窗口期，我们占领了，别人份额就少，等别人挤进来，我们又更新换代了，我们总是领跑者。"

应该说余一的话不是没道理，苗青尽管担心，但找不到风险点，便一再嘱咐何英严把技术标准，同时不断加以改进。

苗青没有料到问题出在订单上。南方一家商贸公司老总是余一的老朋友，请余一到这家企业考察，一番大酒喝下去，余一顿时义薄云天，当场签下一笔大单。这个企业也讲信誉，第二天就把定金打到了飞鹰公司账户上。贾琼来汇报，说这么大一笔定金，已经满负荷的工厂是否能够承担。贾琼自厂房一事受挫后，对苗青有了新认识，不再发起任何挑战，因为苗青在会上把工厂如期建设的成绩归功在她身上，让她深受感动，她明白了，苗青在飞鹰无非是积累管理经验，不会和这些副总争高下。贾琼的提示引起苗青重视，余一从南方回来当日她就问起订单的事，苗青说她问了赵总，赵总看过合同后认为这个数量在规定时间内肯定完不成，违约已成定局。余一满不在乎，说那个老总是他多年好哥们儿，两人当年在伊拉克卖过阀门，属于出生入死的商场战友，什么事都好商量，万一产品生产不出来的话就给他打电话，往后拖点时间。苗青说商场只有利益没有战友，即或有，也是为了共同的利益而战，可不要高估他们之间的关系。

余一说："苗总啊，你知道当年我俩被恐怖分子困在炼油厂那一幕吗？我俩三天就吃了两包方便面，当时我俩就说了，如果活着出去，除了老婆外，其他东西都不分你的我的。这种关系能差吗？"

苗青道："那好吧，不过什么事都要有最坏的打算，往最好处去努力，变一手为两手才稳妥。"

结果因为飞鹰公司不能履行合同，被对方一纸诉状告上法庭，按着合同约定要有一大笔赔偿。余一拿着律师函像头豹子在办公室跳起来，摔碎了两个茶杯，因为对方老总电话打不通，气得他把电话也摔了："人渣！老子真想把他扔到中东的沙漠里。"气归气，事总要解决，律师函来了，协商解决不失为上策。

苗青主持召开会议，让每个副总都发言，说说该如何解决这一棘手问题。

何英意见有点模棱两可："飞鹰公司要有基本契约精神，但契约很多时候管君子不管小人,因为总能找到可以钻的空子。"

赵总的意见充满了不甘,他将头摇成了拨浪鼓,紧皱眉头说:"明明是他求咱们,怎么忽然变成咱求他了?咱可是卖方市场,那么一笔定金就把咱的优势给蚕食尽了?"

余一痛心地说:"这事怪我,我太重感情了,上了这家伙的当,他明明知道我们厂完不成这么大一笔订单,故意给我下套,好白得一笔赔偿金。"

赵总说:"我不是批评余总,我们公司刚组建,短板太多,我想说公司应该抓紧考虑法务这件事,以后所有协议合同经法务把好关,避免出现此类陷阱问题。"

何英、余一、贾琼都认为赵总说得对,法务问题确实不是一件小事。

贾琼的意见可谓另辟蹊径,她建议通过政府机关找找对方所在地的管理部门,介绍一下签约背景,强调余总当时的签约环境,就说被灌多了,是对方故意玩"仙人跳"设局签下的字。

余一脸像煮熟的螃蟹,急忙摆手说:"他们只是找了几个酒量大的女孩子把我整多了,我可没触碰底线。"

贾琼说:"让管理部门把话撂过去,不行的话余总可以反告他们,在酒桌上签合同,和老虎凳上签字画押没啥区别,可以作为无效合同来对待。"

贾琼一番话让苗青茅塞顿开,不得不承认,姜还是老的辣,按照贾琼这个方法做,这场必输无疑的官司至少有扳回的希望。

苗青让余一说说。余一很伤心地说:"我大江大海闯荡过,中东的炮火也见识过,没想到会在阴沟里翻船,丢人现眼不说,还在心里留下了抹不去的阴影,这个世界上还有可信任的人吗?这个老总无论从哪方面看都不像歹人,浓眉大眼,鼻直口方,就像上世纪八十年代一个著名的电影演员,谁想到这样的人也会当叛徒呢?现在说啥也晚了,解铃还须系铃人,我去找政府朋友出出面吧,如果实在不成,再麻烦苗总出手。"

苗青定了两条：一是由余一尽快寻找合理途径妥善化解这场危机，尽量不要弄到法院去。二是由贾琼抓紧选择法务，让法务来处理这种纠纷。

事情远没有会议分析的那么简单。余一得到的反馈是这家公司以职业打假著称，通过各种打假获利颇丰，一直行走在法律的边缘。公司老总常年在迪拜，家里主持工作的是一个毕业于北大法律系的高才生。此人对管理部门的人说，签约全程都有录像，余一说了些什么，怎么表的态，一字不差都有原始音像资料，想抵赖是不可能的，他们公司完全按合同履约，次日就将定金如数打到了飞鹰公司账号上，他们的工作没有任何瑕疵。

余一来找苗青，面如死灰，头发凌乱，说自己没辙了，这回算是遇到了狠茬儿，经过生死考验的人，下手就是狠，没一点情面可讲。余一说自己血压一百八，吃药也降不下来，担心血管在脑子里突然爆裂。苗青让他去医院检查一下，想办法把血压控制住，再说血压涨到二百八又能解决什么问题？冷静下来想办法才对路。余一走了，脚步有些蹒跚，腿好像灌了铅。对方要求的赔偿不是个小数目。

苗青想向文剑汇报此事，犹豫再三还是没有上五楼。她相信文剑通过其他途径已经知道此事，说不定正在观察她如何应对。她对自己说："不到万不得已，坚决不上五楼！"

余一找的关系不够给力。在听了余一汇报后她马上就得出这样一个结论。她想，这个建议是贾琼提的，贾琼会不会有某种关系可以用上呢？她打电话让贾琼来一下。贾琼很快过来了，没等苗青问话就说："苗总呀，从报表看，如果余总那笔赔偿金不支付的话，今年实现计划目标没问题，这可不容易，当年建设，当年投产，当年见效，连高新区的赵主任都说没想到。"

苗青示意贾琼到沙发坐下，自己也坐过来说："问题是这笔赔偿金余总没谈下来，他找的关系不起作用。"

"那怎么办？"贾琼表现出一副很着急的样子，"计划目标全体员工都知道。"贾琼的言外之意很清楚，这个目标是苗青上任时做的承诺。

"我想听听你的意见。"苗青望着贾琼，她有种预感，贾琼或许有渠道能打通这个环节，从小宋和贾琼身上她得出经验，永远不要小看职场女性的能量，很多时候四两拨千斤的效果就出现在这些人身上，"我相信你在这件事上会有所作为。"

贾琼愣了一下，问："您情报工作这么厉害？"

苗青笑而不语，心想，哪有什么情报工作，都是自己的猜想而已。

贾琼也不隐瞒，说这个公司所在城市的市场监管局局长当年在大连部队服役，是个很优秀的团职干部，那时她在双拥办帮忙，两人关系不错，一直保持到现在，经常微信联络，她估计若是局长出面，对方会给面子，因为市场监管局的职能在那里。苗青听后心里一阵狂跳，看来贾琼果然有办法。她希望贾琼专程去一趟南方，这件事对方有法律支持，打电话肯定不行，要当面去谈，谈的目的不是毁约，而是力争把供货时间推后，推后半年飞鹰公司供货就没有问题。

贾琼说："那我就去试试，成不成不敢保证，你不知道我欠着人家很大一个情呢，他曾苦苦地追求我，说我是他的初恋，可我当时已经有了男朋友，只能婉拒他的示好，这件事他肯定耿耿于怀。"

苗青说："有这么一层关系事情就更好办了，每一个成功的男人都喜欢在初恋的视野内体现成功的价值，你去找他，他会求之不得。"

贾琼悄悄去了趟南方。在贾琼去南方这几天里，苗青很煎熬，夜里多次睁大眼睛问自己：贾琼会不会真心帮忙？贾琼与这位局长的初恋会不会死灰复燃，将火烧到炉膛之外？自己会不会赔了夫人又折兵，贻笑大方？一个个问题搞得她心烦意乱，她忍不住给大仙发了条微信：难题，能吞噬女人的睡眠。

大仙几乎是秒回：难题，是取得智慧之门的钥匙。

8

圣诞节前一天,贾琼回来了。任务完成很圆满,经过那位局长斡旋,定金退回,对方放弃索赔。

苗青带着余一亲自到周水子机场接贾琼,余一抱着一捧花束,翘首望着出口,说自己这辈子没给女人献过花,这是大姑娘上轿头一回。苗青问:"是有点不情愿吗?没人逼着你献花呀。"余一说:"当然情愿,贾总这是救了我,要不自己没法在销售界混了。"苗青说:"贾琼对你够好的,她有一百个理由不去,但她还是去了,我们应该感谢她。"

贾琼走出出口,拖着黑色拉杆箱的样子很像一个值机下班的空姐。苗青迎上去和她拥抱,在她耳边说:"你真棒,我要是个男人肯定会追你。"

余一将鲜花献给贾琼,连声道谢,说晚饭安排在富丽华大酒店,他带了两瓶拉菲。贾琼拒绝了,说离家几日,惦记家里的猫,还是回家休息。苗青用自己的车送贾琼回家,路上说起这位肯办事的局长,贾琼说:"没想到他生活很不如意,官职虽高,但家事牵挂太多,本来一头乌发现在所剩无几,这次南下,脑子里那个穿军装、梳分头的帅哥形象坍塌了。"苗青不知怎么接话,贾琼接着说:"你不知道他当年像谁,就像好莱坞电影《魂断蓝桥》里的那个罗伊,当年他也有点小胡子,我就是从那时才觉得唇上留一点胡须的男人特有魅力。"

苗青笑了笑:"部队好像不允许留胡须。"

"他应该是故意几天才刮一次吧。"贾琼说,"有胡须的男人似乎更有责任感。"

苗青马上就想到了顾单,顾单那张娃娃脸似乎天生就不长胡须,但不能说顾单没有责任感,为了心爱的女人他宁可辞去一份高管工作,这不就是责任感吗？

贾琼说："苗总，这次我是真尽力了，您知道我这样做是为了谁。"

苗青抓紧贾琼的手用力握了握，道："我懂。"

12月26日，飞鹰公司召开年度总结会，文剑参加了这次会议。会议由何总主持，四位副总每人就分管的工作做了总结，然后苗青讲话，最后文剑讲话。会议开得很有官方架势，不像民营企业会议那么随意。这种开法是苗青的要求，她对几位副总说，飞鹰公司明年将正式进入军民融合发展大格局，必须养成一种严谨的工作作风，提前与协作的国资公司接轨。会前，她要求每位副总讲话五五开，也就是说成绩和问题各占一半篇幅。她自己的讲话，成绩只有一句话：2016年，经过大家共同努力，公司完成了年初确定的计划目标。接下来，一口气讲了公司存在的九个问题，把几位副总、所有的中层干部讲得热汗直流。苗青讲的九个问题中就有用人问题，说了顾单跳槽的事，没能留住顾单，责任在她这个总经理身上。她说："某部电影里不是有这样一句经典台词吗？'21世纪什么最重要？人才！'董事长亲自选来的人才跳槽了，这是我感到最惭愧的地方。"

文剑讲话时对公司一年来的工作给予充分肯定，对苗青、每个副总的工作都给予了高度评价，对明年的发展做了展望。文剑的讲话赢得了热烈掌声，贾琼悄悄对身旁的余一说："文总这水平，给个市长都成。"

散会已近五点，文剑叫住苗青，说大仙完成了一幅新作，请朋友们去看看，白院士、宋理已经到了。苗青心里美滋滋的，大仙这幅新作很有可能是赠送自己的，问用不用准备点礼物。文剑说他车里有两盒牙买加咖啡豆，大仙画画离不开咖啡。

"大仙怎么那么喜欢咖啡？"苗青好奇地问。

"我觉得他把磨制咖啡当成了艺术创作的前奏，每次去画室，他都会现磨咖啡豆、制作拿铁咖啡招待我们，动作不紧不慢，那是他在酿制灵感。"

拿铁咖啡一词像子弹一样击中了苗青,她几乎僵在轿车后座上。拿铁咖啡那浓郁的奶香太难忘了,令她回忆起外滩的阳光、校园的草坪和古香古色的石库门。

白院士和宋理在画室里聊天。大仙正在现磨咖啡,大仙磨咖啡不用电动机器,是手摇,手摇磨出的咖啡更有味道。画室弥漫着咖啡豆特有的香味。打过招呼,苗青将两盒牙买加咖啡豆递给大仙,大仙接过咖啡豆看了看,说这是顶级咖啡豆,每一粒都是一个灵感包。

大仙给每人端上咖啡,然后将一幅装着胡桃木画框的色粉画搬过来展示给大家。这是一幅四尺色粉画,画面上是一个穿白裙的少女在沙滩上抬头望着天空,灰蒙蒙的天空上有一只纸鸢,纸鸢翅膀上各有一块蝴蝶斑,像两只模糊的眼睛。吊诡的是女孩手里没有线,两手在作揖。沙滩尽头是海,白色的浪花隐喻风很大。画的落款是:乙未·放纸鸢的少女。

白院士说:"大仙呀,不用说,这是送给苗老师的,对吧?"

大仙点点头:"你是怎么看出来的?"

"纸鸢不就是飞机的象征吗,这个谜面不难。"

大仙笑而不语。

宋理道:"白院士说对了一半,还有一半没说。"

"你说说看,"大仙端着正要喝的咖啡问宋理,"另一半是什么?"

"纸鸢没有线,没有线的风筝飞到哪儿无法预料,也可能飞到日本抑或夏威夷,因为不知能落到何方,白衣少女才担心地作揖。"宋理侃侃而谈。

宋理的分析准不准确需要大仙表态,但这一分析却让苗青钦佩不已,刚才看画的时候她还在想为什么没有线,为什么要作揖,原来含义如此深奥。看来,白院士、宋理、大仙三人相互间确实有一种深度默契,苗青觉得自己与他们相比还是差了一层。

大仙转头看着苗青说："苗老师怎么看？"

苗青未加思索地说："这女孩不是我，我是马尾辫，这女孩却是披肩发。"

苗青这样一说，在座的都笑了。白院士说："现代主义作品允许抽取绘画要素，为了增强表现力可以对要素加以改造，因为要表现风向，白衣女孩必须梳披肩发，对吗，大仙？"

大仙放下咖啡杯竖起拇指，点了点头道："行啊，士别三日，当刮目相看，白院士在研究航电之余，没少研究现代绘画。"

"近朱者赤嘛，"白院士说，"我们几个算是一个学习小组，大仙是艺术指导。"

大仙回过头看着苗青说："您说得对，这个少女不是您，她是一个艺术人物，我想表达的思想都在画里，几位见仁见智好了，不过，这幅画却是送给您的，兑现我去年的承诺。"

苗青站起身，向大仙深深鞠了一躬，她明白了这幅画的大致含义，今年，自己真的就像一个放纸鸢的少女。

"我们去巨无霸，为放纸鸢的少女喝一杯。"文剑提议说。

"稍等，把我现磨新煮的咖啡喝了再走不迟，什么都可以舍弃，唯有咖啡不能辜负。"大仙说。

苗青心里一震。

第五章：丙申·海东青的复活

1

苗青和大仙聊天，聊到了一个哲学命题——灵魂，两人在认识上出现了分歧。

大仙认为人在静默的时候，灵魂会出窍，并四处行走，绘画就是在捕捉并描绘灵魂独行的身影。苗青则认为自己在静默时，游走的灵魂会倦鸟一般归巢，安静得连一声啼鸣都没有，周围的一切仿佛都按下了暂停键。

这种感觉上的差异很正常，大仙说，完全一致就是雷同。

参加工作第五个年头，苗青一个人的计划不再单一，已经变成了三个板块。第一个板块依然是商用大型飞行器，这是一个人计划的发轫点。第二个板块是隐形特种飞行器，也就是俗称的隐形飞机，这是导师斟酌再三后给她出的课题。春节假期她去看望导师，在那间熟悉的书房里导师说，五代机早晚要搞，早搞比晚搞好，越早越主动。苗青明白导师的意图，便把五代机设计列入了一个人的计划。第三个板块是新型无人机系列，这是她到飞鹰公司后自加压力制定的计划。她打电话向导师汇报了自己的打算，导师表示赞同。她把想法告诉了高兰，高兰戏称说她这是长子、次子、三子生育计划，前提得先找个老公。将这个想法告诉父亲，父亲说计划本来就该像竹子一样，一节节往上长。

生活像一幕现编现演、永不谢幕的连续剧，有时剧情发展似乎没有逻辑可言，在一个人的计划中，最先降生的竟是三子无人机，而酝酿多年的长子却分娩无期。

苗青对第三板块计划信心满满，准备设计一个系列，第一款机型被她命名为"青峰一号"。她在取这个名字时有过犹豫，甚至为自己的私心内省过，觉得有点假公济私，但最后没能免俗，最初的想法还是占了上风，狠狠心取了青峰一号这个名字。几年来，尽管她努力保持平静，但心里不时会有涟漪泛起，只要有某个触发点，内心便会荡漾不停。她想，凡事总要有头有尾，只有以某种方式做个了结，那段刻骨铭心的感情才会归于平静。祭奠那段感情，无人机是最合适不过的寄托，江峰的博士论文就是写无人机的，她始终认为那是一篇质量上乘的论文。文剑曾问为什么要给飞机起个地上的名字，她回答说因为飞机都是从地上起飞的，着陆与起飞同样重要。文剑便不再过问。文剑对苗青的信任非同寻常，这一点公司上下无人不晓。有的员工曾猜测两人是不是在恋爱，但时间一长大家都明白了，两位尽管看似十分般配，但彼此并无亲昵之举，苗青几乎一个月也不上五楼一趟，文剑也很少到四楼，这哪里有恋爱的迹象？公司很多人都知道文剑胸怀大志，婚姻问题尚提不到日程。

苗青从高兰那里得知，江峰不仅结婚了而且还有了一对可爱的双胞胎，或许怕刺激她，江峰没有把这个消息告诉她。高兰在转告她这一消息的同时，还不忘催促她抓紧解决个人问题，高兰的话再直接不过："失之东隅，收之桑榆，该抓紧了，错过一词倒过来读就是过错！"

江峰立业成家顺理成章，一个出类拔萃的男生怎么可能成为剩男？人人皆有归宿，万变不离其宗，苗青对此早有预料。平心而论，江峰的婚姻并没有对她形成什么压力，她想过，如果江峰一直未娶，自己倒会觉得不安。

飞鹰公司步入正轨后，苗青开始设计青峰一号。她保持每晚的静默习惯，很快就拿出了青峰一号设计方案。她将方案发给导师，导师对方案提出了一些修改意见。她又和父亲就设计概念和标准做了交流，父亲也提出了几条建议。

方案正式敲定前，她去请教大仙，没想到大仙这个门外汉却开拓了她的思路。

那是个迎春花盛开的午后，她驱车来到大仙画室。大仙正在为会展中心创作一幅色粉画，画面是这座城市的鸟瞰，景观壮阔，视角独特。她一边观看大仙作画，一边介绍了青峰一号，大仙说："我是这幅画的作者，但画笔、画布和油彩，都不是我生产的，它们只是为我所用而已。"这几句话让苗青陷入了沉思，的确，与商用大飞机设计生产一样，无人机的设计生产也是一个分工合作的过程，导师说过要万物皆备于我。

借船出海，借梯登高，在无人机设计生产上必须走这条路。她对自己这样说。

苗青决定请白院士团队帮助做青峰一号控制配套。

她请大仙把白院士约到画室，恳切地说了自己的请求，航电控制是无人机的灵魂，没有灵魂，她的设计无法提升层次。白院士说："大仙给我们几个下达过任务，让我们每人都为您做点什么，大仙带头承诺，每年为您画一幅画，文总聘您当了老总，宋理承诺要在他们开发的房地产项目中为您解决公寓，大家都做了，我要是不做岂不成了抠门儿？这样吧，以后您设计的飞行器航电部分都由我来配套好了。"苗青感动得差点落泪，连连道谢。白院士说："不用谢我，我们这些坐地户有责任保护您，您不是单枪匹马的逆行者。"

苗青的眼泪没有忍住，她没有擦拭，用一双泪眼深情地望着大仙。

大仙躲闪开苗青的目光道："谁让您是二爷爷的学生，从伦理上讲，您还是我的长辈。"

一句话让苗青破涕为笑。

白院士有许多重要科研任务，但他还是带领科研团队把青峰一号的航电集成在短时间内拿下来了，开发的中继系统也同步完成。

项目协作还有一个重要问题：蓄电池。

苗青来到军民融合办，希望政府部门出面协调一家储能企业开发飞行器专用蓄电池。满头白发的融合办主任是个热心肠，说这事找马歌呀，马歌是东北蓄电池行业老大。苗青当时还想，一个政府官员怎么和企业老板哥呀弟呀地叫，有违身份呀。一问，才知道这家企业的老板名字就叫马歌。经过这位白发主任牵线，飞鹰公司与马歌的九成集团达成长期合作协议。后来每每谈起这件事，苗青和马歌都有一个共同感受，这位白发主任好像是上苍派来的土地爷。

生于大连旅顺的马歌与苗青同岁，性格内敛而坚韧。从事储能产业时间并不长，却做得风生水起，成了行业领头羊。苗青觉得马歌这个名字富有喜感，听一遍就不会忘记。两人第一次见面是在九成集团会客室，没想到一次平常的商务会谈竟然谈出了约会的味道。缘由是一杯拿铁咖啡。当工作人员端来咖啡时，那熟悉的味道让她顿时有一种置身大仙画室的感觉。马歌介绍了九成集团概况，尤其说他的企业本来想去苏州产业园，因为公司员工多是南方人，都希望南迁，但父母反对，军人出身的父亲甚至说了狠话，要是九成离开大连，发展再好他也不会去看。其实，父亲不说这般狠话马歌也不会南迁，理由是在南方水土不服，尤其饮食不习惯，在大连，哪怕臭鱼烂虾也吃得舒服。谈到饮食，苗青说大连的海鲜确实好，甚至让她不再想家乡的热干面了。马歌说每次出差归来，都要去巨无霸大吃一顿，算是解馋。苗青很惊讶，问："你也喜欢去巨无霸？"马歌说："是啊，我最喜欢吃他家的海胆馅饺子。"苗青叫起来："啊呀，看来咱俩口味一样，我每次去必点海胆，那是我的最爱。"两人说话投机，气氛轻松惬意。苗青说："你的企业能触碰行业天花板，很难得。"马歌说："天花板不敢当，只是销售比同行好一些而已，从科技含量上看，九成离老大的距离还很远。"苗青问他问题在哪里，马歌也不隐讳，说："你我都是搞企业的，不必说假话，九成遇到的问题有两个，一个是研发方向性迷茫，缺少高精特尖产品；另一个是营商环境还硬了点，许多事做起来吃力。"苗青感到好奇："营商环境怎么还有软硬之分？"马歌举例说："果农摘苹果，一定要用旧布把柳条筐做个里衬，这样苹果就不会碰出伤痕来，有利于保存和运输，这就是软环境。所谓环境硬，就是凡事都拿条条杠杠去卡，有丝毫差池都不能通过，这就好比将苹果一股脑儿倒进荆条编成的筐里，苹果还能好吗？"

苗青觉得马歌太幽默了，一个严肃的话题被他说得如此生动，可见这是一个会制造欢乐的人。苗青说软环境体现的是管理者的政策水平和解决具体问题的能力，我觉得这里的环境总体向好，比如说真该给融合办点赞，没有那位白发主任牵线搭桥，九成和飞鹰还是两座互不搭界的孤岛。

交谈中苗青说了自己一个人的计划和设计隐形超声速飞机的设想。马歌问九成能帮上什么，苗青说隐形飞行器不是电动力，九成的蓄电池用上的可能性不大。

苗青和马歌第二次见面是在融合办举办的一次政策讲座上。他俩相邻而坐，有了更深入的交谈。

马歌说："知道吗苗总，您那次到九成，等于给我打了一针强心剂，我激动了好几天。我们本来单一生产车用蓄电池，你的到来让我们开始生产航空蓄电池，等于给九成开出一条新路。我哥哥马武是个军人，爱好摄影，喜欢航拍，回家探亲时我给他买了一架大远小型无人机，陪他去老黑山航拍黄渤海分界线，因为蓄电池蓄电量不足，结果无人机掉到了海里。我当时就想过九成应该搞飞行器蓄电池，一直没有契机，没想到您给了我们一个机会。和你们签约后，九成已经成立了项目组加速研发，产品即将定型，所以对我来说，您就是天使，是带着大批订单从天而降的天使。"苗青的脸被他说红了，小声道："不就是一纸订单吗，怎么还扯到了天使。"马歌说："这不是简单的订单，是您让九成羽化成蝶。"

苗青问："在从事储能产业之前，您做什么？"

马歌说自己大学专业是道桥与土木工程，毕业后搞过体育产业，后来改做储能。苗青觉得好奇怪，道桥与土木工程、体育产业、储能，三者风马牛不相及，竟然集中在一个人身上。又一想她明白了，肯定是他的家族或夫人一方与这些产业有联系，就问："那么，这些产业与你夫人或家族一定有关吧？"马歌脸上飘过一丝尴尬："不好意思，我还没脱单，家族里也没有做生意的，父母从部队退休，哥哥在部队服役。"马歌一句话把苗青说得不好意思了，哪里有刚认识不久就问这类问题的，便说了声抱歉，两人停止了窃窃私语，专心听讲座。

导师将青峰一号推荐给了军方装备部门，军方建议飞鹰公司与军企合作，减少繁琐的中间环节。余一自告奋勇去哈尔滨一家军工企业洽谈，说苗青救过他一回，他终于等到一个回报的机会。苗青问他去洽谈有什么把握。余一说这家军工企业法人是他老乡，一个中学出来的。苗青将信将疑："老乡就好用吗？"余一道："我走南闯北半辈子，知道只有东北人最讲老乡情，别看多年不联系，只要一提小时候的事，便是搂脖抱腰的好兄弟。"苗青派余一去了。余一果然没有吹牛，顺利谈成了此事，签署了深度合作协议，将青峰一号生生嵌进了这家军企的计划表里。按照协议，飞鹰公司将为这家企业提供裸机，由这家企业按军工要求再行二度装配。这个合作范例成了融合办总结材料中的典型事例。

青峰一号从研制到生产，苗青并没有让文剑操心，青峰一号是她设计及项目管理的处女作，她从中得到了锻炼，实现了一个设计师向管理者的成功转变。

整机组装完成那天，苗青请文剑到车间视察。文剑在生产车间看到组装成的整机后，十分惊讶地说："一架多用途高空无人机就这么诞生了？飞鹰从低空直上高空，我怎么有点不相信呢？"苗青道："可惜不是载人飞行器。"文剑说："这成果里没我什么贡献，惭愧！"苗青笑着说："您是投资方嘛，功劳属于您。"文剑摇摇头说："投资是赚钱，设计才是创造，尽管两者都有收获但境界不同，成就感也不一样，您的幸福指数比我高。"

文剑这套理论明显有大仙风格，带有柏拉图的哲学味道。苗青微笑着说："青峰一号是我们的共同创造，希望这是一个良好的开端。"

青峰一号试飞非常成功，融合办的白发主任激动地对苗青说："青峰剑指苍穹，飞鹰鸟瞰天下，没想到你们工作效率这么高，可喜可贺！"

好货不愁卖，青峰一号因为首先要满足合作军企需要，商用部分上市后订单几乎爆棚，在市面上一机难求。贾琼拿来半年财务报表估算了一下，从飞鹰公司现有热销的低空航拍小型无人机和青峰一号销售看，公司全年产值和效益会放颗大卫星，成为高新区纳税大户。贾琼说高新区赵主任已经表态，一旦飞鹰公司进入纳税前十行列，高新区将再批一块工业用地给飞鹰公司用于扩大再生产。工业用地十分宝贵，高新区领导能如此表态，连文剑都感到吃惊。飞鹰公司正式被列为市里的独角兽企业，获得了政府财政支持，公司知名度也在直线上升。为了庆祝青峰一号研制生产成功，文剑在巨无霸组织了个小型庆功宴，还是他们五人，宴会由大仙主持。

苗青注意到文剑特意安排了生熟两种海胆，她用目光向文剑表示了谢意。文剑的细心超乎寻常，这一点苗青深有感触，如果世界上真有暖男的话，这个称号非文剑莫属。但苗青有一种奇怪的感受，她敬佩文剑，感激文剑，欣赏文剑，文剑的一切无可挑剔，但她就是找不到某种触电的感觉，她也不清楚原因在哪里。她问过自己，到底是什么原因会导致这样，答案不得而知，有时候她甚至想，是不是文剑长得太像江峰了，让她产生了绝缘层。但很快她就否定了，如果说江峰还有一点恣意狷介的话，文剑就太严谨了，做事几乎没有瑕疵，你想不到的细节他都会照顾得滴水不漏。

这次庆功宴大仙非常重视，亲自带了一瓶五十年古越龙山，青瓷瓶大方美观，足足有六斤。大仙带酒时被文剑阻止了，文剑说："大仙呀，想喝什么酒发话就行，我连瓶好酒都弄不到还当啥董事长？"大仙说："我带的酒你还真不一定有，大瓶装五十年陈酿古越龙山你有吗？"文剑吐了下舌头道："你带吧，那是文物级的酒。"

大仙让服务员温过酒，用青瓷浅盏每人斟满一杯。温酒的青瓷壶和酒盏也是他带来的，一看就是越窑精品。白院士看到如此精美的酒具，不由得感慨道："看看，艺术家就是比科学家会生活，连喝酒都带艺术范儿，我们几个确实该向大仙学习才是。"

大仙并不反对白院士的说法："其实呀，艺术就是生活，生活也是艺术，不能把两者拆分开。"

陈年古越龙山味道特醇厚，尚未入口便能嗅到一股馥郁的酒香。苗青看着眼前精致的青瓷盏和杯中琥珀色的黄酒，知道这瓶文物级的收藏酒是为谁而启。

大仙说："今天上午我和二爷爷通了电话，告诉二爷爷苗老师事业上有了突破，二爷爷很高兴，说那你们给她庆贺一下，可以喝点适合女生喝的酒。我问什么酒适合女生喝呢？二爷爷说东北天寒，黄酒祛冷，喝点黄酒吧。我就想起酒柜里有朋友送的这样一瓶酒，觉得这酒的名字也非常好，带个山字，苗老师作为逆行者，面临的是黑水白山，第一道山越过去，说明爬坡过坎有成绩，所以今天这酒必须喝。"

众人鼓起掌来。

苗青站起身鞠了一躬。导师对她的关心胜似父母，这是最暖心的呵护。她说："谢谢远在上海的导师，谢谢在座的各位，苗青能越过这座山，是各位老师鼎力相助的结果，没有吴老师的指点，没有白院士的航电支持，没有宋总、文总的加持鼓励，我这棵青苗早就枯萎在半山坡了，不会有青峰一号的问世。"

大家都站起身，共同举杯干了这杯陈年古越龙山。

苗青是第一次喝古越龙山，觉得这酒口感绵软顺滑，先苦后甘，回味中似有丝丝伤感。上学时她到绍兴旅游，知道当地有一种酒叫女儿红，她猜想现在酿制的古越龙山，应该就是新一代的女儿红了。可是为什么要改名字呢？女儿红有什么不好？

席间，大家十分尽兴。宋理透露了填海计划进展情况，集团将股市上募集来的百亿资金都投入了这个房地产项目，在旅顺南路填海建设一个菊花岛，定位是高档联排别墅。宋理说到这儿，文剑插话问："宋总答应苗老师的房子呢？"宋理表态："联排别墅在座的人人有份，为时不会很远。"宴会快要结束的时候，宋理问了大仙一个问题："我收藏了你许多人物肖像画，发现一个问题，那就是所有的人物都没有笑容，这是怎么一回事？"

大仙说："东北是苦寒之地，早年间许多谋生者在荒野中因冻饿而死，据说冻死的人会敞开衣襟，露出一脸笑容，我觉得那是最令人心碎的笑容，所以我以冰雪为背景的人物画，从来不画笑容。"

苗青心想，何止是笑容，那幅《逆行者》连脸都隐藏起来了。

2

苗青瞄上了同在这座城市的老牌无人机企业大远公司。在大连，除了大远之外，鹿鸣公司等其他几家无人机公司都属于小打小闹。

苗青从顾单口中得知，大远公司经营状况不佳，因为只有低空小型无人机和农用无人机两块市场，公司在勉强维持。顾单说他向杨总提交了几个设计方案，因为投入过大，杨总迟迟下不了决心。顾单说杨总年纪大了，经营压力让他有了转让公司的念头。

这是一个有价值的信息！

苗青听到杨总有转让大远意图时心跳加速起来。大远公司虽然效益不佳，但瘦死的骆驼比马大，底子和影响力还在。大远公司在低空无人机生产上无疑是飞鹰的竞争对手，因为大远的存在，飞鹰的销售价格不得不压低，影响了企业利润。苗青知道大远公司农用无人机一块尚有发展空间，只是缺乏技术改进才停滞不前。这种情况应该是暂时的，一旦杨总因年龄退位，换上个有谋略的掌舵人，引进重要的战略合作伙伴，大远无疑会成为飞鹰公司最强劲的对手。

苗青找到顾单，让他问问杨总，是不是真有出售大远的想法，如果有，飞鹰公司可以考虑收购。顾单回去询问后很快回话："杨总说了，大远卖给谁也不卖给飞鹰，理由是丢不起这个人。"苗青笑了，杨总是大连商界名人，又是无人机行当祖师爷级人物，被一个名不见经传的小女子击败确实好说不好听。笑过之后，苗青也感到了紧迫，一旦大远被外埠企业收购，情况会变得复杂起来。她给大仙打电话说了自己的担心。大仙在电话里说："画家要画一张画，必须分几步走，不可能上来就挥毫泼墨，就好比盘子里有块牛排，一口吞不下，只能用刀叉切成小块，再一口口吃掉。"放下电话她沉吟良久，心里顿时闪现出一道雪山霞光。"有办法了！"她对自己说。

她决定把顾单挖回来。

她找到文剑，请文剑把顾单媳妇安排到环保公司工作。文剑说："顾单跳槽不怪他已经不错了，您为什么还帮他？"文剑知道大远公司效益不好，员工连绩效都发不出来。苗青说："我有个更大的谋划，现在先不说，您只要把顾单媳妇工作安排了，其他事我来办。"文剑笑着说："您上任后还没有事找过我，这事我答应您，我给她安排一个与财务有关的中层职位就是。"

苗青谢过了文剑，马上打电话把顾单约出来，说了给他媳妇换个工作的想法。顾单有点犹豫，说杨总对他两口子不薄，这么做是不是不合适。苗青给他摆出三条理由："第一，你娶了刘丽后没帮人家做过什么大事吧？现在刘丽工作状况不好，收入减少，作为大丈夫，应该想媳妇所想，急媳妇所急，主动帮刘丽找出路；第二，夫妻不应该在同一个单位，应当避嫌，国家机关、事业单位早就建起了回避制度，回避，对双方发展都有好处；第三，文总的环保公司效益好，收入稳定，市里许多干部子女都在那里工作，机会难得。"三条理由一摆，顾单不反对了，说是这么个道理，他马上回去和刘丽商量。结果，刘丽辞去大远的工作，到了环保公司做会计。

这仅仅是苗青谋略的第一步，她的最终目标是收购大远公司。

苗青找来贾琼。经历了几件事后，她和贾琼成了好友，贾琼也成了她的得力干将。她坦陈将来飞鹰公司的竞争对手只能是大远，飞鹰公司应该利用大远有意转让这一契机把大远收购过来。贾琼吓了一跳："什么，您想收购大远？那岂不是蛇吞象吗？"苗青说："你知道吉利收购沃尔沃的商例吧？世界上没有什么不可能，只要我们这条蛇有足够的消化能力。"贾琼问："您需要我做什么？"苗青说："我需要你的关系，你要动用一切社会关系，打消杨总对我的偏见，让他信任我，因为他放出话来，大远卖给谁也不卖给飞鹰，我觉得这其实是个面子问题。杨总这种东北男人，靠脸在街面上混，把面子看得比什么都重要，丢了脸面就等于失了尊严。"贾琼想了想说："我安排个饭局，找一个街面上比杨总还有身份的大佬捧场，让大佬当着杨总的面夸您一通，杨总就会琢磨琢磨了。"苗青说："这个想法可行，问题是有身份的大佬怎么会夸我？"贾琼说："这个你就别管了。"

苗青开始实施第二步计划，挖顾单。苗青很清楚，待遇留人是第一位的，待遇不好，人才外流无法遏制。刘丽离开大远后，顾单就萌生了离开大远的想法，苗青通过刘丽，委婉地表达了愿意接收顾单的意愿。很快，顾单就来飞鹰找苗青，说："苗总您这人不记仇，我跳槽您不但不怪，还这样帮我，您要是不嫌弃，我回飞鹰来吧，职位上您随便安排。"苗青说："你回来我欢迎，我说过，飞鹰大门永远向你敞开，但你不能直接回，最好迂回一下，给杨总留个脸面。"顾单问："那我怎么办？"苗青说："你先回南京，就说在老家找了份工作，等我这边完成对大远公司收购后你再回来。"顾单同意了，说："您总是站在别人的立场上考虑问题，哪怕是对竞争对手，也不会抽刀亮剑。"

　　顾单回去和刘丽商议后，觉得有必要向杨总进言，劝说杨总同意飞鹰公司对大远的并购。顾单与杨总的谈话是后来苗青从刘丽口中得知的，那次谈话是刘丽陪顾单去的。顾单这个平日见了杨总就脸红的人，那次可谓侃侃而谈，在刘丽面前的表现近乎完美。顾单说："杨总，我就要回家乡发展了，真的舍不得大远，临走前有句话不知当讲不当讲。"杨总说："客气啥，有话就说嘛。"顾单说："大远凝聚着您老半生心血，最好能留下来。"杨总说："我也不想出让，可是没效益呀，搞企业不是做福利，赚不到钱活不下去。"顾单说："要是出让的话也该找个好买家，就像嫁女儿一样，不能不选人家。这个行业我有点发言权，外地几个有意向购买的企业我看了，都没啥前途，卖给他们也会前途未卜，唯一能留住大远血脉的只有一家，就是飞鹰公司。他们搞的青峰一号占了很大市场份额，别人想追也追不上，因为他们的苗总是909所搞飞行器研发设计的，科技背景强大，可惜的是您不想让飞鹰收购，听说您瞧不起那个苗总，觉得她是个黄毛丫头。"杨总说："现在话不能这么说了，前些日子我参加一个饭局，酒桌上十方老总孙建林说了，大连的企业家他只佩服一个人，就是这个小小年纪的苗总。为什么佩服？第一，苗总一年多时间就把飞鹰公司搞成市里挂号的独角兽企业，在座的谁能做到？第二，在座各位搞管理、当老总没说的，可是谁能搞设计、有专利？而且是设计飞机。第三，好多大连人瞧不起南方人，叫人家什么南蛮子，你看看人家苗总，学问能力不说，就那长相、身高、气质，哪一点比大连丫头差？"杨总说这三条他记住了，都是实话，对苗总这个小丫头要重新端详。顾单夫妇找杨总那次后，贾琼来告诉苗青："杨总到处打听你的情况，你要小心一点，杨总可是江湖上的老油条。"苗青说："我又没伤害他，担心什么？他想卖我们才想买，主动权在他手上。"其实苗青心里清楚，杨总打听她是立场有所动摇的体现，应该是顾单的话在他心里产生了化学反应。

顾单辞职回了南京。令苗青感到意外的是杨总很痛快地放了顾单。杨总说趁着年轻，找个挣钱多的地方多赚点钱，男人没钱不行。苗青从杨总对顾单的态度上看出了他已经不会再留大远公司，顾单当初可是他动用手段挖去的人才。杨总除了无人机产业外，还有起重设备公司和彩钢板公司，效益都比大远好，他早有打算出售大远公司，然后集中精力搞老本行。

让久经沙场的杨总快速改变看法不是件容易事，苗青出了第三张牌。她与909所、白院士团队一起搞了个无人机产业高峰论坛。这个论坛年初做了计划，旨在扩大飞鹰公司影响力，说白了这是一种软广告，在媒体做广告需要投入，媒体对行业高峰论坛则可无偿报道，苗青恰到好处地打了个擦边球。苗青想利用这次峰会缓和与杨总的关系，其实两人原本也没有什么冲突，有的只是同行间那种复杂的情绪而已。苗青亲自去找杨总，说想聘请杨总担任高峰论坛名誉主席并在论坛上发表致辞。杨总是地道的东北汉子，二话没说就答应了邀请，还问需不需要赞助会费。苗青婉拒了，说会议经费已经安排，只要杨总赏光就行，杨总是无人机行业的前辈，担任名誉主席会给论坛增光不少。杨总说自己老了，跟不上形势了，徒有虚名而已。苗青说人人都会变老的，大远作为大连无人机行业的龙头企业创造过辉煌，这在历史上是有一笔的。

论坛在909所大会议室举办，会议极其隆重，所里年轻员工都参加了论坛，四个项目组经理也都以贵宾身份在前排就座。鲍总专门赶来做了一个简短致辞，鲍总致辞高屋建瓴，将论坛层次原地拔高起来。

让苗青感到意外的是杨总作为名誉主席，在致辞中对论坛的发起者苗青给予高度评价，对飞鹰公司取得骄人成就给予夸奖，这一刻，大远与飞鹰似乎成了关系密切的合作伙伴。文剑悄悄问苗青："你怎么征服的杨总？这老爷子在大连街面上可是一头犟驴。"苗青笑了笑："尊敬，仅此而已。"

论坛开幕式结束，苗青送杨总离开的时候，杨总握着苗青的手说："这论坛有水平，您给这座城市争了光。"

3

文剑迷恋达沃斯论坛已经很久。

达沃斯论坛是个非官方国际性论坛，原本在瑞士一个叫达沃斯的小镇举办，后来被引进中国，由大连和天津轮流举办夏季达沃斯论坛，而文剑成了论坛场场不落的嘉宾。每参加一次，文剑都会有诸多感受。6月28日，文剑从天津参加达沃斯论坛回到大连，直接来到了苗青办公室宣布了一个重大决定：进入资本市场。

一般来说，文剑做出的决策都会赢得苗青掌声，但这一次，她下意识地打了个寒战："资本市场？那可是高风险啊。"文剑说："高风险的另一面就是高回报。"

文剑坐下来，出差归来的西装还没有换，他为自己在飞机上做出的这一决策而感到激动。他告诉苗青，与他一同参加达沃斯论坛的有个胡总，天津宝坻人，现在已经买了私人飞机。靠什么？就是靠在资本市场上的打拼。胡总五年前就动员他进入金融领域，他没动心，这几年，眼看着胡总由鼹鼠变成了大象，他才觉得金融领域什么人间奇迹都能创造出来。文剑用一种惊讶的神情对苗青说："胡总原本是一家银行支行的信贷部主任，支行啊，连分行都不是，算是最小的银行了，他下海联系几个朋友办了个投资公司，眼看着就成了身家上亿的资本家，够神奇吧！"

苗青说："您做实业，他搞虚拟经济，两者不是一回事。他今天有私人飞机，明天可能就是穷光蛋，期货、股票市场上的冒险家都是在赌博，这一点您比我明白。"苗青记得读本科时有位对股市颇有研究的副教授，讲起股票来头头是道，还上过电视台财经栏目分析股市走势，说来说去，说得自己都信了，融资进入股市，结果赔了个血本无归，差点跳黄浦江寻短见。

"我当然知道这个风险，我用五年时间来观察胡总的发展，说实话，凭素质、能力、公关、物质基础，他哪一样也不如我，但这五年的收入却远远把我抛在后面。我觉得主要是进入的领域不同，就好比一个农民，耕耘谷地和耕耘稻田不可能一样，种水稻的顿顿吃大米，种谷子的只能吃粗粮。胡总虽然赚了很多钱，但我并不敬佩他，因为在钱之上他再无追求。我赚钱的目的和他不一样，我不会去买私人飞机、游艇，我可以创立一个大型跨国托拉斯，用收益投资教育和医疗，建设一个覆盖所有欠发达地区的非营利性慈善机构。"

苗青道："这是政治家的胸怀。"

文剑说："我不是政客，我只想做一个创造奇迹的企业家。我急着找您是想办一件事，把飞鹰公司与我旗下其他公司做物理切割，然后我以有限责任进入资本市场，这样做也是为了安全稳妥，因为资本市场风险大，万一投资失败，我还不至于倾家荡产。"

苗青有点发蒙："怎么分割？飞鹰公司产权属于您，您一个大活人总不能一分为二吧。"

"有办法，"文剑说，"我想过了，将飞鹰公司所有权转让给您并做好公证，让您成为产权人，这个物理切割就算完成。"

"您就不怕我卷了您的资产跑路？"

"您跑路我也认了，因为您拐了钱也会用在造飞机上，我刚才说了，赚钱的目的是回馈社会。"

"这件事我要考虑一下，这么大的资产划到我名下，我有种莫名的恐惧感，您知道我是为了一个人的计划来东北，而不是为了一个人的财富，背着太重的钱袋子，我无法走远。"

"这不是草率做出的决定，参加了五年达沃斯论坛，我最大的收获就是四个字'做强做大'，局限于一地一域一行一业，做得再好，也达不到全球化的标准。"

"我明白您的意图，但这不是一件小事，请给我一点时间。"苗青说。

文剑点点头起身上楼，走到门口转过身来，举手做了个 V 字手势。

苗青心里忐忑不宁，下班后没有回宿舍，直接来到大仙画室，到了门口才想起事先忘了打招呼，不好意思地叩响了画室的大门。大仙开门后觉得很奇怪，以为苗青遇到了什么麻烦，便给她倒了一杯咖啡，坐下来才问她事先怎么不打个招呼。

苗青和盘托出了文剑的决定，说自己拿不定主意，不知怎么办，那么大的产业，划到自己名下，岂不是一夜之间变成了富豪。

大仙捏着下颌一言不发。

苗青没有催他，这等意外之事想必大仙也没有思想准备，须好好沉淀一下才是。

过了一会儿，大仙抬头问苗青："您答应了？"

苗青摇摇头："我说要想一想再回复。"

大仙点点头，叹了口气道："在谁的名下无关紧要，我是担心文总偏离了道啊，做事业要身不离道，道不离身，文总显然是受了歪门邪道的诱惑，自以为这样就做到了物理切割，实际上是切割不了的，执法者不是白痴，哪里会让您逃避责任。"

"您也意识到了会有风险？"

"不是会有，而是一定有！"大仙目光犀利如锥，死死地盯在对面的灰墙上，仿佛已经看到了危险正在发生，"你想想，做什么生意能有那么高的回报率？很多金融大鳄就是割韭菜，在有些国家怎么割都不违法，在中国不行，我们国家不会允许资本像癌细胞一样无序疯长，国家不会不保护大多数投资者利益，等国家一出手有些人就难看了。我不明白，文总那么聪明的人，怎么参加了几次达沃斯会就变得飘起来，应该是事业太顺利了，包括你给他管理的飞鹰，简直是一飞冲天，这让他多少有些得意起来。"

"那怎么办？"苗青一时没了主意，"我若是不同意，他会随便找个人，比如贾琼，也能把物理切割做了，我看他主意已定，他是个自信的人，因为从创业至今，还从没经受过失败。"

"明天我请他们几个过来，我们一起劝劝他，"大仙说，"不过我已经意识到了，劝也没有用，文总是个意志坚定的人，再说，他进军资本市场万一成功了呢？也不是没有这个可能，也许是我们把危险看得过于严重了。"

"那就试试，"苗青说，"这么优秀的一个人，我不希望他有任何危险，但愿我们是杞人忧天。"

第二天夜晚，大仙把白院士、文剑、宋理和苗青约到画室里喝茶。大仙依旧给大家磨咖啡，讲述他最近创作的体会。聪明的文剑看出大仙已经知道内情，他并不埋怨苗青，他本来也想把这个决策早些告诉大家，只不过让苗青抢了先，苗青对这个问题的慎重说到底还是为他负责，这一点文剑清楚。

咖啡端上桌，大仙并不隐讳，对文剑说："听苗老师说你在企业发展上有个方向性调整，可否说给我们听听。"

文剑将身体往前探了探道："这事是昨天在飞机上下的决心，一回到办公室就和苗老师说了，原本我也想这两天找时间向各位禀报，大仙安排今天这个场面太好了，我就说说这件事的来龙去脉。"

文剑从这几年参加达沃斯论坛开始说起，说到参加达沃斯论坛那些世界级企业家的成功之路，说到他对胡总从小老板到资本大鳄的一路考察，再说到纽约的华尔街、伦敦金融城、新加坡金融中心和香港的中环，说要建立跨国托拉斯，必须在这四大金融中心有一席之地。文剑讲得很投入，也很动情，富有逻辑和感染力，苗青被他的讲述深深吸引了，觉得文剑做出这一决定并非心血来潮。文剑讲了大约四十分钟，基本阐述清楚了自己的决策理由和目的，大家都听明白了，文剑想通过进入资本市场加大积累，筹集建立托拉斯所需的资本，然后形成一个发展—回馈—再发展无限延展的合理性循环，实现自己裨益社会的人生价值。

文剑讲完后喝了口咖啡，很诚恳地说想听听大家意见。

白院士说："我是搞科技的，对商业问题没有研究，但我想问文总，进入资本市场就一定会赚钱吗？万一亏了怎么办？"

文剑放下咖啡杯，点了点头道："理论上是有这个可能的，我只能竭尽全力把这种可能降到最低限度。"

苗青说："我还是有些恐惧感。昨晚我还做了梦，不知是否吉利，我梦到了一个四周长满杂草的鳄鱼池，成群的鳄鱼在水中游荡，有的在争食猎物，做出死亡翻滚的可怕动作，池水搅得浑浊不堪。这时，我看到穿着蝙蝠侠衣装的文总划着单人皮划艇在水池里穿行，手中的桨在鳄鱼身体间翻飞，我站在岸边大喊大叫，这要是翻落水里可怎么办？一急就吓醒了，醒来还浑身打哆嗦。"

"谢谢苗老师，我理解您的担心。"文剑深情地看了苗青一眼，他知道苗青昨晚肯定一直在想这个问题。

令苗青不解的是宋理赞成文剑的选择，宋理说："富贵险中求，不入虎穴，焉得虎子，凭文剑的素质，在资本市场上一定如鱼得水。"

大仙迟迟没有说话，他认真听了文剑的讲述，能听出来文剑为这一转型做了综合思考，有成功的谋划，也有万一失败的安排，与飞鹰公司相切割，就是一条局部保全的策略。他本来是想说服文剑放弃的，但在听文剑讲述的过程中他忽然想起柏拉图的一句箴言：世间所有的胜利，与征服自己的胜利比起来都是微不足道的。文剑这是在事业成功后对自己的一次征服，尽管前途未卜，但这需要极大的勇气，更何况不能以成功论英雄，追求本身就是生命的全部意义。从口气里他已经感觉出文剑决心已下，改变的可能性微乎其微。既然大局已定，他便不想再说泄气的话，气可鼓而不可泄，此时再动摇文剑的决心未必就是好事。

思忖再三大仙才最后说："我不反对文总对新领域的开拓。但在昨晚我还不这样想，刚才我忽然就想起了一个例子，这个例子告诉我，不要以自己的经验对别人的选择指手画脚，否则容易露怯。我有个大学同学叫刘秋，本来是画国画的，有一天忽然对我说他要改画人物肖像，而且是其他画家不愿意画的铅笔画肖像。我知道铅笔肖像画费时费力，很难有什么成就，他说他找到了一个诀窍，将人物照片用灯光透过玻璃映到纸上，然后描红，适度改造，这个方法又快又省力。我对这种偷懒耍滑的小伎俩嗤之以鼻，觉得是对美术的玷污，劝他趁早打住，回归艺术正路。刘秋笑我迂腐，说：'没看现在的电视剧吗？从剧情到人物，都在热火朝天地克隆，影响收视率了？有什么样的消费者，就有什么样的供货商，这是价值规律使然。'事情还真让刘秋说对了，刘秋那些用照片克隆的肖像画竟然大火，润笔也十分了得。由此我觉得文剑可以试水金融产业，只要有成败的心理准备。"

"感谢大仙鼓励。"文剑说，"大仙看问题一向在点子上，冒多大的危险，获多大的赔率。"

苗青觉得大仙态度变化太快，尽管大仙已经做了解释，但她还是拗不过这个弯来，脑子里一直像汽车导航警示一样在呼叫：万一万一万一……好在大仙在肯定之后，提了两点建议，让苗青心里稍稍平静下来。两条建议要表达的还是担心：一条是当下金融快速发展，远远走到了法规的前面，这就存在着一个用旧法规来匡正新事物的问题，容易在法律上破防。为此，大仙还举了当年的投机倒把罪，很多人前一年还受到这一法条惩处，后一年法条撤销后，存在这种行为的人却成了致富能人，罪人与能人的界定就是一条法规的标尺，那些判刑的，或因为投机倒把罪被枪毙的人，不能因为这一法律取消就平反，因为当时也是依法惩办。另一条是不要动老百姓的钱，老百姓积攒点血汗钱不易，渴望投资理财获取收益这种想法人人皆有，有些不法公司打着投资理财的旗号搞非法集资，最后让老百姓买单，这是作孽，必遭天谴。

大仙说是建议，其实更像是警告，文剑说："大仙放心，我是个做事有底线的人，什么钱该赚什么钱不该赚，会分得一清二楚，我赚钱的目的不是奢靡消费，而是回馈社会，伤害了老百姓利益也等于破坏了我创业的初衷。"

"那你就按自己计划操作吧，我们祝福你。"大仙说，"看来，我也要每年赠你一幅画了。"

白院士听后急了："怎么就不给我画，大仙你可不能偏心。"

大仙笑着说："我的每一幅画都在睁着眼睛看它的主人，你这个大院士不用我的画来监督。"

宋理眼睛一亮："是啊，大仙给我的每一张画，我仿佛真能看到有一双眼睛在。"

这次见面，或许是咖啡豆磨多了的原因，回到宿舍，苗青嘴里还有很重的苦咖啡味儿。

4

作为对高峰论坛一事的答谢，杨总在富丽华大酒店请苗青吃饭。

富丽华大酒店被称为这座城市最有档次的酒店，也是东北第一家五星级酒店，在这里吃饭，不在菜品，吃的是脸面。对于苗青来说，这里所谓考究的精品菜肴，真不如巨无霸盐水煮海鲜吃起来实惠。

苗青不想婉拒杨总的邀请，尽管这要中断她一个晚上的静默，但为了顺利收购大远，她还是决定出席这次宴会。苗青在变成飞鹰公司产权所有人后，邀请聚会的场合多起来，她不想打破夜晚静默的习惯，把重要的应酬都安排在中午，晚上有事，她多委派贾琼代替自己出席。她和贾琼统一口径，就说自己酒精过敏，甚至闻着酒味都有反应。时间一长，大连商界就有一个传言，说谁能把苗青约出来吃饭，那是本事。

杨总不可能不知道这种议论，便亲自给苗青打电话约了这个酒局。

苗青带了贾琼。杨总带了一位姓迟的女助理。迟助理气色不错，微胖，不媚，稳稳当当，给人一种珠圆玉润的感觉。晚宴安排在一个很大的包房，服务员训练有素，酸枝木家具，台布、餐巾雪一样白，捷克进口的高脚杯大得惊人，一杯足能盛下一瓶红酒。菜品自然不需描述，杨总点的都是招牌菜。酒是自带的一瓶年份茅台，开启后酒香四溢，连不碰白酒的苗青都感到酒香诱人。

酒桌上的话题自然离不开无人机。

杨总虽然从事无人机产业，但对无人机并没有深入了解，他认为性能换代那是键盘侠的事儿。杨总用键盘侠这个概念来形容技术人员让苗青觉得新鲜，问他为什么如此称呼。杨总说过去知识分子是笔杆子，用笔来写画算描，看看现在，一人一台电脑在那里敲键盘，这不就是键盘侠吗？苗青几乎喷饭，说杨总呀，键盘侠是指好发表观点的网民，与技术人员无关。杨总说反正这个称呼没啥恶意，这么叫也挺好。

杨总连敬了三杯酒后，主要是感谢苗青在高峰论坛上给足了自己面子，这个情他领。苗青见杨总三杯敬过，就给贾总递了个眼色，贾琼端起杯正要说话，杨总摆摆手道："贾总稍候，我还要再敬苗总一杯。"

苗青道："杨总别客气，您是前辈。"

杨总说："苗总很了不起，大连街面上做实业能让孙建林佩服的人不多，孙建林可是教父级的人物，我想知道飞鹰是否有和孙建林合作的想法。"

苗青并不认识孙建林，这一切都是贾琼在导演，但她不能说破这件事，便说："飞鹰公司愿意与所有投资者洽谈合作意向，包括您的大远，我们不设置任何前提，众人拾柴火焰高嘛。"

杨总说："无人机这东西虽然上面没人，可背后还是靠人操作，苗总的控制已经在万米之上，而大远的飞机却只有几百米高，这就叫天壤之别，为此我敬你一杯。"

"杨总把我抬得太高了，无人机是分低、中、高三个类型，但并不是代表高空就比低空好，用途不同而已。"

与气势非凡的面相不同，杨总敬酒没有霸气，不逼对方，只是自己一饮而尽。苗青举杯表示了一下，杨总也不计较。这种酒风让苗青感到舒服，她最怕在酒桌上死缠烂打的男士，贪酒恋杯不说，还往往盯着女生不放，热衷于打酒官司。

苗青斟上酒回敬，她微笑着说："杨总不仅人品出色，酒品也没得挑，我觉得杨总身上特有东北男人的范儿，大气、豪爽、言而有信，经历传奇，侠气仗义，我敬您一杯。"

杨总没有推辞，干杯后将空杯朝苗青照了照。贾琼说："苗总酒精过敏，今天为了杨总是豁出去了。"迟助理说："杨总今天怜香惜玉，要是平时，谁不干要罚酒的。"杨总摆摆手道："人家苗总是大专家，脑筋用来设计飞机，不像我草莽一个，没听说苗总在设计大飞机吗？那可是了不起的大手笔。"

苗青心里一震，自己搞商用大飞机设计的事连杨总都知道，看来此人对自己做过一番功课。杨总迟迟不谈大远出售的事让苗青觉得奇怪，按理说今天这个饭局的正题是谈大远转让，谈价格，谈条件，但杨总似乎故意回避这个问题，这是为什么呢？难道他要变卦？她决定来个投石问路。

"青峰一号投产后，许多外埠企业向我们抛出橄榄枝，西南一个城市给出了少见的优惠条件，想挖我们过去。我们管理层碰了碰头，我们觉得吧，什么东西都有个根系，讲个水土，飞鹰是在大连诞生成长的，还是留在东北好。"

杨总点了点头说："东北虽然暂时困难一些，但风水轮流转，保不齐哪天运势就会转过来。"

迟助理插话道："我们杨总对东北的感情老深了，公司职工都知道他为此打过架，还赔了人家一千块钱医药费。"

苗青睁大了眼睛："这么说杨总对人动过手？"

"那家伙该揍！"杨总将筷子往桌上一拍，愤愤地道，"那是出差去福州，在一家海鲜大排档吃饭，邻桌有三个人看我们这桌是东北人，我们点的海鲜又多，在那里气不过，就故意大声黑东北、埋汰东北人，说东北都穿不上裤子了还在外面摆谱儿，说东北今天落后活该，是当老大嘚瑟的。我一听就火了，抓起一只螃蟹就甩了过去，正好打在说话那人的脸上，蟹钳把他的脸划破了。我带的一个手下抄起啤酒瓶就要过去打人，被迟助理拦住了。对方吓尿了，知道东北虎不是好惹的。迟助理主动报警说有人寻衅滋事，因为那三个人在黑东北时迟助理用手机录了视频，警察过来后便放给他们看，从视频看确实是这三个人没事找事。警察问那三个人：'人家没招你惹你，你们骂人家干吗？'脸上流血的那个说：'我们骂东北，又不是骂他们。'我站起来说：'你要是在国外旅游，遇到老外大骂中国你会啥想法？是个中国人都会生气的，这个道理还不明白？'警察说：'他骂人不对，你丢螃蟹划伤人家也不对，你给人家点医药费，这事就算了吧。'我说：'我就想丢只螃蟹给他们吃，要是想打人，早把啤酒瓶子抡过去了。'警察说：'两桌相邻，你这边鲍鱼海参大虾，人家就几盘小螺、小蛤，当然心理不平衡啦。'我说：'行了，只要他长记性，医药费我出。'我就让迟助理给了他一千块。我告诉他：'下次再这么黑东北，丢过来的就不是螃蟹，是板砖!'几个小子拿到钱溜了。"

这个插曲令苗青对杨总刮目相看,一个大老板竟然会像毛头小子那样去动手,而发怒的原因是对方黑东北,这让她想起了小宋说过的一句话:"自己的孩子自己骂,别人来骂肯定翻脸。"

贾琼力图把转让大远的话题勾出来,便总是有意无意提到无人机,后来,迟助理说:"贾总呀,我们杨总对大远有了新的发展思路,准备做篇大文章,结果很快会揭晓。"

苗青吃了一惊,她预感大远转让的事要变卦,便追问了一句:"杨总改主意了吗?"

杨总用餐巾擦了擦嘴唇道:"我是个不认输的人。那天参加你组织的高峰论坛,我受到很大触动,你让我担任名誉主席,这是对我多大的尊重呀!我怎么也得长点志气啊,真要是掉链子,我自己都会瞧不起自己,所以应该感谢你苗总,你组织的那次论坛,等于给我打了一针强心剂,我这棵本已经蔫头耷脑的老树,又长出了新枝。"

苗青真想掐自己大腿一下,这不是弄巧成拙吗?原本想通过一次论坛来进行感情投资,没想到却适得其反。可是,不出让效益下滑的大远,杨总有何回天良策呢?杨总不说,她也不便问,心头似绕着一团雾,此时此刻她才意识到,姜还是老的辣,杨总那个硕大脑壳里装的不是油脂。苗青说:"老树新枝,可喜可贺。"

杨总举起一个满杯朝着苗青道:"三人行必有我师,我原来觉得这话没啥道理,我出道以来,还没遇到一个能让我称师的,直到认识了你,我觉得这句圣人之言有道理。你确实可以当老师,我指的不仅仅是无人机方面,包括学识和见识,也包括做人。你能参加顾单的婚礼我就觉得意外,仔细再想,你这人了不得,这是给顾单喂了一口不见钩的鱼饵。我当时就预料,顾单早晚会重回你的门下,后来发生的一切都证明我看得没错。很难想象一个年轻女孩会有如此谋略,难怪孙建林能那么夸你。来,我再敬你一杯,你随意,我干杯!"

苗青终于明白了，自己做的一切都在这个老江湖的眼睛里，她觉得奇怪，既然杨总早就看出来了，为什么不出手反制？按理说这不符合杨总的脾气性格，如果杨总不按套路出牌，飞鹰公司的发展会有许多障碍，毕竟杨总在这座城市里有着蚂蚁窝般的人际关系。

宴会结束，杨总送苗青和贾琼下楼，在灯光明亮的酒店大厅，杨总握手告别时靠近苗青说："说真话，我希望你做得好。"

第二天，苗青问贾琼："既然杨总猜到了我们的意图，他为什么没有反制我们，而是做出一副无所谓的样子？"贾琼说："我也纳闷儿，昨晚回去我给一个和杨总关系很铁的朋友打电话，朋友分析说，杨总是在故意竖一道标杆，然后逼着自己跳过去，从跨越中寻找成功的愉快。"

苗青认为这个分析有道理，什么出让、效益下滑等等，都是烟幕弹，杨总真正的用意在于摸清飞鹰的底牌。

5

2016年中秋节是"双十五"，阳历9月15日，阴历八月十五，据说这样的日子很难遇。公司员工放了一天假，苗青在办公室看资料到下午五点，准备下楼往回走。在电梯口，手机收到一条微信：晚上有空吗？是马歌发来的。她很矜持地回了两个字：何事？很快马歌回复道：想请你一起过中秋。她按开电梯门，走进电梯仰起头看着吊棚，直到电梯下到一楼才收回目光，缓步走出大红门，回了一句：好吧，去哪儿？马歌发了个语音过来：五点半，巨无霸海鲜202房间，等你。

苗青和马歌从认识起就达成口头协议，双方不以职务和您相称。这是马歌的提议，说："咱们是同龄人，又是合作伙伴，还是相互称你吧，一叫您感觉就远了。"苗青赞同，说："年轻人不要讲那些旧套数，直抒胸臆比犹抱琵琶半遮面好，免得费脑劳神。"不同的圈子有不同的文化，在大仙那个圈子里大家相互彬彬有礼，苗青已经习惯。大仙、白院士、宋理和文剑一直称自己苗老师，如果把这种礼仪搬到她和马歌这里来，会感到别扭。

中秋节前三天，大仙和文剑结伴去了法国，巴黎有个艺术家沙龙活动，大仙受邀担任沙龙主持。这个时间恰好白院士在法国讲学，大仙便邀请白院士和文剑作为亲友团前去捧场。宋理得到消息后，找了个理由也去了法国。大仙问苗青能不能去，她说自己出国需要集团审批，太麻烦。朋友都不在，苗青便有些失落。在大连，四位兄长被她视同家人，是她获取温暖和鼓励的港湾，如果他们在，这样的日子要么在大仙的画室里赏月喝咖啡，要么在巨无霸吃海鲜饮酒话科技，那将是一个愉快的中秋之夜。在苗青看来，中秋夜的皓月不是为了照明，而是一面慢慢高抬的镜子，想照出今夜有谁还沦陷在可耻的孤独里。

苗青让司机将自己送到巨无霸便让司机回去过节了。司机是个憨厚的中年人，肯定也急着回家过节。但司机很负责，说："苗总您吃完给我打电话，我来接您。"苗青说不用了，她会搭朋友的车回去。苗青知道马歌一定会有车，从巨无霸回909所路途也不远。

马歌已经坐在202点菜。苗青进来才发现，餐桌上只摆了两套餐具，她原本以为会有一屋子客人。坐下后她问："是两个人的晚餐吗？"

马歌目光有些躲闪，道："朋友们都回家过节，不像我，散仙一个。"

"所以你就想到了我这个散仙，想施舍一顿海鲜来救苦救难？"

"哪里呀，你这样的女生请吃饭的恐怕要排长队，只是你不喜欢应酬而已。你夜晚时间多保持静默，专心搞设计，这是公开的秘密。"马歌抬起头看着苗青问，"对吗？"

苗青点点头道："是这样，但也不能夜夜静默呀，我也是个有血有肉的人。"

海鲜一样样端上来，自然少不了新鲜海胆。马歌问是不是喝一点酒。苗青同意了，说就喝一点红酒，赏月不能无酒。

　　马歌拿起一只皮皮虾开始剥皮，皮皮虾在大连被称为虾爬子，肉质鲜美，但剥皮不易，马歌剥皮手法有些笨拙，不小心还被尖刺刺到了食指。苗青见到马歌哆嗦了一下，但他并没有停下剥皮，将虾爬子剥成净肉，才起身搁到苗青面前的接盘里。苗青心头一热，刚才马歌剥皮的时候，她没有想这是为她而剥。到大连工作这么长时间了，她一直觉得饭桌吃海鲜有两件事难做，一个是给海胆揭盖，一个是给虾爬子剥皮。刚才认真看马歌操作，实际是想学学剥皮技巧，看到最后她有点失望，马歌剥皮手法并不比自己好多少。

　　"谢谢，刚才好像刺了一下手指吧？"苗青关心地问。

　　"没关系，"马歌说，"刺一下印象深。"

　　两人边喝边聊。巨无霸的海鲜都是直接从渔港上货，保持了最佳鲜度，马歌点的生吃海胆可谓极品级的，个个富士苹果一般大，厨师已经做过揭盖处理，每一个海胆都呈现出金色的胆黄，看上去就十分诱人。

　　隔壁有人在唱歌，是一首二十世纪八十年代的老歌，开头一句苗青常听爸爸哼唱："青春的岁月像条河……"爸爸只会这一句，就这一句也很难唱，曲调拐了许多弯。

　　苗青觉得应该好好敬马歌一杯，如果没有马歌，这个中秋明月夜真要对影成三人了。她举起杯说："不愧是做储能的，随时都给人以能量，我敬你一杯，感谢盛情相约。"

　　马歌举起杯说："应该感谢你，让我今年的中秋格外开心。"

　　放下酒杯，马歌动手给苗青剥了一只对虾放到盘里，然后说："你知道我去年中秋怎么过的吗？一个人去爬老铁山，坐在山巅之上，望着百年灯塔和海面上黄渤海之间那条若隐若现的分界线，我忽然明白了一件事，人生充满了屏障，生命的意义也许就在不断突破屏障上。"

苗青觉得新鲜，双手托着下颌说："什么是人生屏障？说说看。"

马歌说："人生屏障就是人与人之间的硬隔离，比如说家庭出身、学历专业、职位、认知、朋友圈等等，这些屏障像坚硬的石墙在阻拦你，它甚至会决定你的生活、工作和爱情。这个认识是大海给我的启迪，谁能想象代表博大胸怀的大海也存在屏障，黄渤两海之间竟然还有一条泾渭分明的界限，大海尚如此，人何以堪！"

这是一个有意义的思考，苗青说："海如此，人如此，国如此，宇宙也是如此。你可以写篇论文，说不准会诞生一个新的社会学理论。"

"你别笑我。"马歌说，"你可能会有疑问，马歌这人条件不差，怎么现在还是单身？我觉得就是屏障的原因。我前女友也是搞体育产业的，正常来说我们应该走到一起，可是在我向储能产业转型时，我们有了分歧，她坚决反对转型，说我是异想天开。我进入储能产业后头两年状况不容乐观，最困难的时候甚至要卖掉房产、轿车来偿还银行贷款。一天她找到我，说她已经决定卖掉体育用品商店到澳大利亚发展。我知道她出国意味着什么，就这样，我们分手了。我不怪她，我选择转型也不是失误，我们两人都没有错，但是，将两个正确的选择放到一起，冲突就出现了，甚至不可调和，我和前女友属于认知屏障。"

苗青突然笑了，她想起武汉家中的两只宠物狗，一只是爸爸喜欢的博美，一只是与妈妈形影不离的泰迪，两个小家伙各有领地，不能置于一室，在一起就凶得不得了。这印证了马歌说的两种正确选择放到一起就会产生冲突的理论。

"你笑什么呀？该不是我说的问题幼稚吧。"苗青这一笑让马歌有点不知所措，他以为自己哪里表述不妥。

"不是的，"苗青急忙解释，"你的话让我产生了联想，我完全同意你的观点，与你一样，认知屏障我也遇到过，确实不存在谁对谁错的问题。"苗青未加思考，差一点抖出她和江峰的事，好在及时打住，但聪明的马歌却听出了弦外之音。

马歌迅速斟上酒,举杯望着苗青道:"来,为你我同是天涯沦落人喝一杯。"

苗青说:"你我还不至于像江州司马那么惨吧。"

马歌改口说:"那就为我们同病相怜喝一杯。"

苗青笑着问:"你我有病吗?"

马歌问:"那为什么干杯才符合逻辑?"

"为了九成和飞鹰亲切友好的合作干杯。"苗青扮了个鬼脸说,"新闻中常常有宾主在亲切友好的气氛中进行了交谈的描述,这话借用到此处,便让晚宴有了高大上的味道。"

马歌一脸兜不住的笑容,一口气干了半杯红酒。与大仙和文剑总是自带酒水不同,马歌今晚用的酒是在酒店点的,喝起来口感甚佳。苗青问这是什么红酒。马歌说这是玛歌,法国左岸一款不错的葡萄酒。苗青又一次笑了:"马歌喝玛歌,你给我喝玛歌是想让我当铁扇公主吗?晚上胃疼的话我可要找你算账。"

马歌也笑了,他没有想到苗青这么幽默,红着脸说:"我倒希望自己是孙悟空。"

席间,马歌问苗青隐形超声速飞机设计进展如何。苗青问他,怎么想到了这个问题,是想加盟进来?马歌说他想在做好储能的基础上再开辟一个新领域,他已经瞄准了新材料产业。苗青问他,为什么要进入新材料,储能产业发展空间够大了,舞台还不够吗?马歌说进入这个领域"剑"有所指,是一次感情赌博,他特意解释说"剑"有所指的"剑",是弓箭的箭。马歌说他准备挖一批人才,在沈阳建实验室。苗青问为什么在沈阳建,马歌说沈阳院士多,已经有不少科研人员在研究新材料,大连花园口也有人做,但势单力薄,难成气候,所以他选在了沈阳。苗青还有些疑问,但考虑到涉及商业机密,就没再发问。

晚餐愉快轻松,两人喝了一瓶玛歌。饭后马歌用自己的车将苗青送回宿舍。在909所门口下车后，马歌送给苗青一个档案袋，轻声说："这里有监控，我不大声说话了，这是我送你的礼物，请笑纳。"

苗青接过档案袋道："如果是贵重物品，我可是要退还的。"

马歌摇摇头："这是你的专属礼物，退回来也无人敢收。"

苗青回到宿舍，顾不得洗漱就打开档案袋，里面是一本书，封面上用英文写着：苗青论文集。翻开目录一看，原来马歌将她几乎所有发表在中外期刊上的论文汇集成了一本书，虽不是公开出版物，但装帧设计、印刷质量都是上乘，尤其封面上的图案，是一条顺风飘动的红纱巾。

苗青捧着书贴在胸口上，微微闭上双眼，礼物太珍贵了，她超喜欢。

6

大远公司迟迟没有结果，顾单不能在南京等下去，他给苗青打电话，希望能尽快回来。苗青让贾琼去大远找杨总，说了飞鹰公司要聘用顾单的事。杨总很大度，说顾单回飞鹰他没想法，再说顾单已经不是大远的人了。

顾单被苗青任命为副总，比跳槽前还提了半级。余一对顾单说："你小子遇到菩萨了，出去嘚瑟一圈儿回来还涨了身价，要是换了别的老总死活不会要你。"苗青给顾单配了一个四人研发团队，主要负责研发新机型。何英多次建议要瞄准无人机产业的最前沿进行研发，只有跟进研发，才能确保飞鹰在这一产业的领军地位。苗青赞同这一观点，便让顾单具体负责这项工作。

很快顾单提出了几种新机型的设计思路，苗青与几位副总一道听了顾单的汇报，何英赞成其中太阳能无人机设计思路，觉得可以研发生产。其他几位副总也认为这个产品好，苗青最后拍板，将这一新机型研发命名为太阳鸟计划，要求大家保密，让顾单加快研发进程，力争明年将太阳鸟送上蓝天。

一天，贾琼来找苗青，说顾单有点可疑，有个四川女人总来找他，是不是他的婚姻出了问题。苗青觉得可能性不大："顾单能找到那么出色的媳妇已经烧高香了，难道还不懂得珍惜？"贾琼说："还是看紧一点好，娃娃脸若是出问题，损害的可是您的威信。"贾琼私下称顾单为娃娃脸，没有什么贬义，只是觉得叫娃娃脸亲切。苗青问是个什么样的女人。贾琼说："这个女子看上去不是风骚之人，但和娃娃脸关系不一般，每次两人都在娃娃脸办公室聊很久，娃娃脸送女人下楼时，满脸红光像红富士一样。"苗青说："顾单的脸就那种苹果脸，你从脸色上能看出他们关系不一般？"贾琼道："您应该相信一个女人的第六感，当然，我也希望没事。"

苗青想，会不会是顾单在南京这段时间有了某种艳遇呢？她给小宋打了个电话，小宋说没听说他们感情有问题呀，顾单能找到刘丽是他的造化，没事偷着乐吧。苗青决定找刘丽聊聊。为了不引起顾单警觉，在食堂吃饭时她对几位副总说想到文总其他几个公司学习一下，自己到飞鹰公司后还没去兄弟公司走走，有点失礼。就这样，她去环保公司见了刘丽。她问刘丽生活工作怎样，刘丽说工作没问题，很顺心。说到家里，眼圈马上就红了，说自己对不起顾单，自己买期货赔了很多钱，现在还不上，债主天天打电话催着还钱，话说得很难听。她原本是瞒着顾单买期货的，觉得自己东财毕业，过去做基金也赚了钱，就在顾单去南京那段时间，自己迷上了炒期货，炒来炒去，炒出一身债来。顾单知道后没埋怨她，说想办法赚钱还债就是。可是上哪里去赚钱？她几乎要走投无路了。苗青问她是不是动用了公司公款，刘丽摇摇头，说违法的事自己不会干。苗青问债主是谁，刘丽说是个来自成都的大姐，在一家证券公司工作，自己炒期货也是受她影响。

掌握情况后，苗青回到公司找顾单，说："我去环保公司碰见刘丽了，她看上去有点憔悴，问她，她说炒期货赔了些钱，是这样吗？"顾单点点头，说："这事怪我，当初我要不是去南方待半年，刘丽不会炒期货，正是缺少陪伴，刘丽闲着没事才去炒的。"苗青问他："听说有个女人总上门来找你，是来要债吗？"顾单摇摇头："来的这个女人和债主是老乡，是债主介绍认识的，她想做无人机生意，来找我是咨询些技术问题。"苗青说："你们夫妻收入并不低，我们的年终奖也不少，债务总会还上，可以签个还款协议，最好不要发生诉讼。"顾单说："我不会让刘丽受委屈，有多大的事儿我扛就是。"苗青觉得顾单很男人，就凭这一点刘丽没嫁错人。苗青说："如果遇到自己实在无法克服的困难，公司也可以伸出援助之手。"顾单说："不用，我作为副总，在公司里总还是要留点脸面。"

国庆节长假后上班第一天，余一急匆匆来找苗青，一进办公室余一就说："坏菜了，坏菜了，咱飞鹰出间谍了，这可是违反保密协议的大事。"苗青很吃惊，不知余一要说什么事，让他坐下慢慢说。余一说国庆期间，一位铁哥们儿来大连旅游，铁哥们儿是西南一家无人机企业的销售总监，两人算是无话不谈的好弟兄。这哥们儿临走前一天喝多了，说他们公司马上就有新产品了，公司明年销售会打翻身仗。余一就问啥新产品，是不是只是一个概念。老兄说："怎么会是概念呢？我们购买这个设计的定金都付了，卖方就在你们大连，定金是我过的手，转给了一个叫刘丽的人，估计此人是中介。"余一说他一听到刘丽头就大了，这不是顾单夫人吗，难道说顾总在偷偷出让他的太阳鸟设计？我想赶快把消息告诉你，顾单若是吃里扒外，事儿就大了。苗青张大了嘴半天没有合上，余一说的事符合逻辑，顾单有可能为了还债出卖设计。她叮嘱余一对此事保密，万万不可泄露出去，她要亲自查清此事。

余一走后，苗青抄起电话想叫顾单，犹豫片刻后又放下了。她需要梳理一下思路。如果说余一的情报是准确的，那么促成这笔交易的应该就是那个常来找顾单的女人。如果顾单出卖了明年公司要生产的太阳鸟设计，那么性质就变了，顾单触犯的就是法律，这件事就由人品问题上升到了犯罪的层面。苗青之所以看重顾单，主要考虑为飞鹰储备一个难得的设计人才，在无人机设计方面，顾单不在何英之下。她有一种预感，负责研发设计的何英早晚会走，随着年龄变大，何英这样的人才会更加看重体制内的岗位，一旦经济条件得到改善后，何英会选择去大学当教授。何英一走，飞鹰公司就没有了大脑，所以必须要有预案，把顾单挖回来，预防这种情形的发生。顾单没有在体制内工作过，不会看重体制内的岗位，这样的人用待遇可以留得下。但是，她精心的谋划被顾单毁掉了，如果顾单真的在人品方面有不可原谅的瑕疵，她不会妥协迁就，顾单潜力再大也必须忍痛割爱，没有哪个企业会重用出卖商业机密的人。当然，希望事情不是余一说的那样，她期待顾单能给出一个说得通的理由。

与顾单的谈话是在一种紧张氛围中进行的。苗青努力控制自己的情绪，坐在办公桌对面的这张娃娃脸似乎突然间长满了皱纹，成了一个小老人。

"希望你对我说实话，"苗青以一种少有的严肃说，"请告诉我，你的团队设计的太阳鸟是不是飞走了？飞到哪里去了？"

"您都知道了？"顾单一脸恐惧，脸色变得蜡黄。

"我知道什么了？"苗青问。

顾单埋下头，有些语塞："哦，您知道，在信息时代，想设置壁垒来屏蔽新技术，很难，所以国家才把共享作为新发展理念。"

这明显是强词夺理，共享理念哪里是这么一回事？顾单这样一说，苗青心里便坐实了他出卖设计一事，心里一泓清水忽然有了结冰的感觉。为什么？仅仅是因为钱吗？苗青不解，她已经明示过顾单，有自己解决不了的困难可以找公司，公司会帮助他渡过难关。受过高等教育的顾单为什么要采取这种卑劣的做法，这样做不仅毁了自己，还给公司带来不可估量的损失,明年的安排要重新布局。为了明年太阳鸟能够一飞冲天,公司正在高新区新划拨的工业用地上建厂房,厂房是按照太阳鸟生产组装需要设计的,这一点顾单很清楚,一旦太阳鸟夭折,厂房就面临未生产就改造的命运,这将是一件很尴尬的事情。何况太阳鸟项目已经被政府列入重点跟踪项目,协作单位、配套扶持资金都已落实,突然出现变故,将不是飞鹰公司一家的事。

"也就是说,你真的把太阳鸟设计卖给了西南那家公司?"苗青需要确认,听顾单亲口说出来。

顾单点点头,抬起头眼里含着泪花说:"我对不起你苗总,我没有办法,只能豁出去,宁可天下人骂我,我也不能负刘丽,为了刘丽,我不怕流放、坐牢。"

苗青气不打一处来,用力拍了一下桌子:"什么糊涂逻辑!你以为这样就对得起刘丽了吗?你这样恰恰是害了她,让她背负着老公是罪犯的耻辱在生活中无法抬头,她还会深深自责,认为是她害了你。顾单啊,有无数条路径可以选择,你为何要选一条犯罪的路呢?!"

"犯罪?"顾单睁大眼睛,"我只是把自己的设计有偿出让而已,可能违反公司规定,与犯罪扯不上吧?"

苗青无语了,知道自己面对的是一个法盲。在顾单身上她明白了,智商和情商真的是两码事,对于很多社会单位来说,情商似乎更重要。

苗青不想谈下去了,这件事她会交给法务去处理,既然太阳鸟的商业秘密已经泄露,设计方案也被出卖,她要处理的是如何善后。她知道不得不放弃顾单,为了飞鹰,也为了顾单今后的成长,必须挥泪斩马谡。

让顾单离开后,她起身将门反锁上,趴在办公桌上哭泣起来,顾单的背叛给她打击太大了,她怪自己不会识人,只看一点,不计其余,人家杨总大概早就看出了这一点,所以对顾单的离开表示出一种好走不送的态度。苗青在哭泣中质问自己:苗青啊苗青,你就是一个失败者，除了设计几样飞行器外你还能做什么？

救火的事只能找何英，何英对太阳鸟泄密一事也深感自责，因为公司技术问题他负总责。何英提出了一个解决方案，果断中止太阳鸟计划，研制遥感无人机，他可以和在中科院、中航工作的同学联系寻求支持，联合研制相关模块，尽最大努力在明年推出成型产品。原来太阳鸟的预订单，都是余一的老客户，让余一费些口舌去调整。民用遥感无人机需要集成技术，单凭飞鹰自己肯定无法完成，好在何英有许多同学能帮上忙。苗青说："何总啊，顾单给我们的启示是，凡事至少有两套预案，遥感无人机这块，你也要有两手准备。"何英道："苗总，您本身就是无人机专家，所谓遥感无人机无非是搭载不同罢了，风险系数很低。"苗青悬着的心终于有了着落，何英的话是可信的。

顾单出事后，苗青专门来了趟大仙画室，坐在沙发上闷头喝咖啡。大仙问她怎么了，是不是静默中遇到了黑障区。苗青说所有的设计都在按部就班进行，自己遇到的问题是用人失误。苗青向大仙说了顾单的事，越说越伤心，说到最后竟然抽泣起来。她确实伤心至极，无法理解顾单为什么要这么做，难道真有无法感化的人心吗？

大仙坐下来，把茶几上一盒抽纸推到苗青面前，他理解苗青的委屈，苗青是个善良的人，一番付出不仅没有换来回报，而且被反抽了一记耳光，这叫苗青情何以堪。

"为一个背叛者伤心值得吗？"大仙说，"您还是阅历少，生活中这种现象很常见，你捧给他一颗火热的心，他却嫌烫，轻易地随手丢掉。我觉得您应该把这一页翻过去，不为过去的事纠结，再说了，您当时也没做错，只不过种下了一粒稻谷，长出来的却是一棵稗草。"

"长出来的是一株野燕麦，是害草。"苗青说。

大仙道："您准备怎样处理此人？"

"让法务按规定办吧，我不会再见他了。"苗青已经伤透了心，顾单那张小老人一般的娃娃脸令她反胃。她知道，按照法务条文，顾单是要吃官司的。

"放他一条生路吧，显示一下您的善良，谁让善良的人总是选择伤害自己呢，您的眼泪告诉我您对这个背叛者还有怜悯之心。"大仙伸出右手罩住咖啡杯说，"让他带着自己的专利去西南那家企业好了，权当送佛上西天。"

"哦，"苗青点了点头说，"您在替他说情？"

"他若进了监狱，一个家庭就彻底毁了。"

苗青沉默了一会儿，点了点头。

"一年又要过去了，逝者如斯夫。"大仙想缓和一下气氛，转换了话题。

苗青脸上露出了笑容："我期待着今年的画，总想今年您会画什么。"

"我已经有了构思，现在先不说，这幅画您应该喜欢，它符合您每天在静默里实施一个人的计划的状态，要知道，您有一个难得的优点，就是定力非凡。"

"我这是在向您学习，在静默时努力做到让大脑换频道，一旦溜号的时候，想到您在静默作画，马上就能让自己安静下来，心无旁骛。我现在明白了一句话，跟什么人学什么习惯，有什么圈子就有什么样的人生，蓬生麻中，不扶自直，有幸和您、白院士、宋理、文总结识，是我人生最大的收获。"

大仙说："人是社会动物，把自己封闭起来不与外界交流就违背了人的属性，有益的交流是人生的一部分。对了，好久没联系文剑了，不知他转型后发展如何。"苗青说："文总一直在北京，很辛苦，资本市场水有多深我们一无所知。"

"年底我们几个好好坐下来聊聊，我要告诉您一个好消息，白院士带领团队正在研发一种全新的航电系统，这个系统和智能化飞行员头盔数据共享，是具有国际先进水平的一套系统。白院士说，希望这套系统能给您一个人的计划中第二个目标插上翅膀。"

苗青几乎要蹦起来："太好了！您可知道，白院士研发的系统，好比一个人的计划的经络，没有经络，就没有飞机的灵动。"

"我觉得一个人的计划第二板块有特殊意义，您需要多花点力气。"大仙说。

"为什么？"

"至少有两个理由：一个是二爷爷这个交代不会凭空想象，应该有某种信息在里面；二是二爷爷年事已高，第一板块的实现他很难看到，您只能靠第二板块的成果给老人家以慰藉。"

苗青不禁心有戚戚焉，是啊，以导师的年龄，确实看不到第一板块实现的那一天。

顾单一事的处理由贾琼负责，警察已经到公司来过，取走了顾单的电脑，要求顾单协助调查。公司上下听到消息后都十分震怒，没想到公司花大钱培养了一个白眼狼。小宋给苗青打来电话，连连道歉说："我介绍刘丽给飞鹰公司添了麻烦，没想到鸢人出豹子，这个娃娃脸竟会捅出这么大娄子来。"苗青说："这怎么能怪你呢？是我求你帮他脱单的。"

很快，事情调查清楚，顾单也承认了自己的所作所为。贾琼来请示该怎么处理，公安的同志想听听公司意见。苗青站在窗前，看着运河上飞来飞去的海鸥沉思着，突然一只海鸥好像发现了她，鸣叫着飞到窗前，几乎挨着玻璃扇动了几下翅膀飞走了。苗青转过身对贾琼说："算了，让他带着太阳鸟飞走吧，只要不出国界。"

"这不是太便宜他了吗？"贾琼有些不解。

"对于顾单，做特例处理吧。"

"顾单想见您，"贾琼说，"看样子他悔恨交加，小小年纪头发几乎要掉光了。"

"不见！你可以转告他一句话，先做人，后做事。"苗青说。

7

这一年，苗青没有实现自己所确定的目标，大远公司收购失败，太阳鸟飞落西南，顾单让她在员工中威信多少打了折扣，如果说稍稍有点安慰的事，那就是多了一个好友马歌，这是继大仙、白院士、宋理和文剑之后，又一个知心朋友。与前几位好友相处的严肃感不同，她和马歌在一起时总想开玩笑，马歌的幽默和她有相同的气场。她毕竟是个未婚女人，生活中本来也不该那么正襟危坐，但没有办法，一个老总坐在办公室里，就是演戏也该演得像那么回事。她深知有些人戴着面具生活并不是真心想戴，完全是一种现实的无奈，谁不知道戴着面具很累呢？有时在宿舍里对着镜子她想，自己这种状态，岂不是把青春当中年过吗？认识了马歌后，她觉得自己回到了大学时代，至少可以开玩笑，可以撒撒娇，还可以任着性子恶作剧。

好纠结的一年！她这样评价2016。

离新年还有三天，大仙请大家到巨无霸吃饭。接到微信后苗青很兴奋，她知道大仙肯定带了送她的画作。进入12月她就想，今年大仙会画什么？从每年一幅的画作中，她能体会到大仙的良苦用心，看大仙的画是一种无法言说的灵魂互动。

宴会依然是文剑安排，海鲜都合大家口味，苗青喜爱的生吃海胆必不可少。西装革履的文剑风采照人，热情地关照着每一个人。大仙说："文总永远那么正式，像参加国宴一样庄重。"文剑道："这是职业习惯，做金融这一行的，衣着不敢太随意，穿西装已经成了行规。"

苗青的目光一直瞟向沙发旁那个偌大的方形扁纸盒上，不用问，那是属于自己的礼物，一幅装了木框的四尺色粉画。出于礼貌，在大仙没有发话前，她不能主动去打开，因为大仙还没有说这是送她的礼物。

开席前，大家一直在听文剑介绍金融行业上的事，尤其灰犀牛、黑天鹅这两个概念让人感到后背发凉，觉得世界上风险最大的原来是金融业，说不定什么因素就会导致一场洗劫每个人财富的危机。但文剑似乎很有信心，他说危中有机，只要抓准机遇，灰犀牛能变成一匹黑马，黑天鹅也会变成金凤凰。他说已经选准了投资方向，一个是互联网＋产业，一个是银行不良资产的收购。前一个是世界发展大势，方向对头；后一个是捡漏儿，因为银行回收的抵押物中有不少优质资产，起拍价格很低，稍做处理就可以变现。文剑的第一个观点得到了白院士的认可，白院士说互联网＋已经成为一种潮流，他们所有科研团队都在做这个概念。大仙却有些疑虑："什么都往互联网上挂是不是在刮风？互联网是好东西，但再好也就是一个信息处理和传播通道，有人说通道为王，这显然有些本末倒置，对互联网在金融上的作用要科学对待，不能盲目夸大。"

文剑竖起大拇指道："大仙认识到位，很多高层领导也这么讲。"

"我们毕竟是个大国，靠虚拟的东西无法让国家复兴，钱聚得快，散得也快，传世之画毕竟是一笔一笔画出来的。"

苗青听出来了，大仙在提醒文剑不要头脑发热，做金融要保持冷静，这个行业一向是大进大出，今天还是香车宝马，明天可能就身无分文，这样的例子并不鲜见。

"放心吧大仙，我是个谋定而后动的人，不会失手。"

"那就好。"大仙脸上有了笑容。

宋理说："也不能畏首畏尾，有时候交点学费很正常，只是不要折本。"

大家开始上桌就餐，大仙从手提包里拿出一瓶酒，是湘西出产的内参酒。大仙指着包装袋和酒瓶说："这是黄永玉大师设计的，带这样一瓶酒，是为了让大家喝出点艺术感来。"苗青拿过酒瓶仔细看了看，朴拙的设计确实很有味道，能看出大师对酒的深刻理解。"为什么叫内参呢？"苗青不解地问。大家相互看了看，没人能回答这个问题。

席间，白院士说他们的研究项目得到了上级认可，有关部门给出的时间表是2018年结项，他对结项很有信心。白院士还特意敬了苗青一杯酒，道："希望我们能同步。"

大仙听到了白院士的话，说："这杯酒不能你俩喝，我和宋总、文总都要陪一杯，算是做个见证。2018，我们共同期待着。"

让苗青感到奇怪的是，一直到散场大仙也没有展示那幅画，散席时大仙让服务员把画抱下去放到了苗青车上。

回到宿舍，苗青急不可待地打开包装，一幅极有气势的画展现在面前，画面上一只威风凛凛的鹰站在巉岩上，周围没有树，也没有草，远方是湛蓝的天空，不见一丝云彩。画的右下角有一行竖写的字：丙申·海东青的复活。

看着这幅画，苗青心里草就出一首短诗：

归来吧，飞翔在历史天空中的鹰
白山黑水的每一处巉岩
都是阵地、舞台和巢

第六章：丁酉·天女木兰

1

新年刚过，一个不利的消息便传到了苗青耳朵里：大远公司实现了战略重组，变成了股份合作制企业。

重组，意味着大远做大了。两家参股企业名声显赫，一家是房地产巨头十方集团，一家是旅游业巨头瑞昌集团，两大集团都是民企航母。十方和瑞昌给大远输血，疲软的大远很快就会活蹦乱跳起来。

贾琼走进苗青办公室时，因为紧张，高跟鞋被门槛绊了一下，闪了个趔趄。贾琼说："大远逆天了，杨总把一匹死马治成了活骆驼。"

"我听到了一些消息，"苗青说，"杨总和十方、瑞昌的老总是不是有些渊源？"

"您说对了，那两个老总和杨总都是上世纪八十年代从乡镇企业起家的，开始都搞建筑安装，一步步做大后搞起了房地产和旅游业，交情自然不浅。"

"这个杨总，好像憋着一股劲儿呢，也好，有竞争对手不是坏事，估计杨总要大张旗鼓招兵买马了。"

"杨总在长春、哈尔滨招了不少科技人才，尤其从哈工大聘了两个搞飞行器的退休教授，总体评估的话，科研力量已经在我们之上。"贾琼忧心忡忡。

哈工大搞飞行器的退休教授？苗青心里一震，哈工大在航天航空方面实力雄厚，飞鹰真正的对手出现了，大远这样不惜血本，看来就是想和飞鹰争高下。苗青心里苦笑，杨总这是何苦，与一个女生斗什么气。

贾琼说杨总想重金挖她过去做行政总监，被她婉拒了。贾琼说天天与一个胖老头在一起共事会是啥心情。人不管做什么，心情很重要，心情是快乐之源。

"你是一个优秀的行政总监，这一点杨总没看错，如果你去，杨总可就如虎添翼了。"

"不见得，"贾琼说，"我问过刘丽，大远财权都在杨总手里把着，没有杨总签字，一分钱也报不了，当一个徒有虚名的总监，连起码的虚荣心都无法满足，不像您，人财物大权都交给我，这是何等信任。"

苗青笑了笑，的确，飞鹰的财权她完全委托贾琼负责，贾琼也确实管得不错，人就是这样，你越是信任，他越会对你负责，信任是建立和谐团队的不二法门。

贾琼有些担心地说："我们应该梳理一下，大远在哪些方面会和我们竞争交锋，也好有个防备。"

这个问题苗青当然会考虑，其实在杨总不想出让大远的时候她就想过这个问题，答案无非有三：一是企业在当地的座次。过去大远在飞鹰前，大远风鹏正举的时候，飞鹰还没有降生，大远肯定是老大。飞鹰成立两年就弯道超车，成了独角兽企业，实际上成了无人机行业的领军企业，大远心有不甘，想夺回老大的交椅。二是低空无人机市场。飞鹰抢了大远的份额，大远市场在萎缩，缩减到仅有农用无人机这一块，大远肯定要把失去的市场夺回来。三是政治利益。飞鹰成了独角兽企业后，统战部门正在考虑让苗青兼任市工商联相关职务，如此一来，苗青在政协的地位应该是常委级别，消息灵通的杨总自然不能无所作为。当然，这些思考她不能对贾琼说。"你说我们应该怎样应对呢？"

贾琼道:"杨总在这座城市深耕几十年,论关系有明显优势,他可以打他的关系牌,我们不去与他对冲,而是集中精力研发新机型,靠市场取胜。"

苗青也觉得不应该被大远牵着鼻子走,要抓紧做新概念,对于引导消费来说,概念比功能更有吸引力。

"需要巩固与军民融合办的关系,我听说杨总最近往政府大楼跑得很勤,主要是跑发改委和融合办。"贾琼说。

苗青点了点头,这个提示非常重要。

为了应对大远,苗青召集几位副总开会,专门研究与大远错位发展问题。在听取了每个人的意见后,她做出如下部署:何总要加快新机型研发;赵总抓紧采购现有机型生产必备元件,储量要大,至少满足半年以上的生产,防止大远砸重金包揽市场上的重要元件;余总负责处理好与政府部门的关系,尤其与军民融合办的联络热度不要减;贾琼则重点做好信息收集工作,不仅是大远,还有其他几家无人机企业,有关研发、生产、订单等情报工作要准确无误,做到知己知彼。

大家离开后苗青感到一阵疲惫袭上身来,她起身冲了一杯速溶咖啡想提提神,喝了一口觉得味道寡淡,不禁想起了大仙的手磨咖啡,心想,大仙也每天静默,但静默之余还那么会享受,能喝上纯正的牙买加咖啡。她问自己:一个女生的生活为什么这么潦草?生活品质在哪里?生活乐趣又在哪里?她忽然想起了午休时吟成的几句诗,翻开日记写在本子上:

  扶郎花在静悄悄地绽放
  不见一只蜜蜂飞过
  光线,被风吹弯
  无意中牵走了花的影子

说来奇怪,她正盯着那杯速溶咖啡发呆的时候,马歌打来电话,说要到飞鹰来,有点小事商量一下。她说来吧,她这里只有速溶咖啡,别嫌弃就行。马歌说喝咖啡好,对心脏有好处。放下电话苗青看了看表,正常情况下从九成到飞鹰不过三十分钟。她回到办公桌前打开电脑,却无心浏览资料,脑子很乱,起身走到窗前,窗外的运河风平浪静。今天很奇怪,平日纷飞的海鸥不见了,一只涂着赭色油漆的铁皮舢板停在水边,有个穿白色水靴的中年人在船边垂钓,钓者频频起竿,却不见鱼影。从九成到飞鹰三十分钟的路程,马歌却用了一个半小时。当马歌拎着一个带有"友谊商城"字样的大塑料袋进来时,她马上猜出了马歌耽搁的原因。马歌额头挂满汗珠,微微喘着气道:"紧赶慢赶还是用时不少,让你久等了。"

"你怎么像个推销员似的,这是带的什么呀?"苗青迎上去不忘开玩笑。

"咖啡机,还有咖啡豆。"马歌笑着说。

"哈哈,你真成了能钻进女生肚子里的孙悟空了,我刚才还想蓝山咖啡,没想到你就去买来了,我俩似乎有条神经在隔空相连。"

"我专门跑了趟友谊商城,咖啡机是德龙牌,咖啡豆是牙买加的,应该不错,你这样的金领丽人怎么能喝速溶咖啡呢?品位该高一些才是。"

苗青给马歌冲了杯速溶咖啡,端到他面前说:"喝点低品位咖啡吧,至少是热的。"

马歌接过咖啡道:"其实我也就说说,我在办公室只喝茶,春夏喝绿茶,秋冬喝红茶,谈不上品位,有些事对别人说起来头头是道,轮到自己就马马虎虎了。"

苗青喜欢马歌的坦率,和马歌在一起感觉总是那么轻松。两人在沙发上相对而坐,她问:"堂堂九成老总今天来不只为了送咖啡机吧,有什么指示请吩咐。"

办公室光线很足，马歌的面孔如同补了光一般明亮，满头乌发泛着光泽，眉宇间透着一股英气，眼神澄澈，右下颌处那颗米粒大小的红痣像故意点上去的一样，成为生动的点缀。马歌抬起头，两人恰好目光相遇，苗青急忙低下头，用小勺搅动着杯中的咖啡，脸上隐隐有点发热。哪有这么盯着人家的？多不礼貌，不过刚才的注视完全是下意识的，她并不是想刻意去打量，都怪那颗红痣吸引了她的目光。

"我来是想告诉你一件事，恐怕你有竞争对手了。"马歌说。

"有竞争对手不是坏事，合乎规则的竞争能促进企业发展。"苗青若无其事地说。

苗青想到了马歌是指大远，大远实现战略重组的消息已经上了本地新闻，很多人关心这件事，同时还有一个消息，就是大远将在三年内实现上市，这个消息比前者更具爆炸性，许多有头有脸的人士开始考虑持有大远的原始股。"你是说大远吧？大远沉寂了许久又满血复活，那是我在无人机高峰论坛上意外培养起来的对手。"

"你在有意培养对手？"马歌问。

"我没那个韬略，"苗青说了实话，"我本来想通过论坛与他拉近关系，让他改变对我的看法，结果看法是改变了，同时也改变了他想出售大远的想法。"

马歌遗憾地说："出现这样的结果，换了谁都会拍大腿。"

"杨总找你了？"

"是的，他有个很可怕的计划。"马歌看着苗青，"你不能掉以轻心，和协作单位一定要签长期合同，以免中途生变。"

"什么可怕的计划？"苗青有些紧张。

"杨总去沈阳我的实验室找我，专门请我吃饭，我以为就是朋友聚聚，谁知在吃饭时杨总提出一个要求，想独家包销我所有的无人机电池，说我生产多少他包销多少，价格不降，甚至可以上浮，这个条件对九成来说是稳赚无疑,同时还减少了销售成本。"

苗青头发几乎要直立起来,自己预料的情况果然发生了,一旦大远垄断了九成的蓄电池,飞鹰的拳头产品青峰一号就被卡住了脖子,需要寻找新的供货商。不得不说大远这步棋走得高,如果她和马歌没有交情,赚钱的买卖九成不会拒绝。看来杨总对三十六计还是颇有研究,这一招是典型的釜底抽薪。

"你怎么想的?"苗青问。

"我怎么想你应该明白,千金易得,知己难求,我们既然是朋友,怎么能为了一点利润而伤害友谊呢。"马歌很会说话,句句说在苗青心坎上,"不仅如此,今天可以正式透露,为了你的计划,九成开始进军新型吸波材料。"

"你是为了我计划的第二个板块?"

马歌点点头。苗青问:"为什么?你没有这个专业的任何积累。"

"我说过,这是一次感情赌博。"

苗青低下头,她觉得脉搏有点快,片刻后她抬头道:"遇到你这样的知己真是幸运,我要谢谢你,改日请你喝玛歌。"

"真的?"马歌一脸惊喜。

"当然,九成为我做了这么多,我还不该有所表示吗?"

"那我就期待着。我平时在沈阳多,你要提前告诉我,我坐高铁赶回来。"马歌很认真,一副急不可待的样子。

"不过,搞新型吸波材料风险大,你又不懂这个专业,说实话我有些担心。"

"不懂的事靠专家,我只管方向,科研问题是专家的工作。我聘请的专家们正在反复实验,想要把材料的重量和抗磨损降下来,降低飞机载荷。"

"新型吸波材料如果研发成功,等于给我的设计穿上了隐身衣。"

"助你一臂之力,是我进军这一领域的初衷。"马歌说,"从第一次见面开始，我就觉得九成的事业有了方向感。"

苗青摇摇头："我哪里让你这么感兴趣？"

"你最动人的特点是具有一种圣洁感，因为你每天都在静修。"苗青纠正道："是静默，不是静修。"马歌说："静默是静修的存在形式，古人说宁静方能致远，见到你，我这个浮躁的人就会安静下来，你似乎是无风的湖面，能照出我的倒影。"

苗青抬起头注视着马歌，很认真地问："我能让你安静？"

"是的。"马歌脸微微有些泛红。

"那我很伤心，一个让男生无动于衷的女生是多么可悲，我干脆投湖算了。"苗青装出一副伤心的样子，故意板着脸，微微蹙着眉头。

"不是这样，我不是这个意思。"马歌慌了，又不知怎样解释，坐在那里直搓手。

"好了，我们说正事，我对你研发的新型吸波材料很感兴趣，如果成功，九成将成为第二板块计划的协作方。"

"我想到了这一点，能把自己这条小鱼穿到国家的大串上，我这个名不见经传的小老板也就提升了档次。"马歌笑着说。

苗青心想，是啊，问题是第二板块何时能付诸实施呢？

2

大仙打来电话，说国家出台了新的环保政策，宋理那个百亿级填海项目被叫停，有关部门正在调查项目推进中的违规问题。

不久，又一个坏消息传来，有人匿名举报，说苗青作为事业单位人员，在私营企业当老总并成为控股人，属于违规违纪行为，应该给予查处。信是通过电子邮件一信多发，最后都转到了鲲鹏集团。鲍总在集团兼任党委书记，直接分管纪委，他将信批到纪委要结果。很快，集团纪委三位同志进驻909所，对苗青进行初核。

小宋提前得到了消息，给苗青打电话，说："妹妹你得罪谁了，怎么把纪委招来了？"苗青还蒙在鼓里，问怎么回事。小宋说："集团纪委来调查你，调查组长姓曹，是个很较真的人，他拉下马的干部不计其数，你可要有个思想准备。"苗青说："调查我什么呢？我连个中层干部都不是。"小宋说："具体情况我也不知道，你在脑子里理理所有经过的事，别让人给问蒙了。"放下电话苗青感到好意外，自己连个科级干部都不是，与909所两年多没有挂碍，什么事能让纪委兴师动众呢？909所郑所长已经退休，新来的李所长是个技术干部，爱才、有担当，他知道苗青正致力于隐形飞行器设计，便和柳书记统一了口径，如果没有大的原则问题，所里能保尽量要保，不要影响苗青的前途。

909所办公楼二楼有间办公室，黑色防盗门无光可透，显得神秘兮兮，这是一个专门用来谈话的房间。苗青进来后才发现这里与别的办公室不同，四壁皆为软包，桌椅、茶几都锯去方角做了处理，窗户装上了防盗铁网。屋内没有暖瓶，却有喝水的纸杯。苗青明白了，这是担心被谈话的人情绪激动发生极端事件。她记得小宋说过，这间谈话室原本和普通办公室一样，桌椅都是标配。有一次所纪委接到举报，说食堂管理员老杜在采购上吃回扣。纪委找老杜到这里谈话，没想到老杜心理极脆弱，竟趁谈话人不备，一头从敞开的窗子跳了出去，好在是二楼，楼下又是草坪，老杜只是受了点皮外伤。出了这等事让谈话的同志压力很大，调查无法继续进行。负责谈话的人说，一个人敢以死自证清白，还调查什么？这件事发生后，所里花钱装修了这间谈话室，现在这个房间无论往哪里撞都不会有大事。

因为长期门窗不启，谈话室里空气不是很好，弥漫着一股霉味。苗青坐下来，揉了揉鼻子，逐个审视着对面的人。坐在写字台正面的是个穿深色夹克衫的中年人，梳分头，鼻准光泽明显，眼内似有烛光，这肯定就是小宋说的业务能力很强的曹主任。侧面坐的是一男一女两个年轻人,看样子是参加工作不久的大学生,女生负责用电脑记录,男生手写做记录。夹克衫态度并不凶,他介绍自己姓曹,是集团纪委某室主任,告诉苗青不要有思想负担,如实向组织把问题说清楚就行。组织不会冤枉好人,也不会放过违纪违法行为。

苗青点点头说:"从来没有经历过这种场面,我有点紧张,您问什么我回答什么好吗?这样简明扼要,不会跑题。"曹主任说好,于是问话开始。

问:你是怎么到飞鹰公司任总经理的?

答:是集团选派我到飞鹰公司挂职,当时问了,是否允许到民企挂职,答复是允许。

问:为什么选派你?

答:集团领导对我说的理由是挂职锻炼,积累管理经验。

问:担任总经理职务取酬吗?薪酬是多少?

答:分文不取,飞鹰公司要给,我拒绝了。我在909所有一份工资,在公司目的不是收入,而是锻炼。

问:飞鹰公司实际拥有者是谁?

答:文剑。

问:为什么工商、税务等部门登记上写着你的名字,你是飞鹰公司法人?

答:这不是我想要的。公司拥有者文剑转型投资金融,认为小打小闹的无人机公司体量太小,考虑到我的专业优势,就将飞鹰公司转到我的名下,同时约定从飞鹰新增利润中逐年返还资本金。说得通俗一点,这是建立在信任基础上的投资行为。

问:你认为这样做合理吗?

答:飞鹰公司注册资本金很小,是投产了我设计的青峰一号后发展起来的,文剑据此做出转让决定可以理解。因为钱是靠我的设计赚的。另外飞鹰转给我,和文剑新办的金融企业互不搭界,一旦金融企业不保，不至于让飞鹰公司殉葬，这是一种物理隔离。用老百姓的话说，不把鸡蛋装在一个篮子里。

问：你考虑过这样做是否合规吗？

答：我咨询过有关人士，他们认为我不是官员，就是一个普通科技人员，这样做没什么不妥。

该问的问题都问过后，谈话记录被打印出来，曹主任让苗青一张张看过，让那位女干部把印泥盒拿来，叫苗青签字按手印。苗青没想到平生第一次按手印是在调查笔录上，这可是人生的第一次啊。她看着印泥盒有些犹豫。这是一盒新印泥，没有用过的痕迹，隆起的印泥像个微型红坟，看起来令人恐惧。她伸出右手食指，在印泥上按了按，印泥很凉，有些发黏。她觉得手指变脏了，好像按在一摊凝血上一样。她在自己名字上面按上了指印，然后抽出几张纸，一遍遍擦着手指，但无论怎么擦，红色的痕迹仍在，看来需要回去用洗手液来洗了。

曹主任送她出门，小宋从走廊另一端走过来说："走吧，去你办公室坐坐。"

909所对她很照顾，单人办公室一直保留着。两人来到五楼办公室，苗青眼圈儿马上就红了，扑在小宋怀里抽泣起来。小宋轻轻拍打着她的后背，小声说："没事的，别怕，没做亏心事不怕鬼叫门，你甭害怕，有姐给你担着怕啥。"

苗青平静了一会儿，坐下来，呆呆地望着对面墙上那幅画。透过泪花再看画中那两个灰点，成了两个深不可测的黑洞，刹那间她觉得这黑洞有一股强大的吸力，像试验风洞一样似乎要把她吸进去。她将目光移向窗子，窗外那棵老槐树还是那么慵懒，一只灰喜鹊在树上不时跳动着。

"曹主任说了，让你这几天就在所里，随时配合询问。"小宋说，"最多也就三五天，姐陪着你，你别怕。"

苗青心想：我怕什么呢？刚才之所以控制不住情绪，是觉得自己按下去的那个手印有屈辱感，那可是自己的处女印，本该用在自己的结婚纪念簿上，没想到却按在谈话笔录上。她对按手印这个动作心存芥蒂，当年看《白毛女》，卖豆腐的杨白劳就是按下一个手印，把喜儿按进了火坑。按手印是谁的发明？发明这个做法的人真该下地狱！

"好吧，这几天我就在所里，办公室、宿舍和食堂，三点一线。"苗青对小宋说，"你不用陪我了，我正好集中时间搞自己的计划。"

小宋走了，苗青稳定住情绪，打开电脑开始工作，这几年她已经练就了随时更换大脑频道的本事，当她专注于做一件事时，其他事情便会放在一边。前几天，她给导师打电话，说到了大远的情况，导师赞成错位发展的思路。导师说："竞争到最后，剩下的是产品的性价比，你们加快开发有市场前景的新产品才是制胜法宝。"让苗青喜出望外的是，导师给她计划的第三板块出了个题目：设计一种重载无人机，主要用于西南电力、交通、减灾救灾等。导师说西南电力一位姓曾的总工是他的学生，可以通过这个关系询问一下他们的需求，然后研制生产。导师给了曾总的联系方式，让她抓紧联系。她给曾总打电话做了自我介绍，曾总很客气，说："西南到处是崇山峻岭，输电设备建设大都是人扛马驮，效率低下，若有重载无人机那就太好了，公司需求量很大。"苗青问："可否你们下任务，我们负责设计生产，其实就是设备定制，这样可以省略其他步骤，当然，该走的招投标手续都按规定走。"曾总说他与领导汇报一下，如果可以，飞鹰可派人来洽谈并签署协议。很快，曾总回话说领导同意了，但这个项目要请吴教授挂个名，吴教授是院士，挂名后他们对上面好交代。苗青马上给导师打电话，导师在电话里笑了，道："我一向不挂虚名，但为了你的计划，我就索性破一回例吧。"得到导师同意后，她派余一和贾琼前去西南洽谈，顺利达成了这一协议。为了不把项目成堆的何英压垮，重载无人机这个设计她决定自己来做。

她将这一重载无人机命名为"大山挑夫"，确定载荷半吨，这对于普通无人机来说已经是一骑绝尘了。因为"大山挑夫"，苗青暂停了隐形飞行器的设计，现在，"大山挑夫"设计已经完成并将投产，她必须重启第二板块工作。

当夜，打开电脑设计界面，她望着屏幕上的三维图案，脑海里忽然蹦出几句诗来：

> 挑夫脚板上的老茧
> 是无法示人的勋章
> 自己颁发给自己
> 山路可以作证

次日，小宋上来找她，让她带着笔记本电脑到谈话室，调查组的同志要让她写份材料。

对面三人还是老坐姿坐法，桌上放了一台崭新的打印机，两包复印纸整齐地码放在一边。曹主任很严肃地说："苗青同志，我们请你把从飞鹰公司挂职一直到目前的经过写一份材料，包括任职情况，研发设计情况，报酬情况，配备的相应车辆、办公室、住房，等等，尽量详细一些。这是例行工作，希望你能配合。本来要求是手写的，考虑到你是工程师，平时基本上在电脑上操作，所以让你带笔记本来，在电脑上写，然后打出来签上字就可以。另外说一下，希望你配合，材料需要在这里写。"

"这是隔离审查吗？"苗青问。

"不是，就是写说明材料。"曹主任说，"我们的工作职责就是把事情搞清楚。"

"我在这里写，你们就在那里坐着？"苗青有些不解，自己写材料竟然用三个人作陪。

"这是我们的工作，你写一天，我们陪一天，你写一周，我们陪一周。"曹主任面无表情，两手放在一本厚厚的书上，那是一本纪检业务的书。苗青再看看那两位年轻同志，也带了几本书。看来三个同志都喜欢学习，这很难得，现在读纸质书的人少，尤其是机关干部，有的连报刊都懒得看，一天到晚盯着手机屏幕不放，这三个同志如此爱读书让她心里生出几分敬意。

她打开电脑，屏幕上忽然跳出"大山挑夫"的图案提示。她给贾琼发了个邮件，让贾琼代笔写这段经历，核准无误后发过来。自己在飞鹰的一切，贾琼记得比她还详细，此外，贾琼还负责公司的大事记，许多事有详细记录。她一边等邮件，一边在电脑上整理隐形飞行器相关数据。三位看书的同志没有打扰她，也没有谁过来看一眼她的电脑，他们的职责就是保持谈话人的安全和谈话室的安静。苗青沉浸在工作中，不知不觉已是午饭时间，小宋来叫大家去食堂吃午饭。曹主任说就在这里吃盒饭吧，问苗青行不行。苗青说怎么样都可以，按他们的规矩办。曹主任便让小宋打了四份盒饭过来，四个人就在谈话室吃了盒饭。曹主任说中午可以在椅子上休息一下，不一定非要赶时间。苗青说自己没有午睡的习惯，还是接着工作吧。曹主任用赞赏的目光打量了她一眼，说那好，就随她。他们三人继续看书，苗青则接着做设计。下午三点半，贾琼发来电子邮件，苗青打开一看，竟然有6500字。贾琼写得准确详细，将她在飞鹰的工作轨迹做了一个全面描述。担心有误，她反复校准三遍，对一些用词做了修改，看看表，正好是下午五点。这时，小宋又过来叫吃晚饭。曹主任还想要盒饭，苗青说材料写完了，是不是合格请领导审阅吧。曹主任对小宋说那就不吃盒饭了，他们把材料打印出来，去食堂用餐吧。

材料打印出来，曹主任用了十五分钟仔细审阅了材料，然后点点头，说："今天就到这里吧，感谢你的配合。"

那位女干部拿过那盒印泥，打开后推到苗青面前，印泥上昨天按出的痕迹犹在。苗青眉头蹙了蹙，伸出食指后又弯回来，换成中指蘸了印泥在材料末尾按了手印。女干部好奇地看了她一眼，不明白苗青为什么要用中指来按，但按手印没有要求用哪只手哪根指头，小伙儿也没多说什么。

吃过晚饭，小宋要陪苗青在院子里散步。苗青说："你回去吧姐，我没事。"小宋左右看了看，小声说："我不能走，陪你是调查组给我的任务，怕你有什么意外，只有你回宿舍休息我才能走。"

"他们很关心我呀。"苗青说。

"嗯，那个曹主任对我说，他们阅人无数，你年龄最小，心理素质却最好，写说明材料时相当沉稳，材料也逻辑严密，不像有的领导写说明，简直就是一副活不起的样子，长吁短叹不说，有的还会崩溃大哭，说你就安安静静在那儿写，像高考一样一声不出。"

苗青扑哧一声笑了："写个说明怎么就活不起了，干部履历还要写自传呢，利用这个机会回顾整理一下没什么不好。"

小宋说："他们调查你这件事之后并不走，接下来会调查周正。周正的问题是他老婆实名举报的，说他虚列支出套取专项经费，在小平岛给一个女生买了幢房子。这件事一旦查实可了不得，周正就不是个纪律处分的问题了。"

"周正胆子有那么大？"苗青有些不敢相信。

"这是他老婆的一面之词，但他老婆也有获取消息的渠道，项目组的人对周正一手遮天有想法，里应外合想把周正扳倒。"小宋不无惋惜地说，"其实周正这个人业务水平不错，科学上能过险阻，生活中却过不了美人关。"

苗青脑海里又浮现出那个清晨在金蟾礁下的画面。周正确实与人不同，别的情人约会都在傍晚，他却选在凌晨。小宋说："我告诉你周正的事是想说，人在江湖走，遇鬼也正常。纪委调查一下，证明你清白更好，省得让人嚼舌头。你想想，小小年纪就当上了老总，当上老总不算，还成了身家千万的富姐，谁看着不眼红？"

苗青摇摇头："我哪里是什么富姐，我名下资产实际上是代持，人家那么信任我，我还能昧人家资产？再说了，我是有单位的，早晚会回来的。"

苗青回到宿舍，进入属于自己的静默世界。她设计的"大山挑夫"算是无人机中的大个头，配置燃油发动机，速度每小时可达160公里，续航时间3小时，整个标准都是按照电力施工需要来设计的。她已经让余一去相关协作单位洽谈大型两叶螺旋桨采购，如果推进顺利，下半年就可以组装整机。让苗青感动的是，白院士兑现承诺设计了"大山挑夫"控制系统，马歌帮助联系了一家发动机企业提供了优质发动机，有了这些助力，苗青信心十足，觉得"大山挑夫"肯定能挑起西南的崇山峻岭。

说明材料上交的次日，小宋来找苗青，说曹主任一行准备去四个单位做延伸调查，一个是九成公司，一个是白院士所在的研究所，再一个是军民融合办，最后一个是顾单去的那家外地企业。曹主任希望苗青能帮助联系一下。苗青问："为什么要去飞鹰协作单位调查，这样会影响合作关系的。"小宋说："去就去吧，举报信里写得很严重，说你收取巨额回扣，给政府部门行贿，还有那个顾单，说你是收了他的钱才放弃追责，这些事在调查报告里总要有个结论。"

一阵委屈袭上心头。苗青坐在椅子上心里怦怦直跳，她几乎没发过脾气，但今天她想骂人。这个写匿名信的人简直太可恶了，浪费了集团的行政资源不说，还给飞鹰的合作造成不利影响，这样一来，谁还愿意和飞鹰合作？

"对不起，我不负责联系，调查组要去就去吧，我联系的话好像有什么攻守同盟，从避嫌的角度想，作为被调查人我也应该回避。"

"曹主任等着呢，你还是帮助联系一下吧，"小宋说，"不联系人家不会接待，咱们集团不是党政机关，民营企业完全可以不搭理，连门都进不去。"

苗青长吁了口气，望着墙上那幅《逆行者》，心里说：大仙呀大仙，你不应该让画中女子只穿一件风衣，你应该给她画一副铠甲。

苗青同意帮助联系，分别给马歌、白院士打了电话，然后让余一联系军民融合办，至于顾单，她让小宋找找刘丽，因为自顾单离开飞鹰之后她再无联系，对顾单现在的工作情况也不了解。

调查组到这些单位调查一事很快传到大仙耳朵里，大仙打来电话，说是新买了一些埃塞俄比亚咖啡豆，让她到画室品尝。大仙没在电话里说调查一事，电话里说这样的事也不妥，最原始的交流反倒最安全。苗青来到大仙画室，大仙已经磨好了咖啡在等候。听苗青介绍了经过之后，大仙陷入了沉思。苗青见他这般神态，便以一种无所谓的神态说："没事的，调查一下不是坏事，可以还我个清白。"

大仙摇摇头："不那么简单，尤其是飞鹰转到你名下这件事。"

苗青道："飞鹰无论在谁的名下都合法经营，照章纳税。"

"可是你有事业单位人员身份呀，这个身份会有些麻烦。"

苗青说："我当时找小宋了解过，909所虽然参照事业单位管理，但总体上属于企业，没有事业单位编制，国家关于事业单位科研人员兼职的相关规定不适用于企业。"

"这只是小宋的理解，办案的同志不一定这么看。"大仙神色忧郁，脸上好像涂了一层赭黄。

"那您说怎么办？"苗青也有些担心，她处理此类问题没有经验。

"还是做两手准备为好，没问题自然好了，万一有问题怎么办要想好，必要的话可以找鲍总谈谈，我相信鲍总处理问题不会那么机械。"

苗青点点头，端起咖啡喝了一口，望着大仙说："我昨天看那幅《逆行者》，发现画中那两个灰点不是眼睛，也不是飞机，好像是两个神秘的风洞，似乎要把我吸进去，我甚至感到颈后有飕飕冷风。"

"那是你的感觉，风洞是无底的恐惧。"

"我没有什么可恐惧的，唯一不甘的是对不起我的食指和中指，"

苗青伸出右手两根指头说："喏，它俩昨天受到了玷污。"

"怎么还用中指？"

"第二次将食指伸向印泥盒时，好像是伸向一撮炭火，我就下意识地缩回来，换成了中指。"

"这件事我想给您提个建议，苗老师，"大仙变得正式起来，"尽管您可能不会赞同，但我还是要说，不管这件事怎么处理，都不要费神去找或调查写信人，这一页以最快的速度翻过去，不要影响你的静默。知道为什么吗？这个举报人明知你没有问题，还要这样去做，目的是恶心你、乱你心神，让你的情绪变成一团毫无头绪的乱麻，你那么做，就等于中了人家的计。"

苗青用力点了点头："我懂。"

3

四周后的一天，苗青接到小宋电话，说集团领导要找她谈话，需明天上午到集团谈。

小宋说李所长、柳书记先被叫到集团谈了话，两位领导回来脸都阴着，好像谁欠钱不还似的。苗青说谈就谈吧，她正好要到沈阳看朋友，算是顺路吧。

对沈阳这座北方最大的城市苗青一直有好感，这是因为从小父亲就常对她说沈阳的事。父亲说沈阳给人的感觉就像俄罗斯大列巴，酸甜里还有点咸，挺充实的一座城市。她问什么是大列巴，父亲告诉她大列巴就是面包，这种面包外硬内软，有嚼头儿。父亲说沈阳像面包，是因为沈阳从自己身上掰下了无数块，分发给了需要面包的地方，比如大西北、大西南，那里有很多工厂都是沈阳掰出去的一部分。这座城市最大的特点是给予，宁可自己饿肚子也要给予别人，就像一块总也分不完的大列巴，以瓜分自己喂饱别人为骄傲。父亲还总结了沈阳另外两大特点，一个是向死而生，一个是枕河而眠。父亲总结这两个特点时没加解释，后来苗青自己来沈阳才明白，沈阳城最主要的街道直冲北陵，而北陵虽是公园，但其实是皇太极的墓地，一座城市能向死而生，就会格外珍视自身的创造，这也许可以解释为什么那么多大国重器会诞生于此。枕河而眠，是向死而生的反面，是说这座城市虽有钢铁般的使命感，但又很有烟火气，人们活得很逍遥，哪怕是铁西百万工人下岗那个艰难时期，傍晚街巷屋檐下，老百姓也在吃鸡架、喝啤酒，体现出难以置信的乐观与豁达。

苗青给在沈阳的马歌打电话，请他安排车明天上午接一下站，然后送她去集团谈话。马歌说："明天晚上我请你吃饭，有一家徽菜店不错，还有绍兴花雕酒。"苗青说："还得安排住处，我明天想看看夜沈阳，人们都说想了解一个城市，一定要看看它夜晚的模样，我相信夜晚的沈阳一定像刚出炉的大列巴充满香气。"马歌说："那我陪你逛逛，还可以去品尝红柳羊肉串。"

苗青并没有把谈话当成什么事，尽管所长、书记都不高兴，但她对自己有着充分的自信。不贪不占，所有设计均为无偿，等于为飞鹰做了贡献，自己至今还住在单位宿舍，除了公司配备的车辆外，再无其他，如此清廉能有什么问题呢？至于产权登记在名下那只是一个手续，自己没有分红获利，如果与规定不符那就改回去好了，反正怎么注册都改变不了所有者属于文剑这一客观事实。

高铁到了沈阳北站，马歌亲自来北广场出口迎接。马歌接过她的背包问："集团谈什么非要你跑一趟？"苗青笑了笑："如果只是谈话我真可以找个理由不来，但我想来看你，想问你怎么一到沈阳就乐不思蜀，是不是曹主任他们到你那里延伸调查把你吓跑了。"马歌说："咱们合作清清白白，怕啥？沈阳的实验室天天有难题，我必须在这里盯着，和专家们厮混在一起。"

马歌将苗青送到了位于沈北的鲲鹏集团。鲲鹏集团虽是企业，却按半军事化模式管理，大门保安像军人一样站姿标准。因为事先打了电话，报了车牌，保安在验证车里人数后敬礼放行。车停在办公楼前，马歌说他先回去，下午让车在这里等候，然后在饭店碰头。

苗青按照通知要求，直接到了七楼行政办公区。因为上楼前打了电话，曹主任正在走廊等候，见面后曹主任很礼貌地向她点了点头，便把她领到一个小会客室。会客室很雅致，铺着纯毛手工地毯，宽大的米色布艺沙发上铺着白色镂花沙发巾，茶几上的骨瓷茶杯也十分精美。曹主任让她稍候，然后就出去了。苗青没有坐，走到窗前想拉开窗帘看看，她不喜欢窗子被厚厚的窗帘遮住，总是遮挡就失去了设立窗子的意义。她拉开窗帘才发现，这是一个假窗，窗帘挡住的是一堵墙，真正的窗子是窄窄的一条，像中世纪城堡塔楼的箭孔。她将窗帘归位，在靠门的沙发坐下，猜想是哪一位领导找她谈话。曹主任推开门，让进一位领导来，原来是鲍总。她还未开口，鲍总便伸出手来道："你好，苗青同志，久等了。"苗青没有说话，只是微微点了点头。鲍总还是那么精神饱满。他让苗青坐到里面来，自己坐到对面，曹主任隔着一个沙发坐下，摊开手里的笔记本，这个动作让苗青明白了这是一次正式谈话。

"调查组对举报你的情况做了认真调查，事情基本搞清楚了，调查报告集团纪委监委也讨论通过。举报问题经过调查都得到澄清。但有两条监察建议已经与你们所领导说过了，一条是监委认为你作为国企正式员工在民营企业当老总，而且又是企业所有者，如果参照事业单位职工相关要求是不合规的，应该予以纠正。另一条是，金普机床集团开发的别墅项目中，有一套写着你的名字，但没有完成交易，房产部门也没有备案，需要你将这个情况写个说明。"

苗青有点蒙，宋理建的别墅还没有完工，怎么会有自己的名字？她忽然想起有这么一回事，原本以为说说而已，没想到宋理还真的登记在册了。调查组真是神通广大，竟然查到了宋理的金普机床，想想看，真有些让人不寒而栗。

"你有什么意见可以讲，"曹主任说，"这个处理意见还需要你签字。"

"能不能把处理依据文件给我学习一下。还有，那套别墅只是朋友聚会时的客套，我从来没有购房的打算，至于宋理董事长怎么写，那是他的事情。"

鲍总说："房子因为没有交易，只是登记了一个名字，说明一下情况就可以。"

曹主任说："我们的处理依据是事业单位职工兼职问题处理意见。"

"那么，我的身份是事业还是企业？我知道事业单位职工是逢进必考，而我没有经过考试，也就不是事业单位编制，这样处理是不是适用主体有误？打个比方说，我还是个普通职员，却用领导干部的标准尺子来处理我，是不是这样？"

曹主任看了鲍总一眼，很显然没想到苗青会这样和领导说话，一时不知如何回答。鲍总没有生气，和颜悦色道："国企参照事业单位来管理下属四个研究所是历史形成的，没有具体文件，处理这种事情一般来说是有法依法，没法依规，没规依惯例，你这件事就是依惯例来办的。"

苗青不再说什么，她知道惯例就是惯性，而惯性是有加速度的，估计鲍总也改变不了这个现实。

"国有国法，家有家规，你只能接受这个结果。"鲍总说。

"我想问，这件事该怎么纠正？"苗青看着鲍总说，此刻，她多么希望这个围棋八段能提出一个折中的方案，对自己和所里都不产生负面影响。

"对909所，要通报批评；对你，可以二选一，"鲍总迟疑了片刻说，

"要么换人，要么辞职。"

苗青很清楚，所谓换人就是更改飞鹰的控股人，这一点她曾经想过，但是，这个想法被领导当成命令说出来时，她忽然心生反感，觉得不可接受。辞职当然就是解除与909所的工作关系，那样当然就一了百了，作为自由人去控什么、怎么控没人干涉。

"我回去想想，给我多少考虑时间？"苗青站起身，她不想多占用鲍总时间。

"三天吧。"鲍总也起身道，"正式谈话就到这里，小苗你到我办公室来，我有些苏联解密的飞机设计资料给你，虽然已经过时，但设计思路可以做些借鉴。"苗青跟着鲍总来到办公室，鲍总办公室不是很大，书柜里书不多，摆着些与政要、名人的合影，其中一黑一白两个瓷罐很醒目，那应该是鲍总喜欢的围棋。鲍总请苗青坐下，问："你准备怎么做？"苗青说回去和大仙商量一下。鲍总问大仙是谁。苗青说是个画家，导师的侄孙，大名叫吴逸仙，朋友们都叫他大仙。鲍总叹了口气道："其实对于企业员工来说没有条条框框，问题出在参照说法上，一参照就变得复杂起来，谁也不敢表态，这件事希望你理解。"苗青听出来了，鲍总说的理解是特指理解他，他也是爱莫能助。苗青问："我控不控股无所谓，我想问，一旦我结束挂职回到所里，集团是否有设计项目让我参与？我已经等了很久。"鲍总摇摇头："现在还没有，但我相信会有的，因为国家需要，国防需要，新项目不会遥远。"

苗青点了点头，她不能再问。

鲍总起身从抽屉里拿出一个厚厚的档案袋递给苗青道："知道我为什么给你这些材料吗？一架飞机，不管飞得多高、多远，只有回到它起飞的地方，才是完美的飞行。"

苗青点了点头，她对鲍总的好感并没因为这次谈话而改变，身份所系，鲍总有鲍总的难处。

4

马歌的晚饭安排在北塔附近一家很别致的餐馆,臭鳜鱼、花雕酒,还有几道可口的徽菜。

苗青坐下来,仿佛一只被雨淋过的泥塑,有了要散架的感觉。

她问:"有咖啡吗?"

马歌说:"饭店不会有,想喝的话可以饭后去咖啡店,不过夜里喝咖啡会不会影响你静默?"马歌知道苗青有夜晚静默搞设计的习惯。苗青摇摇头:"今夜不静默。"

花雕酒是加热的,放了话梅和冰糖,喝起来口感甚佳。喝花雕酒的杯子不是透明玻璃杯,而是一种斗彩白瓷盅。马歌给苗青斟上酒,端起酒杯说:"这是一杯洗尘酒,劳顿了一天,杯酒可解乏。"苗青笑了笑,端起杯与马歌碰了一下,一口干了这杯暖融融的花雕。

马歌用公筷给苗青夹了一块鱼肉,道:"这鱼名字虽不好听,却是地地道道的徽菜,口感也好。"

苗青盯着盘中鱼,目光直直地问:"鱼臭了就无法翻身了吧?臭鱼不如咸鱼,因为咸鱼尚可翻身。"

马歌被问愣了,道:"咸鱼也翻不了身,说咸鱼翻身那是打比方。"

苗青端起酒盅说:"我敬你一杯,马歌,你怎么不问我白天谈了些什么呢?"

马歌摇摇头:"能说的,你自然会说;不能说的,我问你也不会说。我知道鲲鹏集团有保密要求,不会问。"

马歌一向不讨人嫌,是个难得的有自知之明的人。苗青说:"你的品质就像飞机上的合金材料,稀有而金贵。对了,能不能告诉我花大气力研发吸波材料的真正意图?"

马歌说:"其实之前我已经向你透露过一些,允许我把真话都说出来?"

"当然。"苗青放下竹筷,身体前倾望着马歌。

"中国有句古话,兵马未动,粮草先行。我得知你一个人的计划中有隐形飞机的设计后,就琢磨着怎样才能先行一步。隐形离不开吸波新材料,莫不如先下手研制,一旦你的设计投入生产,我就能在材料竞标中拔得头筹,接住绣球。"

苗青愣住了,马歌研发吸波材料的真实意图原来在此。她只是和马歌在交谈中捎带说了一个人的计划,没想到马歌竟放到了心上并专门成立了实验室。她觉得自己的目光忽然变软了,似乎搭在了对方的肩上。马歌的衬衣雪一样白,两人都喜爱白色。苗青觉得白色能让自己变得清净,"一念心清净,处处莲花开",这是大仙画室里的一副隶书对联。苗青以一种抱歉的口吻说:"隐形飞机仅仅是我自己的计划,不是机构行为,你这么大的投入万一打了水漂怎么办?"

"这是长线投资,不求短期回报,我对这一投资回报有足够信心,因为方向对头。国外的F-22牛在哪里?还不是雷达和吸波涂层。说实话,如果没有你的隐形飞机,我只会专注于储能,是你的格局引领了我,让我的视野和胸怀逐渐扩展,这叫近朱者赤。"

"我哪里有什么格局呀?"苗青微微摇了下头。

"你当然有,第一次见到你,我就觉得我的事业将成为你一个人的计划的一部分。我说不出原因,但这种感觉实实在在。打个比方吧,你的计划是一块强力磁铁,而我,是一枚被吸住的螺丝钉。"

苗青心里怦怦直跳,看来马歌不愧是搞储能的,说出的话仿佛带着电。马歌面有酒色,两只手合掌在胸前说:"我不是偷偷观察,真的是无意识的发现,你从不穿大牌衣服,上班一套工装,下班一身白色休闲装,你也从不拎名牌包包,总是拎一个带909所logo的布袋子,也没见过你美容美发后的样子,日复一日总是以清水芙蓉般的原生态示人。在脸和五官都能造假的今天,你是难得的本色女神。"

这番话如春风拂过苗青,她的面庞瞬间飞出两抹桃红。不得不说马歌很会讨女生欢喜，这样的夸奖杀伤力极强，没人受得了。但苗青反应神速，马上找到了一个回复的角度，她低声道："你是在批评我不够精致？"

"一个不精致的人可以设计板车、爬犁，却无法设计飞机，飞机是工业和科技顶尖技术的融合，容不得一丝一毫的大意，这一点你比我清楚。"

苗青主动端起酒盅道："谢谢你，你能满足一个女生所有的虚荣心，真是个善解人意的好男生。"

两人都一饮而尽。

放下酒杯，苗青提起工作上的事，她建议吸波材料申请专利后，要尽快和鲲鹏集团建立长期协作关系。苗青之所以这么说，是想自己的工作会发生变化，也许与鲲鹏公司没了什么挂碍，而马歌的吸波材料效益只能在鲲鹏集团的采购上得以体现。马歌说："吸波材料姓苗，和谁联系是你的事，我只负责组织研发。"苗青苦笑了一下："我可能帮不上什么忙，真担心因为我的原因让九成遇到经营困难，本来你蓄电池做得很好，却为了帮我而进入了新材料领域，这个领域是世界性难题，进入就等于上了赌桌。我在想，一旦满盘皆输，我拿什么赔？"

"为有追求的人做有价值的事，即使没有实现预期，也不会后悔，说不定输了钱，却赢了心呢。"苗青忽然觉得鼻子有些酸，眼前仿佛出现了幻觉，导师、江峰、大仙、白院士、宋理、高兰和文剑站成一排在看着自己。她闭上眼睛，片刻后再睁开，对面只有马歌期待的目光，这目光温暖而神秘，像从《逆行者》中那两个灰洞里发出的。她缓缓地喝下了这盅酒，口中像有干冰在蒸发，眼前顿时云雾缥缈，恍若仙境。

"花雕酒蛮厉害的，"苗青说，"我怕是喝多了。"

"没事的，我们总量控制。"马歌说。

苗青定了定神说："马歌，我想问你一个问题，你必须说真心话，不得敷衍，不能说假话：如果有一天我流落街头你会怎么办？"

"那我就娶你。"马歌几乎不假思索。

"这算是求婚吗？"

"求婚，我要安排一个像样的场合，有隆重的仪式感。"马歌双眼像充足了电，激动地说，"还要有钻戒，有玫瑰花束，有烛光，还要有朋友当见证人。"

"不要玫瑰花，我喜欢凌霄花，"苗青眼含泪水说，"一条臭鳜鱼，一瓶花雕酒，两只斗彩白瓷酒盅，世界上独一无二的求婚仪式，这条鱼可以作证，我答应你的求婚。"

马歌起身走过来，忽然单腿跪地捧起苗青的右手，低下头轻轻吻了一下，仰起脸时苗青看到的是满眼泪光。

在回康莱德酒店入住前，马歌陪苗青在城里转了很久，青年大街、老故宫、浑河畔的歌剧院，许多颇有名气的地方都一带而过。路上马歌问："对夜沈阳有什么感受？"

苗青不假思索地说："大。"

5

从沈阳回到大连，苗青直接去了大仙画室，她觉得有两件事必须和大仙说。

在画室一落座，她手里的钥匙包便掉在了地上，她捡起来顺手放在沙发扶手上。"不幸果然被您言中，如何做选择我想听听您的意见。"苗青说了第一件事。

大仙显然被难住了，这个选择不好做，如果企业换人，在业界会产生不可估量的影响，甚至会毁掉处于竞争中的飞鹰，这样做对苗青和文剑都不利，文剑也很难选择一个合适的人来代持。如果离开鲲鹏，那么苗青做逆行者就失去了依附，正在实施的计划也就难有着落，因为大型飞行器和隐形超声速飞机只能是总部项目，民企无法独立承担。大仙叹了口气道："您给二爷爷打个电话，看看他老人家怎么说。"苗青否定了这个建议："导师年事已高，万一为此生气上火会影响健康。导师告诉过我，有难事，找大仙，您出个主意吧。"

大仙站起身，走到咖啡机前去磨咖啡，苗青知道，大仙喜欢通过制作咖啡来思考问题，今天咖啡磨制的过程有点长。苗青回头看了一眼，发现大仙在仰望天花板，天花板上有一盏欧式水晶吊灯，上面布满了灰尘，看来很久没有清理过了。过了一会儿，咖啡的香味弥漫开来，香味稀释了画室的紧张感。大仙端着两杯咖啡回来，放下后站在那里迟迟没有落座，再次抬头看着那盏水晶吊灯说："晚上金碧辉煌，白天关灯后才发现吊灯这么脏，我们看到的往往是事物的一面。"

苗青不懂大仙要说什么，也看了看吊灯说："一会儿找个凳子，我站上去擦洗一下。"

"这是个很专业的工作，而且有漏电危险，还是不要碰它吧，有时候灰尘也是一层保护。"

"您到底是个什么意见？"苗青迫切需要答案，不想拖太久，三天时限她不想用满，犹豫不决也不是她的风格。

"选择暂时离开909所吧，回去也是闲着。在飞鹰您能得到全方位锻炼，这样的企业不多，这样的老板也不多，在飞鹰可以按自己的意志做事。"大仙说。

"为什么是暂时离开？"苗青有些不解。

"这是我的感觉，但也说不准，我总觉得那个鲍总不会让一个难得人才就这样流失，毕竟是他亲自选的，又安排你到企业挂职，明显是按项目经理的标准在培养你。"

苗青皱着眉头道："可是这次鲍总并没有保我，谈话完全是一副公事公办的样子，那副官腔甚至影响了我对他的印象，围棋八段，连这样一个三连星布局都破不了，着实让我不理解。"

"国企有国企的运行规制,鲍总应该有难处。909所不是有人说您是他的人吗?也许是避嫌吧。"大仙说,"我的建议仅供您参考,最后的意见还要您自己拿,离不离开您还要征求一下伯父伯母的意见再做决定。"

"谢谢您,您的建议与我的想法不谋而合,我决定辞职,因为我不想背负一个被组织处理纠正的罪名。辞职后我作为自由人会继续实施一个人的计划,我的设计鲲鹏不要,还有其他国企会要,导师也会从更高的层面去推荐,毕竟是国家急需的项目。"

"下步怎么操作?"大仙关心的是操作层面。

"我要和所长、书记谈,由所里按程序上报集团,我感到不舍的是离开909所宿舍,离开那棵老槐树,离开能交心的小宋。"

"人都是有感情的。"大仙点了点头。

"另外,组织上还查到了宋总建的别墅预售名册里有我的名字,让我写个说明,我辞职后这个说明也不用写了。"

大仙道:"宋理填海项目资金链断了后,一系列问题都出来了,机床集团也要重组,他本人正在接受调查。宋理是个说话算数的人,那天只是说说,没想到当真了,别墅预售名册上我们四个人都有份儿,但没交定金,没有房产销售备案,不构成问题。"

"鲍总也是这么说的,说明一下情况即可。"苗青说。

大仙忽然想起了什么,望着苗青问:"辞职后你就不能住909所了吧?"

"九成集团有公寓,我到那里住。"苗青停顿了一下,接下来说,"这正是我要告诉您的第二件事,吴老师,我恋爱了。"

"是那个马歌吧?"大仙很平静,但脸颊的肌肉跳了跳。

"您怎么会猜到?"苗青很惊讶。

"因为你对文剑没有感觉,女性只有对自己喜欢的男人才会释放出娇媚的一面,你在文剑面前太正式,连玩笑都很少开,而我听你说起马歌，两眼却流着蜜。"

"眼力够毒！"苗青用佩服的语气说，"不愧是大仙，能从蛛丝马迹中发现线索。"

"当然，文剑也不会追你，文剑的野心很大，他的目标是跨国托拉斯，在爱情上我觉得他会选择一个懂音乐的女生。文剑对我说过，他虽听不懂昆曲，却莫名地喜欢昆曲，认为会唱昆曲的女生是神一般的存在，而北方女孩很少有学昆曲的。"

"这很正常，就像许多人读不懂佛教十三经，却对菩萨信得五体投地。一般来说，女人越神秘，对男人越有吸引力。"

"这个我不懂，也不想研究。"大仙端着咖啡杯说。

"马歌很爱我，也适合我，我不能总是过单身生活。"苗青说，"脱单，也是一种解脱。"

离开画室的时候，苗青心里有些怅然，她原以为自己说出恋爱之事大仙会有所反应，没想到大仙却止水般平静，这说明什么呢？至少说明大仙没把她当女人来看，她恋爱与否大仙并不关心。真是一个神秘的人，难道除了古希腊女神，别的女人都入不了他的法眼？

车开到909所办公楼前，她放走司机，打开钥匙包，才发现包里办公室那把钥匙掉落了，肯定是掉在了画室的沙发靠背处。恰好小宋从外面回来，见到苗青直接把她拉到办公室。一进屋小宋就悄声说："所里出了大事，周正被带走了，集团纪委对所里的说法是严重违纪违法，违纪还有余地，违法可就进了死胡同，公职没了。"苗青说周正对所里贡献还是很大的，每年带的项目组都按时完成计划，没想到会这个样子。小宋说周正套取项目经费没做他用，就是给那个女生在小平岛买房子，银行有痕迹，一查一个准。苗青问所长、书记在不在，她想找两位领导谈谈。小宋说都在，出了这么大的事两位领导正郁闷呢，受这个案子影响，年底全所里的绩效只能评二等。

小宋把苗青领到李所长办公室，柳书记正好也在，两个人正在吸烟,满屋子浓重的烟味。柳书记说:"来了,小苗。"苗青点点头。柳书记对李所长说:"这位就是苗青,我们所最年轻的工程师。"李所长客气地点点头,说:"坐吧。"

李所长是从长春907所调来的,人看上去不善打理,头发有些乱,蓝色夹克衫胸前有一块污渍,听小宋说李所长家还没搬过来,一个人住公寓,难怪有点饸毛饸刺。

"正好所长、书记都在,我来是想汇报一个事。"苗青首先开口。

李所长说:"你的事我们都清楚,不要背包袱,整改了就算完事。"柳书记也说:"你做的事组织都掌握了,要是担责的话,所党委有一份。"苗青很感动,这件事确实不怪所里。所里在她挂职一事上给予了很大支持,尤其让苗青感动的是那次无人机高峰论坛,所里是当自己事来办的,办得相当体面。

"谢谢两位领导,我已经想好了,为了不给所里添麻烦,我决定辞职。"苗青说完,把一张打印好的辞职信双手放到李所长桌子上,微微鞠了一躬,又转身向柳书记鞠了一躬,然后站直了说,"感谢909所对我的培养,无论我在何地做何种工作都不会忘记909所,这是当年接纳我的地方。"

两位领导愣住了,半天没有说话。好一会儿,李所长才说这件事他们做不了主,需要请示上级。柳书记有点激动:"苗青呀,这这这怎么行,千万别意气用事。"

"我是经过慎重考虑的,再次谢谢领导,谢谢909所。"

离开所长办公室,因为没有办公室钥匙,她直接回到宿舍,开始收拾物品,她知道这里不能再住了,心里有点舍不得。下午三时许,小宋打来电话,说:"妹妹呀,你可捅破天了,集团何部长正从沈阳赶来,下午四点半要找你谈话呢。"苗青还记得何部长,一个举手投足都有标准动作的中年人。她想一定是所里报告了集团,集团才派何部长来了解情况。想了想,如果按当时约定,三年没有参与项目设计她是可以跳槽的，这一点何部长应该有记忆，因为当时何部长在一个本子上做了记录。

她按时来到会客室。会客室只有何部长一人，按理说公事公办的谈话至少要有两个人，何部长这样谈不符合规定，当然何部长不是来办案的，用不着那么严格按程序行事。

何部长没有和苗青握手，起身点了点头算是打招呼。"好久不见了。"何部长说。

"是啊，上次去总部也没有见到您。"苗青说。

"我是受鲍总委托来找你的，关于你辞职一事，鲍总希望你慎重考虑。"何部长停顿了一下接着说，"2012年我陪鲍总去上海招你的时候，你毅然北上的决绝与激情我至今难忘，没想到会出现这个状况。"

"我现在激情不减，何部长，不在鲲鹏不等于就失去激情，我依然为当初的追求在努力，不会懈怠。"

"可你还是放弃了最初的选择，我和鲍总私下说起这事都感到十分惋惜。调查组汇报材料上还说，你虽为老总，但很少应酬，每天晚上都在宿舍搞设计，你设计的青峰一号也实现量产，大家都说你是飞机设计上的奇才。"

"一个女生，不热衷应酬很正常，我喜欢静，看电脑屏幕就像爱美的女孩照镜子一样，开心快乐。"因为已经辞职，苗青说话变得灵动起来。

"如果你真的不想更改决定的话，鲍总让我转告你，我们都是鲲鹏身上的一根羽毛，你可以在心里骂鲲鹏一百遍、一千遍，可当鲲鹏需要飞翔时，希望你能成为它翅膀上的一根羽毛。"

苗青点了点头道："这个我答应，为了导师的嘱托，为了苗家两代人的同一个承诺，我会做出正确选择。"

何部长站起身，从文件包里拿出一个红皮塑料夹，表情严肃地对苗青说："我虽然古板，但也有爱好，我喜欢集邮。知道你辞职后我觉得心里有愧，当年毕竟是我给你办的手续，是我们食言了，三年没给你分配设计任务，我代表人力资源部向你表示歉意。同时，也想送你一件礼物，礼物虽然不算珍贵，但我相信你会喜欢，请笑纳。"

苗青双手接过这个红皮塑料夹，打开一看，是五枚很旧的邮票，看时间，竟然是1951年，邮票颜色各异，但图案相同，是飞机飞过天坛祈年殿。何部长说："这是新中国发行的第一套航空邮票，送你做个纪念。"

何部长虽然表情上不动声色，却是一个心里暗热的人，这件礼物显然是精心挑选的。苗青道："谢谢！我该回赠一件什么礼物呢？这样吧，我送您和鲍总每人一个'青峰一号'模型吧，那是我的作品。"

何部长没有拒绝，因为苗青已经不是909所的员工了，接受两个小无人机模型构不成违纪。

与何部长谈完话，苗青看看时间尚早，决定去画室取钥匙。她没有给大仙打电话，打车直接来到熟悉的画室。画室的门虚掩着，她轻轻推开画室的门，一股浓浓的酒味扑面而来。眼前的一幕让她愣住了：大仙正躺在沙发上酣睡，茶几上一个空空的威士忌酒瓶，一个玻璃杯，玻璃杯旁是一碟花生米和一餐盒新鲜海胆，海胆没有揭盖，黑硬的刺还在动。

她悄悄退出画室。画室门口有一棵攀墙而上的凌霄花，只长枝叶，不见花蕾。

6

中秋节是个团圆的日子，苗青想让父母到大连过中秋，此时大连果甜蟹肥，是这座城市最为享受的时节。父亲没有答应，父亲说等她的项目有了眉目之后再去不迟。父亲不知道她辞职的事，以为她在飞鹰还是挂职，认为挂职可以学管理，学会抓"牛鼻子"，将来主持项目时这些经验都能用得上。父亲特意强调：别浪费挂职机会，虚职要当实职做。

苗青给大仙打电话，说中秋节了，让马歌安排一下，几位好友一起过个节。大仙说文剑从北京回来了，本来想安排给他接风，他说身体不太舒服，等调养几天再聚。文剑去大连医大附属二院做体检，结果不是很理想，血脂、血糖超标，是典型的亚健康，办了住院手续在医院调养。

苗青不知道文剑回来，年纪轻轻怎么还患上了"双高"这种老年病？她马上和贾琼去医院探望文剑。

身穿病号服的文剑正背着手在房间踱步，见到苗青和贾琼，露出惊讶的神色，说："你们怎么来了，我这次是悄悄行动，就怕打扰你们工作。"文剑住的单人病房条件不错，有沙发、茶几和冰箱等生活设施，看起来不像医院，倒像是分时度假的公寓。

苗青问："怎么突然就'双高'了呢？'双高'不应该属于您这个年龄呀，是不是太劳累所致？"

文剑说："主要是西餐吃多了，'双高'都是吃出来的。"

苗青说："吃饭是自己可以把控的事，不会有人强迫您。"

"金融圈子里的人，吃西餐、打高尔夫，我是被裹挟着吃的，身不由己。"

贾琼说："文总需要有个人照顾，自己的问题该考虑了，要向苗总学习，抓紧时机脱单。"

文剑笑了笑，对苗青说："祝贺你呀苗老师，过几天我安排个饭局，让朋友们认识一下马先生。"

苗青说："马歌在沈阳，和您一样也是天天忙，总熬夜。"

文剑说："听说他在搞新材料，选项不错。"

苗青点了点头说："是的，这个选项也有点冒险，宋总就是在选项上出了问题，如果一心一意搞机床，不会出大问题。"

文剑沉默不语，一副若有所思的样子。

聊了一会儿，文剑让两人回去忙工作，说自己无非调养几日，没有什么大碍。苗青看出文剑神情上的疲惫，便起身说："工作上的事是忙不完的，健康一定要重视。"贾琼说她最近弄了个养生妙方，用海参肠煲汤，很管用，明天用保温饭盒送些过来。当天下班后，苗青又陪大仙和白院士来医院看望文剑。文剑没有白天那么精神，有些打蔫。"双高"这种小问题不应该影响情绪，生活中"三高"的人比比皆是，都活得挺滋润，一个"双高"至于这样吗？苗青觉得文剑精神上的萎靡不在"双高"。

寒暄几句后，文剑主动道出了实情，他在北京收购了一家叫地储投资的公司，在全国有46家分支机构，推出了多款理财产品，融资能力很强，但最近投资的一家铁矿企业出了问题，因进口铁矿石冲击，多数本土铁矿亏损，投资无法收回，群众购买的理财产品到期无法兑付，现在监管部门聘请的第三方审计机构已经进入公司，他遇到了前所未有的困难。

苗青顿时明白了，这才是文剑"双高"的病因。

"最好的结果和最坏的结果分别是什么？"大仙问。

"最好的结果是找到新的注入资金，接上资金链，让公司正常运转，但这个可能性不大。地储公司已经上了监管部门灰名单，不仅如此，公司原有的理财产品也有不合规的地方，虽然这是我收购之前发生的，但现在我是控股人，监管部门的板子要打在我身上。至于最坏的结果嘛，那就是万劫不复，不仅名下公司要破产清算，我十有八九会有囹圄之灾，罪名应该是非法吸储或诈骗。"

"我们几个能做什么？"白院士问。

"事已至此，老天也帮不上忙，你们更无能为力，因为缺口资金数十亿。"文剑深吸一口气，似乎已经站在悬崖之上，目光里透出一丝绝望的悲凉。

大仙和白院士都没有说话，这的确是一道无解的方程，文剑收购底数不清的地储公司是个难以挽回的错误，等于背负了一座碎石山。白院士说："好在你没有挥霍资金，只是投资失误。"

文剑说："对了，本来我萌生过购买私人飞机的想法，后来看到苗老师还住单位宿舍，连个LV包都没有，就打消了这个念头，怕让苗老师瞧不起。现在想想，和你们在一起、和那些投资商在一起是两个气场、两种境界。"

大仙道："既然风浪不可避免，那就只能面对，背过身去会被拍得更重，该担的担，不该要的不要，将来实在做不成公司的话，可以帮我做经纪，这不是玩笑。"

白院士说："你还是有先见之明的，清算的话也不包括飞鹰。"

文剑看了看苗青，长舒一口气道："这是我唯一欣慰的地方。"

在文剑的催促下大家离开了病房，在走廊里苗青忽然想起了什么，让大仙和白院士先走，她要和文剑说说飞鹰的事。苗青回到病房，文剑站在窗前往外看，病房视野很开阔，能看到灯光明亮的楼宇和远处被灯光照亮的大海。文剑转过身说："我猜您会回来。"

苗青也站过来，望着窗外的夜色说："担心变成了现实，这是宿命吧。需不需要出让飞鹰来救您？飞鹰刚刚量产的'大山挑夫'市场非常好，几乎供不应求。"

"变卖飞鹰也只是杯水车薪。"文剑说，"当初切割就是以防万一，怎么能再把飞鹰搭上呢？"

"那你怎么办？我不能眼看着你落水而不伸手搭救。"苗青眼圈红了，她已经料到了会出现的结果，对于文剑来说，后半生全毁了。

"你若跳下来，我们会双双溺水；你若在岸上，我还心存一线希望，至少上岸时还有个取暖的地方。"

"你们男生为什么总想一口吞天下，人生能把一件事做好就行了。有理想没错，但不能以理想的体量论成败，发明原子论的德谟克利特并不比发明宇宙观的尸子地位低，他们都在青史留有胜迹。"

"我不后悔，尽管我可能是个失败者，我的跨国托拉斯也成了一个渐行渐远的梦，但我不后悔。挑战中的失败，虽败犹荣！"

苗青被深深地感动了，转身拥抱了一下文剑："我回去了，多保重。"走到门口，又回过头来说："我永远是那个点燃渔火等着你上岸的人。"说完头也不回地走了，她知道自己控制不住眼泪。

文剑住院第三天，来了三位警察将他带回了北京。

7

2017年的跨年夜是苗青和朋友们一起在大仙画室度过的。本来马歌在巨无霸订了房间，苗青亲自来接大仙，因为这些天大仙情绪有些低落，她担心大仙不肯去。文剑的案子已经侦结，转到了检察院，大仙咨询了法律界的朋友，刑期不会很长。倒是宋理问题比较麻烦，案子迟迟结不了。

大仙一个人在画室作画，室内暖气不是很热，也没有磨咖啡，方形茶几上散放着几本画册，一个玻璃樽中插着束几近枯萎的百合，有种冷冷清清的萧条感。见苗青进来，大仙指了指画案旁一个扁扁的纸箱道："今年的画，一会儿请带走。"

"那我应该打开看看，这些天一直在猜您今年会给我画什么。"苗青很兴奋。

"回去再看吧，把悬念留到晚饭后。"大仙放下画笔，到盥洗室洗了手，从衣架上拿下一件灰色风衣，想了想又挂上去道，"不去巨无霸了，请白院士到这里来，让马先生在酒店煮些海鲜到画室来跨年吧。"

苗青知道大仙不去酒店是因为文剑和宋理不在，到酒店气氛难以活跃，又一想，在画室吃顿跨年饭也别有味道。她给马歌打了电话，让他拉上白院士，将酒店海鲜打包后直接到画室来。见苗青安排妥当，大仙起身收拾了茶几，打开空调，开始手磨咖啡。画室很快就变得暖意融融，香味四溢。

磨着咖啡的大仙忽然停下来，站在那里发呆，像被点了穴一样纹丝不动。苗青故意轻咳了一声，大仙才恢复常态，接着磨咖啡。苗青知道他一定是想文剑了，他们之间亲如兄弟，内心的难过程度可想而知。

"您又想文总了吧？"苗青问。

"这咖啡机、牙买加咖啡豆还是文总买的。我虽然爱喝咖啡，但到哪里去买牙买加咖啡豆一点不清楚，我是个生活上有点邋遢的人。"

"以后让马歌给您买。"苗青说。

"人生真是无常，文剑和宋理，多么有进取心的两个人，都在生意场上折戟沉沙。文剑和我说过，他想在金融领域有所成就之后，找一个懂昆曲的姑娘成家，现在看这个想法无法实现了，一个刑满释放之人，哪个懂昆曲的女孩子愿意嫁？"

马歌和白院士到了，大包小裹带得很全，连餐具、酒具都用纸箱搬来了。大仙说："二位搞得如此隆重就不怕麻烦吗？"马歌说："在大师画室吃跨年饭，仪式感一定要有，说不准将来就是一段画坛佳话。"苗青帮着把菜肴、餐具摆好，马歌将带来的玛歌红酒拎上桌。大仙摆摆手道："今夜喝活灵魂吧，这是文剑送我的酒，我还记着他当时说的话，酒能入画魂。"

大仙开启红酒给每人斟上，向苗青点头示意说："第一杯酒请苗老师来提，如果同意大家鼓掌。"三位男士都鼓起掌来。苗青没有准备，但她明白大仙让她提酒的用意，便端杯站起身说："好，那我就听吴老师的。今天是2017年最后一天，这一年我们经历了许多事，总体来说是磨难多于欢乐，尤其是文总一事尚无结论，宋总也遇到了麻烦，这是作为朋友最扎心的事。跨年，就是将2017彻底翻过去，迎接吉祥的2018，让我们共同举杯，为圣洁的灵魂，为真挚的友谊，为亲爱的东北，干杯！"

四只盛有活灵魂的酒杯碰在一起，被头顶的水晶灯照成一朵四瓣紫罗兰。苗青想，若是多一杯，就是传说中的五瓣丁香了，多两杯，就是六瓣百合。大家都饮下这杯酒后，大仙说："苗老师讲得好，尤其'为亲爱的东北'一句，差点让我落泪。"

"为东北祈福，是我们每次聚会的主题之一，"苗青说，"跨年饭，更不能忘了这一条。"

大仙给每个人再斟上酒，端起杯说："我们一起敬苗老师一杯吧，苗老师这一年有忧有喜，忧的是离开了国企，心里多有不舍；喜的是遇见了白马王子，找到了真爱。苗老师这一年就像坐过山车，我能感受到那种大落大起的滋味，好在失之东隅，收之桑榆，日子总在前行，希望不会破灭，让我们祝愿一个人的计划第二板块，早日变成现实！"三位男士都干了杯中酒，马歌想替苗青喝，苗青道："吴老师的酒谁也替不了，这里面有导师的嘱托呢。"说完，一饮而尽。

大仙放下酒杯说："苗老师说对了，我把您恋爱的消息告诉二爷爷后，二爷爷问那个小伙子靠不靠谱，我说当然靠谱，我把马歌搞储能产业和正在研发吸波材料的情况告诉了二爷爷，二爷爷说不是一家人，不进一家门，搞吸波材料好，这是当下最前沿的东西，苗青眼光果然不错。"

苗青脸红了，导师在飞机以外的事情上很少夸她，包括当初她和江峰谈恋爱，导师从来不评论、不表态。

白院士说："吸波材料迟迟攻不下来，主要是力量整合不够，其实鲲鹏所属的几个所应该集中力量搞攻关。马歌自己来做，这是一种大担当，我提议大家敬马歌一杯。"大家又喝了第三杯酒。

轮到马歌了，他双手捧着杯站起来说："白院士刚才过奖了，对苗青的朋友我不说假话，我搞吸波材料就是出于一种爱。当我得知苗青一个人在设计隐形飞机的时候，我就想加入进来，把她一个人的计划变成我们一对儿的计划。我知道她的设计只能是机型、机动、配置、航电这些方面的创新整合,而吸波材料属于另一个门类,要通过外协来做,我就着手来做了。坦白地说,我进入新材料,是一种强大爱情力量的体现。和苗青确立恋爱关系后,我发现苗青的优秀在于她有一个高品质的圈子,从吴老师、白院士,包括文总和宋总,都在无私地帮助苗青,作为大连人,我觉得你们身上有这座城市的温暖和情怀,为此,我敬各位一杯。"马歌和包括苗青在内的每个人碰了碰杯,喝了一个满杯。

大仙说:"我们边听音乐边喝怎么样?"

大家都表示赞同。大仙起身到书柜处打开一个车载用的小音响,舒缓的《蓝色多瑙河》微风一样拂来。苗青注意到白院士随着美妙的音乐声端起酒杯徐徐饮着,左手食指和中指在茶几上有节奏地敲着节拍。音乐真是个好东西,苗青想,大仙送自己的那幅画要是与音乐有关该多好。

大仙出了个题目:如果你是画家,2018年最想画一幅什么画。

白院士说自己想画一幅池塘,一个原生态的池塘,一池幽深的静水,不规则的岸边长满蒲草和芦苇,天空布满积雨云,近水处有一株水莲,白色的花儿照亮了画面。大仙说这构图有意境,白莲花带有灵魂之光。苗青也觉得白院士这个画面设计不错,恰好符合他的姓氏。

马歌说他想画达子香盛开时的长白山天池。他曾在夏天登过长白山,那时达子香已经过季,当时就想,如果天池被紫色的达子香所环抱,那将是什么情景!大仙说国外有画家画过这个场景,确实很美,但天池海拔太高,达子香很难在高海拔绽放,这幅画算是虚实结合,艺术创造。

苗青说自己想画一幅《放纸鸢的少女》的姊妹画,一个身穿波希米亚连衣裙的小女孩,赤脚屈膝跪在海滩上,双手撑着下颌,静静地望着大海,海上没有船,也不见航标,只有海天一色的深蓝。大仙想说什么，想了想却没有说，这幅画无须再说什么。

马歌说他还想画一道雨后的彩虹，彩虹下是一片花儿盛开的油菜田，而天际却依然是深重的积雨云。大仙说天际画积雨云很好，与彩虹有对比、有承接，因为彩虹消失后新的云团又会出现彩虹，这实际是对阳光的歌颂。

大仙说他想画一片大兴安岭原始森林，全是粗壮的红松，森林中有一条泥泞的小路，路上有两道深深的车辙，小路延伸到森林深处，不知通向哪里。

白院士说这幅画太好了，森林是生态之源，人类就是从森林走向平原的，所以人类有喜欢绿色的本能。白院士说："大仙你这幅画画出来我收藏。"大仙说："没问题，我就是想在2018年满足每人一个愿望，你们的想法我记下了，明年这个时间，到此取画。"

大家鼓起掌来。

大仙对白院士说："不过那幅森林的画不能给您，我是给文剑画的，我给您画一幅，同样的大森林，但路不再泥泞。"接着他又对马歌说："那幅彩虹的画也不给你，留给宋理吧。"

跨年饭吃到很晚，过了零点，大家才各自打道回府。

苗青回到公寓，迫不及待打开那幅画的包装，一幅清秀的色粉画展现出来，绿色的画面上一朵白色的花十分耀眼，花蕊红中带黄，花瓣晶莹如玉，这是一朵什么花呢？

在右下角，竖写着一列小字：丁酉·天女木兰。

第七章：戊戌·北地之子

1

父亲在阔别东北二十多年后，再次旧地重游。

为了让父母回东北看看，苗青和马歌专程去武汉做动员。父亲最终还是同意了，选择的城市是沈阳、大连、长春和哈尔滨。

两位老人到东北的第一站是大连。在周水子国际机场下了飞机，父亲看时间尚早，就对苗青和马歌说："先别去宾馆，我想到三个地方转转。"苗青问哪三个地方，父亲说去老虎滩、东关街和高尔基路。苗青吐了下舌头，这三个地方她都不熟，好在有马歌，马歌作为本地人对这些地方不陌生。

老虎滩是个美丽的海湾，有渔人码头和海洋馆，旅游设施齐全。父亲没有下车，轿车沿着公园外侧半圆形马路缓缓地行驶。"不是老模样，都变了。"父亲说。苗青问父亲为什么第一站要到这里来。父亲说老虎滩是他1978年第一次来大连印象最深的地方。当年他在北京上学，暑假来大连玩耍，本来第一站想去棒棰岛，因为课文里有叶剑英元帅一首叫《远望》的格律诗，这首诗就是在大连棒棰岛所写，就想去看看棒棰岛长啥样。问当地一个老人棒棰岛怎么走，老人大概听不懂武汉话，就给指到了老虎滩。父亲说那时候大连的有轨电车咣当咣当很有意思，一张票七分钱。在电车上和乘客交谈才知道，棒棰岛不通车，也不让普通游客进，自己来老虎滩算是歪打正着。当时老虎滩真的不错，海水清澈，海风凉爽，海景迷人。他当时想，一条河的入海港湾，为什么用老虎来命名呢？是因为海浪大，还是因为出产一种老虎鱼？问当地人，都说不是，这个事他现在也没搞清楚。大连历史上肯定不是个虎豹出没的地方，叫老虎滩必然有其他道理。

父亲说："后来我想明白了，这是用理想中的东西来命名自然景观，可见当地人喜欢虎虎生气。"

在东关街父亲下车了。父亲在街巷中边走边看，对路边的老宅指指点点。父亲说当初这里有个旅游饭店，两层楼，应该是老房子，他在二楼住过，现在已经扒掉了。父亲指着一条马路说，往前不远就是北京街天主教堂，还有个公安分局，都是老建筑，现在通通不见了。父亲说大连就像东北的养子，虽然在东北，却有着海派味道。东关街一带在日本人占领期间是中国人居住区，日本人则住在一个叫南山的街区，东关街是这座城市的原点，很可惜有点破败不堪。父亲说他在1978年来东关街的时候，这里的烟火气格外浓，傍晚，居民把小炕桌儿摆到马路上，光着膀子的男人吃海虹喝啤酒侃大山，女人则摇着扇子嘻嘻哈哈唠嗑，满街都是海蛎子味，煞是热闹。父亲说他还记得当时海虹售价便宜，一块钱十斤，散装啤酒也是几毛钱一升。

"您怎么会住到东关街来呢？"苗青问。

"是一个大嫂给招呼来的，当时站前有揽客的，清早我一出站，一位人高马大的大嫂就上来问：'猪虚吗，小小儿？'猪虚就是住宿，小小儿是小伙子的意思，听起来特亲切。看大嫂的打扮很朴实，不是花枝招展那路人，我就跟她来到了东关街旅游饭店。路上大嫂说她在523厂上班，帮助旅馆揽客，每接一位客人提成一块钱，她每天就接一次，然后再去上班。我问她523厂是什么工厂，大嫂说：'恁咋啥也不鸡捣呢？523厂是中国保尔工作的地场。'本地话鸡捣就是知道。我不知道谁是中国保尔，回到学校一查才知道，原来是大名鼎鼎的吴运铎。"

父亲说因为有这段插曲，他对东关街印象极深，这片楼房低矮的老城区，总让他联想到宋代那幅《清明上河图》。

往宾馆走正好经过高尔基路。父亲说到这条路是想看看路两侧的法桐。高尔基路的法桐是他在全国看到的最美行道树。高大的百年法桐让整条街道都被绿荫笼罩，父亲说当时在这条路上散步，就像在大森林徜徉一样，自然而惬意。那时街道两侧多是带着院子的日式房屋，每个院子里有凌霄、蔷薇和月季，还有嶙峋的古槐和笔直的银杏。看到当下的街景后父亲指着那些日式老房子剩下的残垣断壁说："要拆就好好拆嘛，为什么弄得破头烂齿呢？要盖房子城郊有地，为什么非要扒老建筑？热衷于大拆大建的人，该补补文化课才是。"

父亲点的三处地方看过后才到位于高尔基路东端的香洲饭店休息。马歌晚上在巨无霸安排接风宴，苗青说叫上大仙和白院士吧，让父母认识一下。马歌说太好了，人多才有气氛。

下午，苗青来房间看望父母。没想到父亲没有休息，正戴着花镜在看苗青给他的设计方案。这是隐形飞机的初步方案，突出了概念和智能化设计。父亲说这个设计不错，是标准的五代机。苗青说还要修改，导师提出了许多意见，需要修改完善。父亲问下一步怎么落实，这种项目必须得到国家认可才能立项生产。苗青说她想把动力、航电、涂层等都落实好再上报集团。父亲不知道她从鲲鹏辞职，连连点头，说她虽然在民企挂职，但终归是鲲鹏的人，鲲鹏好比棵大树，背靠大树好乘凉嘛。晚饭，马歌安排很丰盛。两位老人听苗青介绍白院士是航电专家、大仙是著名画家后，心里格外高兴。父亲说："苗青啊，大画家年年为你作画，院士给你做配套，他们不是看你多好看，是你来东北的选择感动了他们。"苗青觉得父亲目光就是敏锐，一下子就看到了事情的本质。马歌在一旁说："我也在给苗青做配套，从蓄电池到吸波材料，我一直在努力做。"父亲笑着说："你那配套可是有目的的，你也达到了目的。"

父亲问大仙吴教授身体怎样，说他在北航上学时就知道吴教授。大仙说二爷爷身体尚好，这些天正在审阅苗老师的设计方案。父亲问他怎么管苗青叫老师，叫小青多好。大仙指指白院士，说他们从认识那天开始就这么叫，习惯了。马歌插话道："苗青说了，老师这个称呼会逼着自己不敢懈怠，身无长处，会愧对这个称呼。我觉得这个称呼是两位教授对苗青的鞭策。"

大仙说："隐形超声速飞机是二爷爷的夙愿，他说五代机不飞上蓝天，他死不瞑目。二爷爷已经年过八旬，时间不等人，苗老师天天夜里七点半开始进入静默模式，就是争分夺秒做这件大事。"

父亲说："飞机是个系统工程，不是一个人的力量所能完成的。就拿我们的C919来说，发动机、飞行数据记录、通信导航、刹车系统等都是国外的，这个数据听起来是不是很惊人？但没办法，这就是残酷的现实，我们时时有被'卡脖子'的危险。我感到惭愧，我们那批大学生是改革开放后第一批学飞机制造的，本来应该在飞机制造事业上有所作为，可惜没有机遇。人啊，机遇太重要了，我在鲲鹏那些年只是设计了两款冰激凌机。"

大仙点点头道："机遇就是古人说的时和运，苗老师赶上了好机遇，就能行大运、成大事，这一点伯父比不了，您虽有一身绝技，时不来、运不济，也无法把飞机托上蓝天。"

"那个时候国家百废待兴，焦头烂额的事太多，许多大项目只能延后。"白院士说。

或许觉得谈论的问题过于沉重，大仙换了话题问："伯父在东北工作过，沈大长哈这四个城市您怎么评价？"父亲几乎未加思考就回答说："打个不恰当的比方吧，这四个城市很像东北一母三子。沈阳历史悠久，自然是母城，其他三市建城相对较晚，按时间算长春应是长子，哈尔滨则是义子，而大连孤悬辽南，更像养子。"

大仙觉得这个比方独出心裁，让人一下子就能记住。

2

人老了，喜欢温习过去。

苗青发现父亲这次来东北想看的地方，都是二十世纪八十年代在东北工作时去过的。父亲说这次回访，等于给老照片修复并上色，让记忆更加清晰一些。父亲把沈阳作为最后一站，先去长春和哈尔滨。

作为东北长子的长春让父亲很是唏嘘。父亲去长春提出想看两个地方，一个是长春电影制片厂，一个是长春一汽，这两个是父亲八十年代参观后印象深刻的地方。

在长影博物馆，苗青手机响起来，是贾琼打来的，说大远把鹿鸣公司收购了，现在大连的无人机产业由三足鼎立变成了对对碰。苗青说知道了，心里感觉杨总的嘴张得有点大，像河马，其实河马把嘴张到极致并不是为了吃食，而是在恐吓对手。杨总的嘴可不是恐吓，他已经吃下了鹿鸣。

关于鹿鸣公司苗青不是很了解，这个无人机厂家的老总是个富二代，他们主要生产小型消费级无人机，有一定市场份额。杨总能吃下鹿鸣，明摆着是要在东北做行业老大。不过她并不担心，在高科技领域不能单纯以体量论英雄，关键要看产品创新和市场份额。飞鹰推出"大山挑夫"后，大远特着急，组织力量在研发一种油箱达两吨的大型高空无人机，显然想走国际市场，但远程无人控制问题是个瓶颈，不知道大远怎样突破。

参观电影制片厂和一汽时，父亲没有说话，也没有拍照片，一路只是默默地看。

父亲将哈尔滨比作东北义子并无贬义，与沈阳悠久的历史相比，这座有着"东方巴黎"之称的美丽江城完全是另外一种风貌。其实，在哈尔滨一带，历史上真正有名气的是阿城，金国的国都、皇陵都在那里，而哈尔滨不过是松花江畔一个晒渔网的地方。与大连相似，哈尔滨建市百余年，却以洋气和引领风尚而著称。

父亲说到哈尔滨想看三个地方，中央大街、哈尔滨工业大学和太阳岛。父亲说中央大街他去过，哈工大和太阳岛只是听说，这两个地方曾经让他魂牵梦绕。

中央大街是一条1400余米长的步行街，地面均由花岗岩石块雕砌，这种石块像一排排萝卜整齐有序栽在地里，抗压性极强，与莫斯科红场的地面工艺相同，就是坦克装甲车驶过也不会有问题。大街两侧有欧式风格建筑七八十栋，高高低低地排列着，这些建筑都得到了很好的修葺，粉刷十分用心，以建筑用料本色为主，没有那种鬼画符似的肆意涂抹。夜晚置身这条百年老街，橘黄的灯光照着仿古街牌，木质橱窗展示着各种舶来品，令人恍如行走在布拉格的老巷，嗅出几多历史味道来。

到哈尔滨已接近傍晚，入住临江的友谊宫后，父亲说不在宾馆吃晚饭了，到中央大街吃西餐。苗青来过几次哈尔滨，大都来去匆匆，没吃过什么西餐，父亲这么一说当然高兴，她也很想品尝一下这座城市有名的西餐。苗青听大仙说过，大连的日餐料理和哈尔滨的俄式西餐，总体上是殖民的产物，但不能因为有殖民阴影就排斥它。从饮食影响的角度，日本很多东西都学自中国，日本人吃的水稻是从中国舟山传过去的，日本人喝茶习俗是遣唐使带过去的，日本人的清酒也是借鉴我们的黄酒酿造技法而来，所以饮食文化可以相互包容。

走进中央大街，在马迭尔宾馆门前父亲指着斜对面一个赭红色店面说："就去那里，华梅西餐厅，那可是中国四大西餐厅之一。"苗青很吃惊，如果父亲在此吃过饭的话，至少是四十年前的事，还能如此清晰地记住餐厅的名字令人难以想象。苗青知道父亲有记日记的习惯，想必行前翻看了当年的日记。

华梅西餐厅一楼是西式酒吧风格，就餐需要排队。父亲说："没关系，我们又不是什么大人物。"餐厅里一个年逾五旬的老服务员说："大人物也要排队，去年一个欧洲国家的大使来吃饭，为了等二楼包房排了十分钟的队。"父亲笑了，说："我们不去二楼，就在一楼等，哪怕多排十分钟也没问题，就餐的客人也是风景，进包房等于屏蔽了好风景。"排队期间，父亲忽然想起了什么，说："苗青你到对面买几支马迭尔冰棍来，那可是中央大街的特色，一定要品尝。"马歌和苗青一同去了，不一会儿，买回一捧带着牛皮纸包装的冰棍，一吃，果然味道别致。父亲说这个冰棍还是老味道，不知红肠怎么样，等会儿吃饭要点红肠，这里应该有正宗俄式红肠。

有一桌客人离桌，那位老服务员收拾好桌面后过来请他们入座。苗青将菜单递给父亲，父亲说不用菜单了，吃什么我在进来之前就想好了：红肠、奶油鸡脯、鱼子酱、红菜汤和槽子面包，饮料就喝格瓦斯。马歌觉得有点简单，就说加一份法式鹅肝。父亲没有反对，毕竟苗青和马歌都是老板，有吃鹅肝的条件。

次日上午，一行开车来到西大直街92号哈工大本部。在哈工大校园里转了转，然后驱车去名闻遐迩的太阳岛。父亲说之所以想来太阳岛，是因为上大学时总是哼唱《太阳岛上》那首歌，心里对这个岛有着无限向往。然而，父亲没有在太阳岛上找到应有的感觉，这里的一切似乎与岛屿概念无关，唯一的特点是房子多、院落多、草丛多。父亲说他们来早了，夏天来也许会是另一种景致。父亲没有说太阳岛不好，能看出来父亲在维护心中的那个太阳岛，不想把当年心中美好的憧憬一笔勾销。人都是这样，不愿意承认与理想有差距的现实，也许父亲在期待着某一个夏日与太阳岛的再度重逢。

晚饭，马歌安排了松花江开江鱼，一条足有三斤重的家焖松花江鲤鱼端上桌，热气腾腾的香气盈满了房间。开江鱼在当地属于名贵菜肴，鲜味和价格都属上乘，但父亲没像昨夜在华梅西餐厅吃得那么亢奋。马歌有点不知所措，小声问苗青加点什么菜好。苗青问母亲，母亲说不用加菜，这开江鱼够好了。没想到父亲却说："菜不加，给我来瓶小麦哈啤吧，解解乏，养足精神明天回头看大沈阳。"

沈阳是一座让父亲难以释怀的城市，父亲在这里工作了六年，把最美好的时光都给了这座工业城市。

父母在沈阳想去哪里一直没说，苗青并不担心父亲在沈阳的活动，毕竟在这里工作过，许多街巷、景区，父亲张口即来。利用这个时间，苗青去东北大学见了刘教授。刘教授在涡扇发动机进气和出气方面都做了一定改进，尽管改进幅度不大，但推重比却提高了。苗青很清楚，发动机任何一项小小的改进都是牵一发而动全身，有时往往一扇涡片、一个减震器、一根传导线，都会影响发动机的寿命。刘教授敢在进气和出气上对发动机下手，可谓胆识过人。当然，刘教授的改进需要试验，现在还不能下结论。晚上，苗青和马歌要陪父母吃饭，母亲说吃过了，在铁西一家小店吃的。苗青觉得奇怪，父亲一般不在街边小店吃饭，在哈尔滨说到路边店吃饺子，父亲在车上没表态，看到东北饺子王的门面，父亲说这哪里是街边小店，这是当地人说的大馆子。父亲能在铁西吃晚饭，说明这家小店有父亲想吃的东西。一问，果然如此，父亲说他看到了饭店牌匾上写着老四季抻面、鸡架，便拽着母亲进了店。母亲说没想到一个拉面店生意火得不得了，鸡架还真好吃，把没有多少肉的食材一煎一煮，竟然成了一道美食。

3

父亲没有去北陵，说不用看，北陵不会有所改变，再热衷于大拆大建的官员，也不可能把北陵给拆了，那里是国家重点文物保护单位。父母一起去了故宫，回来后父亲对苗青说，老故宫与北京城的故宫相比虽说是个袖珍故宫，但大政殿和十王亭却颇有议事仪式感，这正是北京故宫所缺少的。北京故宫据说有九千九百九十九间房子，但没有一间是属于王侯的，沈阳故宫却有呈八字排列的十王亭，从这个结构来看，清初的八旗很讲究民主，注重统一思想、步调一致，否则凭那么一点兵力无法一统华夏。

从故宫出来，父亲还去看了宫墙外的中心庙，这是一个袖珍关帝庙，庙里除了关羽外，连周仓、关平都放不下。中心庙虽小，却是沈阳城的中心原点，偌大一座城市，就是从这里辐射出去的。沿着中心庙继续往北走，是一条六十米长的胡同，这便是著名的铜行胡同。当年皇太极在扩建盛京城时，为了打造一种"铜心铁胆"的皇城格局，将全城铁匠铺安排在城的四垣，把全城所有铜器店则集中到这一胡同，从此盛京城便有了一个专业性极强的铜行胡同。铜行胡同繁荣时铜器店一家连着一家，加工销售各种铜器，铜制品远销日本、朝鲜，以及国内京津一带，其中不少老字号一直经营到民国时期。

父亲说铜行胡同是沈阳工匠精神发祥地，这座城市之所以工匠辈出，与铜行胡同讲究工艺的精湛与传承有关。他看过央视一个介绍大国工匠的栏目，其中专题介绍了鲲鹏集团一个年轻工匠。小伙子技校毕业，祖父、父亲都是高级工匠，小伙子的父亲为了培养他，在他参加工作时送他一把进口锉刀，当时一把国内同类锉刀不过十几元钱，而这把锉刀价格高达两千元。小伙子父亲告诉他，工匠的技术就是时间，是一下一下锉出来、锻出来的，就拿飞机来说，有的部件只能由工匠手工完成。这期节目让父亲激动了好几天，鲲鹏能培养出三代工匠，这是对国家的贡献。父亲说他知道南方许多乡镇企业，当年聘请了大批沈阳的技术工人，可以这样说，沈阳当年的国企改革，用苦涩的泪水诠释了什么是一鲸落，万物生。

"可惜现在的铜行胡同完全荒废着，变成了半截停车场和一个门窗俱破的废弃市场，没有丝毫铜器店的踪迹。"父亲有些伤感。苗青看得出来，父亲对这条文化街巷有一种难以割舍的感情。父亲说："闲置不是坏事，既然胡同名字尚在，总会出现有缘人来挽救它。"苗青觉得父亲看问题就是透彻，任何事情不能急于求成，铜行胡同也在等待，像鲲鹏集团在等待中渡过难关迎来振兴一样，铜行胡同也会凤凰涅槃，在废墟中重生。想想看，沈阳是国家高端装备制造业中心，这么高大上的定位为了宣传总要追根溯源，那时自然会找到铜行胡同来做文章了。

苗青建议父亲去看看浑南，沈阳有一河两岸发展规划，浑南区与和平、沈河、大东、皇姑这些老区相比，有很多后发优势，将来必成后起之秀。父亲说要留点念想下次看，不能一次都看完。

一周的行程很快结束了，父母在桃仙机场登机前，握着马歌的手说："你的事业能和苗青一个人的计划结合在一起，这是谁也分不开的缘分。"

"伯父伯母放心，苗青的向往就是马歌的追求，这是我一生的承诺。"

父亲亲切地拥抱了马歌，用力拍了拍他的后背。

4

刘教授的改进型涡扇发动机设计被西南一家公司通过论证，进入制模生产。苗青请刘教授牵线，与发动机生产方草签一个协作意向，并把意向连同隐形飞机设计方案一并交给鲍总。

鲍总在接过方案的一刻，两手有些颤抖，与苗青对视了足足有两秒钟。

"我的担心放下了。"鲍总说。

"您担心什么？"她问。

"担心你放弃或移情别恋。"

苗青笑了笑："初衷像胎记，没办法擦去，这个方案从没想过给鲲鹏之外的厂家。"

"我会对这个方案负责。"鲍总说，"我代表鲲鹏集团感谢你。"

苗青又介绍了吸波材料的研制进度，介绍了白院士的航电配套团队工作进展。她说："等全部就绪后会提交一个完整的'1+3'方案，这个方案是先下点毛毛雨。"鲍总说他会专程去总部汇报，总部专家个个火眼金睛，相信他们是识货的。

告别鲍总，苗青来到马歌的实验室。工作人员把马歌从实验室叫出来，她发现马歌连口罩都没有戴，嗔怪马歌说，无论从防疫上说还是从实验室卫生来看，口罩都必须戴。马歌诚恳接受批评，说实验室太热，憋得难受便随手扯下了口罩。马歌提出想请白院士出面协调一位院士做实验室指导，问苗青是否可行。苗青说她回大连找大仙和白院士商量一下。她知道白院士特别忙，再说一个院士为民企做指导是否符合规定，要弄清楚再说。

回到大连，苗青约了大仙一起到白院士办公室谈马歌实验室的事。白院士听了情况介绍后道："我虽然不搞这个专业，但直觉告诉我马歌请的科学家一定在解析'超黑粉'纳米吸波材料，这是某些国家视为眼珠子的东西，不会让你轻易破译。现在美俄德法英日等国家都有吸波新材料，我觉得马歌实验室应该重点做整合，利用纳米技术合成某种新材料。"

"马歌也是这个想法，苦于没有高水平的指导。"苗青说。

白院士略做思考说："这样吧，我们系统在沈阳也有研究所，我看能不能请一下沈阳所的王院士帮助指点一下。不过，王院士一般不接手额外的科研任务，只能试试看。"

大仙和苗青相视一笑，他们知道这事有谱了。

5

苗青担心的事情还是发生了。

大远的杨总重金挖走了何英。

何英来到苗青办公室，目光躲闪，头颈深垂。没等苗青说话，他先做检讨，说自己不是大丈夫，就是一个患得患失的小男人。没办法，人为财死，鸟为食亡，他无法免俗，杨总给的条件太优厚了，年薪是飞鹰的两倍，而且只签三年合同，三年后可以不签，不存在违约问题。

苗青希望何英能抬起头来，她想看看何英的瞳仁里藏着些什么。但何英一直不抬头，用头发几乎掉光的秃顶照着她。她控制住自己的情绪，语气尽量平缓地问："就是因为钱？"

何英点了点头。这一点何英很诚实，没有胡乱找理由，当然，在充分放权的苗青这里，他也无法找出其他理由。何英说："我一直想回上海养老，想让两个小孩成为上海人，但上海的房子贵得了不得，我只能拼命赚钱，没得选择。"

"你很诚实，你想说的话我猜到了，"苗青说，"我不强留，你可以走。"

"苗总放心，我不会出卖飞鹰科技秘密，我去也是研发新品种，与青峰一号、大山挑夫和新研发的机型无关。我可以坦诚地告诉您，我去大远是搞中继机，您知道，就是搞中继平台，技术难度不大，关键在后续发展上。"

"后续怎么发展？"苗青问。

"杨总看好国外的'忠诚僚机'概念，想搞个'一长多僚'计划，挖我去就是做这件事。您知道'忠诚僚机'概念是美国人搞出来的，美澳也进行了研制，杨总很看好，下决心要上这个项目。"

苗青暗暗佩服杨总的胆识，"忠诚僚机"是无人机领域较为前沿的概念，一个不懂无人机的人却能抓得住，可见大远在超越飞鹰上动了多少脑筋。按理说，这个概念由她来做可能更好，因为她在相关论文中提到了"忠诚僚机"这个例子，但飞鹰的大山挑夫有了足够的市场份额后，她把精力投放到了隐形飞机设计上，高新园区的工厂生产也已经满负荷，无法再分出新的生产线，于是她只好先放一放。她给自己的理由是弦不能总绷着，企者不立，跨者不行。现在看来，自己曲解了老子的智慧，竞争总是刀光剑影，稍有懈怠项目和人就会擦肩而过。想必这段时间何英也是太清闲，闲生事，懒生病，这话一点没错。

"你曾经说过顾单会走，现在你俩都走了，我想问，除了钱，你就一点不考虑理想和抱负吗？"

何英抬起头来，眼睛快速地闪了一下，又低下头道："苗总，恕我说实话，并不是每个人都追求高尚，更多的人在高尚与实际之间会选择后者，高尚的代价很多人承受不起。我就是个普通工程师，也不想青史留名，我最大的心愿是让妻子和孩子成为上海人，在上海有自己的房子，有户口，在安静的里弄生活，享受大上海的诸般福利。"

苗青想起了大仙的一句话：自私理解不了无私，卑鄙理解不了高尚，因为不在一个频率。她并不鄙视何英的选择，每个人都有自己的活法，在追求上不能强加于人。她告诉何英，人可以走，但飞鹰的商业秘密不能泄露，作为体制内出来的科研人员，遵守职业道德是一条底线。

"你走吧，祝你一切如愿。"苗青压住急促的呼吸说。

何英并不走，依然在那里低头搓着手。苗青问他还有什么事。何英说不好意思苗总，还得提个请求，希望苗总能成全。苗青问什么事。何英吞吞吐吐说了自己的请求，住房和车能不能低价卖给他。苗青很清楚，所谓低价几乎就是象征性的价格。何英这个请求明显有点过分，因为大远会给他房子，而且房子会比飞鹰这边好，车也会配，挖这样的人才，按惯例年薪、住房、车子是三个必要条件。

苗青问："房子和车杨总不给你配吗？"

"会配的，"何英说，"我是想能不能多一套房子，现在这台车我想给太太。苗总呀，我对你不藏着掖着，觍着脸说这些丢人的话，我自己都不好意思。"

苗青犹豫了好一会儿，站起身说："这件事我不能自己做主，需要开会商量一下再答复你。"

何英点了点头，起身给苗青深鞠一躬才离开。

苗青召集几位副总开会，通报了何英跳槽去大远的事，大家都很气愤。赵总说："老何还想怎么的，副总还不够吗？"余一说："何英可是掌握着咱们所有产品的商业秘密，去别处还好，他去了大远等于跑到咱们敌对阵营去了，成了叛徒。"贾琼眉头一直锁着，坐在那里不停地摇头，苗青问她怎么看，她停止摇头说："能不能阻止他跳槽，实在不行就用经济、法律手段。"苗青说："你那里有当初的聘用协议，可以咨询一下法务。"贾琼说她这就去，说完起身下楼了。苗青说："我们要做最坏的打算，一旦大远也生产我们的机型然后压价销售，对我们的冲击有多大，请余总做个预案。"余一说："我已经签署合同的公司没问题，新客户就不好说了，大远肯定要压价销售。"苗青又对赵总说："成本控制上也要有个预案，一旦打起价格战来，要多一手准备。"贾琼拿着当年的聘用协议回来了，说不用找法务，她一看就明白了，协议上没有违约责任，也就是说当年文总是挖人家来，人家自然不肯承担罚责。

这是一个不利的消息，四个人都陷入沉默，谁也想不出好主意来。苗青说了何英关于住房和用车的请求，三个人都不同意，说："这还好意思提，跳槽了还占飞鹰的便宜？"苗青迟迟没有表态，她不希望和何英把关系搞僵，何英手里毕竟掌握飞鹰最核心的商业秘密，何英估计也是凭这个砝码才提出了房与车的要求。房子产权在公司，何英只有居住权，想变卖不可能；车开了好几年，折旧后所剩无几，给他也无所谓。她需要做三位副总工作，把这件事妥善处理好。此时，她多么希望文剑能在这里，相信文剑会做出一个更为稳妥的决定。文剑处于一审后的上诉期，无法与外界联系，这件事苗青只能自己拿主意。

苗青做了个分析，与何英维持过得去的关系会有什么结果，与何英关系弄僵又会是什么结果，然后请每个人发表意见。赵总想了想，说："破财消灾吧，房子和车不行就给他用吧，反正固定资产账在公司，他只能用，不能变现。"余一说："何英真要把技术卖了，也不止这些钱，还是安抚为主。"贾琼说："苗总你定吧，何英人品不坏，只是钻进了钱眼里，经不起杨总的利诱，怕是会有后悔的那一天。"苗青说："对了，你们知道吗？当初杨总要花大价钱挖贾总，贾总没动心，他就把手伸向了何总。你们都在这里，我估计将来杨总也可能会挖你们，你们要是学何总，我会很伤心，也无法向文总交代，文总那么一种情况，怎么忍心再给他添负担？"赵总说："做人要有底线，我是不会走的，不管什么总来挖我，都不好使。"余一道："我和文总像亲兄弟一样，苗总拿我当兄长待，我要是跳槽还怎么做人？我觉得飞鹰的未来一定比大远强，大远现在是有钱烧的，这么干不可持续。"

苗青做出决定，何英的住房和车不收回，房由他无限期居住，车可以一直用到报废，但公司不会作价出售给他，理由是公司还没到出售固定资产的窘境，如果要出售，也会所有高管一视同仁一并作价出售。具体工作由贾琼负责通知，同时请贾琼代表公司安排一下，找几位与何英平时关系较好的中层干部一同吃个饭算作送行，这一页就此翻过。

"苗总这是仁至义尽了。"余一说，"这饭何英怎么咽得下去。"

赵总说："他不仁，苗总不能不义，只不过难为了贾总，这敬酒的话咋说呢，换了我会劈头盖脸臭骂一顿。"

贾琼说："你们不知道，顾单走的时候，苗总也让我安排了一顿饭，顾单吃得眼泪汪汪，像吃断头饭一样。我觉得安排一顿饭是最好的感化，将来他们走到哪里至少不会说飞鹰不好吧。"

余一摇摇头："你错了贾总，没有感恩之心的人你是感化不了的，你做得好，他认为是应该，你哪怕有一点差池，他马上就会翻脸，这种人我见多了。"

苗青说："岂能尽遂人意，但求无愧我心。这句古话告诉我们，把自己的事做好，一切顺其自然。何英该怎么做就怎么做吧，祝愿他的'一长多僚'计划能成功。"

6

文剑一案终审判决前，北京来了两位年轻法官，到飞鹰公司查阅账目以及当初的出让手续。两位法官一位姓黎，家在牡丹江宁安；一位姓齐，家在铁岭开原。两人都是法学硕士，通过司法考试和公务员考试进入法院工作。

宁安、开原，苗青看着两个地名心里有些犯寻思，宁安不就是清朝发配流人的宁古塔吗？开原堡作为东出盛京第一堡，也是最大的流人驿站，这种巧合真是有点意思。贾琼说两位法官提出想见苗青，苗青自然不能拒绝，人家依法办案，自己哪里有抗拒的理由。贾琼说黎法官几次提到隐形飞机设计，她感到纳闷儿，这个设计与飞鹰无关，不知他们为何对这个设计感兴趣。

中午，苗青给大仙打电话，说了法官要来调查一事，大仙说专业上的事让法务谈，你不了解相关法规，怕是会说出麻烦来。苗青问："那我说什么呢？"大仙说："如果我和法官谈，我就谈谈古典主义、现代主义，谈色粉画，因为这是我的专业。"苗青说："我懂了，感谢您的点拨。"苗青百度了一下宁古塔和开原古城，为下午的见面做些准备。

公司会客室不大不小，像一间中小学标准教室，中间部分是沙发，四周是展柜，摆满了各种无人机模型。两位法官先到了，正在津津有味地欣赏展柜上的模型。两人都没穿制服，一样的藏蓝色夹克，各自腋下夹着一个黑色文件包。苗青没有穿职业装,而是特意穿了一身白色的休闲服,目的是想让谈话氛围轻松一些。贾琼悄悄说苗总穿白色衣服最搭,具有白磷弹一样的杀伤力。贾琼陪苗青走进会客室,将两位法官一一做了介绍。落座后贾琼沏上茶后识趣地离开了。两位法官像新闻记者一样看着苗青,大概是苗青一身休闲装出乎他们意料,这样严肃的会见,一个涉案老板竟然如此轻松,有点不可思议。鼻音很重的黎法官说:"苗总,我们有个感兴趣的问题想请教,文剑为什么仅以一个回款协议就将飞鹰公司出让给你,当然,你不是国家工作人员,接受与否与法纪无关,但是我们想知道理由。"

苗青回答道:"这个问题不仅你们问,许多朋友也问过,文剑为什么将公司出让给我,他自己的说法应该是最准确的,其他人包括我只能是猜测,我认为这件事你们应该询问过文剑,若是想听我的理由,就是两个字:信任。"

齐法官说:"看来信任是有价的。"

苗青笑了笑:"您是东北人吧?您应该知道东北人重赠予不求回报的品质。《宁古塔纪略》写道,当地人到店家赊欠绸缎、蟒服,只要说好来年以黑貂皮奉还的,没有一个爽约。仗义已经成了东北人的基因,文剑大概属于这一类吧。"

齐法官问:"你读过《宁古塔纪略》?"

"我是武汉人,当年选择来东北工作,自然要备备课了。"

齐法官眼睛亮起来,问:"好几位同事说你来东北不是为了赚钱,但越是不想赚,钱却越是往你身上滚。"

苗青笑了,这个话题她喜欢,便点点头道:"我一个单身女人要那么多钱有何用,不像你们,买房买车、将来孩子上学都离不开钱,尤其您二位,在北京买房子恐怕还需要父母接济,我不用呀,谁娶我,这些开销就是谁的事,用不着我操心。"苗青有意把话说得诙谐,尽管她自己都觉得有表演的成分。

黎法官和齐法官相互看了一眼，齐法官说："北京房价确实高，老黎的房子在六环，我住廊坊，上班等于跨省出差。"

苗青竖起大拇指道："住在六环外说明什么？说明你俩清廉呀。法官要想敛财还是有机会的，因为你们有自由裁量权，你俩显然拒绝了许多不义之财，否则不会到那么远的地方买房，下班后连手机信号都是河北的。"

"是是是，太对了。"齐法官说。

黎法官显然不想把话题扯远，往回拉话道："我们看账，发现飞鹰过户后并没有用利润还文剑，为什么？"

"文剑放弃了主张，因为从金融领域看，飞鹰这点利润是微不足道的，不够他们流水的一个零头。"苗青说。

"从账上看，飞鹰收入除了用于公司经营，你几乎没有什么个人支出，这好像不符合常理，是经过变通了吗？"黎法官接着问。

苗青笑着说："人生真正的幸福是爱好和事业完美地结合，而不是无节制地消费，消费过后是空虚，是更大的消费欲望。我的幸福感来自设计的飞行器，实施一个人的计划，设计飞行器也不需要更多经费，我的薪水足够用。"

"我们在提审文剑时，他说他最佩服的人是您，说您是这座城市独一无二的女人，凭一己之力悄悄在为国家做大事，这话从何而来，您能解释一下吗？"齐法官问。

"这是我一个人的计划，"苗青说，"文剑是少数几位知道这个计划的人。您二位对国际飞行器发展形势也许有所了解，从商用大飞机市场看，基本上是波音和空客的天下，没有我们的份儿，国家之所以研制C919就是想在商用大飞机上占有一席之地，但这也是支线飞机，想跻身这个市场，就必须研制大飞机，我立志于此，于国、于父、于己、于师至少是个态度。从军事飞行器看，发达国家已经有了五代机，并着手研制六代机，五代机一定是隐形、高度人工智能化、超声速的飞机，在这个领域我们不能再隐忍了，必须抓紧赶上去，我的导师一直鼓励我勇敢地介入。我想，反正也不花公款，没有横向掣肘，我就把隐形飞机列入了自己的设计计划。好在我是飞鹰的老板，必要经费有基本保障。话又说回来，这要感谢文剑，是他给了我这个平台，尽管他触犯了法律。"

黎法官说："我们注意到了，文剑非法集资的钱没有往飞鹰投一分一厘，飞鹰也没有给文剑转过款，这一点分得很清，要是纠缠不清就另当别论。"

"飞鹰的利润，生于飞机用于飞机，这是我给自己定下的原则。"

齐法官问："这么说，飞鹰公司的利润，除了用在积累和扩大再生产和少许设计上外，您个人没有什么变通花销？"

"这是肯定的，"苗青说，"奢侈品我不感兴趣，我也没时间到国外游山玩水，因为每天晚上七点半到十点半，我会进入静默状态，这个时间的电话我是不接的，我的大脑必须进入另一个频率。所以我常开玩笑说，哪个男生娶了我是他的福气，省钱，还能赚钱，说不定获个科技进步奖什么的，都是好事。"

两位法官都笑了。

齐法官性格相对开朗一些，他说："我们在北京也为家乡着急，东北原来多牛啊，现在到了打狼的地步，很重要一个原因是人才问题，外地的人才不来，当地的人才外流，事业毕竟是人干的。"

苗青点头表示赞同。齐法官看了黎法官一眼接着说："执法应该体现出一定的温度，法是水字旁，水代表公平和正义，但必须考虑温度因素，要是温度太低凝水成冰，水就失去了公平的意义。我听一位大领导做报告，他说司法公正是最大的营商环境。"

苗青没想到一个调查法官会发出这般议论，她向这个眉清目秀的同龄人投去赞赏的目光，并深深点了点头。看来无论什么职业也无法压抑热血的澎湃，作为从东北走出去的大学生，为家乡的发展而纠结甚至不满也在情理之中。

黎法官比齐法官大一些，做派差别很大。与宁古塔是流人目的地不同，开原当年只是流人的驿站，是一座老城，黎法官身上似乎带有老城的气息。黎法官说："我们找你聊聊，事情基本清楚，这次调查我和小齐有个共同收获，就是从您身上看到了家乡的希望。"

齐法官说："您放心，打击犯罪和保护合法权益都是我们的职责。"

苗青听出了齐法官话中的弦外之音。

11月11日，文剑的终审判决下达：维持一审原判。文剑获刑三年半，名下的地储公司、环保公司、物业公司和猎头公司，均被法院拍卖用来偿还储户本金，飞鹰公司没有连坐。

7

这一年的画作没在跨年夜赠送，而是选在了12月22日冬至这天。大仙提前在巨无霸订好房间，然后委托苗青通知白院士和马歌，这一天请大家小聚。

没人知道大仙为什么要提前安排这个活动，大家都期待在大仙画室共度跨年之夜。大家不知道，文剑转到监狱服刑按规定可以探视后，大仙就委托京城的朋友联系探视。就在前几天，朋友答复，年前这段时间监狱正全力以赴忙规范化建设，探视开放时间是12月31日。大仙说可以，元旦那天也没问题。就这样，大仙准备31日去京探视文剑，聚会只能提前，大仙想在聚会时把这个消息告诉大家。

大仙提前来到饭店，他打开包装，把去年跨年之夜酒会宣布的几幅色粉画一字摆在房间里。除了苗青那幅，其他画作大仙基本上是按照去年每个人的心愿画的，规格一致，装裱相同。文剑那幅也带来了，他想请苗青带到公司去存放。此外，他说给宋理那幅没有按照马歌去年的描述画，画面是惊涛拍岸和群鸿戏海，他没有带来，暂存在画室里。

大家到齐后，站在画前一幅幅欣赏，每个人都喜笑颜开。大仙说话算数，这礼物足够珍贵，这也是大仙献出画作最多的一次。

送给苗青的那幅画最吸引目光，画中，一个身穿米色波希米亚衣裙的女孩赤脚跪在山岗草地，山岗上有一棵近景白桦树，寓意这是东北，白桦树下草地上开满蒲公英的黄花，小女孩双手撑着下颌向远处张望，远处是戈壁一样的原野，无山，无树，天尽头有一道若隐若现的霓虹。去年，苗青希望画一个小女孩赤脚坐在沙滩上看海，大仙在创作时将大海变成了荒漠，将沙滩变成了山岗，但女孩波希米亚风格的米色衣裙和赤脚没有改变。

到场的人都在揣摩这画的寓意，但没有谁问大仙，问也不会说，大家只能自己理解。白院士说："小女孩望的是一片尚未开垦的处女地，是生机和希望所在。"马歌说："这片处女地上没有树，也没有草，连荆棘都没有，说明前方一切都是未知数。"白院士指了指那一抹霓虹说："这道彩色应该是希望所在。"苗青没有评论，她在想，海呢？去年自己想要的是小女孩坐在沙滩上望海的画，没想到画中没有海。但她很清楚，有着厚实哲学功底的大仙不会随意创作，画面背后肯定有作者的逻辑。尽管没有满足她的要求，但她还是很喜欢这幅画，尤其远方那一抹霓虹，让这个孤独的小女孩不再暗淡。在画的右下角，有大仙给画的题名：戊戌·北地之子。

大仙请各位入席。马歌亲自开启红酒，红酒依然是玛歌。马歌带玛歌，已经成了默契。大仙先说话："把聚会提前，实在是不得已，因为今年最后一天是定好的探监日，我准备去看望文剑。文剑入狱后，因为监狱正在改造，一直不让探视，月底改造工程完工，才允许探监。"

苗青说："我和马歌陪您去吧，文总是我的老板，我正好把飞鹰的情况向他汇报一下。"大仙摇摇头："不妥，你是文剑案利害关系人，还是不去为好,马歌去也不合适,你们还是在家忙工作吧。"苗青想了想:"那好吧,飞鹰的情况您也了解,您和文总说说,免得他担心。"

因为少了文剑和宋理,饭局结束很早。散席前苗青忍不住还是悄悄问了一句:"吴老师,我那幅画您怎么不画海呢?"

"瀚海也是海,是凝固的海。"大仙道。

12月31号下午,去探望文剑的大仙给苗青发来微信,说文剑听说何英跳槽之后,提到了环保公司的郭云山和杜小明,如果需要,苗青可以去找这两位谈谈。

看到这条微信,苗青沉思许久,在日记上写下一首短诗:

　　瀚海中的溺水者
　　不论水性有多好
　　白帆、桨和救生圈
　　此刻是多余的

第八章：己亥·猪卡索

1

苗青约小宋喝茶，还在公司旁那个梦之角咖啡屋。一见面，小宋左端详右端详，微蹙眉头说："好妹妹，你瘦了，是不是太累了？"苗青说最近操心事多，过段时间会好起来。

两人坐下，小宋说了909所和集团的许多事，其中最让苗青惊讶的一个消息是集团主要领导马上就要易人，现任总裁因年龄问题退休，总部已经派考察组到集团考核。小宋神秘地说："集团有六个副总，有的家人定居国外，有的是关联人有企业，有的个人事项报告有遗漏，有的业务能力不行，还有一个超过了提拔年龄，唯有鲍总干干净净，白条一枚，总裁非他莫属。"

苗青听到这个消息还是有点小激动，集团一正六副七位大佬，她只与鲍总有过接触，对鲍总印象不错。鲍总为人正派，懂业务，没有官架，这样的人接班对鲲鹏发展肯定有益。

"鲍总这样的领导应该重用，能力和业务都好。"

小宋道："能不能当上还不好说，因为有人给鲍总提了两条缺点，一条是鲍总迷恋围棋，都下成了围棋八段，能不影响工作？另一条有点说不出口，说他包庇违纪员工，工作不讲原则。"

"第二条有具体所指吗？"苗青问。

"应该是指你兼职那件事，告状的人是故意鸡蛋里挑骨头呗。"

苗青明白了，难怪当初鲍总和纪委的人找她谈话那么正式，一副公事公办的样子，看来鲍总早就预料会有这么一步。

小宋还透露了个消息，最近集团从所里抽调三人去沈阳总部参与一个重要项目，听说是改装一种老机型。说来奇怪，抽调的人都是年轻人，项目经理一个没要。苗青想，集团一定是承接了总部下达的重要改装任务，在集团层面组建了项目组。听到这个消息，她心里有些遗憾，自己若是仍在909所工作，这次也许会在抽调之列，因为抽调科研力量归何部长管，何部长赠送的那五张邮票，已经暗示出对她的印象。

聊天转入正题，苗青让小宋介绍一下郭云山和杜小明的情况，这两人当时与何英一起被文剑挖走，在909所引起很大轰动。

小宋说这三人的档案现在还在人事处，是她扣着不往人才交流中心移交，因为档案里有涉密内容，需要做技术处理后才可移交。

通过小宋介绍，苗青对郭、杜二人有了粗线条了解。

郭云山是黑龙江五常人，当年五常县高考的榜眼。据说他的家乡凤凰山被外星人光顾过，有人在那里亲眼见过飞碟。人的兴趣有很大的偶然性，这次飞碟的降落激起了郭云山对飞行器的兴趣，从此他迷上了飞碟研究。飞碟在国外叫UFO，有很多人在研究。国内热衷于此的并不多，郭云山属于较早涉猎这一领域的人，并为这项研究倾注了不少心血。因为对飞碟的兴趣，郭云山大学选择了飞机制造专业。他义务参与了"2005·中国大连世界UFO大会"服务工作，那是世界首届UFO大会，在UFO研究领域具有里程碑意义。

杜小明是辽宁北镇人，也是学飞机制造的，他偏重理论研究，实践层面不多。杜小明兼任《航模纵横》杂志执行主编，有众多航模粉丝。《航模纵横》是市科协主办的一本期刊，因为办刊经费不足，杂志生存有困难，科协领导找到文剑，希望他能出资供养这本杂志。文剑作为清华毕业生，知道这本杂志的价值，就一口应允下来。文剑到909

所挖人时就把他给挖过来了。文剑对杜小明说："我出钱，你办刊，我的要求就一个，三年之内《航模纵横》进入核心期刊。"杜小明视这本期刊为命根子，没加考虑就同意了文剑的建议，从909所辞职来到文剑麾下。在杜小明的精心经营下，《航模纵横》还真进了核心期刊。

在经历了顾单和何英出走之后，苗青开始重视人品。她觉得人可以有缺点，但如果在人品方面有本质性瑕疵，就不值得为此人花费心血去培养和使用。她看到一份资料，当年在白山黑水间坚持抗日的抗联将军们，包括令日寇闻风丧胆的杨靖宇、赵尚志，都因部下的背叛而牺牲。这篇文章给她的启示是，在选人用人上忠诚应该排在首位。苗青让小宋说说两人的人品，她认为小宋的评价会有代表性。

"郭云山是个讲究人，说话算数，"小宋说，"他有个观点所里人都知道，人在做，天在看，这话不是他的发明，但他有科学解释。他说人说的话、做的事，都会以某种波的形式被宇宙接收，宇宙是无限量储存器，所有的信息都会被储存，至于什么时间重新浮现那是另一回事。所以人不能欺天，欺天必遭天谴。这个观点不像出自科学家之口，但反驳的人也找不出根据，毕竟有个物质不灭定律在那里。"

"科学的尽头是神学，"苗青说，"郭云山显然受这句传言影响很大。"

"杜小明是个没有野心的人，就是个痴迷于专业的编辑，他做学问一丝不苟，喜欢抠死理，认准的事十头牛也拉不回。杜小明唯一的业余爱好是下围棋，虽然棋艺精湛却没有什么段位。他的名言是搞技术的乐子超过当皇帝，为此还会举出明朝皇帝朱由校来做例证。杜小明是当之无愧的航空知识专家，是航空专业百科全书。"

"书呆子一枚？"苗青问。

"也不是，怎么说呢，算是一根筋吧。"小宋说。

两人又谈了其他话题，小宋特别关心苗青的婚事，说举办婚礼时她会带领909所十几个未婚女孩来当伴娘。"博士伴娘团，清一色名牌大学毕业，在婚礼上我们创造历史。"小宋兴奋地说。

这是一个好创意！苗青又一想，博士伴娘团，会吓跑多少小伙子。

为了感谢小宋，苗青送给小宋孩子一个遥控航模，让小宋培养孩子对飞机的兴趣。小宋说："孩子已经喜欢上飞机了，因为我常和孩子说起你，他老崇拜你了，要认你做干妈呢。"苗青为孩子心里已经埋下一粒飞机种子而高兴。她记得父亲说过，国内什么时候喜爱飞机的人像喜爱乒乓球的人那样多，航空业就形成了良性生态，这种事必须从娃娃抓起。与小宋谈完后，苗青马上让贾琼联系郭云山和杜小明，她要亲自登门拜访。

环保公司被法院拍卖后，新老板对环保公司整顿减员，把与公司主业无关的捆绑一律卸掉，而郭、杜二人所在的部门都在卸绑之列。郭云山主持的部门叫技术创新部，污水处理都是成形技术，不存在更多创新，这个部门相对就清闲。杜小明主持的部门叫文化传媒部，主要任务是替科协编辑《航模纵横》，虽然杂志已经跻身核心期刊行列，但对公司不但没有效益，每年还要靠公司拨款，新老板自然不会做这种赔本的生意。新老板已经和郭、杜打过招呼，给两个部门半年时间，要么能赚取利润，要么撤并减员。郭、杜两人为此犯愁，困在办公室一筹莫展。

苗青将两人叫到一起，在郭云山办公室面谈。郭云山面有喜色，杜小明则一副心事重重的模样。苗青开门见山："前几天文总捎话来，心里牵挂二位下步发展，我专为此事而来。"

郭云山道："我和老杜说过，文总不会不管我们，看来我没说错。"杜小明点点头，用动作来表示认可。

"文总这个人，很有'战国四公子'的遗风，乐于养士。当初他挖我和老杜来环保公司，我就问他，您花了大价钱就为了把我们养起来？您猜他说啥？他说人才是宝贝，有些宝贝要雪藏起来，关键时候再用，可见文总眼光有多么长远。"郭云山很健谈。

苗青说:"现在就到了关键时候,我这次来就是请二位回飞鹰的。"

"是文总的意思?"郭云山问。

"是文总和我两个人的意思。你们也知道,何英去了大远,飞鹰公司正需要你们这样的技术人才。"苗青想了想又道,"我相信您二位业务上加起来不比一个何英差。"

郭云山道:"何英与我们是半斤八两,彼此有多少弯弯绕儿心里都清楚。"

"文总有先见之明,他雪藏二位就是以防今日,二位也该隆重出山了。"苗青笑着说。

"我没问题,就等着文总召唤呢。"郭云山很爽快地答应了。

"那么您呢?"苗青见杜小明一直没出声,转过头来问他。

杜小明头发稀疏,耳朵和鼻尖微微有些泛红,苗青能感觉出来,杜小明虽然一直不言,但心理活动不会少。

"我不能丢掉《航模纵横》,如果苗总只要我不要杂志,我无法接受。《航模纵横》就像我的孩子,不能丢下不管。"杜小明抬起头望着苗青说。

苗青理解杜小明,精心经营了《航模纵横》多年,怎么忍心抛弃?如果没有杜小明,这本期刊的命运很难预料,因为总体来说这样的期刊属于小众。她微笑着说:"您放心,对于飞鹰来说这本期刊和您一样重要。我们马上成立一个文化传媒部,连名字都不变,怎样?"

"真的?"杜小明耳朵和鼻尖的红晕顿时弥漫到整个面庞,眼睛睁圆了道,"我知道飞鹰现在是您的,您肯出资办刊?您可知道,办公益性杂志不赚钱。"

"这是品牌啊,是花钱买不来的,典型的无形资产,"苗青说,"更何况养一本杂志用不了多少钱,卖一架'大山挑夫'足矣!"

"不愧是设计飞机的,境界就是高。"杜小明夸奖了一句。杜小明很少夸人,他能这样说,连郭云山都愣了一下,对苗青说:"我这是头一回听老杜表扬人，看来苗总今天把一副铁石心肠感动了。"

"其实收留这本杂志比收留我重要。"杜小明又补上一句。

既然已经说通，接下来就是操作的问题，新老板早就迫不及待希望他俩离开，不可能再留他们。苗青说："贾总会尽快联系你们，两三天内就到飞鹰上班，相关待遇比照公司高管执行。"

苗青召集几位副总开会，特别成立了两个中层机构：一个技术创新部，由郭云山任部长，由苗青直管；一个文化传媒部，由杜小明任部长，由余一分管。几位副总都说这机构的名字有点旧，听起来像国企。苗青目光越过几位副总的头顶，落在书柜上端那个飞机模型上，很清晰地说："这名字是当年文总所起，还是延续下来吧。"

众人都点了点头。

2

谁也没想到大远的"一长多僚"组合进展非常之快。

投身大远的何英可谓用了浑身解数，项目已经通过融合办上报。余一得到这个消息后急匆匆来找苗青，说大远势头太猛了，融合办的领导说了，大远出手不凡，前脚已经迈上了无人机行业的顶端，飞鹰要加油。

苗青也感到不可思议，"忠诚僚机"这个概念基本思路是有人机和无人机的融合，是人工智能的广泛应用，大远在不具备有人机的情况下，这么快就解决了中继平台问题，可见效率之高。苗青知道，在科技发展一日千里的当下，有太多的可能无法预料，大远网罗了一批人才，创造奇迹并非不可能。

她打电话叫来郭云山和杜小明，请他俩帮助分析一下。

郭云山听了余一介绍后，笑着说："何英这小子是借船出海了，借谁的船我都猜得到，老杜也猜得到，是吧老杜？"

杜小明点点头："肯定是刘波。"

郭云山介绍了刘波的情况。刘波是何英的大学同学，毕业后选择去部队发展。有一年刘波来大连出差，何英请他吃饭，郭云山和杜小明去作陪，四人聊天很投缘。刘波是个师职干部，他说："将来国防的重点是海军和空军，没有制空权和制海权，陆军就是活靶子，你们三位都是搞飞机的，可以和军工合作搞些研发。"刘波退役后，成了应急管理部某林业大省森林消防局副局长，分管直升机大队，大远的中继平台应该是利用直升机以森林消防为目的进行了试验。

郭云山的分析靠谱，看来何英不是没有创意，那么为什么在飞鹰就发挥不够呢？苗青记得她刚到飞鹰时，何英曾说过军民融合的事，自己虽然也做了，现在看来做得还不够。包括在无人机设计上，自己动手是不是多了，让何英觉得作用没有得到发挥？或者是奖励机制还不够有效？她叹了口气，带队伍是一门学问，自己还是稚嫩了点。

"用直升机做中继平台如果成功，从理论上说高速飞机也可以做，只要速度和距离相匹配。目前RQ-4A无人机巡航速度已经接近民航客机，与高速中继平台保持同步不成问题。"郭云山分析说，"大远这个项目一旦成功，会在业界刮起一股旋风。"

"这是无人机蜂群理论的实践版。"杜小明补充说。

余一插话："如果真如二位所说，这个项目的效益一定会相当好。"

"那是一定的，估计会远超我们的青峰一号和大山挑夫，因为它是组合销售，另外售后服务这一块也有许多效益，比如易损硬件、软件升级等等。"郭云山回答很肯定。

"大远和飞鹰现在是并驾齐驱了，我想听听二位意见，我们该怎样应对？"苗青说。

郭云山道："我觉得需要做新概念无人机，参加珠海航展，发展客户，实行订单生产。"

郭云山思路清晰，寥寥数语全说在点子上，苗青有一种茅塞顿开的感觉。看来此人研究UFO还是蛮有收获的，虽然研究的是外星人，但概念都是地球人做的。

杜小明说："大远搞大的，飞鹰搞新的，各显其能。"

苗青觉得这个建议也不错，当大远主要精力用于"一长多僚"时，飞鹰把力量用在开发新机型上，尤其是小型商用无人机这个潜在市场，这就是错位发展。

苗青让郭云山负责新概念无人机的研发，争取样机明年参加珠海航展，低空小型四轴商用无人机由杜小明负责开发，问这样行不行。郭云山虽然感到有压力，但信心还是有的，说攒了这么多年的劲，这回总该使出来。杜小明说这件事他早就考虑了，没问题。

苗青有点纳闷儿，刚刚讨论的问题，杜小明怎么会早有考虑呢，就问他怎么个早有考虑。

杜小明很骄傲地说："我有平台呀，去年我在第十二期《航模纵横》上搞了个小型商用无人机设计大赛，请无人机专业者和爱好者广泛参与，为此我们在杂志网站上专门为这次大赛开了个窗口，迄今为止网站收到设计方案上百个。我们将参赛者拉进一个微信群，开展交流互动，大奖赛截止时间是今年底，最保守估计也会收到上千个设计方案，我们优中选优，千里挑一并不困难。"杜小明很少长篇大论讲话，这一次说到了兴奋点上，耳朵和鼻尖又开始泛红。他望着苗青说："这就是有平台的好处，有人戏称朋友圈是万能的，这一点有道理。国外有个例子，一个绝症患者，被医院判了死刑，回家等死的时候把病症发到了网上，英国一个医生看到了，提出了治疗方案，结果救了患者一命。"

这简直是神来之笔，杜小明仿佛有先见之明一般，没到飞鹰之前，就在谋划飞鹰今天的破局之策，难道这仅仅是巧合？苗青差点从椅子上弹起来，想想自己的身份，不能像个小姑娘一样喜形于色，便慢慢将欠起的身子又坐回去。心想，有一本杂志是多么重要，《航模纵横》可以集中读者智慧，由航空迷们组成的朋友圈更是无坚不摧。

"会不会存在知识产权的问题？"苗青问。

"杂志在刊发启事时已经与所有参赛者签署了知识产权委托授权，当然，我们对获奖者、入围者要付给一定的费用，只是象征性的，无非是体现对发明设计的尊重。其实，参赛者都想通过获奖来提高影响力，他们也愿意无偿转让自己的设计，包括一些专业人士，因为《航模纵横》是一本公益性期刊，不是一个营利性企业。"

"就这样定吧，飞鹰公司明年的翻身仗就仰仗二位了，"苗青说，"养军千日，用在一时。我想起了中学课本上有篇古文，写孟尝君门客冯谖的那篇，冯谖要么不出手，出手就帮了孟尝君大忙，留下了三个成语。二位这次出手，一定会给飞鹰公司留下不少佳话。"

郭云山说："为飞鹰做事是本分。"

杜小明点了点头。

"飞鹰是大家的，飞鹰飞得越高，我们越受益，这个受益不仅仅在经济方面，还有我们的科研价值。有位画家朋友告诉我，什么叫学有所成，这个成不是成绩，而是把所学转化为成果，没有成果，你就是回回考一百分又有何用？还不是一个应试机器？我觉得这话有道理，学是为了用，学而不用，书虫一枚。二位都是学以致用之人，我要向你们学习才是。"

"苗总才是学有大用之人，您一个人的计划让我们可望而不可即。我和老杜私下说，瞧瞧，人家一个年轻的女同志有这等抱负，我们是不是该无地自容！"郭云山说。

杜小明说："苗总意志如陨石，我们比不了。"

意志如陨石？苗青还是第一次听到这种比喻，就问："为什么如陨石而不是磐石？"

没等杜小明回答，郭云山抢着说："陨石比磐石坚硬不知多少倍，陨石在来到地球之前,穿越大气层经过了高温燃烧,剩下的是百炼后的精华。"

"你们怎么知道一个人的计划?"苗青很纳闷儿,自己从来没有和这两位说过。郭云山笑着说:"这个时代还有秘密可言吗?你我他都是透明人。"

苗青马上就想到了小宋,小宋这个信息集散地从来不划密级。

3

樱花盛开的周末,马歌带苗青去旅顺见父母。

这是苗青主动提议的。第一次是马歌提议,两人开车已经走到半路,结果余一来电话,说合作方军代表来访,不得已便返了回去。因为已经通知两位老人,苗青心里很过意不去,这次便主动提出去旅顺。马歌当然高兴,父母早就期待着见见未来的儿媳,母亲还给苗青准备了礼物,具体是什么还保密。

马歌家在旅顺太阳沟的八一街,这里大都是些百年老宅,每个院落都有说不完的故事。太阳沟在当地叫新旅顺,所谓新是相对于李鸿章建的老旅顺而言。新老旅顺之间被一条龙河隔着,有一座胜利桥相连。日俄战争之前,这里被俄国人占领,太阳沟便有了许多俄式建筑。日俄战争后这里又落入日本人之手,成为日本的关东州,日本人在太阳沟建了神社、街巷、公园,因此太阳沟又多了些那时的日本色彩。新中国成立后,这里是重要的海军基地,因此被老百姓称为兵城。从太阳沟往西走十几里,便是扼守京津咽喉的老铁山。老铁山是当年薛礼征东的重要一站,原来建有薛礼庙,毁弃于何年已无从查考。老铁山不仅有百年灯塔,还有一条黄渤海分界线堪称奇观。因为国防需要,太阳沟所在的旅顺一直到二十世纪九十年代才局部对外开放,许多历史遗迹因此得以保留。

马歌家在八一街东侧一座石头砌成的两层俄式老建筑里。这座老宅颇似庐山的美庐别墅,绿萝满墙,古意深厚。门口墙垛上嵌着土坯大小一块铁牌,已经完全锈蚀,看不出字体,应是穿越了两个世纪的门牌号。马歌父亲是部队团职干部转业,身材魁梧,腰背挺直,说话中气很足。马歌母亲头发花白,面色红润,一看就是个注意养生的老人。马歌母亲退休前是当地一所部队医院的护理部主任,享受正团职待遇。老宅院子很大,与大多数老人喜欢种些葱蒜蔬菜的爱好不同,这个大院里栽满无花果、月季、矢车菊和美人蕉。大门处有一棵古槐和两棵雪松,古槐树龄应在百岁以上,枝叶有些稀疏,嶙峋的树干颇为沧桑。与古槐相反,两棵雪松则粗壮茂盛,树冠像两把巨大的绿伞给院子撑起大片树荫。树荫下有两张藤椅,藤椅包浆油亮,看得出这是两位老人常坐的地方。藤椅前是个黑色大理石茶台,茶台对面有两把崭新的折叠椅。

两位老人对苗青很是亲热,母亲抱着苗青两只胳臂左看右看,一副稀罕不够的样子。父亲则站在一旁微笑。一家人在屋内坐了一会儿,父亲建议到院子里聊天,说外面空气好,也凉快。

来到院子里坐下,马歌去烧水泡茶。苗青问老人当年在什么军种服役,老人回答说是北海舰队航空兵二师。

苗青很惊讶,马歌从没说过父亲在空军服役,就好奇地问:"您老当过飞行员?"

老人道:"虽在飞机上,但不是飞行员,知道轰-6吧,我担任过轰-6尾舱射手,后来提干改做场站地勤。我服役的地方叫土城子机场,当年苏军飞机就在那里降落解放了大连,机场没什么大的变化,但机场上的飞机却总是一茬茬更新换代,有的机型我从没见过。"苗青说:"您老没见过也正常,航空航天技术日新月异,我们这些搞专业的稍有懈怠都会落伍,现在都有载人飞船和太空舱了,这在您那个年代是想都不敢想的事，您熟悉的轰-5、轰-6，是苏联伊尔-28和图-16的姊妹飞机，二十世纪六十年代定型，比我和马歌的年龄还要大二十多岁呢。"

马歌端来茶水，问父亲午饭在家里还是到饭店吃。父亲说当然在家里吃。母亲说家人应该在家里吃，客人才需要到饭店。苗青也觉得在家吃饭好。她和马歌商量，午餐由他俩来做，不让老人下厨。两位老人脸乐得像樱花一样，满满的幸福感。

在旅顺张罗一桌家宴很简单，到海鲜市场上买买买，回家后煮煮煮，用盘子往桌上一端就成。刚出水的海鲜不用花样加工，盐水煮是最靠谱的吃法。马歌开车去了海鲜市场，螃蟹、海胆、虾怪、蚬子、海螺、蛏子、赤贝等等，买了十多样。到熟食区，他特意买了旅顺特有的水师营糖鼓火烧和铁山海麻线包子，收获满满地赶回来。

两人第一次厨艺合作，苗青手笨了一些，倒是马歌操作麻利，苗青只能为他当下手。马歌说："女生在厨艺上永远赶不上男生，不信你看有名的大厨都是男的。"苗青说："那是做菜，做面点就不一样了，女生男生各占五十分。"让苗青感慨的是两位老人餐桌餐具十分讲究，纯棉白色台布，清一色骨瓷餐具，锃亮的玻璃杯，不用说吃饭，就是看着也赏心悦目。苗青低声对马歌说："你家挺讲究呀。"马歌说："这不奇怪，太阳沟这个地方因为历史原因，中西文化相互影响多一些，1955年苏军撤走后，这里变成了海军基地，军民比例高达三比一，是一座名副其实的兵城，生活品位相对要高一些。"苗青说："伯父是本地人，在本地服役，探亲假、家属随军这样的事全省了。"马歌道："父亲能当兵是个意外，也是做好事的回报。父亲从大连第五十六中学初中毕业后，被招工到旅顺第二无线电厂工作。厂子附近有栋独楼住着一个部队老首长。有天雨天打雷，把老首长家一台古董级的电子管收音机给烧了。老首长让勤务兵找人维修，勤务兵刚出门就碰上下班回家的父亲，彼此熟悉，父亲问他急匆匆干什么去，勤务兵说首长的戏匣子烧了，找人来修。父亲说他去看看吧。父亲修理电子管收音机很内行，恰好随身带的工具箱里有这种元件，换上立马就修好了。当时正赶上一年一度征兵，老首长说：'小伙子挺机灵，我身边要是有这么个兵就好了。'父亲说：'我做梦都想当兵，可惜没门路当不上。'老首长说：'保家卫国需要啥门路？这样吧，我给你写个条子，你去找接兵的干部试试。'老首长是副兵团级高干，接兵干部是他老部下，条子一级级报上去，父亲就当上了海军航空兵，后来提干、升职，命运轨迹彻底发生改变。"苗青说："这叫特招，当时很普遍。"

"我哥哥马武受父亲影响，高中毕业也考了军校，我们也算军人世家了。"

午饭做好，四人开始吃午饭。两位老人对苗青很是关照，争着给她夹菜。母亲把虾怪剥好放到苗青盘子里。苗青心里暖融融的，未来的婆婆性格温和、待人热情，这样的婆婆应该很好相处。

吃过午饭，收拾好餐桌后四人到院子里闲坐。马歌母亲轻声问苗青对婚礼有什么要求。苗青朝马歌努努嘴道："一切听他的。"马歌母亲开心地笑了，这么给男人面子的媳妇太难找了。母亲说马歌这孩子工作起来不要命，时间长了不中，熬夜熬的可是心血。苗青说会提醒马歌，每天至少要保证七个小时睡眠。母亲喃喃地说："结婚后身边有人管他我们就放心了。"

马歌也坐过来，和两位老人商议想把婚事定在秋季，搞个低调点的草坪婚礼。两位老人通情达理，说他们没有意见，重要的是看亲家有什么想法。马歌说具体日期他和苗青去武汉商定。

苗青和马歌父亲聊到了马歌企业转型一事，老人见解很独到，说研制涂层材料是有前途的，因为飞机、军舰、汽车都离不开高品质的涂层材料。老人还举例说："你看军港里有些舰船，船舷被海水侵蚀得锈迹斑斑，就是涂层材料不过关嘛。"

临走前，马歌母亲将苗青拉进屋内，拿出一个小小的锦缎盒子递给她，说这是见面礼，可以贴身戴着。苗青打开盒子，里面是一块羊脂玉无事牌。苗青不懂玉，只觉得这小牌子油润白亮，很是招人喜欢。苗青说："这可是宝贝，我现在就戴上。"马歌母亲说："这是水料，戴着养人。"

从旅顺回大连是一条蜿蜒的沿海公路，风景绝佳，时而是恬静的村庄，时而是辽阔的海面，时而是成片的槐树，时而又是香气弥漫的果园。路上车不是很多，但车速都不快，应该是一边开车一边在欣赏沿途的风光。

"想听音乐吗？"马歌问。

"想。"苗青说。

马歌打开车载音响，车里响起《斯卡布罗集市》优美的旋律，旋律有一种无形的代入感，好像真要把人带到那个布满花卉的集市。

4

刚进七月，便有好消息传来。刘教授的改进型涡扇发动机通过第一轮专家组验收，下半年组织专家组再次验收通过后便可进行生产。发动机是飞行器的心脏，心脏问题解决了，苗青的设计方案就有了基础。苗青专程去沈阳和刘教授就下步协作做了探讨，达成了一致意见。苗青将这个消息打电话告诉白院士，白院士说："放心苗老师，航电部分不会拖后腿。"苗青顿时心花怒放，白院士在承担国家其他重要项目的同时，同步为她进行配套设计，这是多么不容易啊。

现在的问题是差在吸波材料上，这是马歌的项目。在王院士的指导下，马歌的专家组攻关取得了突破性进展，专家们评估认为，吸波材料在今年年底定会见分晓。苗青问马歌有没有把握，如果有，她要向鲍总正式写"1+3"报告，一旦报上去，极可能要端到总部桌面上，这可不是儿戏。

马歌说:"东北男人吐口吐沫就是钉,你写报告吧。"

苗青笑了:"也是,忽悠谁你也不能忽悠未来的媳妇呀,那不是找抽吗。"

"你放心,完不成任务,我提头来见。"马歌来了句豪言壮语。

苗青白了他一眼:"这是啥话?我喜欢你整个人,而不是一个头。"

苗青在综合了各方面情况后,心里有了数,她给大仙发了条微信:希望今年的画中带有笑容。在发这条微信前,苗青梳理了大仙送的每一幅画,竟然都没有笑容。

大仙回了一句:笑容的理由?

一个人的计划第二板块将在预定时间杀青。她将这句含金量十足的话发给大仙。

果然,大仙回复了三个拥抱的表情。与大仙交往这么多年,大仙头一回发这种表情,三个绿衣小人,俏皮地张开双臂,像活的一样。看来大仙这是激动了,此时此刻,只有这个表情最具表现力。不一会儿,大仙又发来三个掩面擦泪的表情,这个表情代表着艰辛与不易,其中甘苦唯有大仙最了解。苗青心里明白,大仙虽然平时不问,但一直在关注计划的进展,苗青每次和导师通电话,导师都会提到大仙向他打听计划进展情况。大仙之所以不直接问她,是担心给她增添压力。

苗青正式起草了一个报告,将修改后的隐形飞行器设计方案以及三个协作单位情况一并附上,没有邮寄,密封后派专人直接到沈阳呈报给鲍总。她给鲍总打了个电话,说:"我交卷了,您组织阅卷吧。"鲍总在一个月前已经正式接任集团一把手,接到苗青电话,鲍总开玩笑说:"谢谢,这是我上任收到的第一份贺礼,是个无价大礼包。"

从报告送走那天起,苗青就想把这个业已完成的板块翻过去,每晚静默的主题重新回归商用大飞机。商用大飞机是一个人计划的第一板块,为了给后来两个板块让路,第一板块被搁置的时间太长了。苗青打开电脑上的设计软件,看着屏幕上的三维设计图形,心里充满歉意。她对着屏幕说:"对不住了宝贝,让你久等了,从今天开始,苗青的每个晚上都属于你。"

小宋打来电话,说鲍总来所里检查工作,下午两点钟想到飞鹰看看,不知是否可以。小宋特意说鲍总还给苗青准备了礼物,是J-15钛金舰载机模型,纪念版的,特珍贵。

苗青让贾琼安排好会客室。鲍总带了礼物,应该回赠一件什么呢?贾琼说她那里有一副阜新玛瑙围棋,黑白子都是冰种,带盒带盘,可以作为礼物相送。苗青觉得这个礼物好,鲍总肯定喜欢。

下午,苗青和贾琼刚在门口站好,鲍总的车就到了,比约定提前了七分钟。鲍总满面春风,热情地和苗青握手。苗青介绍了身边的贾琼,鲍总一边握手一边说:"美女搭档,如同鹰之两翼,难怪飞鹰飞得这么好。"

上楼后,鲍总说有件要事和苗总谈。贾琼便引小宋去了自己办公室,苗青陪鲍总来到会客室。

在会客室鲍总没有马上落座,而是仔细观看摆在四周的飞机模型,一边看一边频频点头说:"909所也应该搞这样一个展室,让来访的客人有个感性认识。"参观完了飞机模型,鲍总坐下来,笑眯眯地问:"小苗呀,你们飞鹰的logo是谁设计的?不错嘛。"苗青说这个是她来之前就有的,应该是当时的老总文剑请人设计的,很简洁,但很容易记住。飞鹰的logo是一只鹰正面展翅的图案。

"你给我的'1+3'设计方案我看过了,我报给了总部,这期间我没有联系你,主要是考虑保密问题。总部高度重视这套比较完善的设计方案,不出所料,这个项目应该会列入明年计划。"鲍总话语中充满兴奋。

"真的吗?"苗青几乎不相信自己的耳朵。

"是的,你的第一稿设计方案我就和总部有关专家探讨过,总部一位领导和我谈话时说:'行啊老鲍,没想到你小子还藏龙卧虎,跟总部打埋伏，这个苗青从哪里冒出来的？怎么一点没听说，出手就是大手笔，一鸣惊人哪！'我能说什么，我不能说你已经辞职，只好说这是商业秘密。其实对于你，我们心里有愧，连何部长都这么看，说集团没能很好地保护你。若不是你内心强大，锲而不舍，哪里会有这个一鸣惊人的设计。"鲍总的话很诚恳，让苗青心里尚存的一丝委屈顿时烟消云散。

"谢谢鲍总理解，不瞒您说，一个人的计划已经融入了我们父女两代人的生命，我甚至产生过这样一个想法，一旦我没有条件完成，我会教育我未来的孩子接着做，一代接着一代做，总会把这个计划变成现实。"

"你很了不起，苗青，"鲍总用力点了点头，"说实话，我对待逆境的方式是下围棋，而你采取的方式是在静默中做专业的事，这说明你比我有韧性，因为我的做法怎么说都有点消极，而你却是自强不息。"停顿了一下，鲍总压低声音说，"今天来是和你打个招呼，总部正式立项后，我想请你重回鲲鹏，主持这个重点项目。"

苗青感到心头像口袋忽然被收紧一样，心跳加快，喉结发干，耳畔似乎有一声鸽哨响起。她没有马上回答，而是站起身走到窗前，望向窗外的运河。她不想在鲍总面前流泪，泪水已盈满眼眶，瞬间就要决堤，她要避开鲍总的目光把眼泪擦干。但是她失败了，因为眼泪根本无法擦干，而且像清泉一样越擦越多，她变得哽咽起来。

"都是我们不好，让你受了这么大的委屈。"鲍总说。

"您别这么说，身为老总，您已经尽力了。我只是一个普通员工，如果没有一个人的计划，我就是一粒微尘，不会引起您的关注。"苗青也停顿了一下，问，"什么时间？"

"明年新年上班第一天，会正式宣布项目组。但你回鲲鹏的事要在今年办理。"鲍总说，"这段时间你可以再考虑一下。有三个问题我要先说明：第一，收入肯定没有你在飞鹰多；第二，主持项目期间行动自由会受限，在某个时间段甚至会全封闭管理；第三，飞鹰公司的业务肯定不能兼顾。"

苗青问："我现在身份是民营企业家，鲲鹏录用我从事保密项目会不会触碰红线？"

"我考虑过这个问题，政策规定是谁使用谁负责，鲲鹏录用你，若是出了问题问责的是我这个总裁。我相信你，你们父女两代人实施一个人的计划不是为了利益。"

"我们父女也是为了利益，只不过是为了国家利益。我的导师也说，逐利是人的天性，他毕生都在为国家利益工作。"

鲍总轻击了下掌，道："小苗呀，我总感觉你比同龄人成熟得多，原因在哪里？"

苗青脸有些红，能听出鲍总是在夸她。她十指交叉扣在胸前说："我算是蓬生麻中吧，我身边有一批成熟的老师和朋友，他们无时无刻不在影响我，来东北之初我就是一株小苗，是从他们身上吸取了营养才得以成长。这些师友包括您、小宋、何部长，还有大仙、白院士、马歌，也包括走了弯路的文剑和宋理，这些人都很优秀，个个身上都有值得我学习的地方。"

"蓬生麻中，不扶自直，这个比喻很自谦，"鲍总说，"从你身上我也学到了许多，你身上有种至纯至真的高洁，像一汪清泉，不像我们这些人，都被生活浸染成了调色板。"

"单纯未必就是好事。"苗青笑着说。

"没有人希望复杂，再说复杂也不是成熟，成熟最重要的标准是担当，你的担当足以说明你的成熟。"鲍总目光里满是赞许和欣赏。

苗青从来没有受到大领导如此夸奖，有些不适应，羞涩地低下头，端起面前的茶杯。贾琼泡的茶是龙井，有一种淡淡的奶香，她忽然想，冲一杯咖啡就好了，大仙说过，好事降临的时候一定要喝咖啡。

鲍总拿起身边的黑色公文包，打开后从里面拿出一个红色小盒子，微笑着递给苗青："给，这是送你的礼物。"

苗青有些惊讶，小宋不是说礼物是钛金J-15模型吗？怎么变成了小盒子。她接过来，盒子上印着新中国航空工业创建70周年纪念字样。打开一看，她惊讶地说："这是今年的纪念章，好漂亮呀！"

鲍总说："这是集团发给职工的，正式职工每人一枚，随着编制走的，这枚纪念章代表你还是航空工业队伍中的一员。"

苗青将纪念章拿出来，轻轻摩挲着。纪念章设计很精致，内容涵盖丰富，有飘带、飞机、长城、橄榄枝、祥云和光芒，整体上很像一枚金质军功章。她把纪念章放好，起身走到门口的茶桌，将桌上的红色手提袋拎过来，郑重地递给鲍总说："礼尚往来，我也送您一件礼物。"

手提袋里是个红木盒子，鲍总抽出盒子打开，盒子里有张羊皮棋盘，两个青瓷棋罐，分装着黑白棋子。鲍总摸出一枚白子试了试手感，脸上顿时灿烂起来："冰种级的，少有的玛瑙围棋，棋中极品，你在哪里搞的？"苗青说："是公司贾总的，听说我给您还礼，就贡献出来了。"礼物交换完毕，鲍总起身告辞，他握住苗青的手说："我等你回话，年底前务必告诉我。此事要注意保密，909所的同志也不知情，你也不可让无关人员知晓。"

"家人可以商量吧？"苗青问。

"可靠的人没问题。"鲍总回答很干脆。

苗青给贾琼打电话，让她过来送送客人，很快，贾琼和小宋就过来了。小宋提着一个铝合金长箱，里面是J-15模型。苗青提议在会客室合影留念，国有飞机制造大厂的老总来飞鹰视察，这是对飞鹰最好的宣传，这张合影要挂到会客室。贾琼叫来工作人员，在会客室照了张合影，合影中鲍总和苗青共同托着那个J-15模型。合影结束，小宋主动接过手提袋跟在鲍总身后。小宋掂了掂手提袋的重量，朝苗青使了个眼色，意思是夸苗青会办事。大家一同下楼送鲍总和小宋上车。望着开走的轿车，贾琼问："苗总呀，您怎么不留领导吃饭呢，这都四点多了。"

苗青拍了一下脑门儿："是啊，怎么忘了这茬儿？"

5

重返鲲鹏集团的事对外不能讲，苗青只征求了三个人的意见，马歌、大仙和导师。没告诉父亲的原因是父母本来就不知道辞职一事。

关于是不是重返体制内的问题，马歌态度很明确：一切由苗青决定，他无条件支持。

大仙对此没有明确表态，而是长时间的沉默。

"您不赞同我重回体制内？"苗青问。

"我赞成您去主持这个项目，您的设计让别人来操作，概念理解不一定透彻。"大仙说。

"回去主持这个项目不就回归体制内了吗？"苗青有些不解。

"两分法仅仅是一种思路，还有个思路，那就是第三条路。您可以不回体制内，只和集团签署协议，完成项目后再回来，这样的话，有很多硬约束对你是无效的，您只要严格履行协议就可以。"

苗青惊喜地望着大仙道："吴老师，您真要成仙了，怎么什么问题一到您这里就迎刃而解了呢？您真神了，有难事，找大仙，这话成了真理！"

大仙解释了自己的想法，认为苗青一旦完全转入体制内，集团肯定会给安排职务，有了职务当然是好事，但随之而来的行政事务就会增多，比如会议、讲话、汇报、出差等等，在其位就要谋其政，难以有时间保持静默，何况当了领导就是公众人物，约束会越来越多。但苗青如果是个外聘的项目经理，与项目无关的事情就可以不做，约束自然也就少。

"这个主意太好了，把我这几天纠结的烦心事一扫而光，就按您的意见办了。"

大仙点点头，话锋一转，问："三家主要协作单位进展怎样？"

"还顺利，"苗青说，"没有他们协作配套，我的计划只能落在图纸上。"

"您和马歌的婚期定了？"大仙今天说话有些跳跃。

"想定在秋季，具体时间我俩回武汉和父母商量一下再确定，"苗青说，"届时导师和您算娘家嘉宾。"

"您希望今年得到一幅有笑容的画，我觉得有道理，事业和生活都有了可喜的收获，应当报之以笑容。我已经想好了，给您画一只猪卡索怎样？"

"猪卡索？"

"是的，一只有绘画天赋的小猪。"

"猪会画画？这应该是象征主义，不是您擅长的古典主义呀。"苗青不解。

"猪犹如此，人何以堪，英雄不可辜负时势。"

苗青嘴上不说，心里却丝丝缠绕，如此这般，自己岂不成了一头猪？但大仙想这样画，肯定有一定道理，精通中外哲学的大仙，不会心血来潮随便画一只猪来敷衍她。

离开大仙画室时，她忽然想起一句话，站在风口上，猪也能飞上天，大仙的猪卡索寓意还是蛮深刻的，不仅仅是祝贺，画中还有危机，因为一旦风停了怎么办，最安全的考量是自己有翅膀，幸运猪只是一时的荣光，靠自己的翅膀翱翔才不至于摔下来。想到这里，她后背一阵发凉，这猪卡索寓意不一般啊！

苗青给导师打电话，导师的态度与大仙不同，导师希望她连人带项目都回鲲鹏，理由只有一个：回鲲鹏才有归属感。

导师的话让苗青陷入了深思，与导师通电话之前她没想过归属感，导师一说，她忽然有种开题的感觉，觉得归属感确实是个不可忽略的问题。是的，人不能没有归属感，就像灵魂不能没有寄托一样，没有归属感，生活和事业会倚在棉花垛上摇晃不已。但是，一旦像导师说的人和项目都回鲲鹏，大仙预料的麻烦肯定会应验，一个人的计划必然会受到影响。苗青从大仙画室得来的信心有些动摇，导师是自己的指路人，导师的话她不能当成耳旁风。她再次和马歌商量此事，向马歌说了大仙和导师意见的分歧。马歌的回答还是那句话：怎么选择有道理你就怎么选择。

她感到有一种柔软的东西弥漫全身，靠在马歌肩膀上。自己从来就不是一个女强者，飞鹰老总的身份让她披上了女强人的外衣，其实，除却静默时间段外，其他时间她总渴望靠着爱人的肩膀发发呆，渴望爱和被爱。

马歌说："当然，如果换位思考，我赞成吴教授的观点。比如说吧，每年春节，那么多游子千里万里回家过年，为什么？仅仅是一顿团圆饭吗？其实就是吴教授说的归属感。每个人不论在何地，都归属父母，归属故乡，对于体制内的公职人员来说，还归属单位。你没发现警察盘问人，第一句话往往先问：你是什么单位的？这说明什么，说明体制内的单位是一个人社会角色的可信定位。这倒不是说体制外的不可信，主要是体制外单位存在一个弹性定位和动态无法把握的问题。"

"这的确是个问题。"苗青说，"现在注册公司没有门槛，一个人也可以注册，自己给自己当老总，而且招牌还挺吓人。"

"其实这也没什么，爱怎么叫就怎么叫呗，人家又没违法。"马歌倒是很大度，他很中肯地说，"这里主要是个观念问题，是观念电阻太大。"

"你的意思我明白了，从宏观上讲你希望我按导师意见办，从微观上讲又希望我把观念的电阻变小，这是典型的折中主义。"苗青揪了一下马歌的耳朵，马歌耳朵很大，手感特好。她记得大仙说过，耳大象征着智慧，历史上写《道德经》的老子就是耳大之人。

马歌说:"不过,你若是回归鲲鹏,飞鹰怎么办?飞鹰要是因为你的离开而折翅,你可就辜负了文剑的重托,文剑等于把退路交给了你,重获自由后飞鹰是他生活的依靠。"

苗青紧紧靠着马歌,努努嘴道:"我如果不想这个问题就决定回鲲鹏了,现在是一根扁担的两头,我在中间很为难。你想想看,无亲无故,能把这么大一份产业给你,这是多大的信任?信任不能辜负。"

马歌转过身,用手理着苗青耳边的头发,他喜欢给苗青梳理耳边的头发,苗青是元宝耳,像个精致的小瓢,平时会被头发遮挡着,拨开头发,元宝耳才会露出真容。马歌知道苗青很难下决心,正像苗青自己所说,扁担两头哪一头也放不下。

"还是那句话,"马歌说,"不管你怎样选择,我都是你坚定的支持者。"

6

如果重返鲲鹏,飞鹰公司怎么办?

从大远公司咄咄逼人的发展态势来看,飞鹰公司必须拓宽融资渠道,加快新机型的研发,只有这样,飞鹰才能飞得更高、更远。

苗青想到了飞鹰公司在新三板上市问题。她已经让贾琼做过前期准备,贾琼认识一个北京的朋友,操作过多家公司上市,有一定的运作经验。经过专业评估,飞鹰公司在新三板上市问题不大,但审批需要排队。苗青知道飞鹰不能等,郭云山、杜小明主持的新产品必须按计划推进。这种情况下苗青离开飞鹰,谁来主持公司工作呢?

苗青让大仙帮助拿主意。大仙说:"你悄悄去探视一下文剑,听听他的意见。"她和马歌商量此事,马歌想陪她去,她想了想,监狱那种地方谁去探望都是要留痕的,马歌正在主持研制敏感材料,还是不去为好，她决定自己去。

平生没有去过监狱，单就探监这个词听起来就凉飕飕的。她给大仙打电话，让大仙安排一下探监的事。大仙回电话说："算了，我陪你去一趟吧。"

探视室隔着层不太干净的有机玻璃，里外用电话说话。苗青觉得这种设计够残酷，既然同意探视，对于轻刑犯人让他们和亲属握一下手、有一点亲昵举动未尝不可，可能更有利于犯人的感化教育，这种隔着玻璃通电话的所谓探视，几乎就是视频探视。好在探视室有无死角监控，没有全副武装的狱警立于身边，电话交流不至于战战兢兢。

一身蓝灰条纹囚装的文剑走进探视室，见到苗青后，微微点了点头，坐下后迟迟没有拿电话，只是平静地望着苗青，眸子里有好几个闪光点。苗青的眼泪已经不受自己控制，像决堤的湖水一般倾泻而下。这是英俊潇洒的文剑吗？这是那个气吞万里如虎、一心想建跨国托拉斯的青年才俊吗？她想了多种可能，就是没有想到文剑会以这番装束与她相见。在探视室会见，监狱方为什么就不能让犯人穿上体面一点的衣服呢？囚服对人的伤害足以深入骨髓，要想羞辱一个人，最简单的做法就是给他穿一套不合体的破衣裳。她一时无语，两手按住电话，用一双泪眼与文剑对视，此时此刻，语言是多余的。

过了好一会儿，文剑用目光示意她拿起电话，她默声照做了。文剑说："您还好吧？"文剑的声音还是那么有磁性，这样一个场合，文剑仍然不失绅士地称呼"您"。苗青点点头："还好，您要注意多摄入一点维生素。"她发现文剑的嘴角有一块豆粒大小的结痂。文剑道："吃得还可以，不用担心。"苗青概要说了自己要回鲲鹏工作的想法，也说了公司正在筹备上市的事，问文剑一旦自己离开，谁来接飞鹰好。文剑想了想，很清晰地表达了自己的想法："第一，您回鲲鹏是好事；第二，飞鹰公司实行所有权和经营权分离，您仍然是飞鹰所有人，可以聘一位职业经理人来经营；第三，飞鹰不适合走上市的路子，无人机行业重在做精、做高端，而不是铺摊子，公司一旦上市就属于社会，经营者的自主权会受到限制。"三条意见说完，文剑又缀了一句，"飞鹰的资产与我无关，以上所言也仅仅是建议。"

她将电话紧紧扣在耳朵上说："我想委托贾琼来经营，您看怎样？"

文剑没有直接回答，而是发了一句感慨："有些时候，女人比男人忠诚，更比男人可靠。"

会见时间到了，广播里传出了嘟嘟的提示音。苗青不愿意放下电话，声音有些哽咽，此时说再见太难了，下次相见应该在文剑刑满出狱后了。

"多保重，"她说，"大仙也来了，在外面，一会儿进来见您。"

"不必担心，权当我又上了三年半铁窗大学，通过一堂必修课，把深刻的教训变成宝贵的经验，2021年，我就会毕业走出校门。"说完，文剑先放下电话。一位穿制服的民警进来，请苗青离开。苗青走到门口，回头看文剑还坐在那里，她喃喃地说："2021见。"知道声音再大也没有用，所以她尽量压低了声音，声音压低后，强大的压力让两眼再次泄洪。

和文剑说了些什么，大仙出来没有说。当夜，两人乘机返回大连。马歌来机场接站，什么也没有问，结果在预料之中。

7

苗青到沈阳找鲍总，想探讨回归问题。

鲍总临时有事外出，委托何部长接待苗青。何部长已经升职为集团副总，分管行政工作。何总将苗青让到自己办公室。

何总说："你的事集团领导班子已经统一思想，就是不惜代价把你挖回来，而且是作为特殊人才挖回来，是我向总部请示的，总部在你的录用上将权力下放给了鲲鹏。鲍总在班子会议上说，当初放你走是藏才于民，让你在民企全面锻炼，增长才干，最后还是要归化的，鲲鹏发现并招来的人才怎么能轻易舍弃呢？"

"这么说，集团早有让我回来的想法？"苗青问。

"至少鲍总这样想。"

苗青又问："我现在的身份是民营企业家，名下有诸多资产，这样的身份回鲲鹏是不是会违背管理政策，一旦相冲突该怎么办？"

"这件事需要上会研究，真有责任的话也是集体承担。"

苗青想，一个身家过亿的民企老板来主导一个涉密项目，必须经过风险评估，估计鲍总也不敢一个人做决定。

何总说隐形飞机项目在集团尚未公开，属于高度机密，希望她控制好知情范围。苗青与何总聊了很多，鲍总办完事打来电话，让何总将苗青送到会客室来。鲍总见客一般都在会客室，他的办公室外人很少进去。

会客室只有鲍总和苗青两人。鲍总问："想好了？"

苗青点点头："想好了，我决定回来，但具体以何种方式回来还拿不定主意。"

"回来就是重新录用，不存在别的方式呀。"

"我问了几位老师，他们说可以有两种方式：一种如您所说，入编定岗；另一种是签署阶段性合同，是聘任合同制，结项后回飞鹰。"

"那么你自己的意见呢？"鲍总眉头轻蹙，看来这个问题他没想过。

"我听您的，"苗青用信任的目光望着鲍总，来之前她已经决定，鲍总意见将是她最终采纳的选择。

"要回来就名正言顺，不存在其他形式。"鲍总态度很明确。

苗青怔了片刻，低下头说："有件事需要说明，我名下有很大一笔资产，身为国企干部，这会不会成为一个问题。"

"这件事要和纪委监委的同志开会商量一下，争取研究出来一个书面说法，避免时过境迁作为问题再翻烧饼。"鲍总对此也很慎重。

苗青说："那我今天就算正式回复您了，不用等到年底。"

鲍总站起身与苗青握手，笑着说："我早就料到你会同意的，因为回归符合你的初衷。人生追求有急有缓，但大方向不能改变，最怕的是改弦易辙。"

走出鲲鹏行政大楼的苗青并不轻松，她觉得自己像一匹自由的白马，忽然间被套上了辔头，走路的姿态都有了变化。在大厅，巧遇监委的孟主任，风尘仆仆的孟主任刚从外面回来，见到苗青迎上来问："这不是苗青同志吗，来集团办事？"苗青说找领导汇报点事情，刚谈完，马上就走。孟主任说："你当年辞职后我们压力很大，当初我们办案的三位同志一致觉得您是个难得的人才，而且不像南方人，是典型的东北人性格。"苗青笑了笑道："我现在已经是东北人了。"她主动和孟主任握手告别，心里觉得奇怪，集团总部自己总共才认识几位，今天差不多都见到了。

走出大厅，她忽然觉得应该给江峰打个电话，把计划落地和自己重回鲲鹏的消息告诉江峰。早晨，江峰发来早上好的时候，她想编个微信发过去，考虑到种种不便，还是放下了。现在已经尘埃落定，她觉得应该向江峰通报一下。电话拨过去，江峰手机信号不好，打了两次，刚一通又断了，她便发了个微信过去，算是完成了这一礼节。

马歌见她出来，把车开到楼前，她一上车泪水便止不住流下来。马歌问她是不是谈得不理想。她摇摇头道："其实我更想选择第二种方式，但不知为什么，我无法拒绝鲍总。"

8

苗青和马歌去了趟武汉，两位老人翻开日历头碰头斟酌了好一会儿，将婚礼确定在12月12日。

婚期正式定下，苗青第一个电话通知的是高兰。

前两天高兰在晚上十点半打来电话，两人聊了一个钟头。高兰说："苗青呀，告诉你个不幸的消息，你听了也许伤心也许无动于衷，但凭我对你的了解，估计你会伤心的。"苗青说："你别兜圈子了，到底怎么回事？"高兰说："江峰的妻子出事了，是一次意外。你知道江峰喜欢户外运动，他事业做得好，经常到世界各地旅游。他妻子也是个户外运动痴迷者，喜欢登山、雨林探险和沙漠远足。夫妇俩经常在微信朋友圈晒一些景色奇绝的地方，什么雅鲁藏布大峡谷、亚马孙雨林、阿拉斯加冰川，还有南极的扎沃多夫斯基岛，这些地方平常人难以涉足。他们夫妻出事是在尼泊尔。不久前，他们几个登山爱好者计划从珠峰南坡登顶，想征服这座世界上最高的山峰。在接近主峰的大本营露营时，不想遇到了雪崩，小分队六个人，只有江峰一人幸存。江峰幸存的原因据说是帐篷里信号不好，他到营地一处高坡上接电话，恰巧这个时间雪崩发生了。"苗青惊呆了，问："江峰受没受伤？"高兰说："江峰没受伤，但精神打击很大，患了自语症，整天仰望云彩自言自语。"苗青说："这么大的打击，一般人难以承受。"电话里苗青说了自己要结婚的事。高兰听后非常高兴，说："我早就等这个消息呢，你嫁出去了，我就不为你提心吊胆了。说实话，我就怕你活在幻想里，现实无情，有时脱离实际的理想是陷阱。"

苗青说："我早就体会到了，我的老板现在就在监狱里，他可是清华的高才生，在进入资本市场之前，事业非常顺，可惜没经受住虚拟经济的诱惑，触犯法律受到了惩罚。"高兰说："你结婚那天我会来大连站台，想看看这个幸运的马歌到底比江峰好在哪里。"

第二个电话打给了大仙，告诉婚期并请大仙证婚，大仙愉快地答应了。

马歌希望把婚礼办得体面一些，至少将婚宴安排在五星级酒店。

苗青有些犹豫，觉得还是原来确定的草坪婚礼比较好，不要太铺张，简约、隆重、喜庆最好。

距婚礼日还有十天，鲲鹏集团人力资源部和党委组织部派人来飞鹰找苗青，上门为她办了录用手续。三天后，集团党委的任命文件正式下达909所，任命苗青为909所副所长。

这个任命让909所刮起了一场台风。大家这才明白，集团当时派苗青到民企锻炼，原来是为了这一步。苗青得知任命后马上就想到了婚礼问题，副所长，大小是个领导，领导干部操办婚丧嫁娶是有规定的。问大仙，大仙说："你们退掉婚宴出去旅行结婚吧。"马歌说："自己花钱还会有问题？"大仙说："你不知道体制内的规矩，副所长这个层次属于纪检监察对象，刚上任就出问题，影响的不仅是苗老师这匹千里马，恐怕连鲍总这个伯乐也会受牵连。"马歌沉默不语。大仙摇摇头说："苗老师你知道我为什么建议你选择第三条路了吧。"苗青拿不定主意，专门给鲍总打电话请示该怎么办。鲍总说："你按程序直接向柳书记汇报，由柳书记来定。"苗青找了柳书记，柳书记说："你刚提拔，如果出了婚礼大操大办的舆情，谁脸上都不好看。领导干部有钱也不能任性花，花不好就是奢靡之风，地位不同要求不同。"

苗青只能做马歌工作，两人去南方来一次新婚旅行。马歌没有意见，但四位老人需要好好做工作。苗青说这个黑脸她来唱，马歌说："你别出面了，我来做这个工作吧。"

马歌果然做通了四位老人的工作。其实他就强调了一条：苗青现在是副所长了，手下管着上百人呢，万一因为婚礼大操大办被上级给撤了，咋整？四位老人都是体制中人，自然懂这个道理，便没有再坚持。

12月12日，两人乘飞机去了三亚，在三亚一个海滨酒店住了几日。让马歌感动的是，在三亚这几天，苗青没有静默，完全沉醉在两人世界里。为了忍住不静默，出门前她特意从拉杆箱里将手提电脑抽了出来。不带电脑，想静默也没辙儿。

从三亚回来当天，大仙亲自开车将今年的色粉画送到了他们的新房。画作色彩鲜艳，大海边，一头白色的猪叼着画笔在画架上作画，画架背面是蓝色的大海和天空，画面上是五颜六色的线条。猪神态自然、潇洒，一副胸有成竹的神态，眯起的眼睛很像人在微笑。大仙走后，苗青挽着马歌的胳膊说："听大仙说猪卡索还是网红呢，这不是一头虚构的猪。"

马歌摇摇头："己亥·猪卡索，典型的现代主义作品。"

"从2012年到现在，这是大仙送我的唯一带笑容的画，只不过笑容体现在作画的猪脸上。"苗青说，"这是一头幸运猪。"

第九章:庚子·雁来红

1

新年上班第一天,小宋带着密传电报急匆匆来飞鹰公司找苗青,一进办公室就嚷嚷:"哎呀呀,你不能坐在这里享清福了,我的苗大所长,调令来了,让你1月5号上午到沈阳报到呢,特意强调所里要派专人去送,这个专人就是我了。"苗青接过电报,注意到绿色文头的右上角有"机密"两个红色大字。这是小宋亲自跑一趟的原因所在,涉密内容不可用电话或短信通知。

两人约好后天早晨在大连北站碰头,然后一同乘高铁去沈阳。

小宋走后,苗青把贾琼叫到办公室,将飞鹰的工作全权委托给她。贾琼有推辞之意,说副总排名赵总在前,还是赵总主持工作好一些。苗青说此事和文总商量过。贾琼深吸两口气后接受了,表示会尽全力把飞鹰公司经营好。

苗青马上召集几位副总开会,特别通知郭云山和杜小明列席。会上她宣布自己要去鲲鹏集团总部工作,飞鹰的一切工作由贾琼主持。在大家惊愕的眼神中,苗青交代了三件事:一是不与大远争高低,重在做好自己的事;二是巩固传统产品优势,加快开发新机型;三是停止上市融资工作,但不排斥有诚意、有实力的合作伙伴。

余一眼里少有难事,但此时却眉头紧锁,右手捏着下颌,直到将脸都拧变了形才松开手说:"我们向大远示弱,他们会不会得寸进尺?"余一讲了一件事,前些日子,一家与飞鹰合作紧密的上海厂家给他打电话,问大远靠不靠谱。不用问,这是大远上门谈合作了,大远介入的后果必然是抬高配件价格。余一望着苗青说:"全国可供配件的厂家无以计数,想不通杨总为啥总是盯着我们的客户不放。"

"道理很简单,"苗青说,"踩着我们蹚出的脚印往前走既省力气又不会走弯路,说明杨总是个极聪明的人。"

余一说:"我的合作伙伴关系虽然铁,但利诱之下难免有动摇者,生意场上永恒的只有利益。"

赵总问:"我们的协作单位是不是都签了长期合同?"

余一叹了口气说:"赵总呀,协议这东西管君子不管小人,我是担心杨总截和。"余一说的截和是打麻将术语,就是上家把下家要和的牌给截住先和了。截和是令下家最恼火的事,精心设计的一把牌会因为截和而前功尽弃。

"我了解杨总,他是个死要面子活受罪的主儿,无非是想争个老大的名分,苗总说了,他要当就让他当好了。"赵总脸上露出不屑的神情。

"当老大的目的最后还是会体现在效益上,工商联对待民企是以产值和纳税排座次的,两项都靠前者,开会要么上主席台,要么坐前排,在政府项目招投标上有很大优势。"余一明白许多潜规则,包括工商联工作的一些行规。

赵总说:"挖空心思当老大就是看中了这块利益,我觉得那终归是个虚名,不值当。"

"你们的分析不无道理,"苗青说,"我觉得杨总是冲着我在较劲,他过关斩将从乡镇企业打拼出来,一路还没有失败过,这让他充满了英雄情结,而英雄是因为对手而存在,他无法忍受被一个小女生超越的屈辱,才有了这斗牛般的激情。我离开飞鹰后,他也许就会失去斗志。"

"我认同苗总这个看法,杨总这人我比较了解,典型的东北男人,一心想做老大，飞鹰的崛起对他是个刺激，他头拱地也想扳回一局。"贾琼说，"苗总走后，我猜测杨总会以胜利者自居。"

大家都同意按苗青三条原则处理飞鹰面临的问题。

苗青注意到杜小明对大远不甚关心，坐在那里一言不发。会议结束后她请杜小明留下，问了几个外军五代机方面的问题。这一问，问到了杜小明的兴奋点上，一向木讷的他滔滔不绝连续讲了半个钟头才打住。

杜小明是个人才，谈话后苗青心里这样评价，像杜小明这种兴趣、爱好、知识、经验都十分聚焦的专门人才，堪比航空界的大熊猫。

第二天，苗青和小宋从大连北站一同乘高铁来到沈阳。

马歌早早地在车站等候。集团也派了办公室一位高姓科长来接。见面后高科长对马歌说："您放心回去吧马先生，我送苗所长去项目组驻地，您的车去了也进不去。"马歌知道规矩，对苗青说那我就不去送了，晚上一起吃晚饭。高科长接站后没去集团，直接来到沈北新区一个很偏僻的院子。高科长说这里是集团内部招待所，不对外，按部队营区管理。院子里栽满松树和梓树，松树常绿，落叶的梓树却是一树干枝。商务车拐了几个弯，来到一处小独楼前。小独楼呈赭红色，楼高三层，窗户窄窄的，让人联想到中世纪的城堡。高科长将苗青送进门厅，然后对站在门口迎接的一位女同志说："这是苗所长，交给您安排了。"小宋和高科长熟，说："别这样呀小高，我们把苗所长送到房间再走。"高科长说："不行啊宋主任，集团定了规矩，除项目组人员和必要服务人员外，其他人一律不许上楼。"小宋伸了下舌头不再坚持，在门口紧紧拥抱了一下苗青道："我们的新娘子要准备独守空房了，苦了妹妹。"苗青说："我已经习惯一个人生活了，你不用担心，也许会胖上几斤呢。"小宋松开双臂道："千万别胖，肉这东西最难缠，上身容易下身难。"两人都笑了。

苗青将两位送到车前，对小宋说："今天别走，晚上让马歌请我们吃臭鳜鱼。"小宋说："看你这架势已经驴驾辕，马拉套，哪里还有工夫吃臭鳜鱼？我还是回去吧。"

负责接待的女同志带苗青来到二楼一间套房。房间内各种生活设备齐全。她简单洗漱了一下，出来见服务员还站在门口，就问她还有什么事。服务员说："领导们在三楼会议室等您呢。"苗青说："您咋不早说呢，让领导等多不好。"

三楼会议室有三位领导，除了鲍总外，另两位苗青都不认识。鲍总起身先介绍了苗青，然后介绍了两位领导：体态健硕的一位姓庄，是军代表，大校军衔，虽然没穿军装，但身上带有一股英武之气；另一位年纪稍长者姓夏，一副文质彬彬的模样，花白头发梳理得纹丝不乱，是北京来的总工。两人都是第一次见到苗青，神情中带着一丝好奇，大概没有想到如此高端的设计竟然出自一位年轻女性之手。苗青见总部总工和军代表在场，知道自己的计划落地了，心里忽然有了种踏实感。

鲍总很正式地宣布了总部决定：苗青提交的隐形超声速飞机"1+3"设计方案正式获批，代号为G-31项目，任命苗青为项目组组长兼总工程师。总部从各地调集了三十位工程师，成立若干分组，要求鲲鹏集团在明年规定时间内完成这一重要任务。

夏总表态：该项目在总部由他领衔，总部会全力支持G-31项目，确保这一国之重器生产的顺利完成。

庄代表说他们会从今天开始，全程介入G-31项目，及时向项目组反馈军方有关需求。

鲍总看到苗青过于严肃，就面带笑容说："小苗不要紧张，你应该高兴才对，从总部到集团，上上下下都在为你的设计忙碌呢。"

"我懂，鲍总，这是所有设计师梦寐以求的机遇，中签率应该是万分之几，我是个幸运者。"

"G-31项目非同小可，做好保密工作很有必要，项目组实行封闭式管理，参与研制的同志会辛苦一点，相信大家能理解，其实这也是惯例。"鲍总提出了要求。

"我理解。"苗青说，"接到通知看到上面有机密二字，心里就有了准备。"

鲍总说："考虑到项目需要，集团给你配了助理，是个刚入职三年的女博士，叫龚文。集团还允许你自己选调两到三位项目急需的设计师，政审通过后马上可以入组，结项后根据个人意愿可以留下，也可以回原单位，回原单位的要实行脱密期管理。"

这真是个好主意！苗青脑海里像按下打火机一样，马上蹿出两个带着火光的人来。她问："选人权在我？"

鲍总点点头："设计是你做的，考虑到你也许需要一些特殊人才。"

"我确实看好两个人，不知道人家愿不愿来，一个是王野，909所的项目经理，一个是杜小明，曾经在909所工作，后来去了一家民企，最近被我调到了飞鹰公司。"

鲍总问："说说这两人的特点。"

苗青说："这两人都是搞飞行器设计的，王野特点是储备足、有野心，要知道搞创新创造没有野心不行，野心在政治上是致命缺点，在科研上则是难得长处，一个四平八稳的设计师成不了发明家。杜小明是航空知识活字典，他主编的《航模纵横》您也许看过，已经进入核心期刊行列，他的长处是从没离开国际飞行器研究最前沿，项目组需要与国际最新产品进行对表对标，杜小明参加能拓宽项目组视野。"

庄代表问："他俩都是909所的人？"

"王野现在还是909所项目经理，杜小明曾经是，但为了编辑《航模纵横》杂志，从909所辞职去了民企。"

"我评审过王野主持设计的项目，虽说不是什么大项目，但完成度很好。《航模纵横》杂志我办公室也有，质量不错，对杜小明有点印象，他好像正在搞什么无人机设计征集评比活动。"夏总对行业情况果然熟悉，连王野、杜小明这样的小人物都能说出一二。

鲍总点了下头说："我回去安排这两人的资格审查，明天回复你，若审查同意，你可尽快回大连与两人商谈入组事宜。"

鲍总说考虑到工作需要，这栋小楼外人不允许进入，保卫工作有专人负责，重要事情可以直接用保密电话和他联系。模型机和试验机生产会安排在集团厂区试验车间。

夏总说："时间有点紧，专家组论证了你的设计方案，认为方案基本成形，加以完善后即可转入试验车间，所以把项目时间压缩了。当然，每压缩一天，对你就是肩上多加一分压力。"

"部队盼星星、盼月亮，就盼这种机型尽快列装，把G-31送上蓝天，您就成了军人心目中的女神！"庄代表补充说。

"我理解部队将士的心情，苍穹无垠，敌暗我明，这是不平等对抗，我的导师为此忧心忡忡，鼓励我一定要潜心搞出这个设计。"

鲍总要求先召开一个项目组班子会议，明确分工，然后在本周内召开项目组成立大会，大会上他和庄代表都要讲话。同时要求王野和杜小明入组一事最好在成立大会前谈妥。谈话结束时庄代表道："我和另外两个战友也住在这里，为项目组保驾护航。"

项目组班子会议并不复杂，担任副组长的三位总工由集团指定，都是年逾五旬的高级设计师。他们到组后一直在研读苗青的设计方案，见到苗青时个个眼里露出惊奇的神情，他们没想到G-31的总设计师原来是个如此年轻的女子。班子会议明确了分工，成立了航电、雷达、动力等六个分组，宣布了纪律。散会后，她带上助理龚文马上返回大连。

2

与王野的谈话是在909所那间谈话室进行的，这是苗青第三次进这个房间，前两次是在这里接受询问。王野有点意外，不知道新上任的苗副所长找他何事，坐在对面微微欠着身子。

"我一直记着您说过的一句话，"苗青说，"那是我去小水立方您的办公室，您说的牛刀屠狗宰鸡那段话，不知您还记得吗？"

"哦，当然记得。"

"如果给您一把牛刀，您敢宰牛吗？"苗青故意用了激将法。

"有什么不敢，连胆子都没有还搞什么飞行器设计？"

"我想请您加盟一个总部重点项目，怎么样？"

"真的？！"王野将身子正起来，两眼铜铃一样望着苗青。

"是的，这是一个国字号项目，设计上属于天花板级别，我想请您加入进来。"

王野哦了一声，缓缓地低下头，两手抱拳抵住额头，看出来他在进行思想斗争。

苗青没有催他，这种事情确实需要权衡利弊。过了一会儿，王野抬起头来，让苗青惊讶的是王野的眼圈有些发红，鼻尖也闪着红光，喉结上下滑动了两下才说："您真大度，不计前嫌，佩服！"

"我们之间哪里有前嫌？"苗青愣了一下。

"当然有，是我对不起你。"王野语气肯定。

"可是，我怎么没有印象呢？"

"多年前，所里那次项目组选人，我本来想选你，可是后来犹豫再三没有选，你肯定心里恨我。当时所长都打过招呼，领导有意图，我作为项目经理应该顺水推舟才是，可是我却犯傻把你给得罪了，现在想想挺后悔的。"

苗青笑着问："对了，我想知道您当时为何没有选我，我俩有过交流，至少我感觉您对我没有不好的印象。"

"没有其他原因，说简单一点就是斗气。所长打招呼让我产生了逆反心理，本来我列的名单里有你，所长打招呼后我一气之下就把你名字画掉了。"

"您没有必要为此纠结，我当时确实不够进组条件，现在话说开了，这一页就翻篇吧。您对这次进组感兴趣吗？"

"何止感兴趣，是求之不得呀，我半辈子都在等待这样的机遇，终于等到了，909所这么多设计师，好事怎么就落到我头上了呢？我甚至有点不相信这是真的。"

"因为您是一把牛刀，"苗青微笑着说，"大材不可小用。"

王野突然站起身，两手并拢，向苗青鞠了一躬。

事情谈妥，王野在走出谈话室时突然又折了回来："苗所长，有句话我要说在前面，工作中有时我会固执地坚持自己的观点，我知道这个是缺点，但性格使然，难以改变，您能接受我这个缺点吗？"

苗青摇摇头道："怎么能说这是缺点呢？科学不服从权力，只服从真理。"

王野咧开嘴笑了，笑容有些夸张。

与杜小明的谈话地点没在909所，而是在飞鹰公司苗青的办公室。

苗青没有急着说话，一直在注视着杜小明，这个貌似书呆子的人其实并不呆，满脑子奇思妙想。杜小明被看得有些发毛，说："苗总您别这么看我，是不是我哪里做错了？"苗青说："我有事求您。"杜小明说："您能求我什么，我脑子里除了航空知识，连爱马仕和LV都分不清。"

苗青敛住笑，变得严肃起来："想让您参加一个国字号重点项目组，不知您是否愿意。"

杜小明张大嘴巴直勾勾地盯着苗青，半天没说话。作为909所曾经的设计师，他知道苗青此言的分量。在909所工作时，他是多么羡慕那些被选进项目组的同事啊！他注意到员工一旦进了项目组，立马就像变了一个人似的，连说话的语气和走路的姿势都会发生改变。一个叫大曹的大学校友也在909所，被他视为知音，两人平时喜欢探讨国际上新机型的优劣长短，看法常常不谋而合。后来，大曹进入了小水立方一个项目组，两人关系就日渐疏远起来。那些项目不过是所里或集团的项目，而现在苗青所说的是总部重点项目，这个定位意味着什么他很清楚。

"您可以好好想一想，不要急着回答我。"苗青说。

"您应该选郭云山入组才对呀，苗总，我这个人没实践，只会纸上谈兵，怕是为您做不了更多事。"

苗青心里有些小感动，杜小明为了推荐同事入组甚至不惜自贬，可见心地一片白沙清水。她说："云山很优秀，但项目组已经有不少同类型设计师，考虑您，主要是看好您图书馆一样的知识储备。"

"我很荣幸，"杜小明说，"士为知己者死，我愿意为您的项目尽绵薄之力。"杜小明说完起身走到书架旁道，"我知道您一直在设计某种尖端飞行器，您能找我，说明这个项目已经立项。既然设计已经基本定型，我参与进去的价值不大，我对自己很清楚，我的知识储备在概念设计阶段会有作用，一旦设计基本完成，我几乎就不会有什么贡献，所以建议对我入组的事您要三思。"

"我当然会考虑这些因素。"

杜小明又问："《航模纵横》需要交出去吗？"

苗青明白了，原来杜小明放不下的是期刊。她笑着说："当然不用，杂志还在飞鹰公司，您可以通过非涉密计算机处理稿件，但通信不能标注项目组地址，这样对您、对项目和期刊都有好处。"

"那我就没有顾虑了，务虚二十载，现在要转型务实了，好吧，我这块材料怎么用您看着办吧。"

"一言为定，拉钩上吊！"苗青像小孩子一样伸出右手的小拇指。苗青知道，对待老夫子式的杜小明，必须亦庄亦谐，过于严肃倒显得生分。

杜小明也伸出手来与苗青拉了拉，苗青觉得杜小明的手指很细，却像秤钩一般有力。

杜小明走后，苗青把贾琼叫来，告诉她准备调杜小明到集团参与一项重要工作，需要一年左右时间。贾琼说其他工作都可以衔接安排好，唯有那本《航模纵横》没人能担。苗青说杂志还由杜小明负责，其他工作全部脱钩。

3

上午九点，太阳尚未转至正南，大仙画室光线有些暗。苗青进屋时大仙正在屋角磨咖啡，画室里弥漫着浓郁的咖啡香。打过招呼后，苗青重重地坐进沙发里，因为昨夜睡得太晚，她正想喝杯浓咖啡提提神。大仙挺神的，能未卜先知并提前做好准备。

婚后，苗青这是第一次来大仙画室。画室一切都是老样子，唯一变化的是多了一盆绿植。这盆绿植叶子分绿红两个层次，绿的滴翠，红的似火，让红绿两种色彩的搭配脱了俗气。苗青对花草缺乏研究，手机里也没有下载辨识花草的软件，花花草草这种东西，没有必要研究得那么透。当然也有例外，比如大仙赠她那幅《月桂树的冬天》后，她对月桂树上心起来，看到类似的植物，总会有意无意联想起画中的月桂树。

一杯热咖啡端过来，咖啡中加了奶，提升了香气。大仙关切道："您看起来有点疲倦。"

"有点累，不过还好，要办的事都有了着落，接下来再去见见白院士，然后就回沈阳。"苗青端起咖啡喝了一口，一股暖流顿时沁透肺腑。大仙的手磨咖啡有一种独特的味道，苦与香调剂得恰到好处，前苦后香，回味醇厚。食物这东西青睐于手工，一旦用了机器味道就会改变。父亲上次来东北，说东北的手擀面与过去不一样了，过去是手擀，特筋道，现在虽然叫手擀面，却是面条机压出来的。父亲说不仅手擀面如此，连馒头也没了手揉大碱馒头的味道。一份劳作一份滋味，他一个习惯吃米饭的南方人，在沈阳工作时期最难忘的却是手揉大碱馒头就红油咸疙瘩丝。

"怎么刚去就回来了？"大仙问。

"回来选人。"苗青说，"走之前没来得及和您告别，我想您肯定有要嘱咐的话。"苗青已经习惯了遇事问计于大仙，大仙每次建议都对她颇有启发，大仙实际上成了自己的首席智囊。她和马歌说起此事，马歌说："这个世界上没有无缘无故的爱，我要不是为了追你，也不会花大气力研发吸波材料。你应该感谢导师，大仙肯这样付出，是因为导师有嘱托，一个人肯为你无条件做事无外乎两个原因，一个是爱，另一个就是责任，像大仙这种高冷之人，只能是后者。"

"选人是大事，马虎不得。"

"我把909所的王野和飞鹰的杜小明带走了，我需要他们。"

"那是您决定的事，"大仙不想谈涉密问题，指着一幅用蓝布蒙着的画说，"今年的画提前画完了。"

苗青很惊讶，她已经习惯在年底接受大仙的厚礼，没想到今年的礼物会提前到年初。这是大仙赠送自己的第九幅画。她起身走过去，把那幅装着酸枝木画框的色粉画抱过来，立到长条沙发上。

这是一幅很独特的色粉画，画面近处是一株看起来特别熟悉的植物，背景却是辽阔的湿地，弯弯曲曲的河流在湿地里绵延到远方，远方是隐隐约约的白山。能看得出，画中的河流是流过来而不是流出去，应该是远山积雪融化形成的溪水汇聚到了湿地里。画中的植物怎么这么眼熟呢？好像在哪里见过呀。当她目光移开画面时，忽然看到了画室里那盆新添的绿植，原来模特儿在这里！

"这是什么花呢？"她问。

"雁来红。"大仙说。

"多好听的名字，大雁归来的时候它就红了，寓意也好，喜欢！"苗青一边夸赞，一边靠近、退后变换着焦距欣赏。由雁来红深红的叶子她想起了《逆行者》那件红色风衣，导师那件风衣一直挂在衣柜里，平时她舍不得穿，这次回沈阳应该穿这件风衣，热烈、靓丽，穿上它自己岂不就是一株生机勃勃的雁来红吗？她没有问这幅画的寓意，问大仙也不会说，艺术家和诗人一样，在自己的作品面前喜欢卖关子。

"为什么今年的惊喜会在年初降临？"

"从知道您去沈阳的消息后我就生出这一想法，把祝福提前送给您，说不清有什么具体原因，就是一种灵感，灵感像蝴蝶一样，翩翩飞来时你不伸手接住就会飞走，飞走了也许就不会再回来，所以我连夜画了这幅画。不知您注意到了没有，这幅画中雁来红的红色与《逆行者》红风衣是同一种红。"

"我发现了，我会把这幅画挂在沈阳的办公室里，"苗青说，"看到这幅画，仿佛就听到了高空中传来的声声雁叫。"

"知道古人怎样诠释雁叫吗？"

苗青摇摇头。大仙说："无论南飞还是北归，雁叫总是牵动人心。古人叫大雁为哀鸿、断鸿，在诗歌中的描述多有凄苦之意。我想，人在顺境时，不要忘了哀兵必胜的古训。好在雁来红的红是喜色，也是血色，它与汗血宝马的汗水一样，是驰骋中血与汗的结晶。"

"记住了，我不会得意忘形。"

"少年得志大不幸，所以不忘二爷爷那句话：小心，小心，再小心。"

"我知道您这是从文总身上得出的教训，我会时时以此为鉴，专心致志实施我的计划。"

大仙问："我原以为白院士会直接参与您的计划，但他说还有别的重要课题在做，会派得力干将去帮助您，我觉得您最好还是动员他出山，院士参与进来，计划推进会更顺利。"

苗青点点头："我马上去找白院士。"

大仙站起身道："不要有负担，您不是一个人孤军奋战。"

4

与白院士约了午后两点见面。白院士没让苗青去办公室和实验室，而是到星海广场边走边说。白院士说自己三天没出单位大院了，正好到海边透透气。为了保暖，苗青特意穿了那件红风衣。

白院士穿一件米色风衣，戴浅色太阳镜，沿着那道脚印铜雕缓缓走过来，像极了电影中特工人员接头的做派。两人走下海边沙滩，龚助理远远地在后面跟着。因为不是休息日，沙滩上人不多，偶尔有游客在海边拍照。沙滩软软的，海浪轻轻扑打海岸，恍若浑厚的男低音在断断续续地吟唱。

"祝贺您，计划终于落地。"白院士说。

"还不能说全落地，想把G-31送上蓝天，还要靠协作单位加持。"苗青很谦虚，所说也是事实。

"我的团队已经和鲲鹏签署了协议，按协议，我们有设计师参与到您的项目组。"

"我就是为这事来找您，"苗青说，"有您这个大院士在，我心里会踏实一些，您知道，我的实践经验仅限于飞鹰公司无人机这一块，其他飞行器只是局限在电脑上。"

"大仙和我说过，希望我进项目组，可是我最近太忙，手里还有一个重要课题，难以抽身分神。您是知道的，这种项目一旦进组，一年多时间里只能做一件事，所以我考虑派别人参加您的项目。您放心，我派的这个小伙子像猴子一样灵泛，他很早就跟我搞研发，航电思路十分清晰。"

"您了解我，一个执拗的逆行者，可是我不想当孤独者，我希望逆行路上有一个师长来提携我。在东北，我有幸遇到了大仙和您两位师长，大仙在精神上常给我指点，您在科学上给我力量，因为有你们，逆行之路尽管充满酸甜苦辣，但我还是信心满满。这一次，我多么希望您能伸出有力的双臂托起我，让我实现一个人的计划啊。"苗青迎面站在白院士面前停下脚步。

白院士也停下来，目光投向海面上的跨海大桥。大桥像一条锁链，锁住了海面上原本开阔的视野。近处，有觅食的海鸥飞翔，不时发出尖锐的叫声。"进组，是要封闭管理的，"白院士说，"如果进组，意味着参加国际学术交流活动要受限，审批也麻烦，无暇开展其他科研课题，对于我来说损失太大了。要知道，除了课题之外，我还有许多社会活动。"

"这个项目非同一般，您知道它意味着什么，如果把它看成一艘帆船，您的作用不仅仅在航电方面，在我心里您就是那高高耸立的桅杆。"

沙滩边缘有条供游客休憩的长椅，白院士说："我们过去坐坐吧。"苗青点点头，两人走到长椅面朝大海坐下。苗青在望向大海的瞬间，忽然想起了去年大仙送她的《猪卡索》，大仙应该是在海边得到的灵感。面对海天相连的景色，连猪都有作画的欲望，何况作为灵长之首的人类呢。

白院士在思考，眉头微微蹙着，两手一直插在风衣兜里，苗青问："白老师在想什么呢？"

"知道大仙、文剑、宋总和我为什么都格外认可您吗？"白院士突然这样问。

"想过，应该是我借了导师的光。"

"不否认有这个因素，"白院士抬头望着海面上的大桥说，"关键一点是您对飞行器设计研发的执着精神感动了大家，这种执着对于您来说意味着什么我们很清楚。不瞒您说，我们曾在大仙画室达成一致意见，想方设法让您这个南方来的女孩子不对宽厚的东北失望，不对东北男人失望。"

"我真切地感觉到了你们对我的好，其实，苗青有自知之明，之所以获得你们这些大咖的青睐，是我追求的目标与你们产生了共振。"

说话的时候，白院士目光一直锁定在远处大桥上，米色风衣的领子不知何时竖了起来，浅色的太阳镜映照出海面的图景，像两张相同的照片。沉默了片刻，白院士站起身，抬腕看了看手表说："好了，我们回去吧。"

苗青站起身："您还没有答复我呢。"

"我还能找到不答应的理由吗？"

苗青鼻子一酸，眼里瞬间开满泪花。

5

回到沈阳，苗青用了一天时间将项目组工作做了分工安排，各分组开始投入工作。工作推进总体顺利，但遇到了几个技术难题需要解决，苗青、夏总、白院士和鲍总一起商议，一致意见是由苗青去上海向吴教授求教。

这时，母亲打来电话，说父亲例行体检发现颈动脉有血栓，导致脑供血不足，想让苗青带他去上海看看。苗青和马歌商量，先联系好医院，马歌直接去武汉接父亲到上海，然后在上海会合。恰好高兰发来微信，说她在上海调研，苗青若是回母校，两人可以抽空碰个面，她有话对苗青讲。苗青说："你怎么不是开会就是调研？"高兰回复说："开会、调研就是我的本职工作呀。"

母校变化不大，受疫情影响，过去人流密集的地方都变得稀稀拉拉。大仙给女生画画的那棵樟树因为树冠没有修剪，望上去有种男人长年不理发的邋遢感。

苗青来到家属区，导师的家再熟悉不过，她觉得导师的家就像恒温室，是学子们最容易生根发芽的地方。白色的沙发、外文书居多的书柜、大号显示屏的电脑，一切都是老样子。苗青进屋的时候，膝盖上盖着线毯的导师正在给三个研究生讲解什么。见苗青进来，导师起了起身还是坐下了，苗青赶紧过去扶住导师。九年未见，导师站立有些艰难，苗青心里不禁感慨万千。导师向三位研究生介绍了苗青，声音有些颤抖地说："这是你们学姐，也是你们的榜样。"一男两女三个研究生礼貌地打过招呼，知道学姐有事，便主动告辞了。

吴教授端详了一番苗青说："看来环境决定人这话是对的，你越来越像东北人了。"

苗青知道在导师心里东北人是百分之百的褒义词，她有些羞涩地说："九年了，鬓虽无霜，尘已满面。"

"出征者哪有不带征尘的道理。"导师头脑很清晰，说话没有丝毫拖泥带水。

导师在探讨学术问题上从来不做铺垫，开篇便直奔主题，问她遇到了什么问题。苗青一一提出来，导师逐个谈了自己的看法。几个技术问题说完后，导师问："当总设计师有何感想？"苗青回答说："多年来晚上保持静默的习惯被打破了。"导师说："不要为静默而静默，静默的目的就是为了有这么一天啊。作为总设计师，切切不可脱离实际，解决问题的方法皆在实际当中。"导师讲了J-8研发时一个真实故事。J-8总工程师叫顾诵芬，一位在新中国航空史上有里程碑意义的飞机设计师。顾总在主持J-8设计时，遇到了难以克服的抖振问题。为了准确了解抖振情况，他让工人在飞机上缠上毛线，然后不顾年事已高，三次上教练机伴飞，近距离观察毛线抖动变化，终于找到了解决难题的办法。顾总的事例告诉我们，有问题仅靠三维图像不行，只能在实践中摸索解决的办法。

苗青很清楚导师提示的用意，说请导师放心，G-31遇到每一个具体问题，她一定会出现场。

技术问题说完了，导师问起大仙的情况。苗青历数大仙对她的帮助，说："有难事，找大仙"成了她在东北工作的一大法宝，尤其提到每年大仙都为她画一幅画，她特别珍惜这些画，每次品味，都能品出画中的新意来。

导师说："画是大仙的武器，他想用画把你留住。他对我说过，你要是走了，是东北的窝囊，也是东北人的不讲究。广袤的东北不但要容下你这棵月桂树，并且要这棵树长势喜人。月桂树的枝叶在古希腊被用来编制国王和奥林匹克冠军的头冠，寓意是胜利和骄傲，给你的每一幅画，大仙都是走心的。"

"难怪大仙为我画了一幅《月桂树的冬天》，画面非常唯美。"

"大仙是个善良的孩子，他认为伤害别人是最大的罪过，所以总以帮助别人为快乐，这也是他朋友多的原因吧。如果画的是冬天的月桂树，这里面有一份悲悯。"

苗青恍然大悟，此画的谜底原来在此。

"想知道大仙为什么一直单身吗？"吴教授问。

苗青摇摇头，她知道自己一直没有走进大仙的内心深处。

"大仙是个开窍很早的人，初一时他莫名其妙地喜欢上了物理老师，据大仙妈妈说那个物理老师姓白，是个很不错的苏州姑娘，高挑的个子，皮肤白皙，说话软软的，一副好脾气。白老师是大仙那个班的班主任，有扎风筝的天赋，自学课时，白老师会领着学生到校园后面的田野里放风筝。白老师扎的风筝有各种飞禽走兽，有一次还扎了一只蜈蚣形风筝。大仙那天牵绳，当一只紫红色的蜈蚣在天空中扭动着长长的身子逐渐爬高的时候，他被吓傻了，'妈呀'一声就将手里的绳松开，捂着两眼不敢再看。那条紫红色的蜈蚣翻滚着飘向远处，渐渐隐身在云雾里。这件事白老师没有怪他，反而抱住吓傻了的大仙安慰了一番。就是这样一个安慰动作，让大仙深深爱上了这个物理老师。大仙考上美院后，斗胆给白老师写了一封信，表达了自己的爱慕之情。很快，白老师给他回信，说自己马上就要随军去大连，她丈夫在大连一所军校服役。接到回信后大仙很难过，说自己从此不会再追女生了，不爱，就不会伤害。"

"这是真实的故事？"苗青问。

"是大仙妈妈告诉我的，他妈妈希望我能劝劝大仙，但我不想劝。大仙是个主意很正的人，再说了，曾经沧海难为水，除却巫山不是云，那个白老师对他的影响太大了，他会拿所有接触到的异性与初恋对比，结果当然是失望。我也想过，白老师哪一点征服了大仙呢？除了形象和风筝之外，最大的可能就是那个惊吓中的拥抱。"

苗青赞同导师的分析，白老师看似不经意的安慰性拥抱，对于青春期的大仙来说却意义非凡。

时间不早，苗青不想占用导师更多时间，祝福了导师一番后起身告辞。

从导师家里出来，苗青在校园里转了转，不知不觉就走到了江峰曾住过的那栋宿舍楼前。宿舍楼依旧，只是做过维修，窗框原本是褐色塑钢的，已经换成了银灰色断桥铝，玻璃也不再透明，是浅茶色。她看到512窗外一个圆形衣挂上，挂着几双袜子，在风中晃来晃去。她问自己来这里干什么，苦笑一声后便转身离开了。

走出宁静的校园，她给高兰打了电话，然后打车直奔高兰开会的宾馆。

高兰有些微胖，藏蓝色的职业装紧紧裹住丰满的身体，胸前挂着红黄相间的参会标牌。高兰在宾馆大厅等候，见面后苗青一个紧紧的拥抱让高兰卸掉角色回归了自己。

苗青想到茶区小坐，高兰坚持回房间说话。高兰指了指大厅顶部四角虎视眈眈的摄像头说："闺蜜间的悄悄话，不能外泄。"苗青说：

"不愧是大机关的干部，保密意识就是强。不过话又说回来，我俩说的悄悄话，不涉密。"高兰说："那不见得，我还真有秘密想告诉你。"

来到高兰房间，高兰急不可耐地说："江峰让我替他感谢你的救命之恩。"

"你和江峰一直在联系？什么救命之恩呀，搞错了吧？"苗青有些摸不着头脑。

"当然，"高兰很得意地说，"如果江峰当年追求的是我而不是你，我不会让他溜走，哪怕他是一条鳝鱼我也会把他牢牢抓在手上。可惜，他喜欢你，而你又不珍惜他。"

"你嫉妒什么呀，小高多好，对你像对女王一样，第一次就送那么珍贵的礼物。"

"我知道江峰那样的人不是我的菜，我是个很实际的人，从来不会被虚无缥缈的空中楼阁所迷惑，当然，这没有影响我们良好的同学关系。江峰有时候会打电话和我说些苦闷的事，他说：'高兰啊，你就是我不良情绪的回收站，和你说了内心里会轻松一点。'"

苗青捂住嘴笑了，高兰的厚道是有名的，像邻家大嫂一样让人信任，江峰这话她信。别说江峰，有时候自己心里的话也想对高兰说，高兰不装、不矫情，有副乐于助人的热心肠，是难得的人生挚友。她问："你刚才说什么救命之恩，都把我弄糊涂了。"

"你真是江峰的救命恩人，用江峰的话说，是你给了他第二次生命，你还蒙在鼓里吧？"高兰故作神秘状，微微斜视着苗青，观察苗青的反应。

苗青愣了一下，急忙道："你别开这个玩笑，我现在心里已经没有当年那个三级跳远冠军了，只有马歌，对于我来说马歌比任何人都重要。"

"你真的救了江峰，这是我在深圳调研时江峰亲口对我说的。"

苗青发现高兰认真的样子，不像在开玩笑，再说高兰本身也不是个喜欢开玩笑的人，就让她详细说说。

"不久前我去深圳，江峰约了几个朋友请我吃饭。他亲口告诉我，那次在雪山死里逃生，是因为帐篷里信号不好，他必须到山坡高处接电话，而那个电话是你打的。他气喘吁吁爬上山坡刚刚与你接通电话，就发生了可怕的雪崩，其他人不幸遇难，而因为你这个电话，他得以幸存。"

苗青觉得周身的血液瞬间凝固了，脑子里一片雪花飞扬。她回忆当初给江峰打电话的情形，印象还算清晰，记得在鲲鹏大楼门厅打电话想告诉江峰回归的事，结果刚接通就断了，她还误以为江峰不便接电话，原来江峰遭遇了这么大的事。

高兰接着说："江峰想投资你的飞鹰公司。这些年，他做房地产积累了足够的实力，在做了一番市场调查后，觉得无人机产业方兴未艾，是投资热门，就想把人和资金投给你的飞鹰公司，因为他觉得你是最靠谱的人。"

"人和资金？怎么讲？"苗青问。

"当然不是江峰自己，他公司有一批需要转型发展的人，其中不乏优秀的营销人才，他不忍心丢下。江峰说新成立一家公司也可以，但必须在你麾下。"说到这儿，高兰笑着摇了摇头，"苗青啊苗青，你真叫人嫉妒，十年死灰尚能复燃，你这是欲擒故纵、以退为进，在情感上你孙子兵法运用得好娴熟呀！"高兰不是个幽默之人，这次是真的有些醋意了。

"哪里有什么欲擒故纵、以退为进，我当初是抽身而退、拱手相让。"苗青缓过神来，刚才脑海里不仅雪崩，还出现了云崩，云崩比雪崩厉害，云崩形成的冲击波有核子裂变的感觉。她带着忧伤的语调说："看来，是爱人的生命让江峰发生了灵魂转身。不过，我一直觉得江峰的追求很高雅，也颇具男子汉气概，假如当年我们走到一起，我也不会阻拦他这一爱好。登高望远，一览众山小，这是男人应有的情怀。"

"江峰并不为当初的登山运动后悔，他只是觉得寄托也需要转型。世上的高山毕竟有限，当珠峰也在脚下的时候，还去攀登什么？江峰带着悔意亲口对我说，多年以后他才明白，苗青一个人的计划才是人生境界的拓展。自己征服高山大海，只能证明生命的力量，而苗青征服蓝天苍穹，那是证明生命的价值。"高兰停顿了一会儿追问道，"怎么样，接不接江峰抛出的橄榄枝？接与不接，这是个问题。"

"我要想一想，我现在任务在身，飞鹰公司已经交给一位副总打理，这种大事不是头脑一热就能定的。"苗青沉吟片刻说，"感情是感情，投资是投资，两者不能混淆。不过，江峰回头做飞机说明他依然睿智。"

"那么，我怎么回复他？"

苗青没有马上回答，她扭头望向窗外，对高兰说："我们应该喝点什么，房间有免费咖啡吧？"高兰说有速溶咖啡。苗青起身冲咖啡，高兰说记得在学校时苗青总是向她推荐拿铁咖啡，稀里糊涂上了一回当，男友小高从北京来，两人喝了一回，结果整宿没合眼，睁着眼睛看了一夜天花板。苗青说要怪就怪江峰，她自己也上过一回当，头一回喝拿铁，结果一夜失眠。苗青冲了两杯速溶咖啡，房间里顿时充满了咖啡特有的香味。苗青端着咖啡杯问："你说我应该如何回复他？"

"回头浪有时会更有力，我要是你就把他收在麾下，当然，要做通你老公的工作，不要产生误会。"高兰总是想到哪里说到哪里，毫不隐讳观点。

"我和马歌相互信任，他知道江峰，甚至还为江峰惋惜，觉得江峰不该为了赚钱而错过我。"苗青放下咖啡杯用餐巾纸沾了沾嘴角道，"你告诉他等一等再说，我现在真的没有精力去考虑飞鹰公司扩张的事。"

高兰点了点头："你在承担国家项目，这个时候确实分心不得。"

"快十年了，江峰一定发福了吧？"

"你俩天天相互发问候表情，就不能彼此发张生活照？"

"那是两码事，发表情是某种默契。"苗青抿着嘴唇说。
"等多久？"
"等到我承担的项目结项吧，G-31结项前，我不想分神。"
高兰说："我懂了，若是分神就不是你苗青了。"

6

苗青赶到复旦大学附属中山医院时，马歌已经陪父亲做完了检查，尽管有些生化报告还没出来，但马歌托人找的专家已经给出了初步诊断结果，颈动脉斑块尚无脱落迹象，没有大的危险。

马歌向苗青说了医生的诊断结果，苗青稍稍有些安心。但她还是想亲自去拜见专家，亲耳听听专家的说法。参加工作以来，重要问题她从不简单相信间接转达的结果，有必要的话她都要亲自确认一下。

苗青来到内一科，找到了马歌联系的专家。专家姓徐，五十岁上下，肤色如白大褂般白净。徐医生告诉她不必担心，老人虽然属于亚健康，但不是器质性病变的原因，是生活缺乏规律所致。颈动脉斑块做好随诊观察，按常规方案治疗即可。苗青谢过了徐医生，正待转身告辞，医生忽然问："陪老人就诊的那位是您爱人吧？"苗青点点头，说是自己老公。徐医生说："您让他也做个全面体检吧。"苗青吃了一惊，问为什么他需要体检。徐医生停顿片刻说："我感觉他哪里有些不对，倦容与年龄不相符，也许是错觉，我只是建议而已。"

回到观察室，苗青向父亲说了专家的判断，父亲说自己这段时间为苗青一个人的计划瞎操心。苗青理解父亲，这是一种兴奋过度的表现，当然也是一种担心。一个人的计划从根子上说属于父亲，是父女接力在绘制一张蓝图，现在，蓝图在女儿手中将要变成现实，想让父亲不激动很难。父亲最感到遗憾的是在沈阳设计冰激凌机那段时光，明明是热血沸腾、壮志凌云的青春时光，却落了个与雪糕冰棍为伍，从头到脚透心凉。现在，女儿一个人的计划落地，他再也不用为粗制滥造的冰激凌机而纠结。

父亲说既然身体无大碍他就自己回武汉，让苗青和马歌尽快回东北工作。两人商量，如果父亲各项生化指标正常，苗青就直飞沈阳回去工作。马歌则陪父亲到外滩、浦东、豫园一带散散心，然后再送父亲回武汉。马歌说父亲上次去东北对几座城市看得津津有味，想必对大上海也会感兴趣。苗青觉得马歌考虑问题特周到，便同意了这一安排。

中午，马歌叫了外卖，三人在观察室简单吃了盒饭。苗青注意到马歌吃的饭菜剩了几乎一半。在走廊，苗青和马歌说了徐医生刚才的建议。马歌说徐大夫是西医，而西医靠设备来诊断病情，望闻问切是中医诊法，这话要是中医专家说的，他立马就去体检。很显然，马歌不信徐医生的判断。苗青说："这两天在上海你还是好好检查一下，徐医生说你的疲倦与年龄不符，我也感到你脸上有倦容在蔓延。"马歌笑了："没倦容就成神仙了，从沈阳到武汉，再到上海，我几乎整夜未睡，倦容能不蔓延吗？"苗青心头一热，伸出手来揪了揪马歌的耳朵，轻声说："受累了，你是为我辛苦。"

马歌说："放心，明后天我陪父亲转转大上海，徐大夫的建议我也记下了，回到大连就去医大附属二院做个全面体检，把身体调理好，等G-31一结项我们就要个孩子。"

苗青脸上飞起两片红云："说好了，孩子一出生，不论男孩女孩，你都要送孩子一个飞机模型做礼物，飞机设计师要从娃娃开始培养。"

午后两点，所有生化指标都出来了。三人拿着化验单一同来找徐医生。徐医生看过后正式确认了上午的诊断结果，患者只需回家静养即可，无大碍。父亲一听乐了，说自己要制定一个作息时间，像小学生那样规规矩矩地生活，监督权交给老伴。大家被乐观的父亲逗笑了。

当晚，苗青搭乘红眼航班返回沈阳。

第十章：辛丑·海青击鹄

1

带队伍比搞设计还要费脑筋。

在飞鹰公司，苗青可以按自己意志行事，在G-31就不灵了，虽然是项目负责人，但中梗阻现象频频发生。苗青知道，不是专家们故意为难，是每个人都希望在讨论中表现自己。有的专家出其不意就会抛出一个匪夷所思的问题来，如果是研讨会、务虚会也就罢了，可G-31是有时限要求的，不能在已有定论的问题上浪费时间。

她和王野说起此事，王野道："知道当初在909所我选人为什么慎重了吧？"

她找鲍总，鲍总笑着说："在体制内带队伍是有学问的。"

苗青请鲍总讲讲这方面的学问，她要活学活用。

鲍总从衣兜里摸出两枚棋子，张开手掌展示给苗青："这是黑白两子，黑的是内行，白的是外行，内行塔尖立，外行门外站。"

苗青没听懂："什么内行外行呀？"

"若是内行当领导，必须业务拔尖，别人无法比肩，威信自然就高。"

这个不难理解，如果领导本身是大咖，下面谁能不服，不服就比比看嘛。"那么外行门外站呢？"她问。

鲍总说："外行的领导艺术是站在门外发令，隔山打牛，把复杂问题简单化，有时也会收到意想不到的效果。"

"这是为什么？"苗青没有理解。

"很简单，因为领导与被领导者不在一个维度上，想掐架也掐不成，被管理者服从的是权力，而不是专业。"

苗青点点头，觉得自己虽然是总设计师，但还没有立于塔尖的资历。

鲍总说："不论内行外行，都需要记住六字秘诀：找软肋，点麻穴。"

"我明白了，"苗青说，"六字秘诀其实就是对症下药。我忽然有个请求，不知可否提出来。"

鲍总笑了："只要符合规定，集团会考虑。"

"我想请集团任命白院士为G-31总设计师，白院士是项目组唯一的院士，担任分组负责人似乎不妥。"

鲍总猜出了苗青的用意，诡谲地笑了笑说："你需要一个立于塔尖上的人做旗帜，这就是你说的活学活用吧。G-31总设计师是你，你让出来就只剩项目负责人一个头衔了。"

苗青说："我不在乎头衔，只要对G-31有利，项目负责人我也可以让出来。"

鲍总敛起笑容，道："我个人没意见，但要班子集体研究决定，这不是小事。"鲍总起身伸出手来与苗青握了握："你有如此心胸，我对G-31充满信心！"

那天与鲍总谈话后，她觉得鲍总说的内行外行两种方法都可以用，内行角色由白院士来扮演，外行角色由军代表庄大校来承担，内外形成合力，项目组精神状态一定会发生改变。

白院士入组后，所带的航电组在各分组中最为出色，G-31航电部分苗青完全放心。白院士正在房间工作，见苗青来找，问她有什么事。苗青说了总设计师的事，白院士认为不妥，他只负责航电部分，叫总设计师名不副实。苗青只能实话实说，需要院士这面旗帜来统一认识，文案她来做，由白院士在会上发布，这样效率会高一些。

白院士笑了，道："原来您是借用我这顶院士帽呀，是不是大仙出的主意？"

"不是，组里的事不能与大仙说，我受鲍总启发想出了这个法子。"

白院士答应了，说为了G-31，他可以当一回蹩脚的演员。

苗青又来找庄大校。

果然是军人，庄大校的房间里内务利落，被子叠得像新切的豆腐，连拖鞋都摆放齐整。庄大校很客气，问她有什么事。苗青扼要说了来意，大意是不能只让专家们工作，而不考虑专家们的健康，希望庄大校能代她将纪律管起来，让组内有点活力气象，免得整天沉闷压抑。庄大校想了想，说："这件事虽不是我分内之事，但我作为项目组一员，接受你分配的任务，我看就从抓工间操入手吧，每天上午十点半，大家放下手中工作，到活动室做个工间操，这样不仅对健康有益，还能提高大伙儿的精气神，营造一种昂扬积极的氛围。"苗青说："做工间操太好了，居里夫人说，科学的基础是健康的身体，专家们都不年轻，肩周、颈椎多少会有点问题，活动一下很有必要。"庄大校说："那天我到发动机组刘教授房间，发现屋里乌烟瘴气，烟味呛人，刘教授抽烟一根续一根，又不开窗，弄得房间像毒气室一样。"苗青说刘教授是个工作狂，一天要两包烟，精神头儿就靠烟顶着。作为G-31心脏研制者，刘教授总是在沈阳与成都之间飞来飞去，他改进的涡扇发动机已经定型，让项目组有了定心丸。庄大校表示，他准备调些部队作训服发下去，出操时大家换上统一服装，这样看起来也精神。庄大校还表示，每次出操由他亲自领操。

从庄大校房间出来，苗青发梢有一种带风的飘逸感，走廊无风，这飘逸应该是从内往外的迸发。抬头，看到楼廊天棚上吊着一块玻璃牌，上书"安静"两字，她忽然就想，一楼的活动室白墙上也应该写上几个字，那样，工间操时大家就可以看得到。那么写什么呢？她忽然想起了导师书房里的一幅书法作品：真理在科学中，价值在生命里。她安排龚助理找人写了这两句话，挂在活动室墙上，红字白墙，看上去格外醒目。

2

G-31模型机在试验车间加工完成，夏总专程从北京赶来，苗青陪他参观后，夏总颇有感慨地说："艰难困苦，玉汝于成，小丫铸大器，铸造了军工历史。"

苗青当然清楚夏总这句话的含义。从2020年全球出现新冠肺炎疫情以来，沈阳这座东北最大的城市已经多次受到疫情冲击。2021年2月，新冠肺炎疫情再次波及沈阳，政府为了控制疫情传播，不得不执行最严格的管控措施，偌大一座城市顿时像一只蛰伏的巨兽进入冬眠，人们甚至听不到它的呼吸声。冷寂的城市是可怕的，让每个人都感到有无数条绳索在捆绑自己，灵魂受到挤压，思想发生变形，有的人甚至变得抑郁起来。让人疲于应付的病毒像长了耳目，开始与人捉迷藏、打游击，不时改头换面搞偷袭，弄得全城草木皆兵。在这种情况下试验车间要想正常运转，到厂的工人只能封闭在厂区。订购的零件因封路无法按时到货，对模型机组装产生了很大影响，这段时间鲍总为协调运输问题不得不亲自出面。经过上下共同努力，模型机在计划时间内得以完成。

鲍总上唇起了一串水泡，他对夏总说："与无影无踪的敌人打交道太难，由此也足以证明上马G-31是多么英明，未来空中较量就是有形与隐形的较量，谁隐形好，谁就能生存。"

夏总道："G-31的价值无法估量，标志着国防现代化的又一个质变与飞跃。"

苗青心头一热，同样的话导师也表达过。

鲍总道："将来肯定会有六代机、七代机，飞行器的发展就像没有终点的跑步比赛一样，既然起跑了，就像某个电影里那个跑步不止的大兵一样，必须马不停蹄地跑下去，谁中途停下来，谁就会被超越。"

"对，"夏总很肯定地说，"就是比决心，比耐力，比路径，比跑法，哪一项出现问题，都无法领先。"

模型机制成后，接着就要开始样机生产。鲍总决定每周在试验车间住三天，与项目组和工人师傅在一起。苗青说集团工作那么多，一个总裁住到车间来怎么行。鲍总说他住在这里虽然做不了什么，但至少能给大家一点鼓励吧。苗青很感动，安排杜小明来车间陪鲍总，杜小明愉快地答应了。杜小明说苗总这是在给他机会，他满腹关于飞机的想法终于可以和一个大领导说说了。杜小明问鲍总，听说领导是围棋高手，晚上休息时他想请教一下。杜小明棋艺不错，能和大名鼎鼎的鲍总对弈是求之不得的事。鲍总说这个时间段不能下，等G-31首飞成功，两人可以连杀三局。

生产组装的一个重要环节，是系统调试和设备相互间协调，到了这个阶段苗青明白了导师为什么一再提醒她要动手，要掌握第一手材料。好在进入这个阶段后夏总常驻沈阳，许多生产环节上的问题得到了及时解决。

有鲍总和夏总坐镇，苗青对试验车间心里还算有底。G-31几大板块都进入收尾阶段，最后一个是涂层材料。对于涂层材料苗青从来不担心，因为马歌的实验进度和科研力量她很清楚，而且产品已经通过了测试和验证，只等最终鉴定通过便可使用。

苗青已经一个多月没见到马歌了，相互通电话也很简单，出于保密要求，外联电话不能说项目上的事。他们之间确定了暗语，把产品称为论文，电话里如果问论文写作进度怎么样，对方就知道是指研制进展；如果说可以正式发表，就代表实验成功。苗青一直在等待这句话，但每次马歌回复都是在修改、待完善。五一假期，马歌去西安参加产品鉴定。因为疫情防控，行前两人没能见面，假期最后一天，马歌从西安回复的一条信息让她几乎要跳起来。短信只有六个字：论文正式发表！！！连用三个感叹号，可以想到马歌的心情有多激动。

苗青兴奋地将这一消息报告给了鲍总和夏总。鲍总长舒一口气道："真想杀一盘，手有些痒了。"

夏总说："还没到举棋落子的时候，下棋需要心神宁静，好在对弈的时候不会远了。"

鲍总从裤兜里摸出一黑一白两粒棋子给夏总和苗青看，微笑着说："我有过棋瘾的办法。"

三个人都笑起来。

样机组装本来进展顺利，没承想在控制系统上遇到了大问题。按照设计，人工智能化设备需要一种进口芯片，当初这种芯片不受限制，但进入2021年，复杂的国际形势影响了这种芯片的进口，如此一来，样机完成度就受到了影响。

没米无法下锅，谁也拿不出解决芯片的良策，包括夏总，大家坐在办公室一筹莫展。结项时间早就开始倒计时，苗青决定再去上海找导师。

导师住在医院，好在头脑清醒。大仙特意从东北赶来照顾。见到苗青，大仙知道有工作上的事，寒暄几句后就回避了。苗青坐在导师床边，握着导师的手，看着导师瘦得几乎脱相的面容，忍不住抽泣起来。导师说话声音虽小，却十分清晰。他用缓慢的语调说："你来肯定有事，说吧，趁我还没糊涂。"

苗青抽泣得更厉害了，导师这副油尽灯枯的样子，她怎么忍心再说工作上的事。

"说吧，"导师喃喃地说，"是不是人工智能这块遇到了难题？"

苗青大吃一惊，导师真是料事如神，怎么一下子就猜对了呢？她告诉导师确实是人工智能这一块，因为订购好的芯片进不来，被卡住了脖子。

"我想过这个问题，"导师说，"人工智能是好，在电传操纵控制、自动飞行系统以及传感器数据收集上作用不可替代，但也不必迷信。我注意到网上有个消息，有人买了辆进口豪车，在高速公路上打开自动巡航，结果变挡时失灵，汽车以一百二十迈的速度狂奔，后来还是靠厂家遥控解锁才没发生车毁人亡的惨剧。前段时间国外飞行器出现了几次事故，调查结果也是在自动驾驶方面，自动程序的执拗和锁定酿成了大事故。所以呀，我建议飞行器应该在不增加飞行员认知负荷和认知疲劳的前提下，简化人工智能，适当恢复一些手动操作，从而减少芯片依赖。"导师一口气说了以上这些话后，闭上眼睛，喉结在上下滑动，过了一会儿又睁开眼睛接着说，"忘记是谁说过这样一句话，科学技术史表明，过多的知识信息有时反倒会妨碍和限制创新。"

苗青听出来了，导师的话意味着要适度修改智能化设计，从而省略某些紧俏芯片。她脑海里快速筛选了一下可简化的控制设计，觉得这条路走得通。当然，这种简化需要与白院士一同来做。她握着导师的手说："您的话我记下了，关于芯片问题，此一时彼一时，出现这种情况虽在预料之外，但并不违反逻辑，毕竟在竞争上谁都会留一手。"

"从来就没有什么救世主，也不靠神仙皇帝，想生存下去只能靠自己。"导师舔了舔发干的嘴唇，明显有些气短。苗青端过水杯为导师喂了两口水，导师微微合上眼睛道："想闭上眼睛睡一会儿，可是一闭上眼睛，满脑子都是飞机在盘旋。"

"您太操心了。"苗青声音有些发颤。

"不由自主啊，人到了一定年龄，大脑好像就不受自己支配了。"导师微微摇了摇头。

苗青注意到导师的眼皮上长满了老人斑，心里不免有些凄楚。她靠近导师的耳边说:"G-31团队正在夜以继日地加紧工作,曙光已经初现,我们不会让您失望。"导师睁开双眼,微微笑了笑道:"有牵挂的人不会轻易走的,阎王爷不收有包袱的人,因为他没地儿放包袱,我要看到G-31飞上蓝天那一刻再走。另外,G-31正式列装后,一定要和空军的领导讲讲,让飞机编队在小平岛上空盘旋一圈儿,那是当年我和哥哥在海滩上梦想过的一幕。"

"G-31飞上蓝天也不许您走,总部召开表彰大会时,我要亲自扶您上台戴红花、领奖状。"

"傻孩子,我还会在乎这些吗?我现在想的就是踏上奈何桥时,脚后跟轻松干净,不带一丝尘土。"

苗青眼睛再一次模糊起来,把脸贴在导师无力的手臂上。大仙走进来,在她肩头轻轻拍了拍道:"让二爷爷休息一会吧,我们到外面说话。"

苗青起身跟大仙来到走廊。大仙说:"昨晚听说您今天来,二爷爷几乎一夜未睡,让学生给找了好几份资料送来,老人家已经猜到是人工智能方面出现了问题。"苗青问导师病情究竟怎样,需不需要找专家会诊。大仙说:"二爷爷享受院士医疗保健待遇,医院拿老人当国宝对待,组织了专家组会诊,结论是没有器质性病变,主要是身体各器官功能减退所致。简单一句话,就是太老了,属于自然规律。"

苗青呆呆地望着窗外,眼角依然有泪水。

"您在想什么?"大仙问。

"我在想,如果可以续命的话,我愿意为导师续命十岁,国家航空事业真的太需要导师了。"在苗青印象里,不存在导师会老去的可能,因为导师是神一般的存在。

对传统文化有深入研究的大仙当然知道续命意味着什么。在一些地方民间有种说法,人可以用自己的阳寿为病人续命,续别人的命,折自己的寿,能这样做的大都是出于感恩、报恩和大义。大仙道:"学生能有为老师续命的想法，二爷爷值了。"

"我知道，您在大连照顾我是受导师之托。导师对我不是亲人，胜似亲人，我恨自己无法报答这份师恩。"

大仙道："二爷爷说了，G-31飞上蓝天，就是对他最大的报答。"

"也唯有如此。"苗青说完抿紧了嘴唇。

"今年的画还要提前给您，我想在您完成一个人计划那一天送给您，"大仙说，"我已经开始构思。"

苗青很感激地望着大仙塔头一样的头发说："我有种感觉，不知对不对。"

"什么感觉？"大仙问。

"我觉得您在东北就是导师的化身。"

大仙笑了："这种感觉不无道理，但也不尽然。二爷爷会批评您，而我一向是赞美您，这就是区别。"

"我真希望导师永远不会老去。"苗青扭头望向窗外，"一个人的计划还有一个板块，没有导师的指导，我心里没底。"

3

白院士团队对吴教授的意见高度重视，经过反复推敲论证，航电组对原设计做了微调。为慎重起见，白院士特别找了几位飞行员座谈，掌握实际情况，听取意见建议，最终敲定，在不降低战斗性能的前提下，G-31的航电系统要走一条有别于其他机型的新路。

方案报给夏总，夏总有些顾虑，毕竟G-31原设计方案是通过总部论证的，担心微调后验收通不过。为此，夏总请白院士和苗青两人一同去总部，向决策层汇报此事。

在首都北京，苗青接到了马歌的电话。

电话里马歌有气无力，好像刚刚爬上长城一样。马歌说："人不能松懈，一松懈就像棉花散了包，变得稀松绵软。论文没有发表之前，我精力充沛，浑身拧紧了发条，等论文见诸报刊后，人一下子就变得瘫软了，如同打完比赛的拳击手，想躺在擂台上大口喘息。"

苗青说："大作发表，你有充足的理由睡上两天两夜，没有白天黑夜地爬格子，对体力精力都是一种透支。"她提醒马歌别忘了徐大夫的提醒，到医院做个体检，把身体调理好，然后好实施预定的家庭小计划。马歌说："好好好，我要住院彻查一下，调理好身体，你知道我已经对父母打了保票，明年让二老升级当爷爷奶奶。"

总部组织专家就 G-31 航电微调方案进行了讨论，专家们尽管心有不甘，但也找不到替代方案。讨论中有位老专家声音一度哽咽，说："人家不顾自损来卡脖子，这不是个商业问题，本质上说是生死博弈，卡脖子就是要你命呀！"老专家的话引起大家共鸣，专家们觉得 G-31 不能亦步亦趋跟在别人身后，应该走自己的创新之路，吴教授的意见主旨恰恰在此。微调方案最终得以通过。

回沈阳的飞机上，白院士问苗青："大仙今年会给您画一幅什么画呢？"

"不知道，"苗青说，"但大仙说了，今年的画要在 G-31 结项时送给我，不等到年末。"

"大仙这个人看起来似乎超然物外，其实很喜欢操心，大事小事都操心。G-31 不是他一个画家要关注的东西，但他却心心念念割舍不下，让我想到了古代的高士、隐者，身在江湖，心在庙堂，有君子之风。"

"我也有这种感觉，"苗青说，"尤其大仙对白山黑水的爱，处处体现在他的画作里，这是家传，也是他自己真实的情感，其实大仙本人就是一幅可以传世的好作品。"

白院士点点头："是的，大仙是个故乡边界清晰的人，他做的任何事情，似乎都能与东北的情感联系起来，这也是朋友们喜欢他的一个原因。"

"您想让大仙画幅画?"

"是的,画一个穿绿色风衣的老者,在雪原上向北而行。"

"为什么是老者?"

"这是我对自己明天的构图,也是受了你那幅《逆行者》的启发。"

苗青心里动了一下,凭第六感觉她知道,白院士又要接受一项重大科研课题了。

按照调整后的方案加工生产,试验车间开始忙碌起来,鲍总、夏总、白院士、各分组的负责人都集中在试验车间,鲍总安排了一个教室大小的屋子做指挥部,有什么问题立马解决。车间东西两面墙壁上,悬挂着巨幅白底红字标语。东面的比较简单:安全,精湛,奉献,超越;西面一幅字多一些:以光荣的成绩向×××献礼!标语内容出自鲍总。鲍总解释过为什么把安全二字放在首位,说其他几项如果做不好都是多和少的问题,唯有"安全"不一样,安全做不好就是有和无的问题,也就是说安全出了大事,什么都一笔勾销,不仅归零,还可能出现负数。

真应了天有不测风云这句老话,越是担心曹操,曹操竟然不请自来。项目组还真发生了一起安全事故,尽管没有影响到整个项目,但有人受伤,就必须进入处置程序。

事故发生在杜小明身上。苗青根据杜小明喜欢较真的特点,在生产样机阶段,让他在陪同鲍总的同时,还兼任外协组副组长,主把外协产品质量关。杜小明十分尽责,上百家外协单位产品,他都亲自一一审核。杜小平在检查弹射座椅时,认为协作方提供的产品有瑕疵,会降低逃生飞行员存活率。他举了很多中外因弹射座椅不过关导致的飞行员死亡的事例,要求协作单位对产品进行改进。协作方很重视,根据杜小明建议做了改进。在试验时,杜小平对改进后的设备坚持用真人试验,协作方的领导说仿真人试验和真人试验参数一样,没有必要重复试验。很显然，厂家不想安排人到弹射椅上像二踢脚般被发射一次。杜小明说："我作为质量把关人，还是亲自试验一回吧，我们都不敢坐，怎么能放心让飞行员坐。"厂方的人愣了，说："你没经过专业训练，坐这个太危险。"杜小明说："这不是飞行，我懂。"

杜小明在试验塔上做了弹射座椅试验，尽管弹射后降落伞正常打开，但氧气面罩和耳机在自动脱离环节出了问题，导致杜小明头部受伤，中度脑震荡。鲍总和苗青到医院看望，鲍总肯定了他大无畏的牺牲精神，说工程师亲自上飞行器试验的，除了顾诵芬先生，杜小明他是第二个。鲍总没有批评他，尽管杜小明这次试验是自作主张。一般来说，弹射座椅瞬间形成的负荷像杜小明这样的年龄根本承受不了，但人已负伤，此时再指责已经没有意义。躺在病床上的杜小明目光呆滞，眸子里像有两盏微弱的灯火，似乎有一点风就会被吹灭。苗青头一回接触脑震荡患者，看到杜小明呆滞木然的样子有点不敢相认。杜小明虽然平时话少，但眼里从来不缺亮色，两眼像两只装有黑珍珠的小碗，满满的都是亮光。苗青曾说他大脑就像一个脱谷机，吞进去的是带皮的稻谷，输出来的却是粒粒精米。

杜小明说不记得当时的情形了，那一刻大脑被格式化了。医生说这种情形叫逆行性遗忘，是脑震荡的特征。杜小明就是杜小明，一般情况下这个时候关心的应该是病情，但他说话仍不离弹射座椅。杜小明用不连贯的语言建议：G-31弹射座椅性能至少要与俄罗斯K-36相当，弹射座椅是飞行员最后一根救命稻草，这根草要炸不烂、烧不断才行。鲍总躬下身子安慰说："杜工请放心，你的伤不会白负！"苗青嘱咐他安心养伤，G-31举行首飞仪式时，项目组的人一个也不能少。杜小明表情虽然木然，但说出的话却极有分量："到时候，我坐着轮椅也要去。"

离开医院上车前苗青说，弹射座椅这个厂家是夏总推荐的，夏总近几年主持设计的机型都与这个厂家合作，算是老客户，夏总很信任这个厂家。鲍总略做沉思，声音沉重地说："解决问题过度依赖单一外包的思路该调整了。当年志愿军入朝作战,军需药品就是外包给了一个上海药商,药商以次充好,纱布、消毒棉发霉了还用来制作急救包,许多负伤战士因伤口感染而牺牲,这件事让高层极为愤怒,下令彻查,后来制售假药的奸商上了断头台。"苗青说:"这个协作厂家不至于造假,是理念与产品之间有间隙。"鲍总说:"我回去和夏总谈谈,把这件事端到会上,让大家讨论一下。"

很快,鲍总召集相关专家开会,专门讨论弹射座椅的事。大家讨论很热烈,总体倾向于更换协作方。因为更换设备问题最后需要夏总签字,鲍总请夏总拍板。夏总脸色发青,从座位上站起身,两手撑着桌面道:"杜小明同志用脑震荡换来的结论必须重视,G-31弹射座椅马上更换协作厂家!"

因为这次事故,鲍总和苗青向上级各写了一份说明,承担了事故的责任。苗青对鲍总说:"这是我有生以来第二次写检讨。"鲍总说不是检讨,是情况说明。苗青道:"都是一回事,不过第一次写有点委屈,第二次写却觉得值,值的原因是选杜小明进组没错。杜小明虽然喜欢与我唱反调,但他是真心为了G-31,或者说是真心对我负责。过去常说一不怕苦,二不怕死,真到了关键时候,做到的有几个?杜小明从没有什么豪言壮语,关键时候却能豁出命去,为他我多写几次检讨也无所谓。"鲍总说:"当领导做检讨是常态,你才经历过几次?我已经习惯了,遇到需要检讨的事我不会生闷气,也不会去发牢骚,而是找人下几盘棋,把对手杀个落花流水,心气就顺了。"

4

首飞正式批复下来了,与这个好消息结伴而来的还有一个坏消息:马歌体检发现了意想不到的问题,而且问题很严重。

电话是马武打来的，马武刚从部队转业，面临两种选择，一是由军转办安排到政府部门工作，二是自主择业。老父亲的想法是让他服从组织安排，到政府机关工作。马武却想到弟弟公司做事，认为自己是军事干部，对政府机关工作一窍不通，担心适应不了。马歌赞成哥哥的选择，希望哥哥到他的公司来，把储能业务这一块担起来，他好集中精力抓新材料。马歌对哥哥特别崇敬，他和苗青说马武若是生在战争年代，肯定是当将军的料，因为马武从小就遇事不慌，富有智慧。小时候在一次海边约架中，哥哥的智慧和胆识得到了印证。那时候旅顺太阳沟的孩子自然分帮，一帮是部队子弟，另一帮是当地市民的孩子。凡事一分帮，就会有冲突。其实两帮孩子也没啥矛盾，就是相互看着不顺眼，部队子弟见识多，喜欢天南海北胡侃，当地的孩子看不惯，觉得这是吹牛，于是就有了海边约架。马武作为部队子弟的头头参加了那次约架，双方都带了家伙，弄不好要伤人。马武出面与对方说："打群架伤害兄弟不敞亮，咱像《杨家将》里讲的那样，将对将比试一下，谁输了谁鸣锣收兵。"对方领头的是个黑胖的半大孩子，身体比马武壮实，一听就笑了，说："那好，咱俩比试比试，你说咋比试？"马武说："咱都是海边长大的，当然比水性了。"黑胖子一听更笑了，因为他爸爸就是个有名的海碰子，他从小在舢板上玩耍，水性十分了得，便说："随你，咱就比水性。"马武从兜里嗖地抽出一把小刀，按了一下机关，小刀啪的一声弹开，原来是把弹簧刀。黑胖子吓了一跳，眼睛直勾勾地看着那把锋利的弹簧刀。马武说："这刀本来想在今天约架时用的，我临时改了主意，就用它来决输赢。"黑胖子往后退了半步问："不是比水性吗？你掏刀子干啥？"马武说："咱就在这把刀子上见高低，我把刀子扔到海里，谁下去能摸上来，就算谁赢怎样？"两帮孩子都吓傻了，这块海岸海水有几人深，下面全是碎礁，扎个猛子就上来还可以，在碎礁里摸小刀就不容易了。黑胖子看了看弹簧刀，再看看海面，说："中，从跳进水里开始，两边一起数数。"马武一扬手将弹簧刀抛到海里，然后说："请吧，大伙儿数数。"黑胖子毫不含糊，甩去上衣、长裤，穿着裤头一个猛子下去了。岸上人开始数数，数到67的时候，黑胖子从水中猛地冒出头来，他没有摸到弹簧刀。黑胖子上岸后，喘着大气说："看你的了。"马武脱去上衣，连裤子也没脱就一个猛子扎下去，岸上人开始大声数数，数到55时，一只手臂先从水中长出，手里举着那把弹簧刀。马武上岸后道："下面水太浑，好难找。"黑胖子拱拱手，带着手下走了，此后再也没有约架。马歌说这事是哥哥耍了个心眼，其实他带了两把同样的刀，下去后从裤兜里摸出备好的那把浮了上来，至于扔下去的那把，根本无法找到。

　　因为有马歌介绍，苗青觉得这个大伯哥很不简单，是个富有智慧的人。苗青接到电话后，马上意识到问题不容乐观，如果问题不严重，马武不会给她打电话。马武在电话里没有多说，只是让她回大连一趟，商量一下马歌治病的事。

　　苗青脑子有些乱，马歌身体会有什么问题呢？脑血管？似乎不像，马歌血压血脂正常，头脑反应灵敏，走路脚后跟不拖地，脑血管不应该有问题。胃肠？似乎也不对，马歌吃饭不忌口，结婚后没发现他肚子疼过。马歌不吸烟也不酗酒，肝肺没有毛病，那么，问题很可能在心脏上，为了研制吸波材料马歌承受了很大压力，而所有的压力都会集中在心脏上。她不敢往下想，科技界有的青年才俊，就是因为心脏问题倒在了实验室里。马歌作为一个民营企业家，承担如此重要的科研项目，内心承受的压力比工程师们更大。项目一旦付诸东流，且不说巨大的投入没有回报，还会直接影响 G-31 的进度。苗青知道，马歌之所以来解这道难度极大的方程题，家国情怀是一个方面，还有一个方面就是想用一种实实在在的支持来向她示爱。正因为这一点，苗青曾经对马歌说，一个人的计划实际上已经成了一群人的计划，而他是当之无愧的核心成员。

　　鲍总在项目组全体人员会议上宣布了上级关于首飞的批复。大家一片欢呼，首飞意味着结项，结项，意味着大功告成。谁都清楚，G-31如果首飞成功，将是载入史册的一件大事，能参与这样一件大事，对科技人员来说可遇不可求。会议结束后，鲍总发现了面色凝重的苗青，叫住她问是不是对首飞前的准备工作还不放心。苗青摇摇头，说马歌身体出了问题。鲍总沉默了一会儿说："按理说这个时间你不该离岗，这样吧，给你两天假，你回大连看看，有问题抓紧解决，大连治不了的话，可以来沈阳，也可以去北京，集团可以帮助联系医院。"

苗青谢了鲍总，说现在她心里像长了草，没法安心工作，回去看看才能放心。

"马歌是G-31编外成员，"鲍总说，"是马歌给赤身裸体的G-31穿上了隐身衣。"

苗青乘最早一趟高铁赶回大连，从大连北站坐地铁直奔马歌所住的医科大学附属二院。马歌住在病房观察。走进大门的时候，苗青忽然想到了文剑，文剑出事前也是在这所医院观察。

马歌住在八楼，一个条件不错的特需病房。病房里马歌正和马武说话，看上去除了脸色有点不好外，不是想象中那么严重。马歌说："你回来一趟也好，我正有事和你商量，是关于企业下步发展的大事。"苗青上前摸了摸他的额头，心疼地说："先看病要紧，公司的事等身体好了再说，检查什么情况？"马武说："中毒，具体情况医生也说不好，专家正在研究治疗方案。"

中毒？苗青听到这两个字心里一下就明白了，肯定是重金属中毒，是研制吸波材料中防护没有做好所致。但如果是中毒，就不是马歌一个人的事了，肯定还会有其他人。她问实验室有没有其他人中毒。马歌说有一个工程师也出现了相同的症状，他已经安排人送医。马歌没有把中毒一事看得多重，觉得代谢一段时间就会好。

苗青仔细翻看着厚厚一摞化验单，上面的数据比飞行器术语还难懂，好在每一项指标后面都有箭头，有的朝上，有的朝下，说明数据不正常。马歌一副满不在乎的样子，说不要紧，吸波材料又不是核材料，不会有大问题。苗青说重金属中毒不能小看，还是慎重对待为好。马歌还是坚持说公司的事，他准备将公司分成三大板块，储能这块由马武负责；新材料这块要新成立一个股份公司，实验室所有科研人员持股加盟；至于他自己，则计划挖一批科研人员，成立个半导体实验室，向新领域试水。苗青睁大了眼睛看着马歌，一起生活了这么久，她第一次发现马歌野心如此之大。半导体是全球最前沿、最高端的领域，到这个领域试水，成功概率微乎其微。她没有表态，马歌身体欠佳，不能给他泄气。马歌或许从苗青表情里看出了一丝怀疑，进一步强调道："世界上的事，只有想不到，没有做不到，比如说我追求你，比如说我投资吸波材料，都是先想到，后做到的，关键是下真功夫，这是我从你身上学来的。"

苗青抿紧嘴唇，停顿片刻道："我们现在要研究的是健康，你知道，我们还有一个小计划要实施，你必须把身体调理好。"

马歌很听话，不再谈公司的事情。

苗青给小宋打了个电话，让小宋找专家帮助会诊一下。马武说他已经找过了专家，目前很难有一个成形的治疗方案。

小宋接到电话很快就赶过来，找了三个熟悉的专家，一个是马歌已经找过的首诊专家，一个是血液病专家，还有一个是心血管专家。专家们在会议室对马歌病情做了分析。首诊专家年过五旬，临床经验十分丰富，他说从医若干年，像马歌这样的中毒患者还是第一次见到，化验出来的重金属也比较稀奇，带有辐射性。血液病专家是位女士，目光犀利，口齿伶俐，她说从血液指标来看患者造血功能已经有了损伤，这说明毒性还在破坏肌体，要引起足够重视。心血管专家则说心脏目前还没发现问题，但不能保证接下来没问题，如果毒性无法代谢，迟早会波及心脏。谈到治疗方案，大家都认为只能按常规边观察，边治疗。首诊专家建议到北京去检查一下，但据他所知，北京也好上海也罢，治疗方法大致一样，无非是确诊更可靠一点。其他两位专家说到哪里检查都是靠设备，二院的化验结果不会有问题，因为机器设备不会骗人。苗青听明白了，到哪里都是靠设备说话，诊断结果已经在化验单上了，医生只是念一下而已。

送走专家和小宋，苗青回到病房和马歌、马武商量下步治疗方案。苗青说了专家建议，概括起来就是高度重视，排毒解毒，注意观察。马歌笑着说："这事有点整大了，其实没啥，我中学时在海边烤挺棒鱼吃，也不过嘴麻了一个下午。"挺棒鱼是渔民对河豚的俗称，这种鱼毒性很大。马歌中学时和同学在海边烤串，将渔民扔掉的河豚去头去内脏，洗净血丝烤着吃过，幸运的是中毒很轻。马武说："那是幸运，不能当经验。"马歌说："实在不行就在这里住着观察些日子。"苗青沉吟了一会儿道："要观察也不能在这里观察，我想还是去北京，北京的医院临床经验更多些。"马武点点头说："我赞成弟妹意见，去北京治疗。"马歌苦笑着说："至于吗？不就是中了点毒吗？人体会自然排毒的。"苗青态度很坚决："不行！这件事听我的，我马上请鲍总帮助联系一下医院。"马歌说："我去北京可以，但我知道你的计划到了关键阶段，不能分神，你不用陪我。"马武说："我这段时间待分配，可以陪马歌去北京。"苗青说："我明天还有一天假，到北京安顿好晚上再回沈阳。"

集团很快回话，说已经联系好了301医院，明天进京即可入住。

当夜，苗青在病房里陪伴马歌。特需病房是大床，两人躺在一张床上。马歌没有睡意，盯着天花板出神。苗青问他在想什么，他说脑子里在过电影，一会儿是去长春、哈尔滨时的情景，一会儿有飞机在飞，一会儿又是大仙送她的那些画。苗青说："你想的事太多了，刚突破吸波材料，又想着半导体，你是想当爱迪生吗？"马歌道："我这些事与你一个人的计划紧密相关，第二步的经验说明，你计划的第三步更离不开半导体。"

"你还是为了我而转型？"

"说实话，你在我心里是神一样的存在，为了你我可以牺牲生命。"

苗青心里一颤，伸出手捏了捏马歌的耳朵，嗔怪道："这话应该是求爱时说的，都老夫老妻了，还这么矫情。"

马歌说："我知道一个人的计划很快就要进入下一程，这期间，我们要穿插一个家庭小计划。对了，如果我们有了孩子，起个什么名字好呢。"苗青推了他一下："八字还没一撇，你想得倒远。"马歌憨憨地笑了笑说："人无远虑，必有近忧，名字可不是小事情，要提前谋划。我想啊，孩子名字里至少要有航、宇、鹏、翔这种字样。"苗青道："这些字都适合男孩，要是女孩？"两人都在暗自挑选合适的字，临睡前还没有达成一致。苗青说："行了，睡觉吧，明天上午还要去北京。"

进京住院很顺利，一切安排妥当后，苗青给高兰打了个电话，说了马歌住院检查身体的情况，如果这期间有事请她帮助协调一下。高兰接到电话后马上开车来到医院，动用私人关系给院方打了招呼。苗青说G-31进入关键环节，她无法在医院陪护，今晚就要回去，估计回去会实行全封闭管理，手机、网络、外联都会做物理隔离，电话短信微信一律不能用，医院这边就请高兰多费心了。高兰说放心吧，又没有器质性问题，无非是采取措施排解毒素。马歌让苗青安心回去工作，G-31首飞成功那天，他会手捧一大束凌霄花去迎接她，如果总部召开庆功表彰大会，相信也会有他一张奖状。

晚上，高兰驾车送苗青去机场，在机场咖啡厅，高兰问苗青："最近江峰是不是联系过你？"

苗青摇摇头，说就是早晨微信里发一个表情，其他联系没有。高兰说这些日子江峰几乎每天都会给她打电话，坚持要把这十年搞房地产赚的钱都投入飞行器产业，他铁了心要加盟你的无人机公司，实现彻底转型。高兰说："我知道你全身心在搞G-31，就没有给你打电话。我倒是觉得江峰转型发展是正确的，因为房地产这几年十分低迷，何时好转尚无预期，不转型公司很难存活。"

苗青看着眼前的咖啡，往事在一页页翻过，她不知道江峰现在是什么样子，也不关心他的房地产公司发展，但她相信江峰的能力，做什么都会很优秀。苗青盯着咖啡问："江峰从事故阴影中走出来了吧？"高兰道："应该是，他一直热爱户外运动，并没消沉，不过岁月是把杀猪刀啊，在经历了重大变故之后，当年那个在大学里风流倜傥的小伙子还是变化不小。"

"江峰也是个有野心的人，"苗青说，"他的野心在那双眼睛后面，看上去温情四溢，实则冷峻决绝。"苗青忽然怔了一下，双手捂脸带着哭腔说，"天啊，怎么我遇到的男人都有野心呢，太恐怖了。"

"野心这个概念有多重含义。"高兰说。

"人各有志，我没有权力强求他也来搞飞行器，不过十年后他能选择回头，我觉得这是好事，至少说明大学时代那颗埋下的种子还在。江峰是个极聪明的人，当年研究无人机比我出色。"

"这么说你同意他加盟？"高兰面露喜色。

"这件事需要江峰和马歌两人来谈，"苗青说，"我已经想好了，G-31结项后就将飞鹰公司和九成公司合并，组建新的企业集团，由马歌挂帅。而我在完成家庭小计划后，将全力实施一个人的计划第三步——大型飞行器设计。"

"天哪！你的胃口真大，这才是野心！"高兰几乎惊叫起来。

"有问题吗？"苗青问。

"前男友、现任老公，打包到一个集团，而你是实际控制者，我想都不敢想。真应了那句话，有多大的气魄做多大的事。"高兰脸色泛红。苗青这般摆布一般人很难做到，万物同理，一个设计飞机的人，人生设计也给人一种能飞起来的感觉。

"你想到哪儿去了，我现在心里只有马歌，马歌是我老公。"苗青说，"你知道，我和江峰之间唯一的联系是早晨一个微信表情，多年前就降级到了同窗关系。"

"那么,我可以把你的想法告诉江峰吗?他一直在等我回话。"高兰说,"你不要怪他不直接和你说这件事,男人的自尊有时候比女人脆弱。"

"随你。"苗青说。

5

项目组全体人员进入屏蔽状态前一天,杜小明出院要求归组工作。

苗青问情况,主治医生说是病人坚持要求出院的,从病情看,还达不到回岗位工作标准,不过可以回家静养,慢慢恢复。

杜小明来到苗青办公室,指了指太阳穴说:"我没事了,这期《航模纵横》的稿子都是我在病房里审读的,我现在感到头脑很清楚,像刷子刷过一样又新又亮。"

"请坐吧,我们的弹射英雄。"苗青起身请杜小明坐下,"还服药吗?"

"口服一些花花绿绿的药片,既然医生让服,我只能服从。"看得出来杜小明对口服药不是很认可。

苗青心里清楚,项目组所有人员都期待着G-31首飞这一天,杜小明又怎么能在病床上躺得住?这些日子,各组人员见面虽然正常打招呼,但许多人面色凝重,从神情上能看出某种紧张。苗青好几次看到鲍总在车间里手插裤兜走来走去,她知道那裤兜里有黑白两粒棋子。她告诉杜小明,所谓屏蔽期,就是在这个阶段内不许与外界有任何联系,无论是谁,一律按顶格保密规定管理,不知他的病情能不能扛得住。杜小明说他的脑震荡是G-31带来的,G-31首飞,他的大脑就没有震荡的理由了。一句话把苗青说笑了,她同意杜小明归组,考虑到他的身体状况，让杜小明留在自己身边配合龚助理工作。杜小明说回来就成，做什么工作不挑剔，但他提示苗青，身边有一个爱提不同意见的人会很闹心，自己不会因为是助理就事事都听苗青的，和王野相似，在工作上他也会坚持自己的观点。苗青说闹心不是坏事，问题往往出现在顺心的时候，当周围都是一片喝彩声时，突然出现几句骂声，会让当事者保持清醒。

杜小明睁大眼睛问："您真这么想的？"

"这还有假？"苗青有些诧异，这确实是自己真实的想法。

"您的成熟与年龄不符，"杜小明摇摇头，"四十岁不到的人，怎么像个城府极深的老干部，是什么造就了您呢？"

"是事业，是G-31这个大事业锻炼了我。"苗青说，"您也是，如果不是为了G-31，怎么会舍身去坐弹射座椅？所谓时势造英雄，莫不如说事业造英雄。离开了事业，你我就是描图编稿的技术员。"

杜小明站起身道："我向您表个态，G-31结项后不管您搞什么飞行器设计，也不管在编不在编，我都是您永远的助理。和您在一起能感到一种事业的原动力，让人觉得浑身有力气。"

"过奖了杜老师，不过下一步确实有新的设计计划，那个计划会更宏伟，如果可能，希望得到您的支持。"苗青说。

杜小明说好，他会时刻等待召唤。考虑到苗青时间宝贵，不便更多打扰，他起身告辞了。

首飞前所有工作都在紧张进行。最为关键的一周，鲍总每天睡眠不到三个小时，苗青、白院士、夏总等几位一直吃住在试验车间，来自909所的王野牙龈肿痛，天天捂着半边脸在现场。

一天清早，苗青发现鲍总呆呆地坐在车间门口的台阶上，全副武装的门卫在一旁愣愣地看着他，不敢上前询问。苗青走过去，问他是不是心脏不舒服。长期睡眠不佳影响最大的是心脏，为了防止出现意外，随队医生给项目组每人配了一个小急救包，要求大家必须装在工作服上衣口袋里，以防万一。鲍总摇摇头，慢慢地向苗青伸出右手掌，掌心是一枚裂成两半的黑棋子。

"天哪！您把棋子捏碎了？"苗青简直不敢相信自己的眼睛。黑棋子是玛瑙磨制，硬度超过玉石，鲍总竟然能把玛瑙捏成两半！

"这不正常。"鲍总喃喃地说，"我出来遛弯，习惯性插进兜里捏几下，一出大门，它竟然裂成了两半。"

苗青明白了，鲍总是由棋子的破碎产生了联想，于是变得忧心忡忡。她知道，人在高压之下，往往认为某些现象是上苍暗示。鲍总随身带的棋子碎裂，让他产生了某种不祥预感。

苗青想，必须转换一个角度来看待这个问题，在心理上给这位压力山大的领导松绑。她忽然就想到了大仙，若是大仙在此，一定能找到一个令人信服的理由来卸下鲍总的包袱，但现在是静默期，不能与外面联系，有急事需要去庄大校办公室打公用电话。她从鲍总手里接过那两瓣黑棋子，棋子裂得很齐整，应该原本就有绺裂。她忽然想，鲍总裤兜里的棋子是黑白两枚，黑子裂了，白子应该完好，对了，就在黑子上做点文章。

"鲍总，我觉得这是一个好预兆。"苗青很平静地说。

鲍总抬头看着她，眉头蹙了蹙，问："怎么说？"

"因为这是一枚黑子，黑代表敌方，敌方瓦解破产，应该是吉兆呀！"

鲍总眼睛一亮，猛地站起来，从苗青手里要过破碎的棋子，看了看，忽然用尽全力抛向远处，转身对苗青笑着说："对，我们是在一张白纸上研制 G-31，当然是执白子，白子完好无损在我兜里呢。"说完，他掏出那枚白棋子，靠近嘴唇吻了吻道："走，去食堂吃饭，早餐我要吃两个白面包子！"

离首飞还有七天，杜小明还是倒下了，小脑有一根很细的血管出现血栓，导致身体无法保持平衡。在发病前一天中午，他和夏总发生了一次小争执，争执的是件小事，是关于抗荷服和减速伞的问题，杜小明认为这两者有改进的余地，还举了某国飞行员因过载昏迷导致机毁人亡的一组数据。夏总认为这两项已经试验合格，不应该有问题，但杜小明倔脾气上来了，说了一大堆改进的理由。夏总因为精力集中在飞机本体上，就让苗青处理杜小明提出的问题。苗青认为杜小明的担心有道理，就让他形成一个简明扼要的报告，列出问题并提出改进意见，时间越快越好，不要影响首飞。杜小明连夜写了份报告送给苗青，长舒一口气道："我没白来，还是做了点小事情。"苗青说："人命关天不是小事情，更何况一旦飞行员出现状况，项目组一切心血和努力都会付诸东流，这个责任谁也负不起。"苗青见他脸色不好，让他回去好好休息，不要忘记服药。杜小明说口服药都是早晨吃的，半夜不用服，不过感到有点犯困，回去好好睡一觉。

次日一早，杜小明在走廊就走不直了，需要扶着墙才能行走。苗青派人把他送到医院，一检查，发现是小脑一根细细的血管在作怪。杜小明在病床上不能动，一动就眩晕呕吐。他知道自己无法回试验车间工作了，对前来看他的苗青说："首飞式电视会不会直播？"苗青摇摇头，这种项目不是航天发射，怎么可以直播呢？但她向杜小明保证，会将解密后的首飞录像给他拷贝一份，留作纪念。杜小明眼里盈满了泪水，紧紧咬住嘴唇。苗青抓起他的手用力握了握说："放心，我回去组织人研究你的报告，有问题的话立行立改，你安心养病。"

苗青在离开病房时，杜小明声音微弱地说："对不起，我有点吹毛求疵，给项目组添了两次麻烦。你知道，我编杂志时不允许有一个错别字，标点符号也不能错，这毛病改不掉了。"

苗青返回来，俯下身说："杜老师，我可以告诉您，您这不是毛病，我们需要您这种吹毛求疵的专家！"

离开病房后，苗青有些情绪失控，单手扶墙平静了好一会儿。楼梯口，几个工作人员默默地看着她，谁也没有说话。

首飞如期进行。带有迷彩遮阳棚的观礼台庄重大气，像高规格的演习。当G-31被牵引至机场褪去机衣，观礼台上的贵宾集体起立鼓掌。G-31魔幻般的机身以及符合目视隐身概念的铅灰色涂装，让G-31颜值爆表。

天气晴好，白日高悬。观礼台上每位贵宾面前都摆着军用望远镜，谁都知道，当超声速的G-31剑指苍穹时，只能用望远镜来追踪。

试飞员是个身材匀称、双眉如卧蚕的中年军人，大校军衔。前一天，苗青和试飞员做了交流，试飞员对G-31设计初衷、理念以及性能等方面都做了细致了解。试飞员对国外同代战机很了解，将许多性能做了对比。苗青谈了自己为设计G-31是如何静默，如何调整一个人的计划的，也说了病床上导师的期待。试飞员问她静默的感受，她想了想然后说："您知道道姑静修吗？那是一种心无旁骛的专注。G-31成败取决于这次首飞，我多年静默的心血结晶都寄托在您身上了。"试飞员很激动，说这么年轻的飞机设计师他第一次遇见，何况还是一位女士。他认为设计飞机这种事情由年轻人来担纲是对的，飞机本身是气动科学，气在万物间是相通的，年轻人的升发之气会注入飞机中，别人也许无法理解，但试飞员真真切切能感觉到。所有的飞行员都认为飞机是通人性的，人机合一是飞行的最高境界。他说首飞成功后一定要和苗青合影，因为G-31对军人来说，是一个了不起的飞跃。

为了首飞相关数据采集，机场周围相关空域实行了管制，总部还动用了战机伴飞。苗青和鲍总坐在观礼台第一排，分坐在北京来的总部领导身边。来自总部的领导眉眼不俗，端坐在那里并不与别人交流，目光一直注视着跑道上的G-31。苗青猜想这位领导越是做出一副沉着的样子，越是说明他内心的不安。这次首飞意义非同小可，若是成功，明天将有全球性新闻，若是失败，三级相关人员写检查事小，国家战略受到影响才是大事。鲍总多次强调这是一次无论如何不能输的战役，必须赢。但鲍总为了给她减压，不止一次说要沉稳，沉稳，再沉稳，既然是试验飞行，谁也打不了保票，要直面任何首飞结果。苗青由鲍总的话，马上就想到了大仙那句在朋友圈有影响的名言：小心，小心，再小心。

让苗青遗憾的是导师无法来参加首飞观礼，总部派人联系了导师，但病床上的导师行动不便，无法出行。导师捎了一句话给苗青："发明创造，需要人的全部生命。"苗青知道这句话的出处，因为导师在授课时常常提到这句话。她很清楚，病床上的导师、马歌，包括护理导师的大仙，都在关注这次首飞。她能感受到有许多力量在向自己肩头汇聚，她在日记本上写了四句诗：

柔嫩的肩上一匹白马飞奔
带着草香、花瓣和鸽哨
远方是彩虹架起的桥，美丽却脆弱
我知道，它们不是永恒

头天夜里，苗青无法入睡，自己到楼下踱步，令她吃惊的是，尽管子夜时分已过，但鲍总、夏总、白院士、刘教授、王野、庄大校等专家和领导的房间都没有熄灯，好像新年守夜一样灯火明亮。与守夜不同的是每个房间都很安静，也不见窗前有人影走动，想必大家都在卧床，但都没有睡意。她想起远在北京的马歌，马歌如果在此也一定不会入睡，人在激动的期待中，瞌睡虫会开小差。早晨在来机场的大巴上，她注意到人人皆无倦意，个个都双目炯炯，有几位平时脸色晦暗的人，竟然变得红光满面起来。

一切准备到位，只等鲍总发出指令。鲍总与总部领导耳语了几句，扶了扶麦克风，正欲发话，突然机场上空飞来一只游隼，这只游隼竟然在 G-31 上方盘旋起来，很显然这架造型奇特的新机引起了它的好奇。尽管机场启动了驱鸟音响，但游隼这种大型猛禽很难驱赶，以往对这种不速之客只能由工作人员用网枪去捕获。鲍总叫来工作人员，总部领导摆摆手制止了，领导慢条斯理地说："雄鹰来贺，不得失礼。"

游隼在盘旋了几圈后，向辽河方向飞去，观礼台上的贵宾们通过望远镜向这位不速之客行注目礼。苗青抬头望了望，初秋的东北，暑气渐散，碧蓝的天空成了一个无边的大舞台，几朵白云棉花糖一样浮在空中，让蓝天有了甜丝丝的味道。鲍总下达了起飞指令，威武的试飞员正步走到观礼台前，郑重地向观礼台敬了个军礼，然后登上一辆敞篷吉普车缓缓地驶向跑道上等候的G-31。此刻，G-31像一只巨大的游隼站在那里，机上的白色标识十分醒目。苗青的心似乎被一根细绳系着，一点点往上提。她注意到，试飞员走到飞机前并没有马上沿着天线式登机梯进入驾驶舱，而是立正站好，向飞机敬了个军礼。这一幕，让苗青心里一阵狂跳，她知道，试飞员这是在与飞机交谈，想要达到人机合一的境界，双方必须高度默契。

登机，关闭舱门，飞机在跑道上缓缓启动，身姿轻盈、优美，观礼台上有人发出赞叹声。

飞机滑翔至主跑道起点，没有马上加速起飞，而是停了下来。苗青心里清楚，试飞员应该是最后一次检查各种仪表、开关和显示器，这是有经验的试飞员的标准动作，多检查一次就多一份保险，更何况这是新机型首飞。

飞机在人们期待的目光中开始滑行，低速、中速、高速，然后减速回转，重新滑行，加速冲刺，拉升！几秒时间，飞机像一支灰黑色的箭，斜刺里冲上蓝天。起飞成功！观礼台上响起掌声，苗青发现，包括鲍总在内的所有人都在鼓掌，唯有总部领导没有放下望远镜，还在认真观察飞机的爬升状态。远处，有一架伴飞战机在平行飞行。

飞机在空中按照飞行大纲做着各种规范动作。

望着空中的飞机，苗青眼睛湿润了，望远镜里的飞机忽然变成了一个编队，一架接一架从天空飞过。她心里计数，一架，两架，三架，一直数到十九架，编队才全部飞过。她知道自己走神了，放下望远镜用湿巾擦了擦眼睛，定睛再看，飞机正在空中做翻转动作。她吃了一惊，这个动作应该在调试试飞和定型试飞时才可以做，首飞原则上是不能做的。但试飞员在空中有临机处置权，正所谓将在外，君命有所不受，如果试飞员有把握，首飞时也可以做有限突破。

首飞时间一般都不会很长。当G-31矫健的身姿平稳落地，白色的减速伞在机尾孔雀开屏一样张开的时候，观礼台上第一个站起鼓掌的是总部领导。领导笑了，笑得至少露出八颗牙齿。领导先是拥抱了鲍总，然后又转身和苗青握手。因为各项数据没有汇总过来，领导说话很谨慎："中！中！中！"

夏总在鲍总邻座，探过半个身子补充了一句："比预想的好，接下来的调试和定型试飞会顺理成章。"

观礼台谁也没有走，试飞员从飞机上下来，敞篷吉普车将他载到观礼台前，试飞员登上观礼台，在总部领导前立正、敬礼，报告首飞任务已经完成。总部领导将一份红色的首飞证书颁发给他，然后大家一同起立鼓掌祝贺。

全体人员乘大巴返回集团接待中心，那里会有一个事先安排好的迎接仪式。车上，鲍总告诉苗青，回到中心后可以通知大家解除屏蔽，除涉密事项外，其他外联可以正常进行。

没有谁打电话，因为所有的移动通信工具都在庄大校的屏蔽柜里。

6

集团接待中心前厅非常大，立柱少，穹顶高，水晶瀑布吊灯如同空中银河，看上去颇有流动感。大厅里早已张灯结彩，乐声悠扬，集团技校的女生盛装列队，欢迎凯旋的G-31功臣们。播放的音乐是那首流行民歌《好日子》，听起来熟悉又亲切。参加观礼的领导和G-31项目组的工程师们走下大巴，女生们给每人都献上一束鲜花，披上一条红色绶带。欢迎仪式简单却不失隆重，鲍总致辞，白院士致辞，夏总致辞，总部领导讲话。原本安排了苗青致辞，苗青婉拒了，她提出由白院士致辞，鲍总同意了。仪式结束后，所有领导和项目组成员合影留念。

让项目组成员家属参加迎接是苗青的建议。她对鲍总说大家封闭了这么长时间，家属的支持很重要，这个时候应该让家属来分享一下成功的喜悦与荣光。鲍总欣然同意，说尽管还不到表彰庆功的时候，但首飞成功的喜悦与荣光确实值得分享。他做了安排，提前一天将家属们接到了接待中心。

合影结束，每个项目组成员都在人群中寻找自己要找的人。整齐的队形打乱了，大厅里热闹非凡。苗青也在找，她知道马歌一定会来，快到队伍尽头时，她发现了杜小明夫妇。杜小明迎上来说："我好了，彻底好了！"苗青热情地和杜小明夫妇握手，说："我知道，首飞成功你的伤立马就会好。"她没有和杜小明夫妇多说话，她要找马歌，一直走到迎接队伍的尽头，发现三个人站成一排在等着她。是马武、大仙，另一个人她做梦也没有想到，竟然是十年未曾见面的江峰！

三个人各捧一束鲜花，却没有人笑。

"马歌呢？马歌怎么没来？"她顾不得和江峰打招呼，盯着马武问。

"马歌出远门了。"马武说。

"去哪里了？他的病怎么样？是不是去上海治病了？听说上海有家治疗重金属中毒的医院很有名气。"苗青急切地问。

马武未置可否，将鲜花递给她说："这是马歌委托我送你的，你是项目组长，先把眼前的工作忙完，大家都在看着你呢，一会儿再和你细说。"马武递过来的是一大束凌霄花，是苗青的最爱。

大仙也把一大束红掌花送给她，轻轻说："我是代表二爷爷来的，另外，今年送您的画画好了，叫《海青击鹄》，是在一幅古画基础上的改写，画后面挂着您那把失落的钥匙，不知是否还能用。"

江峰也将花束递给她，江峰献上的是一束百合。江峰用中气十足的声音说："我是代表同学们来的。"苗青注意到，江峰的头发里夹杂着白发，身体微微有一些发胖，但眉宇英俊依然。她道了声谢谢，知道一定是高兰透露的消息。

龚助理过来替她将怀里的花束接了过去，说二楼开了一间贵宾室，可以和家人到那里坐下说话。

一行人跟随龚助理来到贵宾室，刚一坐下，苗青就盯着马武问："快告诉我，马歌去哪里了，是不是病情没有缓解？"

"马歌走了，所有的治疗方案都试过，包括换血，但还是没有挽留住他的生命。"马武说，"考虑到你有重要任务在身，大家商量暂时对你隐瞒了这个不幸的消息。"

苗青觉得一架轰鸣的飞机拖着浓浓的黑烟从空中坠落下来，眼前一黑便什么也不知道了。

次日清晨，当她醒来时，已经躺在医院的病房了。

病房里龚助理和一个年轻护士在陪护她。苗青醒来后一句话不说，一直在哭。走廊里，马武、大仙和江峰坐在长椅上默不出声，他们知道，此时进去劝慰是多余的。总部领导和集团领导要来探望，被医生劝阻了，医生说现在最好让病人保持平静，这种摧毁性的打击，保持平静是最好的疗法。

上午十一时，苗青请龚助理将马武叫进来。马武眼圈发红，面容清癯。苗青问马歌临终前是个什么状态，是否有什么交代。

马武说："马歌最后的时光并没有多么痛苦，只是肤色变化很大，与他研制的吸波材料颜色极相似，一种罕见的铅灰色，也许是血液发生了某种颜色改变所致。他将公司的事情交代给我后，说此生唯一的遗憾是不能帮你实现一个人的计划第一板块了。他原本信心很足，进入半导体产业的方案也在起草当中，现在做不到了。上帝有时很无情，总在关键时刻给你撤梯子。"

"马歌还说什么了？"苗青问。

"他说他会在另一个世界等待您的喜讯，那个日子到来的时候，让我去龙凤山公墓给他送一束凌霄花。"

"旅顺的龙凤山公墓？"

"是的，这是两位老人的意见，他们不想让马歌离家太远。"说完，坚强的马武流出了眼泪。

"我会去龙凤山献花，献上我最爱的凌霄花。"苗青从病床上坐起来说，"我和马歌早就达成共识，一个人的计划是我们两个人的计划，也是一群人的计划。"

龚助理进来了，说有要事报告。苗青让马武先回避一下。

龚助理附在苗青耳边说："总部刚刚来了密传，鲍总知道您正处于悲伤之中，但这个消息必须马上告诉您，说这个消息也许是对马先生不幸离世最好的祭奠。"苗青说："什么消息？"

"总部已经正式下达了研制 MG-22 计划，是大型多用途远程运输机。"

"MG？"苗青复述了一遍，忽然她再次破防，泪水喷涌而出。MG-22，该不是马歌的转世吧？

2022-08-16 初稿于沈阳

2022-10-02 改就于大连